처음이라 몰랐던 것들

처음이라
몰랐던 것들 1

이보라 장편소설

초판 1쇄 찍은 날 | 2025년 5월 23일
초판 1쇄 펴낸 날 | 2025년 5월 30일

지은이 | 이보라
발행인 | 권기수, 장윤중
펴낸이 | 박정서

기획 | 정수민
편집 | 손유리

펴낸곳 | 주식회사 카카오엔터테인먼트
등록번호 | 제2015-000037호
등록일자 | 2010년 8월 16일
주소 | 경기도 성남시 분당구 판교역로 235, 에이치스퀘어 N동 8, 9, 10층 (삼평동)

제작·감수 | KW북스
E-mail | paperbook@kwbooks.co.kr

ⓒ 이보라, 2021

ISBN 979-11-385-1711-9 04810
      979-11-385-1710-2 (set)

※ 파본은 구입하신 서점에서 교환하여 드립니다.
※ 저자와 협의하여 인지를 붙이지 않습니다.
※ 이 책은 저작권법의 보호를 받는 저작물입니다. 무단 전재 및 유포, 공유를 금합니다.

처음이라 몰랐던 것들

본편

잊고 있던 것들이 떠오르기 시작했다.

위대한 시계 장인들의 딸이며, 덤펠트 가문의 실질적인 안주인인 스칼렛 덤펠트는 경찰서에서 주변인 조사를 받던 도중에 어젯밤 일을 떠올리고 있었다.

어젯밤, 덤펠트가에서는 파티가 열렸다.

지금 받고 있는 이 조사만 끝나면 그녀의 남편이자 영웅, 빅토르 덤펠트가 왕가의 일원으로 인정받을 수 있게 되었기 때문이다.

스칼렛의 인생에서 경찰서에 갔던 적은 열두 살, 마차 사고를 겪었을 때뿐이었다.

함께 타고 있던 부모님은 돌아가시고, 그녀와 함께 언덕 아래로 굴러떨어졌던 한 살 터울의 오빠 아이작은 시력을 잃었다.

경찰은 유일하게 상황을 진술할 수 있는 열두 살의 스칼렛에게 사고 상황에 대해 몇 번이고 물었고, 그것은 스무 살이 된 지금도 상처로 남아 있었다.

그녀는 다음 날 있을 경찰 조사를 지나치게 염려하는 와중에도 덤펠트가의 안주인으로서 하나하나 신경 써 파티를 준비했다.

덤펠트 가문의 영지가 오랜만에 손님을 맞았다.

쫓겨난 왕녀의 언덕이라 불리던 덤펠트 영지는 그 왕녀의 아들 빅토르 덤펠트의 나이만큼 시간이 흘러 살란티에에서 가장 아름다운 영지로 손꼽히게 되었다.

완만한 언덕은 늘 깔끔하게 관리되어 있었고, 마차가 다닐 수 있도록 길이 깔려 있었다. 언덕 동쪽으로는 살란티에의 수도가, 서쪽으로는 바다가 보였다.

살란티에의 여느 영지들처럼 비옥한 땅을 가진 것은 아니었으나 북쪽으로 두렵도록 아름다운 삼나무 숲이 있었다.

덤펠트가는 빅토르 덤펠트가 승승장구하며 부를 쌓아 갔다. 유지 비용만 해도 대단한 전화를 세 대나 가지고 있었고, 드넓은 사냥터도 있었다.

거기다 이번에는 파티가 열리는, 바다가 보이는 아름다운 홀도 새로 지었다.

아름답게 장식된 벽난로가 있는 홀에서 열린 파티의 참석자들은 누군가의 신경을 거스르지도, 우습게 보이지도 않을 미소를 준비했다.

술을 한 모금 마시며 목을 축인 스칼렛 덤펠트 역시 마찬가지였다. 살란티에 수도의 사교계에서 다정함은 나를 우습게 여기시라 말하는 것과 같았다.

그녀는 유력자들로 가득한 테이블에서 이야기하다가 잠시 남편 쪽을 보았다.

그는 흰 장갑을 낀 손으로 술잔을 들고 있었다. 군인이며, 뱃사람의 힘줄을 장갑으로 감추고 단단한 몸에 정장을 맞춰 입으니 그저 우아하게만 보였다. 빅토르는 자신을 임신한 죄로 왕가에서 쫓겨난, 과거에는 마리나 이렌 왕녀였고 지금은 덤펠트 공작이라 불리는 어머니의 복권을 위해 그 어떤 잔혹한 행동도 서슴지 않았다. 그의 목표지향적인 태도는 살란티에 서해안을 어지럽히던 해적들에게로 향했다.

스칼렛은 남편이 얼마나 잔인했는지에 대하여 소탕당한 해적들의 입장에서 쓴 글을 신문에서 읽은 적이 있었다.

살란티에 전반에는 빅토르 뎜펠트를 향한 동경과 두려움이 함께 깔려 있었다. 사람들은 고마워하는 동시에, 우는 아이의 울음을 그치게 하는 데 그의 이름을 쓰기도 했다.

스칼렛은 언제나 그런 남편을 명예롭게 여겼다. 그리고 사랑했다. 그를 위해서라면 제 목숨 같은 건 정말이지, 조금도 아깝지 않았다.

빅토르는 평생을 목표만 보고 살아왔고, 스칼렛은 남편의 그런 모습까지도 사랑했었다.

성년이 되는 열여덟 번째 생일이 있던 해에 결혼하여 2년이 넘는 시간이 흘렀다. 그사이 일방향의 사랑은 알게 모르게 그녀의 마음에 작은 상처들을 남겼다.

스칼렛은 내일 경찰서에 가는 일로 초조해하는 자신에게 눈길 한 번 주지 않는 남편의 무정함에 여전히 마음 한구석이 저릿함을 느꼈다.

그때 테이블의 한 신사가 말했다.

"그나저나 뎜펠트 부인, 베스티나가 정말 전쟁을 하려 드는 건 아니겠지요?"

화제가 전환되니 스칼렛은 제가 있는 테이블로 관심을 옮겼다.

요즘 귀족들은 모였다 하면 전쟁 이야기였다.

이 대륙에 최초로 세워진 국가이며, 종주국으로 불리는 살란티에 입장에서 베스티나는 늘 변변치 않은 존재였다.

그러나 전쟁이 시작되면 가진 것이 많은 나라가 잃을 것도 많을 터다. 그런 이유에서 귀족들은 전쟁을 두려워하고 있었다.

스칼렛이 준비된 대답을 했다.

"나는 모르죠. 남편이야 영해를 지키는 사람이라 땅 위의 일은 잘 모르니까."

"모든 전쟁이 해전이라면 걱정할 것도 없지만 말이에요. 덤펠트 경이 계시니."

그러자 다른 신사가 말했다.

"어차피 살란티에는 산맥이 둘러싸고 있어서, 남쪽만 지키면 중부와 북부는 아무 문제 없는 것 아닙니까. 지금까지 그 높고 험준한 산맥을 넘어 여기를 넘어오려는 시도를 한 멍청이들은 다 살란티에에 도달하기도 전에 비실비실해져 아사하거나 동사했는걸요?"

살란티에 귀족들의 염려는 살란티에가 가진 것들이 망가질까 두려워하는 정도였지, 베스티나가 상대라도 될 거라 생각하는 사람은 없었다.

그런 심각한 이야기 속에서도 스칼렛은 대화에 집중할 수가 없었다. 다음 날 경찰서에 출두할 일이 유난히 초조하고 두려웠다.

가끔 그런 날이 있다. 주변 모든 것이 완벽한데도 불안한 기분을 느끼는 날. 오늘 스칼렛의 상태가 그랬다.

그녀가 애달프게 보는 걸 아주 모르지는 않았는지, 빅토르의 검푸른 눈동자가 잠시 스칼렛을 향했다.

살란티에에서는 푸른 눈이 흔하지만, 그에게 있을 때는 고아하게 보였다. 몸속 절반을 차지하는 왕족의 피, 혹은 눈부신 외모 때문일 거라고 그녀는 생각했다.

빅토르는 다시 제 무리로 관심을 돌렸다.

그녀의 옆에 있던 노부인이 작은 소리로 말했다.

"저렇게 명예밖에 모르는 남자를 사랑하는 건 부인만 외롭게 해요."

"……그런가요?"

"나 젊을 때처럼, 연인을 따로 두는 게 나을 거예요."

그 적나라한 말에 스칼렛이 노부인을 보았다. 노부인은 태연하게 말을 이었다.

"남편과 연인은 다르지요. 연인은 언제든 헤어질 수 있어서, 함께 있는 그 순간이 더더욱 달콤하게 느껴지니까."

그 말에 스칼렛이 작은 소리를 내며 웃었다. 남편 말고 애인을 두란 말을 참 로맨틱하게도 한다고 생각했다.

정부를 만드는 것은 분명 나쁜 일이지만, 정작 생기면 은근슬쩍 자랑으로 삼는 것이 사교계이기는 했다.

파티가 유난히 고독했던가, 그녀는 내내 노부인의 말을 떠올렸다.

파티가 끝나고 늦은 밤, 스칼렛은 잠들지 못하고 몸을 일으켰다.

그녀는 잠옷 위에 가운을 걸치고 침실을 나섰고 복도를 걸어 남편의 침실에 들어섰다. 온종일 초조하던 차에 남편의 얼굴을 보니 울컥 속상한 마음이 들었다.

스칼렛이 그 마음을 애써 숨기고 말했다.

"경찰서에 가야 한다고 생각하니까 긴장이 되네."

빅토르는 그게 왜 긴장할 일인지를 이해 못 할 사람이지만, 아내가 상당히 약해 빠졌다고 생각하고 있기도 해서 바로 되묻지는 않았다.

스칼렛이 말을 이었다.

"그렇게 한심하게 보지 말고. 그냥 괜히…… 불안해."

그 말에 빅토르가 몸을 일으켜 다가와, 그녀의 와인색 눈동자를 내려다보며 말했다.

"아무 생각도 하지 말고 자."

"그게 마음대로 안 돼서 그래."

"뭘 물어보든 대답하지 않겠다고 말해. 혹시 누군가 위압적으로 군다면 대답 거부하고 바로 나오고."

그렇게 딱 끊어 버리니, 스칼렛의 설움이 억지로 한쪽을 누른 풍선처럼 터져 나왔다.

"전부 당신 명예를 위한 거잖아. 따뜻한 말 좀 해 주면 안 돼?"

무서운데, 잠깐 그것에 대해 이야기할 틈도 없이 파티를 치렀다.

그의 단호함을 보고 있노라면 제가 별것 아닌 것에 떨고, 별것 아닌 것에 슬퍼하는 사람처럼 느껴지곤 했다.

그녀가 떨리는 숨을 가다듬고 말했다.

"명예를 사랑하는 남자를 사랑하면, 나만 외롭다더라. 당신은 도대체……."

"정부라도 두게?"

기가 찬 듯 되레 미소 짓는 빅토르의 물음에 스칼렛이 그를 노려보며 말했다.

"응. 그럴까?"

빅토르는 낮은 소리를 내며 웃음을 터트렸다. 그리고 스칼렛의 손을 감싸 당겨, 손등에 입을 맞추고 말했다.

"날 배신하지 마."

"어떤 배신?"

스칼렛이 지쳐 보이는 얼굴로 되물었다.

"내일 조사에서 허튼소리 하지 말라는 뜻이지? 내가 연인을 만드는 건? 그건 돼?"

"왜 이렇게 화가 났어."

빅토르가 말하더니 부드럽게 스칼렛을 끌어안았다.

"화내지 마. 내일만 지나면 끝나."

"……"

"하루만 참아."

스칼렛은 한참이 지나서야 고개를 끄덕였다. 자존심 때문이었다. 어쩌면, 내일이 지나면 빅토르야말로 다른 연인을 만들지도 모르겠다는 생각을 했다. 아내의 효용가치는 내일로 끝이니까.

빅토르가 스칼렛을 품에서 놓으며 말했다.

"스칼렛, 나 사랑하지?"

"응."

스칼렛이 대답하고 바로 돌아섰다.

가슴이 저렸다. 그와 대화를 할 때마다 치밀어 오른 감정들이 조금도 해소되지 않고 오히려 더 쌓이기만 했다.

"부인."

"……."

"스칼렛 덤펠트 부인."

왕실경찰이 한 번 더 부르자 그제야 스칼렛은 회상에서 벗어났다. 그녀가 뒤늦게 미소 지으며 담담한 얼굴로 사과했다.

"미안해요. 잠깐 딴생각을 했어요."

정신을 차려 보니 여전히 왕실경찰 본청이었다.

그녀를 부른 것은 휴건 한터라는 자였다.

명문가의 차남들이 주로 임명되는 것으로 유명한 왕실경찰은 지나치게 정중해서 스칼렛을 도리어 긴장하게 만들었다.

저 사내의 가문 역시 대단한 유력 가문이었으며, 그의 여동생 니나 한터는 지금 왕세손의 연인으로 사교계의 유명 인사였다. 한때는 빅토르의 연인이었던 여자였다.

덤펠트 가문에서 지내다 보면 스스로가 이제 막 스무 살이 되었다는 것을 잊어버리게 된다. 여기서 제가 어리다고 뭐 하나 모른다는 듯한 태도를 보였다간 상식 없는 사람으로 찍히기 쉽다.

스칼렛이 어른의 얼굴을 하고 물었다.

"무슨 질문을 하셨죠?"

그러자 휴건이 날카롭게 느껴지는 미소를 지으며 말했다.

"아, 혹시 약효가 드는 것 같냐고 물었습니다."

"……약효요?"

"예, 지금 드신 차에 약을 탔는데요."

스칼렛은 고개를 갸우뚱했다. 제가 제대로 이해하고 있는 것 같지 않은 말이다.

휴건이 입을 열었다.

"빅토르 경의 약점에 대해서 질문 드린 것은 기억이 나시지요?"

"네."

안 그래도, 스칼렛은 왕실경찰이 이렇게까지 자세한 질문을 할 줄은 몰랐었다. 본인은 물론 그 주변 인물의 사소한 실수까지도 잡아내려고 파헤쳐 대고 있었다. 어떻게든 남편을 왕가로 되돌리고 싶지 않은 것이 분명했다.

스칼렛은 위험을 느끼고 몸을 일으켰다. 이상할 정도로 어지러웠지만 짓누르고 짐짓 고상하게 말했다.

"잠깐 나가겠어요."

"안 됩니다."

"남편은 경찰이 위압적으로 굴면 바로 나와도 된다고 했는데요."

"아, 그건 걱정하지 않으셔도 됩니다. 부인께서 이곳을 나가실 때쯤에는, 여기서 있었던 일을 기억하지 못할 테니까요."

휴건 한터가 느긋하게 말했다.

스칼렛 덤펠트의 본가인 크림슨 가문은 위대한 시계공들의 가문이었다. 스칼렛이 열두 살이던 해 세상을 떠난 그녀의 부모는 그 인재들 중에서도 전무후무한 천재들이었다.

빅토르 덤펠트와 결혼해 부가 흘러넘치는 삶을 살게 된 지금도, 그녀의 마음 한구석에는 크림슨 가문의 근간인 시계 기술을 배우지 못했다는 아쉬움이 남아 있었다.

그런데 갓 스무 살 생일이 지난 지금, 그녀는 일을 시작하면 시간 가는 줄 모르고 열중하던 부모님의 작업대 위에 앉아 있었던 아주 어린 시절을 기억해 내고 있었다.

그들이 만드는 시계 속 밀리미터의 세계, 새로운 기술에 대해 떠드느라 아이들의 끼니 챙기는 것조차 잊어버리던 부모님. 두 천재에 관한 수많은 정보가 보이기 시작했다.

"홍차에 탄 약 때문입니다."

행복한 추억에 빠져 있던 스칼렛은 왕실경찰 휴건 한터의 태연자약한 목소리에 이내 정신을 차렸다.

스칼렛은 왕실경찰 본청 취조실에 앉아 있었다. 넓은 창으로는 릴슨 광장이 내려다보였다.

스칼렛이 다소 얼이 빠진 목소리로 물었다.

"약이라니요? 무슨 말씀······."

휴건이 갑자기 몸을 일으켜 제 쪽으로 다가오자 스칼렛이 말을 멈췄다.

휴건이 찻잔을 턱짓하며 허리춤에 차고 있던 수갑을 꺼냈다.

"부인께서 마신 홍차에 든 약은 기억을 선명하게 만드는 사술이 들어간 약입니다. 해적섬에서 만드는 약이라 국내에서 구하는 것이 거의 불가능하지요. 왜, 부인께서 오빠인 아이작 크림슨 백작님을 위해 구하고 싶어 하시는 시신경을 되살리는 약도 해적섬에서 만드는 것 아닙니까."

'아, 그래서 그렇구나······.' 하고, 스칼렛은 저도 모르게 소리 내어 반응하고 말았다.

휴건이 비웃음을 흘리며 말을 이었다.

"덧붙여, 이 약을 과용하면 기억이 강제로 파헤쳐지는 것에 뇌가 방어적으로 되어 반대로 기억상실을 일으키더군요. 인간의 뇌란 신기하죠."

"……기억상실이요?"

"네, 그러니까 제가 지금부터 부인께 무슨 짓을 하든, 부인께서 경찰서를 나가실 때쯤에는 아무것도 기억하지 못하게 될 겁니다."

그의 사무적인 목소리에 스칼렛의 눈동자가 미세하게 떨리기 시작했다.

휴건은 그녀의 왼 손목을 붙잡아 손목시계를 풀고 수갑을 채웠다. 스칼렛이 두려움을 억누르고 제 팔을 힘주어 당겼다.

"나는 빅토르 덤펠트의 아내예요. 감히……."

"물론 빅토르 함장님은 저도 존경하는 분입니다만, 부인은 다르지요. 만만해서 표적이 된 겁니다."

휴건이 끌려오지 않으려는 스칼렛의 수갑 반대편을 힘으로 당겨 벽에 달린 고리에 걸었다. 그러고는 커튼을 닫아 창을 가리며 말을 이었다.

"부인께서는 부모가 일찍 죽고, 숙부가 대신 길러 주었지요?"

"그, 그게 무슨 상관이죠?"

"그 가문의 가주가 된 아이작 크림슨 백작님께서는 앞을 볼 수 없어서, 실질적 가주인 숙부가 아이작 백작을 인질로 잡고 스칼렛 부인을 노예처럼 부렸다고 하던데요. 그러니 부인께 힘이 되어 줄 사람은 없는 것이나 마찬가지죠."

"남편이 가만있지 않을 거예요."

그녀의 단호한 목소리에 휴건이 힐끔 스칼렛을 보았다.

"빅토르 경께서 부인을 그리 아끼지는 않잖습니까."
"헛소리하지 말아요. 남편은 나를 사랑해요."
"아니란 거 알고 계시잖습니까."
그가 비꼬듯이 하는 말에 스칼렛은 말문이 막혔다.
남편은 이성적이라.
무너지는 걸 싫어하는 사람이라서.
그래서 자신이 아닌 다른 누구도 사랑하지 못할 거라고 생각했다.
그렇게라도 생각하지 않으면 지난 2년 동안 그를 위해 목숨도 버릴 수 있었던 제 사랑이 아깝고 가여워졌다.
그녀의 쓸쓸한 얼굴에 휴건이 혀를 찼다.
"그러니 괜히 의리 지키실 필요가 있으시겠습니까? 말씀드렸듯이 이건 아주 구하기 어려운 약입니다. 그런 약을 써서라도 취조를 해야 할 정도로 빅토르 덤펠트 경께서 왕가에 속하시는 걸 꺼려 하는 분들이 계시다는 뜻이겠지요?"
휴건이 안주머니에서 주소가 적힌 종이쪽지를 꺼냈다.
"그리고 부인께서 찾으시는 약도 구할 수 있게 연결해 드리겠습니다."
그가 내민 쪽지로 스칼렛의 시선이 옮겨졌다.
휴건이 만족스러운 표정을 지었다.
"빅토르 경께서는 원리원칙 주의자라 이 약을 찾아 주지 않으셨잖아요. 경께서 먼저 배신하신 겁니다. 그러니, 무엇이든 빅토르 덤펠트 경의 결격 사유를 들어 볼까요?"
스칼렛은 크게 한숨을 한 번 쉬고 창문 쪽으로 고개를 돌려 버렸다.
남편은 평생 자신 때문에 어머니가 왕가에서 쫓겨났다는 죄책감과 열등감 속에서 살아왔다.

그가 왕족이 된다면 철벽처럼 느껴지는 그의 견고함을 한구석이라도 무너뜨릴 수 있지 않을까, 하는 생각이 오빠를 위한 마음보다 컸다.

그녀는 스스로가 이기적이기 짝이 없다고 생각하며 눈을 천천히 감았다.

스칼렛은 어차피 저들이 그녀의 몸에 남을 상처를 내지 못할 것을 알았다. 아무리 왕실경찰이고 저를 우습게 알더라도 빅토르의 눈치는 볼 테니까.

그러니까 남편이 올 때까지만 버티면 될 일이다. 그가 올 때까지만 입을 다물면 되는 쉬운 일이었다.

―――◈―――

살란티에 사람들은 11월을 해적의 달이라고 불렀다. 바닷바람이 세차게 불어오고 거의 매일 비가 오는 11월은 해적선이 해군의 눈을 피해 약탈하러 오기에 절호의 달이었다. 그러나 이제는 그것도 옛말이 되었다. 남편이 해적들을 전멸에 가깝게 소탕한 덕이다.

스칼렛은 침대에 앉아 11월의 차가운 비가 내리는 창밖을 바라보며 그런 생각을 하고 있었다. 그러나 마냥 회피하고 있을 수만은 없었다. 그녀는 술이 덜 깬 듯이 몽롱한 정신으로 몸을 일으켰다.

"머리 아파……."

스칼렛은 손으로 지끈거리는 이마를 감싸고 침실을 나섰다.

장소는 익숙했다. 빅토르와 결혼식을 한 호텔의 스위트룸이었다.

그러나 그 외의 모든 것이 백지였다. 제가 왜 여기 누워 있는지, 언제부터 누워 있었는지에 대한 기억이 전혀 없었다.

심지어는 제가 입고 있는 잠옷조차도 처음 보는 것이었다.

마지막 기억은 왕실경찰이라는 남자와 마주 앉아 차를 마시던 장면이었다. 그런데 그 기억마저도 금방 사라져 버릴 것처럼 흐리멍덩했고, 남자의 얼굴은 제대로 기억나지 않았다.

"어떻게 된 거야……."

두리번거리다 보니 테이블 위에 놓인 오늘 자 신문이 보였다.

날짜를 확인한 스칼렛은 힘이 빠져 의자에 털썩 앉았다.

왕실경찰 본청에서 남편이 왕가의 일원으로 인정받는 데 도덕적 결함이 없는지 스칼렛을 불러 조사하기로 한 날이 11월 7일이었고, 신문의 날짜는 11월 14일이었다. 지난 일주일간의 기억이 전부 사라진 셈이었다.

커피 테이블 위에는 술병들이 늘어져 있고, 소파 위에는 호텔 근처에 있는 유명한 브랜드의 사치품이 든 종이 가방이 쌓여 있었다.

"내가 저런 걸 샀었나?"

스칼렛이 홀린 듯이 중얼거리다가, 기억에 도움이 될까 영수증이라도 찾아보려고 종이 가방을 뒤적거렸다.

그때 객실 문이 벌컥 열렸다.

스칼렛이 돌아보니 열쇠를 든 호텔 직원이 먼저 보였다. 감히 객실에 함부로 들어오다니, 하고 인상을 쓰는데 열린 문으로 그녀의 남편 빅토르 덤펠트가 걸어 들어왔다.

"빅토르."

남편의 얼굴이 보이자마자 마음이 놓인 스칼렛은 그에게 달려가 품에 안겨 들었다.

"세상에, 다행이다."

늘 무뚝뚝하고, 결혼 생활 2년 내내 제 편이라는 안도감을 단 한 번도 준 적 없는 남편이지만 지금만은 이렇게 의지가 될 수밖에 없었다.

스칼렛이 하소연하듯 말했다.

"내가 왜 여기 있는 건지 모르겠어. 어떻게 된 거야?"

그녀가 말하며 올려다보았다가, 자신을 내려다보는 빅토르의 검푸른 눈동자를 발견하고 얇은 옷으로 감싸인 어깨를 흠칫 떨었다. 언제나 이성적이다 못해 무심하기까지 하던 남편의 눈빛에 분노가 들끓고 있었다.

"그거 좋은 핑계군."

창문을 세차게 두드리는 빗소리와 뒤섞인 그의 저음이 스칼렛의 등골을 오싹하게 했다.

"무슨 일…… 있어?"

그때 빅토르와 함께 온, 그가 함장으로 있는 루비드호의 부함장 에번 라이트가 스칼렛을 불렀다.

"스칼렛 부인."

신경이 바짝 곤두서 있어 저를 부르는 소리에도 놀란 표정을 한 스칼렛이 돌아보았다. 평소 능구렁이였던 에번이 골치 아픈 표정을 지으며 술병 아래서 발견한 검은색 물약을 들어 보였다.

"이거, 해적섬에서 가져온 약이네요. 예전부터 부인께서 찾으시던, 맹인을 눈 뜨게 한다는 사술이 걸린 약이요."

"저, 정말이에요?"

내내 겁에 질려 있던 스칼렛이 서둘러 약병을 잡으려는데, 빅토르가 그녀의 팔꿈치를 움켜쥐었다. 언제나 신사적이던 그가 스칼렛의 몸을 거칠게 테이블 쪽으로 끌어당겼다. 그러더니 당혹감 가득한 그녀의 얼굴 앞에 신문을 들어 보였다.

스칼렛이 날짜만 확인하고 놔둔 신문의 1면 가득, 큰 글씨로 기사가 적혀 있었다.

[왕족이던 제 어머니를 정신병동에 가둔 빅토르 덤펠트가 왕가의 일원이 될 수 있겠는가.]

스칼렛이 멍한 눈으로 기사를 보고 있으니, 빅토르가 입을 열었다.
"당신이 왕실경찰에게 알려 줬다며. 주변인 조사 중에."
"아, 아냐. 그럴 리가 없어."
"이것 말고도 많아. 한 면을 전부 채울 수 있을 만큼."
빅토르가 신문을 직접 펼쳐 주었다.

그의 말대로, 스칼렛이 아는 빅토르의 모든 약점이 신문에 상세하게 적혀 있었다. 개중에는 사관생도 시절 빅토르와 가깝던 친구가 현재 베스티나군의 장교라는 억지 꼬투리도 있었다. 빅토르가 학교를 다닐 때에는 별일 아니던 것이, 베스티나와의 관계가 악화된 지금은 문제로 지적되었다.

빅토르가 멍한 얼굴로 신문을 읽는 스칼렛을 내려다보며 중얼거렸다.
"저 약에 나를 팔았군."

그의 서늘한 목소리에 스칼렛은 머리가 더욱 아파 오는 것을 느꼈다. 무언가 해명하고 싶었지만 머릿속이 텅 비어 아무것도 떠오르지 않았다.

"말도 안 돼."

스칼렛이 중얼거렸다.

그녀가 저 물약을 찾고 있던 건 사실이었다. 사고로 눈이 보이지 않는 제 친오빠 아이작 크림슨을 위한 것이었다. 물론 아이작은 스칼렛에게 소중한 존재였지만, 그를 위해 남편을 배신했을 리는 없었다.

혼란스러워하던 그녀가 다급하게 빅토르의 코트 깃을 움켜쥐었다.

"내가 당신을 얼마나 사랑하는지 알잖아. 당신이 왕족이 되기 위해서 얼마나 노력했는지 아는 내가, 아이작을 위해서 당신을 배신했다고 생각해?"

"생각이 아니라, 사실이 그렇잖아."

"아니라니까!"

"그럼 왜 집으로 돌아오지 않고 여기에 숨어 있어?"

"그건…… 말했잖아. 기억이 안 난다고."

그녀의 거듭된 주장에 이제 빅토르는 물론 함께 온 에번과 빅토르의 비서, 블라이트까지 불편한 표정을 지었다.

스칼렛이야 기억이 나지 않는 게 미칠 노릇이지만, 그녀를 제외한 이들에게는 그저 남편을 배신한 것에 관해 이야기하기 싫어 회피하는 것으로밖에 보이지 않았다.

스칼렛이 빅토르를 끌어안으려 손을 뻗으며 말했다.

"빅토르, 제발. 날 믿어 줘."

그러나 빅토르는 그녀의 두 팔을 붙잡아 내리고, 화를 참느라 쉰 듯한 음성으로 물었다.

"말도 안 되는 소리 그만해."

"정말……."

"차라리 협박을 당했다고 해. 아니면 고문이 있었다고."

그의 차가운 목소리에 간신히 떠오르려던 생각들까지 추를 단 것처럼 가라앉았다.

스칼렛이 얼빠진 얼굴을 하고서 입을 열지 못하자 빅토르가 말을 이었다.

"거짓말이라도 좋으니까 그렇다고 해. 그럼 이해하려는 노력이라도 해 볼 테니."

"그게……."

아프고 답답한 마음에 스칼렛의 달아 보이는 와인색 눈동자가 젖어 들었다. 눈앞에 빅토르의 표정이 일그러지자 두려움까지 느껴졌다.

스칼렛이 압박을 이기지 못하고 대답했다.

"협박이나 고문은…… 없었던 것 같아. 아마……."

그렇게 말하고 나니 빅토르가 가 버릴 것 같아서, 스칼렛이 다시 두 손을 들어 급하게 남편의 목을 끌어안았다.

"내가 잠깐 정신이 나갔었나 봐. 미안해, 빅토르."

그러자 빅토르가 헛웃음 지으며 중얼거렸다.

"아내까지 수도원에 보내야 하나."

그의 말에 스칼렛의 동작이 굳은 것처럼 느려졌다.

정신병동에 있던 그의 어머니는 지금 수도원에 있었다.

남편의 모친은 왕의 고명딸로 사랑 속에서 자라다가, 파티에서 만나 하룻밤을 보낸 귀족 가문 청년의 아이를 가졌다. 그때 그녀는 인접국 베스티나의 왕세자와 약혼 상태였다. 이 일로 약혼이 깨지고, 그녀는 공분을 사 왕가에서 내쫓겼다.

그녀는 제 신분 하락을 고작 하룻밤 잠자리로 들어서 버린 아들 탓으로 돌렸다. 너 때문에 내가 왕가에서 쫓겨났다는 어머니의 울분을 모정 대신 받고 자란 빅토르 덤펠트에게 왕족으로 인정받는 것은 인생의 유일한 목표였다.

그는 제 명예를 위해서라면 무엇이든 했다. 해적을 소탕하는 데 제 목숨을 아까워하지 않았다.

그의 계획대로 살란티에 국민들 사이에서 그의 인기가 드높아지며 이렌 왕가는 왕의 외손자인 빅토르 덤펠트를 왕족으로 인정할 것을 고려했다.

드디어 그가 왕가의 일원이 되는 데 있어 도덕적 결함이 없는지 검증하기 위한 주변인 조사가 시작되었다. 그 주변인에 빅토르 덤펠트의 아내인 스칼렛 덤펠트가 포함된 것은 당연한 일이었다.

조사 전 빅토르는 아무 말도 하지 말라고 주의를 줬고, 스칼렛도 그럴 생각이었다. 그런데 제가 거기서 빅토르의 모든 잘못을 털어놨다지를 않나, 심지어는 그 과정이 전혀 기억나지 않으니 그녀는 정말 미칠 지경이었다.

정말 머리에 문제가 생긴 건가, 스스로도 의심이 생겼다. 그러니 수도원에 보낸다는 빅토르의 말이 더욱 두려워졌다.

스칼렛이 겁에 질린 얼굴로 말했다.

"싫어. 수도원에 보내지 마."

화가 나서 그냥 내뱉는 말일 것이다. 그걸 알면서도 스칼렛의 입에서 단호한 말이 나왔다.

내내 흐리멍덩하게 굴다가 갑자기 단호히 대답하니, 빅토르는 기가 찬 표정을 짓다가 그대로 돌아서 함께 온 수하들을 데리고 방을 나가 버렸다.

그가 떠나고, 스칼렛은 마지막 체력을 끌어다 술병을 밀어낸 테이블 위에 신문을 펼쳤다. 1면은 빅토르가 왕가의 일원이 될 수 없는 이유로 가득했다. 그리고 그녀가 직접 적은 진술서가 다음 장에 인쇄되어 있었다.

그녀의 서체였고, 그녀의 서명이었다.

그것까지 제 눈으로 확인한 스칼렛은 테이블 아래로 주저앉았다.

"이럴 리가 없는데……."

제 입에서 나온 말들 때문에 빅토르는 왕족으로 인정받을 수 없게 될 것이다. 거기에 제 어머니를 제 손으로 정신병동에 넣어 버린 냉혈한으로 낙인찍히기까지 할 테고. 그것은 빅토르 덤펠트가 목숨보다 중요하게 여기던 명예에 큰 상흔을 남길 것이다.

증거품까지 남아 있는데도 조사에 응했던 것이 전혀 기억나지 않으니 정말 미칠 지경이었다.

압박감을 느끼니 호흡만 가빠질 뿐 머릿속은 더욱 캄캄해졌다. 그나마 남아 있던 차를 마시던 장면까지도, 시간이 지나자 그녀의 머릿속에서 지워졌다.

그날 저녁 저택으로 돌아온 이후 스칼렛이 할 수 있는 유일한 행동은 남편을 볼 때마다 사과하는 것뿐이었다.

 빅토르는 스칼렛이 사과하는 말에 대답하지 않았고, 다시 그 일을 거론하지도 않았다. 오히려 꼬투리를 잡아 더 화를 내는 것은 시아버지인 그레고리 덤펠트였다.

 며느리가 제 아들의 앞길을 막았다며 그녀를 들들 볶아대는 바람에 스칼렛은 스트레스가 심해져 몇 번이나 경기를 일으켰다.

 다행히 한동안은 연말을 맞아 미리 예정해 둔 오찬을 준비하며 시간을 죽였다. 원래는 왕족이 된 것을 축하하기 위한 오찬이었지만, 빅토르는 취소하지 않았다.

 오찬 당일, 붉은색의 벨벳 드레스를 화려하게 차려입은 스칼렛이 드레스룸을 나서려는데 빅토르의 부하 중 하나인 팔린 레드포드가 그녀를 막아섰다.

 "오늘은 오찬이 있으니 나가시면 안 됩니다."

 그의 말에 스칼렛이 고개를 갸우뚱했다.

 "나가면 안 된다니요?"

 "함장님께선 부인께서 오찬에 참석하길 바라지 않으십니다."

 빅토르가 함장으로 있는 루비드호에는 엘리트 중에서도 엘리트들만이 타고 있었다. 하나같이 체격이 크고, 성적이 우수하며 명문가의 자제들이기까지 했다. 그중에서도 팔린은 빅토르 다음으로 몸싸움에 능한 것으로 알려져 있었다.

 뒷짐을 지고 문을 막아선 팔린의 무뚝뚝한 말에 스칼렛이 정지해 있다가, 천천히 입을 열었다.

"빅토르가 내가 남들 앞에 나서는 게 싫대요?"

팔린이 잠시 생각하다 대답했다.

"네, 그렇습니다."

"내가 부끄러워서?"

"네, 그렇…… 예."

팔린은 마음이 좀 불편해 표정을 찡그렸다가 바로 풀었다.

말없이 팔린을 보던 스칼렛이 고개를 끄덕였다.

"알겠어요."

"예, 그럼."

팔린이 고개 숙여 인사하고 문을 닫으려다 동작을 멈췄다.

스칼렛이 씁쓸한 표정으로 드레스룸 창가에 놓인 의자로 걸어가고 있었다.

그러자 팔린은 일부러 표정을 굳히며 말했다.

"창가에서도 떨어져 주십시오. 부인께선 오늘 여기 안 계신 겁니다."

스칼렛이 뭐라 말한 것도 아닌데, 팔린은 가책을 느끼고 고개를 돌렸다.

"의자 옮겨 드리겠습니다."

"……고마워요."

그는 곧바로 창가 쪽 의자와 테이블을 벽 쪽으로 옮겨 주었다.

스칼렛은 그리로 걸어가 의자에 앉아 테이블 위에 상체를 엎드렸다.

팔린은 한 줌만 한 몸이 테이블 위에 늘어진 것이 불안해 우선 재킷을 벗어 그녀의 어깨에 덮어 주었다. 그러고는 불편함에 제 목덜미를 문지르다 나가기 위해 인사를 했다.

"그럼……. 오찬이 끝나면 다시 말씀드리겠습니다."

그런 그에게 스칼렛이 말했다.

"미안하다고 전해 줘요, 빅토르에게."

"예, 부인."

팔린이 고개를 숙여 인사하고 그곳을 나갔다.

그가 떠난 후 얼굴을 묻고 있던 스칼렛이 상체를 바로 하며 무심코 중얼거렸다.

"나쁜 새끼."

그러더니 허리를 둥글게 휘고 앉아 흐흐거리며 정신 나간 사람처럼 웃었다.

빅토르에게 미움을 느끼는 제가 기가 막혔다. 제가 배신한 건 기정사실이었다. 그걸 기억을 못 하는 것도 한심하지만, 기억을 못 한다는 이유로 남편이 미워지는 제 얄팍함은 증오스러울 지경이었다.

그녀는 기운 없는 몸을 일으켜 거울 앞으로 향했다.

이제 갓 스무 살이 되었으니, 진이 빠져 있어도 얼굴에 생기가 꽃핀 듯이 보였다. 장미 같은 뺨과 입술, 연한 금빛 머리칼이 이 겨울에 봄기운을 주었다.

그녀는 물끄러미 제 얼굴을 보다가 손을 들어 화관처럼 땋은 머리를 고정한 장식을 빼기 시작했다.

천천히 시간을 들이던 도중에, 문득 시계 소리가 거슬려 고개를 들었다.

"시계가 이상하네."

초침이 중간중간 멈출 때가 있었다.

그녀는 홀린 듯이 팔린이 옮겨 준 화려한 의자를 들여다가 예상보다도 무거워 그만두었다.

"이걸 어떻게 한 손으로 든 거야?"

결국 그녀는 다리에 커버를 씌운 의자를 시계 아래까지 밀고 갔다. 그걸 딛고 서서 벽에 걸린 도금된 시계를 내리려다 아버지의 목소리가 떠올라 손을 멈췄다.

"괘종시계는 추를 먼저 떼고, 그다음에 시계를 옮겨야 해, 스칼렛. 그래야 부품들이 망가지지 않지."

그녀는 놀란 토끼 같은 눈으로 추를 먼저 조심스럽게 떼어 냈다.
"별게 다 기억나네."
스칼렛은 중얼거리며 시계를 들고 팔린이 옮겨 준 테이블로 돌아갔다. 그 위에 시계를 뒤집어 놓았는데, 열어 보지 않아도 내부 구조가 대충 눈앞에 그려졌다.
"……왜 이러는 거지?"
스칼렛은 이상하다 못해 무섭기까지 한 기분을 느끼며 연신 혼잣말했다.
"갑자기 천재라도 됐나? 아니면 그냥 미친 건가?"
크림슨 가문의 시계는 살란티에 과학기술의 정수를 안고 있었다. 그러나 부모는 사고로 일찍 세상을 떠나고, 양육을 핑계로 모든 재산을 집어삼킨 숙부 에빌 크림슨은 그녀에게 아주 기초적인 기술도 알려 주지 않았다. 그러므로 지금까지 스칼렛은 시계에 대한 어떤 지식도 가지고 있지 않았었다.

"톱니바퀴에 낀 이물질을 제거해 줘야 해."

그런데 아버지의 목소리는 물론, 보이지도 않을 만큼 작은 부품을 검지 첫째 마디 위에 올려놓고 딸에게 설명하던 아버지의 모습, 그런 남편을 보며 깔깔거리고 웃다가 다시 수많은 시계 부품을 조립하는 일에 집중하던 어머니의 모습까지 선명하게 떠오르니 어찌 된 영문인지 알 수가 없었다. 심지어는 그들이 온 벽에 붙여 놓았던 설계도까지도 전부 사진처럼 머릿속에 그려졌다.

그녀가 시계를 보고 있을 때, 그녀를 염려해 들어온 하녀, 캔디스가 놀란 얼굴로 다가왔다.

"시계는 왜 가져오셨어요, 마님?"

"한번 고쳐 보려고."

그녀의 말에 캔디스가 고개를 갸우뚱하며 말했다.

"그 시계가 요즘 오차가 커지긴 했어요. 그런데 마님께서 고치시려고요?"

"나 크림슨 가문 사람이잖아. 시도나 해 보게."

"어머, 시계 수리하는 법을 배우셨어요? 아, 공구함 가져다드릴게요."

시계로 유명한 크림슨 가문의 적녀가 그렇다니 캔디스도 별다른 의심이 없었다. 그녀는 스칼렛이 덤펠트가에 올 때 가져온 공구함을 가져다주었다.

어머니가 사용하던 이 공구함은 스칼렛이 받았고, 아버지의 것은 오빠인 아이작이 받았다. 이 두 가지가 두 사람이 얻은 유산의 전부였다.

의자를 테이블에 바짝 당겨 앉은 스칼렛이 공구함을 열었다. 그리고 도구를 꺼내 매일 시계를 다루는 사람처럼 능숙하게 뒤판을 열었다.

 시계의 부품을 하나씩 빼내기 시작하자 캔디스는 물론 함께 들어온 하녀들까지 저걸 다시 조립할 수 있을까 염려하며 그 모습을 바라보았다.

 덤펠트 가문의 물건은 무엇 하나 진귀하지 않은 것이 없었다. 게다가 요즘 며느리를 못살게 굴기 바쁜 그레고리 덤펠트는 그녀가 시계를 망가뜨린 걸 알면 그녀를 죽일 듯이 잡아댈 것이 분명했다.

 스칼렛은 제가 어려서 고생을 많이 한 탓에 사용인들의 노동을 결코 당연하게 여기지 않았다. 그래서 그녀 때문에 저택이 소란스럽다며 불만인 사용인들만큼이나 그녀를 마냥 안쓰러워하는 이들도 많았다.

 후자에 속하는 캔디스는 아무렇지도 않은 얼굴로 시계를 수리하는 스칼렛을 보며 안도한 표정을 지었다. 내내 주눅 들어 있던 스칼렛이 다른 일에 관심을 돌릴 수 있어 다행이라고 생각했다.

 스칼렛은 부품에 묻은 때를 블로워로 먼지 한 톨까지 날려가며 말끔히 닦아 냈다. 그리고 나서는 해체했던 부품을 정교한 손으로 균형을 맞춰 끼워 넣었다. 정확하게 맞물려 돌아가는 톱니바퀴를 보는 재미가 있어, 처음에는 염려하던 하녀들도 조금씩 테이블로 가까워졌다.

— · · · —

 머릿속에 설계도가 있다고 해도 처음 써 보는 장비와 태엽 장치들이었다. 숙련도가 모자란 탓에 오찬 무렵에 뜯어낸 시계를 다시 덮으니 밖이 어두워져 있었다.

"와, 다 됐다."

스칼렛이 모처럼 행복한 목소리를 냈다. 겉에서 보기엔 그냥 열었다가 다시 닫은 것뿐이었다. 그런데 시계를 다시 조립하니, 지나치게 느려졌던 시계가 다시 제 속도를 찾았다. 시계에서 나던 잡음도 사라졌다.

시계를 다시 벽에 건 후 자기가 찬 손목시계와 비교해 본 캔디스가 말했다.

"어머, 진짜로 고치셨네……."

그들이 신기해하고 있을 때, 문이 벌컥 열리더니 스칼렛의 시아버지인 그레고리 덤펠트가 들어섰다. 방금까지 즐거워하던 스칼렛의 표정이 순식간에 어두워졌다.

그레고리는 성큼성큼 걸어와, 제 아들 빅토르에게 물려준 푸른 눈으로 그녀를 노려보았다.

"어떻게 지금 웃음이 나오는지 이해를 못 하겠구나."

스칼렛이 서둘러 몸을 일으켰다.

그레고리가 분노해 창문 밖을 가리켰다.

"현관에 가스등이 꺼져 있는 것은 아는 게냐?"

그 말에 시계를 구경하던 하녀 중 하나가 놀라서 말했다.

"죄, 죄송해요! 제가 깜빡하고……."

"하녀를 관리하는 것도 안주인의 일이지. 내 아내가 마음의 병을 얻어 누워 있는데 책임은 못 느낄망정, 내 아들 앞길을 막아 놓고 웃음이 나와!"

왕녀를 격하시킨 사내라는 꼬리표는 젊은 시절 내내 그레고리를 따라다녔다. 그가 단아하던 마리나 왕녀를 온갖 약은 수로 유혹했다는 가십이 연일 신문에 났을 정도였다.

스칼렛 역시 그레고리가 본인의 자격지심을 저에게 투영해, 저를 대하는 태도가 더더욱 잔인해지는 것임을 짐작하고 있었다. 그는 한 번 꾸중을 시작하면 몇 시간이고 이어져 스칼렛은 물론이고 주변 사람들까지 질리게 했다.

그즈음 늦은 점심부터 시작된 오찬이 끝나 팔린이 돌아왔다.

그가 드레스룸 문을 두드리려는데, 안에서 그레고리의 노기 어린 목소리가 들렸다.

"짐승도 아니고, 어떻게 돌아서서 방금 자기가 한 일을 잊어버리고 웃을 수가 있을꼬. 머리가 아둔해서 네가 무슨 잘못을 했는지 이해를 못 하는 게 아니냐?"

스칼렛은 스스로가 잘못했다고 생각한 탓에 두 손을 모으고, 내내 고개 한 번 들지 못했다.

한참 비하를 섞어 가며 스칼렛을 꾸중하던 그레고리가 본심을 꺼냈다.

"그러니 제발 고집 그만 부리고 이혼하렴."

결국 또 돌고 돌아 이야기는 여기였다.

스칼렛이 담담히 대답했다.

"죄송합니다."

"왜 이혼을 못 하겠다는 거니? 너도 살아 봐서 알지 않아, 빅토르도 널 부족하게 여긴다는 걸. 이번에 발목 잡은 게 미안하면 빅토르가 좋은 가문의 딸을 만날 수 있게 앞길을 열어 주는 게 맞지 않니?"

"정 이혼을 원하시면……."

스칼렛이 제가 파티에 나오지 못하게 하라는 빅토르의 명령을 떠올리고, 덤덤히 말을 이었다.
"저에게 재산을 조금 떼어 주세요."
그러자 그레고리가 믿기지 않는다는 듯 물었다.
"방금 뭐라고 한 게냐?"
"저희 오빠는 항상 간병인을 써야 하니 생활비가 많이 들어갑니다. 그러니 재산 분할을 조금이라도……."
"지참금 한 푼 없이 몸만 온 주제에 어떻게 재산 분할을 들먹여!"
"그렇다면 저도 이혼할 수 없습니다."
고개를 조아리면서도 제 뜻이 명백한 스칼렛에 팔린조차도 표정을 찌푸렸다.
그레고리가 도저히 용서할 수 없다는 듯 언성을 높이며 말을 이었다.
"악마라도 씐 게 아니라면 이럴 수가 없다. 우리 가문을 아주 망치려 작정한 게 아니라면! 안 되겠다, 당장 수도원에 들어가거라. 가서 네 잘못을 용서받고 오렴."
그의 모멸에 놀란 팔린이 급히 문을 열었다.
"말씀 중에 죄송합니다. 오찬이 끝나 말씀드리러 왔습니다."
명문 레드포드 가문의 적자 팔린이 나타나자 사용인들 앞에서 스칼렛에게 면박을 주던 그레고리는 탐탁지 않아 하면서도 꾸중을 멈췄다.
팔린이 그레고리에게 인사한 후 말을 이었다.
"함장님의 아내 되시는 분을 수도원에 보내시다니요."
"내 아들의 명예를 훼손하지 않았소, 팔린 경. 예전 같았으면 바로 쫓아냈어도 모자랄 사안이오."

"그렇다고 취조에 응한 것이 범죄는 아니지 않습니까."

팔린이 말려 보았으나 그것은 오히려 그레고리의 분노를 다시 키우는 일이 되었다.

스칼렛은 수도원 이야기가 다시 나오자 맞잡은 두 손을 바들바들 떨기 시작했다. 그레고리의 아내이자, 빅토르의 어머니 마리나 덤펠트는 십 년 가까이 정신병동을 들락거리다 이제는 아예 수도원에 갇혀 지내고 있었다. 저도 영영 수도원에서 지내게 되는 건 아닌가 불안해졌다.

팔린이 서둘러 말했다.

"함장님께서도 원하지 않으실 겁니다. 제가 지금 가서 말씀드리겠습니다."

팔린이 그렇게 말하고 자리를 떠나자, 그레고리 역시 못마땅해하며 그곳을 떠났다.

스칼렛은 순간 몹시 불안해하며 숨을 가쁘게 쉬었지만, 제 눈치를 보고 있는 하녀들을 발견하고 억지로라도 미소를 지어 보였다.

"아, 혹시 고장 난 시계가 생기면 알려 줘. 연습해 보고 싶어. 실력이 형편없으니까 못 고쳐도 되는 걸로."

그녀의 말에 다들 눈치를 살피다가, 주방 하녀인 폴리가 슬그머니 손을 들었다.

"저 고장 난 시계가 하나 있어요, 마님."

"그래?"

"시계 가게에서도 못 고친다고 해서 그냥 가지고 있어요. 이게 크림슨 시계이기는 하거든요."

"내가 좀 봐도 될까?"

"그럼요!"

스칼렛이 의욕을 보이자 폴리가 반색했다.

잠시 후 사용인들까지 모두 물러난 후에도 스칼렛은 한동안 수치심이 사라지지 않아 걸음을 떼지 못했다. 그러다 시계 소리가 들려, 천천히 벽시계로 고개를 돌렸다.

"그래도 오늘 하루를 허투루 보내진 않았네."

그녀는 그렇게 중얼거리고, 한참 동안 시계를 바라보고 서 있었다. 그렇게 답답하고 속상했는데 제 손으로 고친 시계를 보니 마음이 좀 누그러졌다. 꼭, 부모님이 서러워하는 자신을 위로해 주는 기분이었다.

덤펠트 공작은 왕녀이던 마리나 이렌이 왕가에서 쫓겨나며 받은 작위이며, 버려져 있던 왕가 소유의 수도 끝의 황무지를 일컫는 지명이기도 했다.

황무지 언덕에 자리 잡은 덤펠트 가문은 마리나 덤펠트가 가져온 막대한 재산으로 땅을 고르고, 대저택을 수리했다. 그 위에 해적들에게 압수한 것들은 세금을 제외하면 함장의 것이 되는 법에 의해 빅토르가 누적한 막대한 부가 더해졌다.

바다가 보이는 언덕 위, 덤펠트 가문의 숲에서는 해군들이 훈련에 한창이었다. 다른 이들은 소총을 연습했으나, 빅토르만은 왕실에서 훈장과 함께 준 은과 다이아몬드를 사용한 권총에 익숙해지는 데 집중하고 있었다.

빅토르가 왼손으로 마른세수를 하며 중얼거렸다.

"장식용이군."

빅토르는 타고난 재능에 노력까지 더해 모든 학과와 훈련에서 늘 압도적인 성적을 거뒀다.

그런 그가 드물게 골치 아파하는 모습에 부함장인 에번이 유쾌하게 웃었다.

"장식용이라니요. 그래도 역사와 전통이 있는 성물입니다, 그게."

성물이라는 말도, 장식용이라는 말도 맞는 물건이었다.

빅토르가 다시 집중해 보려고 권총을 들어 올리려다가 저 멀리서 다가오는 팔린을 발견했다.

빅토르는 오른손으로 다시 권총을 들어 과녁을 보았다. 장식품 아니냐고 폄하한 것 치고, 그의 탄환들은 과녁의 중심을 쉼 없이 꿰뚫고 있었다.

다가온 팔린이 말했다.

"함장님, 그레고리 경께서 부인을 수도원으로 보내신답니다!"

그레고리는 차남이라 물려받은 작위도 없고, 허락받지 못한 결혼이라 내려받은 작위도 없었다. 용례는 틀리나, 사람들은 그레고리에게 군인 장교나 경찰 간부를 부를 때 쓰는 경의 호칭을 사용했다.

다소 흥분한 팔린의 이야기를 들은 빅토르가 덤덤히 권총에 탄환을 장전하며 말했다.

"수도원이 감옥은 아니지 않나."

"아무리 그래도 그건 아니지 않습니까?"

"왜. 내가 우리 어머니처럼 평생 가둬 놓기라도 할까 봐?"

"……그런 말은 안 했습니다."

"한 것 같은데, 속으로."

말하면서도 여유롭게 과녁을 맞히던 빅토르의 권총이 과녁 뒤를 향했다.

그가 두 발을 연달아 쏘고 나자 그곳에 사슴 한 마리가 쓰러졌다. 사람 죽는 건 봐도 동물 죽는 건 잘 못 보는 팔린이 괴로워하며 고개를 돌렸다.

빅토르가 말을 이었다.

"그럴 일 없어. 내 아내는 배신한 거지, 미친 건 아니니까."

빅토르가 다시 과녁에 마지막 한 발을 쏘고 나니, 사냥터지기가 사슴을 들쳐 멨다.

쏟아지는 피를 보며 팔린이 아예 눈을 질끈 감아 버렸다. 그가 다시 눈을 떠보니 빅토르는 떠나고, 뒷덜미를 당긴 에번의 핀잔이 들렸다.

"가정사에 끼어드는 거 아니다. 쓸데없는 참견이야."

"그건 저도 아는데요, 함장님이 마리나 공작님을 수도원에서 꺼내 주지 않는 건 사실이잖습니까."

"뭐, 그럴 만한 이유가 있겠지."

"그래도 어머니잖습니까."

팔린이 한숨을 푹 쉬더니 제 붉은 머리칼을 마구 헝클었다. 괜한 참견이라고 생각하면서도 영 신경이 쓰였다.

그날 저녁 식사 자리에서, 스칼렛은 마주 앉은 빅토르를 한동안 바라보았다. 그는 결혼하던 첫날과 다름없이 정장 차림으로 식사를 하고 있었다.

결혼 초기에는 그가 우아한 태도로 식사를 하는 걸 마냥 넋 놓고 바라보곤 했다.

그는 2년 내내 똑같은 모습을 유지했다. 스칼렛이 기뻐서 웃던 날에도, 슬퍼서 맞은편에 앉아 눈물을 뚝뚝 흘리는 날에도 그는 무덤덤하게 식사를 이어 갔다. 이제는 그와 마찬가지로 식사 중에는 굳은 얼굴을 유지하게 된 스칼렛이 입을 열었다.

"빅토르, 팔린 경에게 수도원 이야기 들었지?"

"다녀와."

그의 무심한 말에 스칼렛이 실수로 숟가락을 접시에 떨어뜨렸다. 그녀가 숟가락을 그대로 두고 빅토르에게 물었다.

"……얼마나 가 있을까?"

"글쎄."

"너무 길면 안 돼. 당신이 보고 싶어서 도망쳐 나올지도 몰라."

스칼렛이 말하고 소리 내어 웃었다.

빅토르는 반응하지 않았으나, 그녀는 여전히 눈꼬리를 휘고서 말을 이었다.

"한 달은 너무 짧아?"

"마음대로 해."

"더 길게는 안 돼. 나 데리러 와, 한 달 뒤에."

"그래."

"빅토르."

스칼렛이 이름을 부르고, 그가 자신을 볼 때까지 기다렸다.

빅토르가 그녀 쪽으로 시선을 옮기자 그녀가 다정히 말을 이었다.

"사랑해."

"나도 그래."

빅토르에게 무언가 필요한 것이 있을 때를 제외하면, 주로 먼저 사랑한다고 말하는 것은 스칼렛이었다. 빅토르는 아주 가끔은 자신도 사랑한다는 말을 덧붙여 주기도 하고, 그렇지 않을 때도 늘 동조의 대답을 해 주었다.

그렇게라도 확인을 받고 나면 스칼렛은 기쁘면서도 약간 쓸쓸함을 느꼈다.

―――◈―――

며칠 뒤 이른 아침, 수도원으로 갈 준비가 끝났다.

스칼렛은 배웅 나온 빅토르를 꼭 끌어안았다.

"보고 싶을 거야, 빅토르."

빅토르가 제 품에 안겨 간절히 올려다보는 스칼렛의 머리칼을 쓸어 귀 뒤로 넘겨 주었다.

"돌아오면 아버지도 화가 풀리시겠지."

그의 말에 스칼렛이 고개를 끄덕이더니 빅토르의 품에 머리를 기대고 말했다.

"당신도 화 풀어 줄래?"

"아니."

그의 당연하다는 듯한 대답에 스칼렛의 입꼬리에서 미소가 사라졌다.

"한 달이 지나도?"

"당신은 날 배신했잖아."

남편은 무슨 생각을 하고 있는 걸까.

신혼 때에는 온종일 첫눈에 반해 버린 남자의 머릿속을 파악하느라 잠도 깊이 들지 못했다.

사랑한다, 사랑하지 않는다 두 개의 답뿐인 말도 안 되는 꽃점을 보기도 하고, 풀밭에서 사랑이 이루어진다는 희귀한 풀을 찾아보기도 하고. 웃기도 해 보고, 토라져도 보고, 울어도 봤지만 남편은 한결같았다.

그는 불이 붙지 않았다. 언제나 냉정한 빅토르의 곁에 있노라면 늘 저 혼자 활활 타오르는 기분이었다.

그런 남자를 어떻게 2년이나 사랑했을까 싶다가도 짝사랑이 원래 그렇지, 하는 생각이 뒤를 이었다.

원래 짝사랑이라는 것이 나를 사랑하지 않는 상대를 사랑하는 일이니까. 결국은 시간만이 답이라고 생각했다. 어느 순간 불이 꺼지면, 이 사랑도 사라지겠거니.

스칼렛이 웃으며 뒤로 물러나서 다정한 목소리로 물었다.

"세 달은 어때? 세 달이면 화 풀래?"

"……"

"그럼 백 일. 백 일…… 뒤에는 화 풀어. 응? 더 길면, 당신이 나 잊어버릴 것 같아서 싫어."

"그래. 그렇게 하자."

빅토르가 대답하자 스칼렛은 기뻐하며 그를 와락 안았다가 손을 흔들며 말했다.

"백 일 뒤에 봐, 내 사랑."

"그래."

백 일이 지나면 그의 화도 풀릴까. 백 일쯤 떨어져 있으면 내 마음속 불도 꺼지게 될까.

스칼렛은 두 가지 모두를 간절히 바라며 마차에 올라탔다.

멜린 수도원은 수도에서 상당히 멀리 떨어진 곳에 있었다.

주변에 아무것도 없이 덩그러니 있는 수도원에 들어선 스칼렛의 사용인들 표정이 어두워졌다.

스칼렛을 위해 마련된 방은 돌로 되어 있었고, 마치 감옥처럼 아무것도 없었다.

스칼렛의 짐가방을 가져다 놓은 하녀, 캔디스가 인상을 썼다.

"세상에, 아무리 수도원이어도 침대는 있어야 하는 것 아니에요? 수행자가 아니라 고행자네요."

스칼렛은 어느 정도 예상한 상태라 말없이 웃으며 작은 창문을 올려다보았다. 해가 잘 들지 않는 것이 걱정이라면 걱정이었다.

사용인들은 겨울용 침구며 화로를 전부 챙겨 와 방을 꾸미고 있었다. 덤펠트 가문 정도 되는 대부호 가문에서 이동할 때 이 정도 짐을 챙기는 것은 당연했다.

그때 방으로 그레고리가 직접 스칼렛을 부탁했다는 델피오 사제가 들어섰다. 그는 침구를 놓으려는 사용인들을 보며 근엄한 목소리로 말했다.

"이게 무슨 짓입니까. 회개하러 온 여인께 저렇게 많은 짐이 왜 필요합니까?"

그 말에 사용인들이 멈칫했다.

델피오 사제가 말을 이었다.

"당장 짐을 들고 나가십시오. 레스키아 신께서 노하실 겁니다."

"아무리 그러셔도 어떻게 우리 마님을……."

캔디스가 반박하려는데 델피오가 말을 끊고 언성을 높였다.

"이것은 그레고리 경의 명이기도 합니다."

"……."

그레고리의 명령이라니 캔디스도 물러날 수밖에 없었다.

사용인들은 안절부절못하면서도, 별수 없이 방에 두었던 짐가방들을 챙겼다.

그들이 몇 번이나 돌아보다가 방을 떠난 후, 델피오가 성전을 손에 들고 스칼렛의 앞에 섰다.

그러자 수녀가 와서 귀띔했다.

"무릎을 꿇으시면 됩니다."

그리고 그녀까지 나가 버리자 스칼렛은 약간 긴장한 얼굴로 사제의 발 아래 무릎을 꿇었다.

델피오가 성전을 넘기며 말했다.

"레스키아 신께서 말씀하셨습니다. 모든 악마는 남을 앞지르려 만들어 낸 기술 속에 있다. 그러니 시계공의 딸이며, 크림슨 가문에서 태어난 부인께서는 원죄를 가지고 태어나신 겁니다."

그의 말에 스칼렛의 표정이 굳었다.

레스키아는 대자연의 신으로, 살란티에의 국교인 에델로드는 이 레스키아 신을 믿는 종교였다. 수백 년 전, 유목민이던 살란티에의 선조들은 작은 별을 따라서 이곳에 정착했다. 그리고 그들을 인도한 별과 그 대자연을 만든 레스키아 신을 숭배하기 시작했다.

레스키아 신을 믿는 이들이 자연에 가까운 삶을 추구하는 것은 사실이었다. 그러나 그 종교를 들먹이며 스칼렛의 원죄를 주장하는 것은 델피오의 억지였다.

스칼렛이 말했다.

"부모님께서는 남을 앞지르려고 시계를 만든 것이 아니에요."

"시간은 자연이 알려 주는 것입니다. 인위적으로 시간을 읽게 만들어 사람들의 마음을 바쁘게 한 것은 악마의 행동입니다."

"말도 안 되는 소리……."

"그러니 부인께서 남편을 배신한 것이겠지요."

곧 델피오가 수사들을 시켜 그녀를 바닥에 무릎 꿇게 했다. 그러고는 뽐내듯이 말했다.

"지금은 본인의 죄를 이해하지 못하시겠지만, 곧 알게 되실 겁니다. 부인께서는 이곳에서 회개와 정화를 모두 얻으실 겁니다."

백 일은 생각보다 긴 시간이었다.

그사이 아주 추운 시기는 지나가고, 바람이 매서운 꽃샘추위가 찾아왔다. 살란티에는 12월과 1월에 걸쳐 눈이 많이 내렸다. 2월과 3월의 수도는 비가 잦고, 세찬 바람이 부는 으스스한 날씨가 이어졌다.

아내가 수도원으로 떠난 사이에 빅토르는 기자들과의 인터뷰에 응하고 있었다. 적성에 맞지 않는 일이었다.

그는 비가 쏟아지는 마차 밖을 바라보았다. 그의 정복에 달린 수도 없이 많은 훈장을 어느 것 하나 삐뚤지 않게 섬세히 정리한 블라이트가 실눈을 뜨고 살피더니 뭐가 마음에 안 드는지 입술을 삐죽거렸다.

블라이트의 강박증에 가까운 정리벽을 마음에 들어 한 것은 빅토르였다. 제 손으로 뽑았으니 빅토르는 정리벽에 질렸으면서도 별말을 하지 않았다.

블라이트가 고심 끝에 빅토르의 단장을 마무리하고, 가져온 꽃다발의 시든 꽃잎을 깨끗하게 떼어 냈다.

빅토르에게 꽃다발을 들려 주는 동작까지 신경 쓰며, 블라이트가 물었다.

"괜찮으시겠습니까? 마리나 공작님을 뵈어도."

"자주 가잖아."

"하지만 이번에는 기자들과 함께잖습니까."

"별수 없지."

마지막까지 이 방법은 쓰지 않으려 했으나, 왕실경찰과 언론이 빅토르의 패륜을 들먹이며 끊임없이 공격해 별수가 없었다.

곧 블라이트가 마차 문을 열고 내려 우산을 펼쳤다.

기자들이 몰려든 사이로 빅토르가 한 손에 꽃다발을 들고 마차에서 내렸다.

굳어 있는 아름다운 얼굴이 빗속에 드러나자 공격적인 질문을 준비하던 기자들이 멈칫했다. 이 젊은 장교에게서는 이제 스물여섯 살이라는 나이가 믿기지 않는 위엄이 흘렀다.

그는 어머니 마리나 덤펠트가 있는, 수도에서 가장 부유한 오슬릿 수도원으로 들어섰다.

오슬릿 수도원은 안에 스테인드글라스로 가득한 예배소가 있는 것으로 유명했다. 아름다웠으나 드나들 수 있도록 허락받은 이는 매우 적었다.

어머니 마리나 덤펠트는 빅토르가 기부한 막대한 돈으로 꾸민, 정원을 바라보는 포치에 둔 안락의자에 앉아 있었다.

빅토르가 다가가자 마리나가 아들을 보았다.

"빅토르."

"어머니."

빅토르가 미소를 지으며 다가갔다. 그리고 의자 옆, 좋은 나무로 깔아 둔 바닥에 무릎을 꿇고 앉아 마리나를 올려다보았다.

마리나는 잠시 빅토르의 머리칼을 쓰다듬던 도중에 벌떡 일어섰다. 그러다 눈빛이 돌변해 그의 목을 움켜쥐었다.

"너, 너만 아니었으면……."

"……왕족으로 사셨겠죠. 네, 알아요."

"넌 태어나지 말았어야 했어! 내 인생은 네놈이 망친 거야!"

"그것도 여러 번 말씀하셨어요."

그는 어머니의 마른 손이 제 어깨며, 목덜미를 할퀴는 것을 그냥 놔두었다.

언제나 있는 일이었다. 한참 그렇게 죽일 것처럼 빅토르를 때리고 할퀴던 마리나가 지쳤는지 가쁘게 숨을 쉬었다. 그러다 좀 정신이 드는지 그에게 물었다.

"네 아내는 잘 있니?"

"네."

"아직도 그렇게 널 사랑해 주니?"

그의 말에 빅토르가 희미하게 미소를 지었다.

"그럼요. 버거울 만큼."

마리나가 고개를 끄덕이다가, 곧 다시 입을 열었다.

"내가 어릴 때, 왕성에 있던 미끄럼틀 얘기를 했던가."

"……아뇨."

천 번쯤 들은 이야기였다. 황금으로 만든 손잡이가 있는 미끄럼틀 이야기도, 모든 왕족들이 물려받아 쓴다는 옥 장식이 가득 달린 요람 이야기도.

그렇게 왕성에서 자란 이야기를 한참 하다가, 도중에 그녀는 또다시 빅토르를 원망했다. 그가 준 꽃다발은 마리나의 분노를 사 찢어 발겨져 빗속에 던져진 지 오래였다.

한참 그녀의 이야기를 들어 주던 빅토르는 마리나가 지쳐 잠들 기미를 보이자 몸을 일으켰다.

그러자 마리나가 그의 팔을 잡으며 말했다.

"아들, 언젠가는 나를 다시 왕성으로 데려가 주렴."

그녀의 얼굴에는 말로 형용할 수 없는 희망이 광기와 뒤섞여 어려 있었다.

"사랑하는 우리 아들. 내가 믿는 건 너밖에 없어. 알겠지?"

"그럼요."

빅토르가 그녀의 담요를 정리해 주며 말했다.
"언젠가는 왕성으로 데려가 드릴게요."

------◆------

빅토르는 스스로에게 남을 역하게 만드는 재주가 있다는 것을 알고 있었다.

몇 살인지 기억나지 않는 어린 날부터 알았다. 아마, 어머니는 제가 자라고 있는 뱃속에다가 속삭였을 것이다. '사랑하는 내 아이야. 제발 태어나지 말아 주렴' 하고.

그는 잠이 든 어머니를 간병인 대신 안아 들어 침실에 데려다 눕히고 돌아왔다. 그의 목덜미에서 흐른 피가 흰 셔츠를 적시자, 주치의가 달려와 서둘러 상처를 치료했다.

그사이 블라이트는 대신 취재에 응하고 있었다.

"보시다시피 저희 도련님께서 왕가의 일원이 되고 싶어하시는 건 효심이라고 볼 수 있지요. 마리나 공작님께서 지금껏 수도 없이 도련님의 목을 조르고 죽이려 하셨지만, 그럼에도 저희 도련님은 어머니의 꿈을 이루어 드리기 위해 노력하고 있는 겁니다."

기자들은 필요한 정보를 얻자마자 너도나도 먼저 호외를 내기 위해 달려 사라졌다.

빅토르는 빗속을 걸어 마차에 앉았고, 인터뷰를 마치고 돌아온 블라이트가 마차를 출발시켰다.

저택으로 돌아가는 길에 블라이트가 걱정스레 물었다.

"상처 치료는 잘 받으신 겁니까?"

"아내가 갈 수도원도 내가 고를 걸 그랬어."
"예?"
"지나치게 좋잖아, 여긴."
그가 말하며 안주머니에서 담배를 꺼냈다.
블라이트가 라이터를 켜서 불을 붙여 주고 말했다.
"멜린 수도원은 저도 잘 모르는 곳이네요."
"아버지가 연이 있겠지."
"그나저나 마님께서 지난주부터 편지를 안 주시네요. 사나흘에 한 번씩 주시더니."
한번 가 보는 게 어떠시냐는 참견은 차마 못 하고, 블라이트가 돌려 말했다.
그가 대답하지 않을 줄 알았는데, 빅토르가 의외로 입을 열었다.
"스칼렛 때문에 안 해도 되는 짓을 하고 있잖아."
부하들에게도 숨기던 어머니의 상태를 전국에 알리게 되었으니, 빅토르 입장에서 스칼렛을 향한 분노가 쉽게 가시지 않을 만은 했다. 그래도 이렇게 오래갈 분노일 줄은 주변인 누구도 몰랐던 탓에 아무도 왜 이렇게 화가 났는지 질문하지 못하고 있었다.
한참 눈치를 보던 블라이트가 다시 입을 열었다.
"듣고 너무 화내지 말아 주세요, 도련님."
빅토르가 창밖으로 연기를 뱉고 블라이트를 보자 그가 입을 열었다.
"마님께서…… 몸이 영 안 좋다고 하셔서 지난주에 별장으로 이동하셨어요."
그의 말에 빅토르가 물었다.
"내가 왜 화를 내?"

"마님께서 수도원에서 마음대로 나오셔서요……."

"거기 백 일을 가 있겠다고 한 건 스칼렛이야. 나오고 싶으면 나오라고 해."

"……그런 거였습니까?"

블라이트가 당혹스러운 표정을 지었다.

빅토르를 제외한 모두가, 수도원을 드나드는 것에 스칼렛의 의견은 없다고 생각하고 있었다. 아마 스칼렛 본인도 그랬을 것이다.

빅토르가 입을 열었다.

"몸이 안 좋다고?"

"열이 높으시다고 합니다."

원래 스칼렛은 몸이 약했다.

빅토르는 그녀가 지나치게 적게 먹는데다, 좋아하는 음식도 별로 없다는 것을 알고 있었다. 그런 사람이 아프다니 빅토르의 표정이 조금 일그러졌다.

"그런데 왜 별장으로 간 거지?"

"예?"

"몸이 좋지 않으면 집으로 돌아와야지."

"아, 아아! 네, 맞는 말씀입니다."

블라이트의 표정이 밝아졌다.

"제가 바로 별장으로 사람을 보내 마님을 모셔 오게 하겠습니다."

"당장 데려와."

살란티에 열병은 몸이 약한 이들에게는 무서운 병이었다.

빅토르의 표정은 쉽게 펴지지 않았다. 피우던 담배도 잊었는지 그대로 마차 바닥에 재가 떨어져, 강박증이 있는 블라이트를 예민하게 했다.

 스칼렛은 수도원에서 채 두 달도 채우기 전에 심각한 열병을 앓기 시작했다. 돌바닥에서 모포 하나 두르고 잠을 자는 데다가, 매일 델피오 사제에게 잘못을 지어내서라도 고하는 일이 마음을 상하게 했다.
 이혼 서류에 서명하게 만들기도 전에 그녀가 죽게 생겼으니, 델피오 사제는 사색이 되어 그녀를 곧바로 수도원에서 내보냈다.
 마차를 타고 거기서 가까운 덤펠트 가문의 별장으로 옮겨져서도 스칼렛은 고개조차 마음대로 움직이기 힘들어했다. 그러다 어젯밤에는 열이 심하게 올라 오늘 밤이 고비일 수도 있다는 의사의 말을 언뜻 들었다. 그래도 다시 눈을 뜬 걸 보니 생각보다 제가 튼튼한 모양이었다. 아니면 덤펠트 가문의 의사가 훌륭했던지.
 그녀가 눈을 뜬 것을 발견한 그레고리 덤펠트가 급하게 다가왔다. 그러더니 제 비서에게 말했다.
 "어서 스칼렛을 일으키고 펜을 쥐여 주거라."
 스칼렛은 더운 숨을 내쉬며 그레고리의 비서가 제 몸을 억지로 일으키는 손에 딸려 올라갔다.
 그가 손에 펜을 쥐게 하는 것을 가만히 바라보고 있으니 그레고리가 그녀 앞으로 서류를 내밀었다.
 "비밀 유지 각서다."
 "……."

"네가 원하는 대로 돈을 주마."

스칼렛은 서류를 바라보고 있었고, 그레고리는 말을 이었다.

"이 정도 재산이면 너와 네 오빠가 평생 먹고살고도 남을 게다."

시야가 흐렸지만 열이 좀 내려서인지 내용이 대충 머릿속에 들어왔다.

지친 그녀가 그것을 보고만 있으니 그레고리가 말했다.

"어서 쓰거라. 어서."

스칼렛은 물끄러미 서류를 바라보다가, 수도원에 있는 사이 앙상할 만큼 마른 손으로 서명을 적어 넣었다. 그리고 비밀 유지 각서에 조건으로 달린 편지를 옆에 놓인 덤펠트 가문의 상징물들이 그려진 편지지에 옮겨 적기 시작했다.

[의사가 옮는 병이라고 하네. 당신을 아프게 하고 싶지 않으니 나는 별장에 있을게. 100일이 되는 날에 봐, 내 사랑.]

그렇게 적고 힘이 다했는지 그녀는 스르륵 침대에 쓰러져 누웠다.

그레고리가 봉투에 서류를 넣는 것을 반쯤 감긴 눈으로 보던 스칼렛이 입을 열었다.

"……이혼 서류도 주세요."

그 말에 내내 불안해하던 그레고리의 표정이 밝아졌다.

"저, 정말이냐?"

스칼렛은 그대로 눈을 감았고 그레고리는 옆에서 몇 번이나 정말이냐고 추궁했다. 의사의 조치로 그녀가 다시 눈을 떴을 때는 머리맡에 이혼 서류가 놓여 있었다.

스칼렛은 제가 열병에 걸린 것을 천운으로 여겼다. 처음에 동전 하나 주지 않고 쫓아내려던 그레고리 입장에서는 원통한 일이겠지만.

별장에서 한 달 내내 살란티에서 가장 수준 높은 치료와 질 좋은 음식을 먹으며 쉬기만 하니, 스칼렛의 열병도 서서히 물러났다.

스칼렛은 건강이 나아지기 시작했을 때부터 캔디스가 가져다준 주방 하녀 폴리의 시계를 고치는 일에 몰두했다. 불행하다는 생각이 들 때마다, 갑자기 생긴 이 선물 같은 능력에 집중하면 한결 기분이 나아졌다.

그녀가 제 방에 처박혀 톱니바퀴를 섬세하게 갈아 가며 막 끼워 넣었을 때, 시계가 가기 시작했다.

그때 누군가 열려 있는 문에 노크를 했다. 돌아보니 재산관리인인 안드레이 해밀턴이었다.

"마님, 영수증 한번 확인해 주시겠습니까?"

"응, 들어와."

그러자 머리를 완전히 뒤로 넘긴 매우 마르고 키가 빅토르만큼이나 큰 청년이 들어왔다.

스칼렛은 결혼 이후부터 직접 빅토르의 물건을 고르고, 마음에 드는 물건이 없을 때는 직접 수선하기도 했다. 스칼렛은 봄에 빅토르의 집무실에 둘 화병의 목록을 확인하고 옆에 또박또박 글씨를 적었다.

"남편 생일에는 꼭 여러 색깔의 장미를……."

그렇게 말하던 스칼렛이 고개를 들더니 웃었다.

"원래 남편 생일에는 네 잎 클로버를 찾아서 책 위에 놓아 줬었는데."

"별걸 다 하셨네요."

"감동하지 않을까, 해서."

"네 잎 클로버를 발견한 사람의 감동이 더 크지 않겠습니까? 찾은 걸로 만족하세요."

냉정한 핀잔에 스칼렛은 안드레이를 흘기고는 금방 웃어 버렸다.

"그래, 그렇게 생각하자."

"그런데 거기 왜 적으십니까? 장미를 매번 직접 챙기셨잖아요."

"이혼하려고."

"그러시군요."

안드레이는 관심이 없는지 그렇게 대꾸하고 끝이었다.

저 대신 챙길 것을 적고 난 스칼렛은 서류를 덮더니 용기 내어 물었다.

"나, 시계 가게를 열려고 7번가에 세를 얻었어. 그런데 내가 사업은 전혀 몰라서 도움이 필요해."

그녀의 말에 안드레이가 어이없다는 듯 코웃음 쳤다.

"그러니까 이런 거대한 규모의 사업체의 엘리트인 저를 미래도 없는 신생 사업체에서 스카우트하시는 건가요?"

"……응."

"그러죠."

"응?"

스칼렛이 휘둥그레진 눈으로 얼떨결에 되묻자 서류를 끌어안은 안드레이가 폴리의 시계를 가리켰다.

"그 시계를 고치셨잖아요. 다른 시계공들이 못 고치던 시계를."
안드레이가 드물게 약간 흥분한 얼굴로 말했다.
"그럼 주소 알려 주세요. 짐을 미리 옮겨 두겠습니다."
"아, 여기!"
스칼렛이 얼른 미리 적어 둔 주소를 건넸다. 그러자 안드레이가 그 쪽지를 포켓에 넣고 허리 숙여 인사한 후 떠났다.
"……진짜 하는 거야? 이렇게 쉽게?"
스칼렛이 얼이 빠져 혼잣말을 했다.

─────◆◆◆─────

상급하녀인 캔디스가 문을 열며 말했다.
"마님, 뎀펠트가로 돌아가실 준비…… 어머, 그거 고치셨어요?"
캔디스의 목소리가 들리자마자 스칼렛은 두 손으로 자랑스레 손목시계를 들어 보였다.
캔디스가 놀라서 소리쳤다.
"폴리! 시계가 가!"
"저, 정말요?"
그녀의 우렁찬 목소리에 주방에서 폴리가 우렁차게 대답하고 달려 올라왔다.
캔디스가 스칼렛을 앉히고 그녀의 금발을 땋고, 핀으로 화관처럼 둥글게 고정하는 사이, 시계를 몇 번이고 확인한 폴리가 눈물을 그렁거리며 옆에서 폴짝폴짝 뛰었다.
"감사합니다! 이 시계요, 돌아가신 할머니께서 제가 태어난 게 너무 기뻐서 저 크면 주려고 사 오신 거예요. 그래서 꼭 고치고 싶었거든요!"

"도대체 어떻게 고치신 거예요, 마님?"

하녀들이 다 신기해하며 폴리를 둘러싸고 시계를 보며 묻자 스칼렛이 미소 지었다.

"보름이나 걸렸는걸."

"아무리 그래도요! 아무 데서도 못 고치는 걸! 너무 신기해요."

다들 너무 신나 있으니, 스칼렛은 제가 오늘 남편에게 이혼 서류를 건넬 것이라는 사실을 말하기 어려웠다. 그렇다고 아주 말을 안 하는 건 또 속이는 기분이고.

잠시 후 사용인들이 그녀의 짐들을 트렁크에 넣어 끌고 나갔다. 마지막으로 캔디스가 스칼렛의 옷을 점검했다.

"백 일 만에 만나시네요."

꼼꼼하게 살피며 말하는 캔디스의 말에 스칼렛이 미소 지었다.

"그러게."

"그나저나 이건 참 안 낫네요, 속상하게."

캔디스는 스칼렛의 왼 손목에 난 상처를 살피며 불만을 표했다.

기억을 잃고 호텔에서 눈을 떴을 때부터 늘 시계를 차던 왼 손목에 살갗이 벗겨진 상처가 있었다.

스칼렛이 그 위에 시계를 차 상처를 가리며 말했다.

"가리면 되는데, 뭘."

"그래도요, 이 고운 살에……. 대체 어디서 난 상처일까요?"

"그러게 말이야. 기억이 나면 좋을 텐데."

기억을 잃은 그 일주일 사이에 제가 뭔지 모를 한심한 짓을 했으려니, 스칼렛은 생각하려 했다. 그 상처만 보면 이상하게 심장이 덜컥 내려앉고 두려운 마음이 들어 가리지 않으면 견딜 수가 없었다.

잠시 후, 두 사람이 아담하지만 온갖 진귀한 것들로 만들어진 별장을 나섰다. 밖은 이미 해가 지며 비가 쏟아지고 있었다.
스칼렛이 마차에 올랐다.
잠깐 눈을 감았는데, 빅토르의 모습이 떠올랐다. 그의 긴 팔다리에 맞춘 완벽한 해군 코트며, 늘 세련된 스타일로 말끔하게 정리하는 새카만 머리칼과 반듯한 콧대, 언제나 바다가 떠오르는 검푸른 눈동자를 머릿속으로 마음껏 사랑했다.
생각해 보니 그를 위해 네 잎 클로버를 찾았던 것은 제 행복을 위한 것이 맞았다. 그건 그냥 5월을 즐기는 그녀의 방법 중 하나였다. 사실은 그것이 아니더라도, 빅토르를 위해 했던 모든 행동이 행복했었다. 행복하지 않았다면 아무런 보답 없는 행위를 계속했을 리 없다.
그렇게 보니 즐거운 2년이었다고, 그녀는 생각하게 되었다.

―――――◆◆◆―――――

왕실에서는 마리나 덤펠트가 미쳤다는 기사가 나가는 것을 매우 꺼려했으나, 완전히 막을 수는 없었다.
왕가의 냉대로 쫓겨난 왕녀는 미쳐 버렸고, 아들은 그런 어머니에게 목이 졸리면서도 그녀의 꿈을 들어주기 위해 살았다는 호외가 살란티에 수도에 퍼졌다.

심지어 그 사실을 최측근인 같은 배의 해군들조차 모르고 있었다는 사실까지 드러나니 왕실의 입장이 난처해졌다.

긴 기 싸움이 이어졌다. 빅토르는 지금까지 살아왔던 그대로 결코 초조한 모습을 보이지 않으며 지냈다. 이렌 왕가는 빅토르를 왕가로 편입시키는 것이 끔찍하게 싫었는지 명확한 답을 내놓지 않고 차일피일 대답을 미뤘다.

그러나 빅토르는 그다지 초조해하지 않았다. 끈기가 없는 게 문제라면, 그는 그 문제와 가장 거리가 먼 남자였다.

며칠째 비가 내렸고, 빅토르는 저녁 시간을 죽이려 별채 3층 창가에서 술잔을 기울였다. 빈 잔을 채우고, 비우고, 채우고, 비우며 만취할 작정으로 마시고 있을 때 진흙탕을 달리는 마차 소리가 들렸다.

빅토르가 창밖을 바라보니 비가 오는 어둠 속에서 마차가 달려오고 있었다.

잠시 후 블라이트가 난처한 목소리로 고했다.

"마님께서 오셨습니다."

"스칼렛?"

"네."

빅토르가 날짜를 잘못 가늠했나, 다시 계산해 보았으나 여전히 오늘은 스칼렛이 떠나고 99일째 되는 날이었다.

그는 취한 모습을 다른 사람에게 보여 주는 것이 내키지 않아 다소 미간을 좁히고 풀어 두었던 셔츠 단추를 다시 잠갔다. 서스펜더 위에 베스트를 입고, 재킷까지 차려입은 후 계단을 내려가 보니 우비를 입은 스칼렛이 들어서고 있었다.

그녀는 중앙계단을 내려오는 빅토르를 발견하고 경쾌하게 웃었다.

"빅토르, 오랜만이야."

"내일 아닌가?"

"아, 맞아. 내일이야, 만나기로 한 날은."

스칼렛은 우비를 벗지 않았다.

그녀가 빗물이 뚝뚝 떨어지는 그대로 로비 안으로 걸어 들어오자 빅토르의 미간이 이번엔 남이 알아차릴 정도로 좁아졌다. 스칼렛은 세 달 전보다 밝아 보였으므로 빅토르는 아마 수도원의 절제된 생활이 그녀와 맞는 모양이라고 생각했다.

스칼렛이 환하게 웃으며 다가오는데 걸음이 좀 느렸다.

"잘 지냈어?"

"응."

그리고 그와 가까이에 닿기 전에 스칼렛이 자리에 웅크리더니 가져온 가방을 열어 서류봉투를 꺼내 내밀었다.

"이거."

빅토르가 턱짓하자 블라이트가 그것을 받아다 꺼내 확인하고, 눈이 휘둥그레져서 빅토르에게 건넸다. 받아 든 것이 이혼 서류라는 것을 안 후에도 빅토르의 표정은 그리 변하지 않았다.

스칼렛이 입을 열었다.

"그레고리 경께서 허락하셨어."

"이혼하자고?"

"응. 그 후에 좋은 가문 아가씨와 재혼해. 그럼 왕가에서도 당신을 다르게 보겠지."

빅토르는 무심한 눈으로 서류를 마저 확인하더니 로비의 테이블로 걸어갔다. 그리고 거기 놓인 금테를 두른 펜으로 필요한 내용을 적었다.

블라이트에게 돌려 주자, 그가 서류봉투를 받아 들며 안절부절못하고 작게 소곤거렸다.

"좀 더 고려해 보시는 게 어떨까요?"

"됐어."

빅토르가 말하더니 몸을 돌렸다.

그가 아무렇지 않게 계단을 올라가는 것을 무심코 몇 걸음 따라 걸어온 스칼렛이 말했다.

"그럼, 나는 바로 크림슨 가문으로 가 볼게."

그녀의 말에 빅토르가 걸음을 멈추고, 스칼렛을 돌아보며 말했다.

"지금 가겠다고?"

"응? 응."

"비 오고 늦었잖아. 말도 안 되는 소리 말고 내일 가."

"아직 트램이 있어. 거기까지 걸어가려고."

스칼렛이 명랑하게 말하더니 그를 올려다보며 말했다.

"당신을 배신해서 미안했어, 빅토르. 그래도 당신을 사랑했던 건 정말이야. 내 목숨보다 더 많이. 정말, 왜 이렇게 되었을까……."

그녀는 그렇게 말하고 더 말을 잇기가 어려워 몸을 돌렸다.

"잘 지내, 내 사랑."

스칼렛이 달리듯 빠르게 떠나 버린 후에야 빅토르는 그녀가 이 집에 머물 생각이 없어서 우비를 벗지 않았다는 걸 알았다. 내일 그녀를 데리러 가야 하니, 오늘은 술을 마시지 말았어야 했다고 한발 늦게 생각했다.

당황한 블라이트가 빅토르를 뒤따랐다.
"저, 도련……."
그러나 빅토르는 들은 척도 하지 않고 제가 술을 마시던 곳으로 도로 들어가 버렸다. 문이 닫히는 소리를 끝으로 저택은 침묵 아래로 가라앉았다.

빗속을 달려 나온 스칼렛은 혹독하던 열병의 잔열에 얼마 가지 못하고 멈춰 섰다. 그때 제 짐가방을 등에 메고 문 쪽에 서 있던 안드레이가 그녀의 가방까지 대신 들며 핀잔했다.
"사장님, 빨리 좀 걸으시죠?"
"벌써 사장님이야? 아직 가게도 못 열었는데."
"절 고용하셨으니 사장님이죠."
스칼렛이 우산을 드는 것도 버거워하며 걸음을 옮겼다.
트램역으로 향하는 길에 그녀가 여전히 이해가 안 된다는 듯 물었다.
"나 급여도 많이 못 주는데 정말 괜찮아?"
"네. 제 꿈이었거든요. 작은 가게로 시작해서 거대한 사업체로 키우는 거요."
"……거, 거대한?"
"말씀드렸듯이, 사장님께는 뛰어난 능력이 있지 않습니까. 크림슨 가문의 다른 시계공들조차 못 고친다고 한 시계를 고칠 만큼요."
"보름이나 걸렸잖아."

"어쨌든요. 그것만 봐도 알 수 있죠. 저 시계 명가 크림슨 가문의 기술을 이어받은 사람은 스칼렛 크림슨 아가씨라는 걸요."

그런 이야기를 나누며 빗길을 뚫고 정류장에 서서 트램에 올라탔다.

뎀펠트 저택을 떠나 시계 가게를 열 7번가로 향하는 사이, 안드레이는 언제나처럼 도도한 얼굴로 책을 보았고, 스칼렛은 닫아 놓은 유리창 너머 불투명하게 보이는 거리를 바라보았다.

"벌써 세 달을 떨어져 살아서 그런지, 별로 슬프지가 않네."

"아, 예."

"비교적 이혼을 담담하게 받아들이고 있는 것 같지?"

"그런 말을 한다는 것부터가 미련이 철철 넘쳐 보입니다."

"냉정하기도 하지."

"앞으로 크게 도움 되실 겁니다, 제 냉정함이요."

안드레이는 태연했고, 그런 그가 재미있어 스칼렛은 작게 웃음을 터트리고 말았다. 이혼을 하고 나서도 이렇게 소소한 웃음이 나오게 되어 다행이라고 생각했다.

스칼렛이 세를 얻은 7번가는 크림슨 저택에서 가장 가까운 번화가였다. 수도원에서 걸린 열병이 낫지 않아, 그녀는 2층 작업실에서 시계 만드는 일에만 열중했다. 그사이 실질적으로 가게를 준비하는 것은 대부분 안드레이의 몫이 되었다. 시계는 좀 알아도 자영업에 대해서는 아주 조금도 아는 게 없던 스칼렛에게는 정말로 다행인 일이었다.

여름이 지나 그녀가 완전히 건강을 되찾을 즈음 시계 가게가 열렸고, 그 직후 스칼렛은 자전거를 하나 샀다. 부모님이 돌아가시고 사촌

동생인 메릴린에게 자전거를 빼앗긴 이후 처음이었다.

7번가는 수도의 남동부 외곽에 있었다.

7번가의 상점들 대부분이 가업을 이어 하는 곳들이라 상인들 간의 관계가 두터웠다. 새로운 가게가 들어올 때마다 이들이 가장 경계하는 것은 성격 이상한 사람이 이웃으로 들어와 평화를 깨는 것이었다. 그래서 7번가 상인들은 공사가 막 끝난 시계 가게에 가구가 들어서자 가게 주인을 확인하러 건물 앞으로 몰려들었다.

여름 내내 저기서 사람들이 들락거리더니 거의 일 년이 다 되어서야 가게를 열 준비를 마친 듯했다.

그중에서도 가장 관심이 많은 것은 바로 옆 건물에서 빵집을 하는 가족이었다. 딸인 리브는 시계 가게의 주인으로 보이는 제 또래의 여자에게 관심을 가졌다. 리브가 멀찍이서 친구들과 말했다.

"저 여자 크림슨 가문 사람이라며?"

"설마 그 여자는 아니지? 함장님과 이혼한 여자."

7번가에서 가까운 크림슨 가문의 적녀가 루비드호의 함장과 이혼을 했다는 것은 널리 알려진 사실이었다. 한동안 덤펠트 함장이 자기 어머니를 정신병원에 가둔 일로 살란티에가 떠들썩했었다.

스칼렛 크림슨.

수도에서는 자기 남편의 정보를 팔고 이혼한 것으로 꽤 유명세를 탔었다. 그러나 더 넣을 장작이 없으니 일 년 정도 지나자 관심이 시들해졌다.

"설마 그 여자야?"

"아유, 신문에 사진이 실리지를 않으니 알 수가 없네."

빅토르 덤펠트를 철천지원수로 여길 해적들이 수도에 들어와 살고 있었다. 해코지당할 위험이 있어, 그의 일가는 신문에 사진이 실리지 않았다.

리브는 시계 가게 주인과 또래라는 이유로 부모님과 동네 상인들에게 등을 떠밀려 빵 바구니를 챙겨 들고 가게 안으로 들어갔다.

리브는 그때 처음으로 가게 주인의 얼굴을 똑바로 볼 수 있었다.

'엄청 예쁘네……'

첫 소감은 그것이었다. 시계방 주인은 가히 환상적인 외모를 가지고 있었다. 땋아서 한쪽 어깨로 내린 연한 금발 머리칼에 달콤해 보이는 눈동자, 살짝 다물린 입술이 여자가 보기에도 가슴 철렁할 정도의 미인이었다.

그녀는 두 손을 모으고 서서 누군가의 신경을 거스르지도, 우습게 보이지도 않을 표정을 짓고 있었다. 그게 사교계에서는 어땠을지 몰라도 동네 주민으로서는 상당히 거만하게 느껴졌다.

리브가 그녀에게 다가갔다.

"저기요."

주인이 돌아보자 리브가 빵 바구니를 내밀었다.

"이웃이에요. 이건 환영 선물이고, 난 리브 알릭이에요."

"아……. 스칼렛 덤펠…… 크림슨이에요."

"진짜 그 사람이에요? 함장님의?"

리브가 경악하며 묻자 스칼렛이 고개를 끄덕였다. 그리고 손을 내밀어 빵 바구니를 받았다. 그 대단한 덤펠트 가문에서 살던 사람에게 이런 평범한 빵을 줘도 되나, 리브가 신경 쓰여 하는데 스칼렛이 활짝 웃었다.

"고마워요."

'우와, 진짜 예뻐…….'

그 웃는 얼굴에 리브는 또 한 번 충격을 받았다. 살면서 저런 미인은 처음이었다. 누가 귀부인 아니랄까 봐 늘 망사가 달린 챙 넓은 모자를 쓰고 있었으니 그녀의 얼굴을 제대로 본 사람은 리브가 사실상 처음이었다.

스칼렛이 빵 바구니의 손잡이를 만지작거리며 기쁜 표정을 지었다. 아무래도 본인도 어떻게 동네 사람들에게 인사를 해야 할지 몰라 많이 걱정했던 듯했다.

리브가 물었다.

"여름 내내 와 있었죠? 그동안 뭐 한 거예요?"

"어떻게 아셨어요?"

"말도 마요, 이 동네가 워낙 좁아서 무슨 일이 있으면 다 소문나요."

"그렇구나……. 아, 시계를 만들었어요. 크림슨 가문 사람이라."

"진짜요? 아가씨가 시계를 만들 수 있어요?"

"그냥 이름 부르세요."

스칼렛이 놀라서 말하자 리브가 냉큼 말했다.

"알았어요, 스칼렛."

그러자 스칼렛이 배시시 웃고는 미안한 표정으로 말했다.

"같이 커피라도 마시면 좋은데, 아직 너무 복잡해서요. 조만간…… 커피 마시러 올래요?"

"좋아요. 끝나면 2층에서 창문 열고 불러요. 거기서 정면이 내 방이거든요."

"그래요?"

스칼렛이 그 말에 더욱 기뻐했다. 쌀쌀맞아 보였는데, 생각보다 훨씬 잘 웃는 사람이었다.

스칼렛과 인사를 하고 리브는 가게를 나왔다. 밖에서 부모님을 포함한 7번가 상인들이 북적거리며 기다리다가 물었다.

"리브, 어땠어?"

"재수 없어? 빵은 받아?"

질문이 쏟아지자 리브가 말했다.

"일단, 함장님이랑 이혼한 그 스칼렛 크림슨이 맞대."

"아니, 우리 동네에 그런 유명인이 왜……."

다들 의아해하는데, 리브가 말을 이었다.

"그리고 그렇게 귀부인도 아냐. 시계 다 자기가 만들었대. 그리고 진짜 엄청, 엄청 예뻐. 태어나서 본 여자 중에 제일 예뻐."

리브의 말이 끝나기 무섭게, 드디어 궁금증에 무너진 상인들이 우르르 시계 가게로 몰려 들어갔다. 그러더니 이내 다들 만족한 표정으로 가게를 나왔다.

"아유, 세상에 저렇게 예쁜 아가씨는 정말 처음 보네."

"착해 보이던데요?"

"괜히 여름 내내 걱정했어. 저렇게 얌전한 아가씨인 줄 알았으면 진작 가서 말을 걸어 볼걸."

동네에 이상한 사람이 이사 올까 봐 걱정하던 상인들 모두 안심한 표정이었다. 리브는 제가 괜한 말을 해서 스칼렛이 우르르 몰려오는 사람들에 놀랐을까 봐 걱정되어 가게를 힐끔거렸다. 그러자 잠깐 가게 밖으로 나온 스칼렛이 조심조심 손을 들더니 리브에게 흔들어 보였다. 안심한 리브가 같이 손을 크게 흔들어 주자 스칼렛이 말갛게 웃었다.

―――◆―――

 시계 가게 여는 일에 몰입하다 보니, 순식간에 겨울이었다.
 다시 날이 추워진 12월의 수요일 아침, 스칼렛은 두툼한 양모 케이프를 두르고 1층으로 내려왔다.
 아침 햇살이 담뿍 들이치는 사랑스러운 시계 가게를 돌아보는 스칼렛의 얼굴에 함박웃음이 번졌다.
 그녀는 제일 먼저 추운 걸 질색하는 안드레이를 위해 벽난로 불부터 지폈다. 따듯한 장작불이 타오르자 시계들이 오묘한 빛을 내기 시작했다.
 벽에는 커다란 괘종시계가, 유리로 감싼 진열대에는 손목시계들이 진열되어 있었다.
 시계를 끼워 두는 시각형 쿠션의 보리색 비단은 안드레이가 직접 골라 온 것이었다. 두 사람이 손수 만든 이 작은 쿠션은 안드레이의 주장대로 '스칼렛 크림슨의 시계 가게'의 상징물이 되었다.
 스칼렛이 빗자루로 바닥을 쓸어 문밖으로 먼지를 탁탁 털었다. 마지막으로 '환영'이라고 적힌 발 매트를 꺼내 문 앞에 깔고 나면 할 일은 끝이었다.
 정확히 열 시가 되자 유일한 직원 안드레이가 나타났다. 그가 건넨 가방을 들고 있는 사이에 안드레이가 스칼렛에게는 너무 높은 차양

막을 쳤다.

가방을 진열대 뒤 안드레이의 자리에 가져다 놓은 스칼렛이 곧장 자전거에 올라타며 말했다.

"다녀올게."

"일찍 와서 일하세요."

수요일은 아이작 크림슨을 만나러 간다는 것을 아는 안드레이가 지난 수요일과 똑같은 말을 하고 가게로 들어가 손님용 커피를 내리기 시작했다.

스칼렛은 직원이 사장보다 야망이 커도 괜찮은 건가를 고민하며 크림슨가를 향하여 페달을 밟았다.

매주 수요일 같은 시간에 7번가를 지나는 스칼렛에게, 그사이 알게 된 상인들이 손을 흔들었다. 스칼렛도 같이 한 손을 흔들어 인사했다.

7번가를 완전히 빠져나가 트램 길을 따라 달려가면 크림슨 가문이 나왔다.

자전거에서 내린 스칼렛은 작은 손가방을 챙겨 들고 크림슨가에 들어섰다. 포치 쪽에서 그녀의 사촌인 메릴린과 아놀드, 그리고 함께 여유로운 점심시간을 보내는 남매의 친구들이 보였다.

메릴린이 핀잔하듯 말했다.

"그러게, 애초에 내가 덤펠트가에 갔으면 이렇게 되돌아오지 않았을 텐데."

스칼렛이 못 들은 척하고 들어가려는데 빵 조각이 날아와 머리를 맞혔다.

그녀가 잠깐 멈춘 사이 아놀드가 문을 막아섰다. 그가 제 쪽은 보지도 않는 스칼렛을 불쾌해하며 입을 열었다.

"이혼한 여자가 이렇게 마음대로 돌아다니다니 세상이 어떻게 돌아가는지 모르겠다니까."

아놀드가 괜한 트집을 잡는 것에 익숙해진 스칼렛은 대응 없이 그냥 집으로 들어가려 했다. 그러자 아놀드가 머릿수건째로 머리칼을 움켜쥐며 뒤로 확 당겼다.

"어딜 가. 사람 무시해?"

"하지 마."

"하지 마? 뭘 하지 마. 네가 어쩔 건데."

아놀드가 어처구니없어하며 머리칼을 잡아 흔들었다.

"내 말이 틀려? 자기 오빠 버리고 도망쳤으면 남편 마음이라도 잘 잡았어야지."

혹시나 아이작이 들을까 스칼렛이 비명도 못 지르고 눈을 질끈 감는데 느린 걸음 소리가 들렸다. 중앙계단으로 손잡이와 지팡이에 의지한 아이작이 내려오고 있었다.

아놀드가 간병인이 늘 갈아 주는 깨끗한 무명천으로 눈을 가리고 있는 아이작을 힐끔 보았다. 그러더니 스칼렛을 놓아주며 말했다.

"저 자식이 불쌍해서 봐주는 거야. 자기 여동생이 이러고 있어도 덤비지도 못하잖아."

살면서 거의 밖으로 나가지 않아 하얗다 못해 창백한 얼굴의 아이작이 금방 미소를 지어 보였다. 그리고 스칼렛의 목소리가 들리던 방향을 보며 말했다.

"스칼렛, 올라가자."

그의 말에 스칼렛이 떨어진 머릿수건을 집어 들고 달려가며 말했다.
"왜 내려왔어, 내가 올라갈 건데."
"마중 나왔지."
아이작은 상황이 보이지 않으니 그냥 배시시 웃어 보였다.
스칼렛이 조심스럽게 그를 부축해 아이작이 지내는 다락방에 데려다 놓았다.
"너무 춥다."
스칼렛이 중얼거리며 손가방을 내려놓고, 화로에 불을 붙였다.
침대로 돌아와 누운 아이작은 가만히 그녀의 목소리가 들리는 곳으로 고개를 돌리고 있었다.
아이작은 마차 사고로 두 눈의 시력을 잃던 날부터 쭉, 한 살 어린 여동생의 보살핌을 받아 왔다. 그녀가 결혼한 후에도 마찬가지였다.
스칼렛은 문을 걸어 잠그고, 손가방에서 그레고리에게 받은 돈의 절반 이상을 투자해서 구한 물약을 꺼냈다.
취조 후 스칼렛이 정신을 차리던 날, 그녀가 묵은 객실에 이 물약이 있었다. 게다가 그녀의 지갑 속에는 그 약을 구하는 방법도 적혀 있었다.
스칼렛이 위험을 무릅쓰고 해적들의 물품을 뒷거래하는 시장에 찾아가 구해 온 약이었다.
아이작은 얌전히 누워서 무명천 위에 물약을 떨어뜨리는 동안 꼼짝도 하지 않았다.
스칼렛이 말했다.
"진짜로 보일까?"
스칼렛이 먼저 말을 걸자 그제야 마비에서 풀린 것처럼 아이작이 배시시 웃었다.

"보였으면 좋겠어. 안 그러면 네 돈이 그냥 날아가잖아."

"그런 건 신경 쓰지 말라니까."

이 약값과 비슷한 돈으로 시계 가게를 열고 자전거도 살 수 있었다. 어마어마한 가격이었다. 아무리 해적 대부분이 소탕되었다지만, 그 해적섬으로 들어가 사술이 담긴 약을 구해 오는 것은 그 정도 돈을 받지 않으면 할 사람이 없었다. 그러나 스칼렛은 이 투자를 조금도 아깝게 여기지 않았다.

숙부가 아무리 재산을 다 차지해도 크림슨 가문의 법적인 가주이자, 크림슨 백작은 아이작이었다. 하지만 아이작이 어릴 때는 어리다는 이유로, 지금은 눈이 보이지 않는다는 이유로 숙부인 에빌 크림슨이 후견인을 자처해 아직 어떤 재산에도 손을 댈 수 없었다.

아이작이 이 물약을 사용해 눈을 뜨게 되면 더 이상 후견인이라 우길 수 없게 될 것이다. 그러나 희망 사항일 뿐, 이 약이 아이작의 시력을 되찾게 해 줄 것이라는 보장은 없었다.

반년에 걸쳐 겨우 구한 약을 또다시 반년에 걸쳐 투여하고 있었지만 눈이 보일 기미는 없었다. 어쩌면 속은 걸지도 모른다고, 두 사람은 생각했다. 그러나 서로의 상처를 생각해 어느 쪽도 내색하지는 않았다.

― · · · ―

약을 바르고 나서 스칼렛이 말했다.

"나 좀 누울래."

"그래."

아이작이 벽으로 바짝 붙어 자리를 내주었다. 스칼렛이 옆에 눕자 아이작이 물었다.

"시계 가게는 어때?"

"그럭저럭. 내가 만든 시계가 가긴 가더라."

"대단하다. 자랑스러워."

아이작이 다정하게 말하곤 곧 아쉬운 표정을 지었다.

"나도 시계 가게 가 보고 싶은데……."

"정리되면 금방 구경시켜 줄게."

"아냐."

아이작이 고개를 저었다. 그러고는 곧 밝은 목소리로 말했다.

"눈이 보이면 갈래. 네가 만든 시계를 구경할 거야."

"응. 보이게 되면 후견인을 정지시켜 달라고 하자. 그리고 크림슨 공장에 나가는 거야."

"좋아."

"오빠 공장들을 다 되찾아 오자."

"우리 공장이지."

"왜 우리야. 작위도 공장도 후계자가 이어받는 건데."

"부모님이 살아 계셨으면 널 후계자로 삼으셨을지도 모르잖아."

생전 고집 한 번 부리지 않던 아이작은 딱 공장 이야기를 할 때만 이렇게 고집을 부렸다.

스칼렛이 한숨을 쉬고 말했다.

"알았어."

"후견인만 정지되면 내가 혼자 네 가게에 찾아갈게. 주소는 확실하게 외워 놨거든."

"아, 생각만 해도 설레네."

스칼렛이 좀 들떠서 말했다.

잠시 더 이야기하다가 그녀는 몸을 일으켰다. 손을 흔들면 아이작이 보지 못하기 때문에, 그녀는 움직일 때마다 꼭 소리를 내어 말했다.

"아, 슬슬 가야겠다."

"조심해서 가."

아이작이 웃으며 손을 흔들었다. 그리고 스칼렛이 일어나기 전에, 손을 더듬거려 그녀의 팔을 붙잡고 말했다.

"그런데 스칼렛. 나 그렇게 생각 안 해. 알지?"

"뭘?"

"네가 나 버렸다고. 그런 생각 조금도 한 적 없어."

사람마다 다르겠지만, 스칼렛은 이렇게 말해 주지 않으면 제가 눈이 안 보이는 사람을 여기 버려 두고 결혼을 했다며 자책할 사람이었다. 물론 이렇게 말한다고 자책을 안 하지는 않지만, 그래도 말하지 않는 것보다는 나았다.

스칼렛이 웃으며 고개를 끄덕였다.

"응."

그렇게 대답하고, 스칼렛이 방을 나갔다.

문이 닫히고 아이작은 두 손을 제 눈을 감싼 천 위로 가져갔다.

스칼렛이 덤펠트 가문 사내와 결혼한 이후로 더 이상은 제가 짐이 될 일이 없을 줄 알았다. 그러나 그녀는 이혼하며 받은 돈 대부분을 이 확실하지도 않은 약에 쏟아부었다.

"······앞을 보고 싶어."

그는 어릴 때, 제 여동생을 때리는 숙부에게 대들었던 일을 떠올렸다.

에빌 크림슨은 그때 아이작을 달래며 그렇게 말했었다.

"넌 스칼렛과 달라. 저 애는 아무것도 아니지만 넌 크림슨 가문의 작위를 이을 것이 아니니. 착하지, 저 애와 너를 동일시하지 말거라."

그리고 아이작의 손을 스칼렛의 뺨에 얹어 주던 일을 떠올렸다. 아이작을 저희 중에 하나로 만들기 위한 행동이었다. 아이작은 숙부가 만족할 때까지 스칼렛의 뺨을 때렸다.

그날 밤 스칼렛은 제 옆에 와서 소곤소곤 말했다.

"작은아버지에게는 비밀인데, 사실 하나도 안 아팠어."

그러더니 헤헤 웃는 것이었다.

그날 이후 아이작은 결코 숙부에게 대들지 않았고, 스칼렛의 웃음을 믿지 않게 되었다.

스칼렛은 다시 자전거를 달려 시계 가게로 향했다. 그녀가 자전거를 세운 가게의 유리벽에는 '스칼렛 크림슨의 시계 가게'라는 큰 글자가 있고, 그 아래에는 작게 '주문 제작 가능'이라고 적혀 있었다.

크림슨은 위대한 시계공들의 가문이었다. 5대 전에 그 기술력을 인정받아 백작의 작위를 받았을 정도였다.

'크림슨'은 가문의 이름인 동시에 시계 부품의 이름이기도 했다. 이 이름을 가게 이름에 넣는다는 것은 그 부품을 넣은 시계를 만들 수 있다는 뜻이기도 했다.

처음 스칼렛이 이 이름을 쓴다고 했을 때 크림슨 가문의 장인들은 피를 토하며 반대했다. 그러나 스칼렛이 크림슨 부품을 만들어 내자 다들 할 말이 없어 물러서고 말았다.

스칼렛이 안으로 들어가 안드레이에게 물었다.

"주문받은 거 없었어?"

"있었는데요, 미리 말씀드리는데 호들갑 떨지 말아 주시고요."

안드레이가 새침하게 말하더니 이내 빈 상자를 들어 보였다.

"이게 또 팔린 데다가 다음 손님은 미리 예약 주문까지 하고 가셨어요."

안드레이의 침착한 말에 스칼렛이 툭하면 즐겁다는 듯이 휘어지던 와인색 눈을 가늘게 뜨며 그를 보았다.

안드레이가 다시 상자를 내려놓으며 말했다.

"그냥 말하세요, 그거. 내가 뭐랬어."

"내가 뭐랬어? 그저 잘 팔릴 거랬지?"

"네네, 설마 이런 사파이어 범벅이 계속 팔릴 줄은 몰랐네요. 제 유일한 불찰입니다."

안드레이가 약간의 불만이 섞인 투로 말하고는 상자를 내려놓고, 금방 스칼렛에게 핀잔했다.

"뭐 하세요, 빨리 다시 사파이어 범벅 만드세요."

"바다 여신의 눈이라니까. 멋진 이름이 있는데 왜 자꾸 사파이어 범벅이라고 부르니?"

"바다 여신의 눈이라는 이름이 멋지다고 생각하는 건 사장님뿐이에요. 사실 전 다른 이름으로 부르고 있죠."

"뭐어? 뭐라고 부르는데?"

그러자 안드레이가 숨겼던 이름 판을 꺼냈다.

"사파이어가 들어간 해군용 시계요."

해군이라는 말에 저도 모르게 긴장한 스칼렛이 물었다.

"그게 왜 해군용 시계야?"

"해군들이 낄 법한 멋진 시계라는 거죠. 이 수도 사람들이 가장 사랑하는 게 누굽니까? 빅토르 덤펠트 함장님과 루비드호의 해군 엘리트들 아닙니까? 이게 바로 마케팅이라는 겁니다."

그 마케팅이라는 것에 태연히 사장의 전남편을 이용하는 안드레이가, 스칼렛의 눈에는 참 타고난 사업가로 보였다. 사장을 대하는 태도에는 불만이 있었지만, 그는 귀족을 상대로 했을 때 더없이 빛나는 판매상이었고, 전반적인 운영을 박봉에 과할 정도로 능숙히 처리해 주고 있었다.

안드레이가 태연하게 말했다.

"사장님은 시계나 만드세요. 전시회 출품용은 또 언제 완성하실 거예요?"

"지금 할 거야."

스칼렛이 말하고는 시계를 만들기 위해 집이자 작업실이 있는 2층으로 올라갔다.

집이라고는 하지만 생활감이 느껴지는 것은 침대와 벽장 하나뿐이었다.

그녀의 작업실은 시계를 만들기 위한 부품이 든 서랍장으로 가득했다. 맨손으로 해야 하는 작업이 많다 보니, 지난 2년의 결혼 생활 동안 귀부인의 보드라움을 유지하던 그녀의 손끝은 이혼 후 1년도 다 채우지 못하고 너덜너덜해졌다.

추위를 피하려 쓰고 있던 머릿수건을 벗자 금빛 물결 같은 머리칼이 허리까지 쏟아졌다. 그녀는 머리칼을 한 갈래로 단단히 묶은 후 작업대 앞에 앉았다.

'사파이어 범벅'이라 불리게 된 이 시계에는 열두 개의 아주 작은 사파이어가 들어갔다.

스칼렛은 사파이어를 넣을 홈을 섬세하게 파내기 시작했다. 그녀의 작업은 이른 해가 지기 전, 경관들이 거리의 가스등 불을 붙일 때까지 계속되었다.

그사이 시계 가게에 동네 꼬마 둘이 달려 들어오자 안드레이가 못마땅해하며 계단을 턱짓했다.

아이들은 안드레이에게 여러 번 혼나고서야 익힌 얌전한 걸음으로 계단을 걸어 올라갔다.

2층에 도착하면 나무 창살로 된 잠긴 문이 하나 더 있었다. 스칼렛이 한번 집중하면 주변 상황을 전혀 알지 못한다는 걸 아는 두 아이가 문 앞에서 큰 소리로 그녀를 불렀다.

"스칼렛! 고쳐 줘!"

"트램이 또 망가졌어!"

그렇게 크게 불렀는데도 대답이 없어 아이들은 불만스러운 표정을 지었다.

아이들이 다시 온 힘을 다해 동시에 그녀를 불렀다.

"스칼렛!"

그제야 들었는지 스칼렛이 작업하던 것을 내려놓고 돌아보았다.

트램 운전사 조합장의 두 아이 찰리와 수잔은 스칼렛과 눈이 마주치자마자 재잘거렸다.

"트램이 또 망가졌다니까."

"오래돼서 맨날 망가져. 스칼렛이 고쳐 줘야 돼."

아이들의 말에 스칼렛이 난처한 얼굴로 망설이다 고개를 저었다.

"말했잖아. 트램은 한 번 망가지면 끝이야. 고치는 건 불법이고."

지난해 7월에 왕과 대사제는 협의를 통해 트램과 자전거의 수리를 금지했다. 트램과 자전거 때문에 사람들이 주말에 외곽으로 놀러 나간다는 것이 주 이유였다. 그것은 레스키아 신께 반하는 것이라 했다.

살란티에를 세운 유목민들은 자연에 녹아든 민족이었으므로, 기술 발전을 거부하는 경향이 있기는 했다. 하지만 이런 법안에 수긍할 정도로 어리석지는 않았다.

처음에 시민들은 이 비상식적인 법안을 황당하게만 여겼다. 그러나 실제로 강한 처벌이 시작되자 그 법안을 두려워하며 따르기 시작했다.

최근에는 극단적 종교주의자들이 왕과 대사제의 말을 근거 삼아 몇몇 엔지니어들을 살해하는 일까지 있었다.

그 이후 아무도 트램 수리를 하려 하지 않았지만, 스칼렛처럼 어리고 연약한 귀족 여성이 트램 수리가 가능할 리 없다는 편견은 그녀가 몰래 트램을 수리하고도 의심을 사지 않게 했다.

이 일이 스칼렛을 위험에 빠뜨릴 수 있다는 걸 전혀 모르는 남매가 칭얼거렸다.

"트램이 망가지면 우리 아빠는 직업이 없어져."

"그럼 우린 굶어야 한댔어."

지난번에도, 지지난번에도 이 이야기를 듣고 정말 마지못해 고쳐 줬었다.

이러니까 애초에 시작을 말았어야 했다. 하필 타고 있던 트램이 멈추지만 않았어도…….

한숨 쉬며 저를 보는 초롱초롱한 눈빛을 마주한 스칼렛이 결국 마지못해 자리에서 일어났다.

"요 못난이들."

"우리 못난이 아니야!"

"맞아, 못난이라고 하는 사람이 못난이야!"

일곱 살 된 남매들은 말만 아주 그럴싸하게 잘하게 되어, 뭐 한마디 지질 않았다. 얄미웠지만 이 애들이 굶는 건 안 될 말이었다.

———

스칼렛이 계단을 내려오자 안드레이가 그럴 줄 알았다는 듯이 돌아보지도 않고 말했다.

"벌금 대신 감옥에 가세요. 제 월급은 주셔야 하니까."

"말을 해도 꼭."

핀잔했지만 그녀는 안드레이가 절대 이 사실에 대해 입 밖에 내지 않을 거라는 강한 신뢰를 가지고 있었다.

언제나처럼 공구 가방을 멘 그녀는 아이들의 손을 하나씩 잡고 트램을 넣어 두는 차고로 들어섰다.

그녀가 나타나자 고통스러운 표정을 짓고 있던 트램 운전사들의 표정이 확 밝아졌다.

"아빠! 스칼렛 데려왔어!"

남매가 달려가자 아이들의 아버지 포웰 씨가 버럭 화를 냈다.

"귀하신 분 이름만 덜렁 부르지 말랬지! 아가씨라고 하라니까!"

스칼렛이 편하게 대해 달라고 해도, 포웰은 절대 그럴 수 없다고 했다. 하지만 아이들의 의견은 달랐다.

"에이, 스칼렛은 화 안 낸단 말이야!"

"맞아!"

남매가 떠들더니 우당탕거리며 트램 위를 뛰어다녔다.

포웰이 미안한 표정으로 말했다.

"매번 신세를 져서 정말 미안합니다, 스칼렛 아가씨."

"정말 이번이 마지막이에요."

"예! 약속드리겠습니다!"

"그럼 다들 돌아서 주세요. 수잔은 빼고."

스칼렛의 말에 어린 여자아이를 제외한 모두가 돌아섰다.

그녀는 입고 있던 외출용 간편한 드레스를 벗었고, 그 안에 입은 작업용 점프슈트 차림으로 트램 아래로 기어 들어가 말했다.

"포웰 씨, 스패너."

"아, 예!"

포웰이 얼른 공구 가방을 열자, 잽싸게 스패너를 건네받은 찰리가 트램 아래로 기어들어가 스패너를 내밀었다.

찰리가 엎드려서 물었다.

"스칼렛, 또 뭐 가져올까?"

"파이프 렌치랑 너트 종류별로 가져와."

"응!"

찰리가 대답하고 재빠르게 기어 나가더니 포웰을 보며 물었다.

"아빠, 파이프 렌치가 뭐야? 너트 종류별로는 뭐야?"

"여기 있다."

찰리가 둘 다 들기는 무거웠던 탓에 너트를 두 손으로 소중하게 감싸 챙겨 가져다주고, 그다음으로 파이프 렌치를 가져다주었다.

한참 동안 트램 아래에서 증기엔진이며, 연결된 선들과 핸들까지 점검하고 난 그녀가 밖으로 나왔다.

"시동 걸어 보세요."

"네, 아가씨!"

운전사 중에 하나가 급하게 운전석으로 올라갔다.

그사이 다른 운전사들이 석탄을 가져다 증기엔진을 작동시켰다. 겨울이 무색하게 긴장해 땀을 뻘뻘 흘리던 그들은 무사히 시동이 걸리자 신이 나서 소리쳤다.

"되, 됩니다, 아가씨!"

"아이고, 이번엔 정말로 망가진 줄 알았더니!"

그 말에 운전사들 모두가 환호했다.

트램이 하나 망가지면 트램 운전사 두 명이 일자리를 잃었다. 가슴을 쓸어내리며 안도하는 사람들을 보니 스칼렛도 별수 없이 웃음이 났다.

수잔이 쪼르르 달려와 제 옷소매를 당겨 보이며 말했다.

"얼굴 닦아 줄게."

"마음은 고마운데 가서 씻을게. 옷 더러워지면 혼날걸?"

"아냐, 스칼렛 얼굴 닦아 준 건 안 혼나."

수잔이 강경하게 말했으나 스칼렛은 고개를 젓고 제 소매로 얼굴의 그을음을 닦아 냈다. 그러자 사람들이 웃음을 터트렸다.

수잔이 손가락으로 얼굴을 가리키며 말했다.

"더 많이 묻었어!"

"진짜?"

스칼렛이 민망해하며 거울을 찾고 있을 때였다. 밖에서 망을 보던 운전사 하나가 정신없이 달려 들어왔다.

"경관이다!"

"뭐, 뭐? 스칼렛 아가씨 숨겨! 빨리!"

그가 소리치자마자 운전사들이 여기저기 던져 두었던 재킷을 찾아와 옷걸이에 전부 걸었다. 그리고 스칼렛의 드레스를 비어 있던 석탄 자루에 담아 숨기고, 그녀는 짐 상자에 넣어 옷걸이 뒤로 밀어 놓았다.

거의 바로 직후에 경찰들이 들어섰다. 포웰은 일부러 더 험상궂은 얼굴을 하고 물었다.

"뭔 일로 오셨소? 다들 바쁜데."

그러자 경찰이 추궁하듯 말했다.

"트램이 멈췄다는 신고가 들어왔네. 고장 난 건지 확인차 왔지."

"연료가 다 떨어져서 멈춘 거요. 연료 채우니까 괜찮아졌고. 누가 알지도 못하면서 신고를 했단 말이오?"

혹시 걸릴 때를 대비해 마음의 준비를 했던 포웰이 큰소리쳤다.

스칼렛은 옷걸이 뒤에 숨어서 숨소리까지 죽여 가며 경찰들이 떠나기만 기다렸다. 긴장감에 피가 통하지 않아 손끝이 얼어붙는 기분이었다.

포웰이 트램을 확인하는 경찰에게 투덜거렸다.

"애초에 트램을 고칠 만한 기술자도 없잖소, 국내에는."

"그건 그렇지."

언제나처럼 적당히 찾는 시늉만 하다 가겠지, 생각했다. 어차피 포웰의 말대로 트램을 고칠 수 있는 기술자는 대다수가 사망했고, 경찰이 기계를 본다고 해도 이게 고장이 났던 건지 연료 부족인지 알 도리가 없었다. 그래도 신고가 들어왔으니 경찰들이 모든 트램들을 점검하는 시늉을 하던 때였다.

"거, 거긴 뭐 하러 가십니까, 냄새나는 옷밖에 없는데요."

운전사 중 하나의 다급한 목소리가 들렸다.

스칼렛은 제 쪽으로 걸어오는 구두 소리에 급격히 쿵쾅거리기 시작하는 심장 근처를 손으로 꾹 눌렀다.

순식간에 가까워진 발소리가 멈추더니 재킷 옷걸이가 한쪽으로 쭉 밀렸다. 그러더니 바로 상지가 열렸다. 놀란 스칼렛이 고개를 들었다가 그대로 동작을 멈췄다.

재킷 너머에서 그녀의 전남편, 빅토르 덤펠트가 내려다보고 있었다.

이혼하고 그리 긴 시간이 지난 건 아니었음에도 전남편의 분위기는 확연히 달라져 있었다. 예전보다 조금 말랐고, 해군 장교로 서슬 퍼렇기만 하던 얼굴이 이상할 정도로 고독한 분위기를 냈다. 직선적인 눈매가 주던 치기 어린 오만함이 수십 년이 지난 것처럼 잠잠해진 것이 가장 놀라웠다.

그가 함장으로 있는 루비드호의 해군들은 임무가 없을 때 경찰력에 동원되기 때문에 이성적인 상태에서 생각한다면 충분히 마주칠 법한 상황이었다. 거기에 만나기 싫은 사람을 만나서는 안 될 상황에서 만나게 되는 것은 세상의 법칙이 아닌가.

그 짧은 마주침 속에서 스칼렛은 오만가지 생각이 들어, 정작 해결책은 떠올리지 못하고 있었다.

스칼렛이 두 손으로 입을 틀어막고 거칠어지려는 숨을 참고 있을 때 그녀를 내려다보던 빅토르가 은으로 된 화려한 총을 꺼내 들었다.

스칼렛이 눈을 질끈 감고 한쪽으로 고개를 돌렸다. 소음기가 달린 총에서 두 발이 연달아 발사되었다. 그곳에 있던 모든 사람이 굳고, 빅토르가 돌아섰다.

"이동하지."

그는 무심하게 대답했으나, 반대로 운전사 몇은 사색이 되어 자리에 주저앉았다.

빅토르와 함께 온 부함장 에번 라이트가 뒤따르며 아무 일 없었다는 듯 말했다.

"예, 함장님."

이 자리에 왕의 외손자인 빅토르 덤펠트를 거스를 수 있는 사람은 없었으므로, 모두가 질문 없이 돌아설 수밖에 없었다.

빅토르가 창고 문으로 향하자 근처에 있던 경찰이 달려가 문을 열어 붙잡았다.

순식간에 그들이 빠져나갔다.

포웰이 상자로 달려가 보니 석탄을 담아 둔 자루에 두 발이 박혀 있고, 나뭇조각이 튀어 상처가 난 팔을 감싸 안은 스칼렛이 웅크려 있었다.
"수, 수잔! 찰리! 어서 와서 스칼렛 아가씨 손 잡아 드려!"
그의 말에 운전사들이 눈을 가려 주고 있던 두 아이가 달려왔다.
운전사들이 달려와 옷걸이를 치웠다. 남매의 도움으로 상자에서 나온 스칼렛은 다리가 후들거려 벽을 짚고 섰다.
방금 저를 본 것이 빅토르가 아니었다면 어떻게 되었을까. 정말로 그 자리에서 죽였을까?
스칼렛이 아는 빅토르는 이런 자리에서 발견하는 것이 제 전 부인이라고 해서 특별히 넘어가 줄 사람이 아니었다. 그래도 모처럼 만나니 마음이 좀 약해졌던 모양이다.
트램의 수리에는 누군가의 생계가 걸렸다. 운전사만이 아니라, 그 트램을 타고 멀리까지 출퇴근을 해야 하는 사람들의 생계도 걸려 있었다. 애초에 문제는 트램을 수리하면 신의 뜻에 반한다는, 말도 안 되는 법안이었다.
그렇게 단호하게 마음먹고 여기에 온 것이었으나 실제로 죽음이 눈앞까지 다가왔다가 멀어지자 머릿속이 새카매졌다.
포웰이 그 앞에 털썩 주저앉으며 떨리는 목소리로 말했다.
"미안해요, 스칼렛 아가씨. 다시는…… 다시는 이런 일 없을 겁니다."
"맞습니다. 차라리 일자리를 새로 구하는 게 낫지……."
다들 방금 스칼렛이 죽는 줄로 알고 있었던 탓에 얼어서 꼼짝을 못 하고 있었다. 무엇보다 그녀를 데려왔던 수잔과 찰리가 스칼렛에게 달라붙어 바들바들 떨고 있었다.
스칼렛은 자신이 더 이상 충격을 받은 채 가만히 있으면 안 된다고 생각했다. 그녀가 쪼그리고 앉아 남매를 보았다.

"왜 그렇게 떨어?"

그러자 울음이 터진 수잔이 말했다.

"내가 스칼렛 데려와서……."

"아닌데? 내가 오고 싶어서 온 건데? 기억 안 나?"

스칼렛이 싱긋 웃으며 말하자 찰리가 훌쩍거리며 말했다.

"아냐, 우리가 가자고 했어."

"아니지, 나는 못난이들 말 안 들어. 내가 오고 싶어서 온 거야. 트램 수리하는 거 사실 재미있거든."

장난스럽게 말해 봤지만 더 크게 울음이 터진 남매는 그녀에게 안겨 들어 펑펑 울었다.

자기들이 못난이 아니고 스칼렛도 못난이 아니고 어쩌고 알아들을 수 없는 말을 하며 웃는 사이 운전사들은 걱정스러운 표정으로 그녀를 보고 있었다.

그렇게 아이들을 우선 달래고 나서 스칼렛은 자루에 두었던 드레스를 다시 꺼내 입었다.

수리하러 온 사람처럼 보이지 않으려 일부러 레이스 장갑에 보닛까지 쓰고 왔던지라 갈아입는 데 시간이 걸렸다.

그사이 운전사들이 두려움을 잊으려 이야기를 나누었다.

"아까 그 해군은 누구지? 그 장교가 아니었으면 더 큰일이 날 뻔했네."

"들어오는데 갑자기 창고가 훤해지더라고."

그렇게 말하는 목소리가 여전히 떨리고 있었다.

그사이 옷 갈아입는 것을 도와주러 온 포웰의 아내 아만다가 다가왔다.

"아가씨, 괜찮아요?"

"괜찮아요."

"어서 집에 가요. 여기 차를 가져왔으니까 마시고."

스칼렛이 미소로 인사를 대신하고 차를 한 모금 마시는 사이, 아만다가 다들 들으라고 큰 소리로 투덜거렸다.

"아니, 저렇게 여럿이서 그거 하나 못 고쳐서 이렇게 연약한 아가씨를 불러와?"

"난 정말 괜찮아요. 차가 아주 맛있네요."

그녀가 달래거나 말거나 아만다는 운전사들에게 삿대질을 해 가며 혼쭐을 냈다.

차를 마시는 사이 아만다가 얼굴을 닦아 주고 다른 운전사들이 화로를 피워 앞에 가져다 놔주었다.

스칼렛은 금방 안정을 찾은 후, 데려다준다는 사람들을 만류하고, 하도 울어 퉁퉁 눈이 부어 버린 남매를 토닥인 후 가게로 돌아왔다.

그녀가 들어올 때까지 퇴근하지 않고 기다리던 안드레이는 스칼렛의 얼굴이 보이자마자 브리프케이스를 탁탁 정리해 닫으며 불평했다.

"뭐 하다가 이제 오십니까? 제가 퇴근을 못 하잖아요, 퇴근을."

"먼저 가지 그랬어. 미안."

"또 무슨 위험한 일을 하고 있는 줄 알고 가요?"

안드레이는 투덜투덜하면서 가방을 챙기더니 그녀를 걱정하느라 퇴근도 못 한 게 민망한지 휙 나가 버렸다. 스칼렛은 그런 안드레이가 고마운 동시에 웃겨서 약간이나마 긴장을 풀고 웃음 지었다.

벽난로에서 장작이 타고 있었다. 스칼렛은 문단속을 한 후 손님용 소파에 앉아 몸을 녹였다. 테이블을 보니 안드레이가 사다 주고 간 수프와 버터에 튀기듯이 구운 연어 한 덩이가 놓여 있었다.

"맛있겠다."

안드레이는 냉소적이지만, 스칼렛을 가장 잘 알고 챙겨 주는 사람이기도 했다.

그녀는 수프와 연어를 벽난로에 걸어 두는 철판에 올려 데운 후 늦은 저녁 식사를 시작했다.

안 그래도 허하던 속을 식사로 달랜 후에 김이 폴폴 나는 욕조에 한동안 몸을 담갔다. 몸이 녹고 나니 자신을 내려다보던 빅토르의 눈빛이 자꾸만 떠올랐다. 한 번은 마주칠 수도 있을 거라고 생각했다. 이런 상황일 줄은 몰랐지만.

"오늘은 신세를 졌네……."

그녀가 중얼거리는데 문 두드리는 소리가 들렸다.

스칼렛은 흠칫 놀라며 물을 대충 털어 낸 후 실내용 드레스를 급하게 차려입었다. 걸어가 유리벽의 커튼을 연 스칼렛의 몸이 뻣뻣하게 굳었다.

해군의 문장이 새겨진 마차가 서 있고 그 앞에 전남편이 있었다. 빅토르뿐만 아니라 부하 몇도 함께였다.

사관학교에서 엘리트 중의 엘리트를 뽑아 특수부대를 만든 것이,

여기 있는 루비드호의 해군들이었다. 검은 정복에 검은 코트를 입은 그들은 혈통 면에서나 체격 면에서나 압도적인 수준을 자랑했다.

커튼을 닫고 없는 척을 하려는데 신음 소리가 들렸다.

그 소리에 당황한 스칼렛이 커튼을 열자 무릎 꿇려진 복면한 남자를 내려다보는 빅토르가 보였다.

그는 담배를 피우며 고개를 돌리다 스칼렛과 눈이 마주쳤다.

그의 입술이 '열어' 하고 명령하며 움직였다.

업무 중과 집에서의 모습이 다를 수밖에 없다지만, 빅토르는 유난히 그 괴리감이 컸다. 그와 2년이나 함께 살았는데, 오늘 하루 동안 본 빅토르는 그녀가 알던 빅토르 덤펠트에 대한 생각을 전복시킬 정도로 흉포했다.

마지못해 그녀가 문을 열자 빅토르는 담배를 한 모금을 더 길게 피운 후 바닥에 버리고 가게로 들어섰다.

스칼렛이 저도 모르게 방어적으로 두 손을 모아 명치께를 누르며 뒤로 물러섰다. 빅토르가 제 바로 앞까지 다가와 저를 내려다본다는 것을 알았지만 선뜻 고개를 들 수가 없었다. 밖에 꿇려진 복면한 남자로부터 피 냄새가 번지고 있었다.

"저 사람은…… 누구야?"

그녀가 여실히 떨리는 목소리로 묻자 빅토르가 검은 가죽 장갑을 한 쪽씩 벗으며 말했다.

"오랜만이야."

"누구냐니까."

스칼렛의 떨리는 목소리에 빅토르가 턱짓하자 그의 부하 중 하나인 팔린 레드포드가 복면을 벗겼다. 그 얼굴을 본 스칼렛이 두 손으로 입을 틀어막으며 주저앉으려 했다.
 그러자 빅토르가 그녀의 팔을 움켜쥐어 힘으로 일으킨 후 소파에 데려가 앉혔다. 남자의 얼굴은 피범벅이었지만 그래도 알아볼 수 있었다. 멜린 수도원에서 만났던 델피오 사제였다.
 빅토르가 입을 열었다.
 "신도를 여럿 죽였어. 악마를 쫓아내 준다면서."
 "……."
 "경찰들이 도와 달라고 해서 저자를 잡아들였는데, 내 얼굴을 보자마자 당신에 대해서 실토하더군."
 그가 어이가 없는지 입꼬리를 올리며 말을 이었다.
 "내가 당신 일로 잡아들인 줄 안 모양이야."
 그가 돌아서더니 문 쪽으로 걸어갔다. 그리고 문을 닫은 후 두 개의 걸쇠를 하나씩 잠그며 입을 열었다.
 "당신이 있던 방을 확인했는데, 감옥만도 못하더군. 그래서 열병에 걸린 건가."
 "……응. 아팠다고 했잖아."
 "왜 열병에 걸렸는지도, 죽을 뻔했다는 이야기도 안 했잖아."
 "……."
 자물쇠가 잠기는 금속 소리와 섞이는 그의 목소리에 스칼렛은 마음속으로 짙은 불안감을 느꼈다.
 빅토르가 다시 다가가 물었다.
 "그걸 남편에게 알려야겠다는 생각은 안 들었던 모양이지?"
 스칼렛의 시선이 다시 문밖의 델피오 사제에게로 향했다가 옆으로 돌아갔다.

빅토르가 맡은 것은 해적 소탕이 목표인 작전이었다. 젊다 못해 어린 장교가 있는 신설 부대에게 맡길 만한 작전이 아니었다. 그러나 빅토르는 그 말도 안 되는 작전을 성공하고야 말았다. 해적들은 해일처럼 덮쳐 오는 빅토르에게 끝내 항복했다. 델피오가 제 발이 저려 제가 한 일을 고백한 것은 그것을 두려워했기 때문일 것이다.

스칼렛이 가까스로 입을 열었다.

"응. 안 들었어."

"왜?"

빅토르가 재차 물었다.

스칼렛은 열병으로 죽어 가는 제게 억지로 펜을 쥐게 하던 그레고리 덤펠트를 떠올렸다.

아들의 성공은 곧 그의 성공이었다. 이전까지 왕녀를 몰락시켰다는 꼬리표가 따라다니던 그는 이제 영웅의 아버지가 되어, 그가 젊어서부터 고대하던 사교계를 물 만난 고기처럼 즐기고 있었다. 그는 아들을 두려워해서 각서를 쓰게 한 것이었다. 제 입으로 각서의 내용을 어길 수는 없었다.

스칼렛이 담담히 말했다.

"애초에 당신이 다녀오라고 했잖아, 수도원."

그 말에 빅토르의 표정이 이제는 어둠 속에서도 희미하게는 알아볼 만큼 조금 더 구겨졌다.

스칼렛은 생전 당황 한 번 하지 않던 그의 표정 변화를 보며 아무리 이 남자여도 아주 모질기만 하진 않은 모양이라고 생각했다.

전남편은 차가운 사람이다. 스칼렛은 본인이 남편에게 반한 이유는 제가 열악한 상황에서 벗어났다는 즐거움 때문일 것이라 생각했다.

제가 사랑했던 건 그의 아름다운 얼굴뿐이었을 것이다.

그는 사랑할 만한 사람이 아니었다.

그를 사랑하는 건 마치 죽은 사람에게 세상의 금은보화를 가져다주는 것과 같은 일이었다. 아무런 반응도 얻지 못하고, 상처만 입게 된다. 애초에 그가 바라지 않은 것을 줬으니 자업자득이지만, 부부 사이에 사랑을 조금이나마 바란 것이 뭐 그리 나쁘단 말인가.

스칼렛이 말을 이었다.

"그런 상황에서 내가 당신에게 뭘 기대하겠어?"

"그래서 이혼하자고 했나?"

빅토르가 묻자 스칼렛이 웃으며 고개를 저었다.

"난 당신과 사는 2년 내내 당신을 사랑했지만, 동시에 이혼도 하고 싶었어. 그냥 계기가 생겼던 것뿐이야."

"……"

"……"

잠시 침묵이 흘렀다.

스칼렛은 그를 보내고 싶은 마음에 말을 이었다.

"정말 왜 이제 와서 그래. 지난 일이잖아. 그때는 이혼하는 이유를 궁금해하지 않았잖아. 당신이 물어봤으면 그때 말해 줬겠지. 게다가 당신도 원한 것 아닌가?"

"내가 원했다고?"

"응. 내가 이혼하자고 하자마자 바로 서명해 줬잖아. 당신도 이혼을 원했으니 그랬겠지."

스칼렛은 이혼장을 건네기 직전까지도 남편이 이유를 물었을 때 내놓을 대답들을 종류별로 준비하고 있었다.

그러나 빅토르는 별다른 질문이 없었다. 아파서 별장에 있었다는 걸 알았을 텐데도 어디가 아팠느냐고 묻지 않았다.

그날 이혼장에 곧바로 서명하는 빅토르를 보며, 스칼렛은 그레고리가 헛돈을 썼다는 생각이 들어 좀 웃음이 나왔다. 남편은 애초에 저에게 무슨 일이 있어도 관심이 없을 사람인데 그의 아버지는 뭐 하러 비밀 유지 각서까지 써가며 돈을 들였을까, 하고.

빅토르가 한동안 대답이 없어 그곳에는 수십 개의 시계에서 들리는 작은 소음들만이 가득 찼다.

잠시 후 그가 입을 열었다.

"당신이 내 탓을 해서 아까 못 물어봤는데."

"당신이…… 못 물어보는 것도 있어?"

"물론, 내가 말하는 걸 끊는 사람도 당신밖에 없지."

빅토르의 말이 어쩐지 조금 장난스럽게 들려 스칼렛이 다소 긴장을 낮출 때, 그가 말을 이었다.

"아버지가 연관되어 있나?"

그의 말에 움찔하며 스칼렛이 올려다보자 빅토르가 말을 이었다.

"멜린 수도원은 덤펠트가에서 다섯 시간이 걸리는 곳에 있잖아. 아버지가 직접 저런 가학적인 사이비에게 당신을 보냈는데, 상황을 아주 모르진 않았겠지."

스칼렛이 떨리는 손을 맞잡으며 말했다.

"당신이……."

그러나 빅토르가 그녀의 말을 끊고 되물었다.

"내가 당신을 죽으라고 수도원에 보내기라도 했어?"

"당신 아버지가 날 싫어한다는 건 알았잖아."

"그래서. 이게 다 내 탓이라는 건가?"
"응. 당신 탓이야. 전부, 당신 때문이야."
스칼렛이 냉정하리만큼 단호하게 그를 탓했다. 어쩔 수 없는 일이었다. 그녀에게는 비밀 유지 각서를 지킬 의무가 있었다.
빅토르는 말없이 스칼렛을 바라보다가 돌아서 문을 열었다.
얼떨결에 스칼렛이 그를 따라 몸을 일으키는데 밖에 서 있던 팔린이 물었다.
"함장님, 이자는 어쩌실 겁니까?"
"처형해야지. 살인을 하고 도망쳤으니."
'처형'이란 말에 델피오 사제가 절망하며 몸부림쳤다.
팔린 레드포드가 그에게 다시 복면을 씌우려는데, 사제가 도망치려 일어섰다. 그의 덩치가 제법 컸는데도 팔린은 그의 목을 한 손으로 가볍게 붙잡아 바닥에 찍어 눌렀다.
스칼렛은 앞에서 일어나는 난폭한 장면에 놀라 다급하게 커튼을 닫아 버리고 자리에 주저앉았다. 재갈을 물린 델피오의 울음소리와 마차 소리가 멀어진 후에도 그녀는 한동안 꼼짝할 수 없었다.

그녀는 끔찍한 기분으로 밤을 보냈다.
다음 날 아침, 스칼렛은 아이작에게 빵을 사다 주기 위해 매일 아침 빵을 사는 바로 옆 건물로 향했다.
그녀가 나타나자 빵집의 딸인 리브가 달려왔다.
"스칼렛 크림슨!"

그녀의 우렁찬 부름에 화들짝 놀란 스칼렛이 눈을 동그랗게 뜨고 말했다.

"동네 사람 다 듣겠다."

"어제 뭐야? 해군들이 왜 왔었어?"

"어떻게 알았어?"

"시계 가게 앞에 해군 마차가 와 있었잖아. 오늘 빵집 오는 사람마다 물어보더라!"

리브의 말에 스칼렛이 유리로 된 진열장 안의 빵을 살피며 말했다.

"별일 아니었어."

"아니긴 뭐가 아냐? 너희 가게에 도둑이라도 든 거 아냐?"

"그건 아니고······. 사과케이크랑 무화과가 든 빵 좀 많이 줘. 우리 오빠가 그거 좋아하잖아."

스칼렛이 화제를 전환하려 했으나, 리브는 무화과 든 빵을 세 개 꺼내 나무 도마에 놓고 일정한 간격으로 슥슥 자르며 다시 재촉했다.

"도둑이냐니까?"

"······전남편."

"뭐? 전남편!"

리브의 목소리에 빵집 손님들 모두가 두 사람을 보았다.

스칼렛은 얼굴이 빨개져 리브의 팔을 때렸다.

"조용히 좀 해!"

"이 상황에서 어떻게 진정해? 다들 함장님에 대해 물어보고 싶은 게 수천 가지인데도 참고 있었다고."

리브가 기회를 잡았다는 듯이 한바탕 질문을 쏟아 내려 하자, 스칼렛이 멀리 보이는 사장 부부에게 손을 흔들었다.

"사장님, 리브가 빵을 안 줘요."

"어휴, 못 살아. 미안해요, 스칼렛 아가씨!"

리브의 어머니가 와서는 종이봉투에 무화과 빵을 담고 발라 먹을 크림까지 넣어 주고는 건네주기 전에 슬쩍 물었다.

"그래서, 전남편이 왔다고?"

"사장님!"

"아, 아니! 저기서 듣자 하니까……."

스칼렛은 한숨을 푹 쉬고 빵을 챙겨 들며 말했다.

"다음에요, 다음에."

그러자 리브가 소리쳤다.

"무슨 다음! 크림슨가 다녀오면 바로 얘기해!"

그녀의 재촉에 스칼렛은 별수 없이 그러겠다 대답하고 가게를 나왔다. 여기 7번가의 상인들은 다들 친하게 지내다 보니 스칼렛의 개인사도 알고 싶어 안달이었다.

스칼렛은 자전거 바구니에 케이크 상자를 넣고 그 위에 종이봉투를 넣으며 구시렁거렸다.

"빵만 맛이 없었어도."

그러곤 자전거에 올라타 크림슨가로 페달을 밟았다.

―――◆―――

다락방 침대에 앉은 아이작은 아침에 덤펠트 가문 재산관리인이 침대에 두고 간 서류를 더듬거리며 집어 들었다.

그때 방문이 열리자, 그가 빙그레 웃었다.

"스칼렛."

사람 발소리를 전부 구분하는 아이작의 기쁜 표정에 스칼렛이 소리 내어 따라 웃었다. 그러고는 경쾌하게 걸어와서 물었다.

"무슨 서류야?"

"잘 모르겠어. 덤펠트 가문 재산관리인이 너에게 주라고 하던걸?"

아이작이 말하며 서류를 건네주었다. 그것을 확인한 스칼렛의 표정이 어두워졌다.

서류는 그레고리 덤펠트에게서 온 것이었다. 빅토르가 스칼렛이 수도원에서의 고행과 열병으로 죽을 고비를 넘긴 일을 알게 되었으니, 스칼렛이 비밀 유지를 어긴 것으로 간주해 그 대가로 준 돈을 돌려받겠다는 내용이었다.

스칼렛의 표정이 심각해졌으나 아이작은 알지 못하고, 종이 마찰 소리가 들리는 쪽을 보고 있었다.

아이작이 물었다.

"무슨 내용이야?"

"아, 이혼할 때 준 돈 잘 수령했다고 서명해 달라네. 내가 받고 안 받은 척하면 안 되잖아."

"그렇구나."

아이작이 수긍하며 고개를 끄덕였다.

스칼렛이 서류를 가져온 가방에 구겨 넣고 케이크와 빵을 꺼냈다.

"이거나 먹고 있자."

"응."

아이작이 고개를 끄덕이고 몸을 일으켰다.

그가 나무 테이블 쪽으로 걸어가려는데 스칼렛이 놀리듯 말했다.

"나 우리가 살 집 얻을 때까지 좀 남았어. 그러니까 그만 좀 커."
"응?"
아이작이 고개를 갸우뚱하자 그녀가 천장을 보며 말했다.
"조금만 더 크면 천장에 머리가 닿겠어."
"그래?"
"원래 크림슨 가문 남자들이 크긴 한데 오빠는 유난히 크네."
아이작이 손을 들어 보더니 천장에 손이 닿자 멈칫했다. 그 모습에 스칼렛이 눈이 커져서 물었다.
"아이작, 설마 여태 자기가 큰 거 몰랐어?"
"……전혀 몰랐어."
"말도 안 돼."
"여태 다들 날 돌봐 주니까 심리적으로 내가 작게 느껴져서……."
그가 혼잣말하듯 중얼거리더니 곧 스칼렛의 어깨를 감쌌다. 그리고 그 손으로 제 어깨를 만져 보더니 말문이 막혀 입을 열고도 말이 없었다.
언제나 먼저 붙잡는 건 스칼렛이었으므로, 오늘도 그녀가 아이작의 팔뚝을 당기며 말했다.
"자, 앉아. 무화과……."
스칼렛이 말하던 중에 방문이 불시에 열렸다. 그러곤 아놀드가 들어왔다.
멋대로 들어온 그가 스칼렛에게 버럭 소리쳤다.
"여우 같은 계집이 가게가 전부라니! 이혼하고 돈 받은 걸 숨겨?"
덤펠트가 사람들이 와서 들쑤신 탓에 그도 알게 된 모양이었다.
스칼렛이 급하게 달려갔다.

"나, 나가서 얘기…….."

그러나 아놀드가 확 스칼렛의 가느다란 목을 잡아채더니 벽으로 짓눌렀다.

"이게 키워 줘도 고마운 줄을 모르고. 이렇게 마음을 못되게 쓰니까 벌 받는 거지."

"미, 미안해."

언제나처럼 아이작이 놀랄까 신음도 못 내고, 그녀는 이 상황이 여상한 일인 것처럼 약간 애교마저 느껴지는 말투로 사과했다. 그게 아놀드의 기분도 풀고, 아이작도 안심시킬 수 있는 방법이라 생각했기 때문이다.

그때 아이작이 지팡이로 바닥을 짚어 다가오더니 손을 허공에 휘저어 아놀드의 팔을 붙잡고 물었다.

"아놀드, 그게 무슨 소리야?"

"이 계집애가 무슨 약속을 어겼으니까 덤펠트 가문에서 돈을 돌려 달라잖아. 그런데 그 돈이 어마어마하다니까? 돈 없다면서 자기 가게만 내고, 너랑 날 속인 거라고! 그래, 난 그렇다고 쳐. 그런데 아이작 너도 몰랐지? 어떻게 자기 친오빠에게도 돈이 없다고 속여?"

아놀드가 스칼렛을 다시 위협하는데 아이작이 그의 팔을 붙잡아 동생에게서 떼어 냈다.

강한 힘이었다. 아놀드는 그가 아귀힘으로 제 팔을 여유롭게 제압할 수 있다는 것을 알아차리고 얼빠진 표정을 지었다.

"아, 아이작, 너…….."

아이작은 그의 팔을 붙잡아 방 밖으로 끌고 나갔다. 그리고 미소를 지으며 말했다.

"내가 물어볼게."

아놀드는 늘 순하다고 생각했던 아이작이 다락방에서 할 수 있는 것은 신체 단련뿐이었다는 것을 처음으로 눈치챘다.

얼떨떨해하던 아놀드가 이내 좀 다정해진 목소리로 말했다.

"아이작, 너도 이런 여우한테 넘어가지 마. 우린 네 편인 것 알잖아."

그의 말에 고개를 든 아이작이 천천히 미소를 지었다.

"그럼, 알지. 나도 네 편이야."

아이작이 말하고 문을 닫았다. 그러곤 문을 등지고 서서 스칼렛에게 물었다.

"내 눈에 쓴 약, 얼마 들었어?"

"그냥 조금."

"조금 얼마."

"알아서 뭐 하게. 빨리 빵이랑 케이크 먹자."

아이작은 몇 번이고 스칼렛을 위해 제가 사라져야 한다고 생각했지만, 한편으로는 이렇게 없는 듯이 지내는 저라도 있는 것이 가여운 여동생에게 나을 것 같기도 했다.

그러다 오늘 같은 날은 그저 바람이 불어 자신을 휩쓸어 갔으면 좋겠다는 생각을 했다. 제가 인질로 잡힌 탓에 노예처럼 부려졌는데도, 그녀는 늘 제 기분을 조금이라도 낫게 해 주려 저렇게 모든 폭력이 아무런 후유증도 남기지 않는다는 듯이 행동해 왔다.

'내가 없었으면 이럴 일 없었는데.'

아이작은 살고 싶어 하는 제 욕심이 상황을 이렇게 만들고 말았다고 생각했다.

그는 저에게 케이크를 잘라 주려는 스칼렛의 팔을 꽉 쥐었다. 그녀의 마른 팔뚝이 제 손에 다 들어오고도 남았다. 제가 이렇게 큰 것도, 스칼렛이 이렇게 연약한 것도 모르고 살았다.

그는 제가 뻐꾸기가 된 것 같다고 생각했다. 제 스스로가 너무 쓰레기 같아 견딜 수가 없었다.

스칼렛은 그런 그의 일그러진 표정을 바라보다가, 오히려 밝아진 목소리로 말했다.

"별일 아니어서 말 안 한 건데, 오빠가 너무 걱정하잖아. 오해가 있었던 거야. 걱정하지 마."

그녀는 케이크를 깔끔하게 잘라 접시에 담아 두고 같이 챙겨 온 우유까지 그의 손에 쥐어 준 후 말했다.

"빨리 해결할 테니까 걱정하지 마."

스칼렛은 자신감 넘치는 목소리로 말하며 아이작을 달랬다.

------◆------

그녀는 다음 날 곧바로 트램을 잡아타 덤펠트 저택으로 향했다. 크림슨가에서 두 시간 동안 트램을 타고 수도의 반대쪽 끝에 도착하면 덤펠트 저택이 나왔다.

거의 일 년 만에 도착한 덤펠트 저택은 여전히 위압감이 느껴지는 규모였다. 처음 마차 안에서 이 저택을 보았을 때, 그녀는 새로운 세상에라도 들어선 듯한 기분을 느꼈다.

응접실 안으로 들어선 스칼렛은 곧 시아버지였던 그레고리 덤펠트를 발견했다. 제 아들이 뛰어난 미남인 만큼, 그의 아버지 그레고리 역시 훌륭한 외모를 가지고 있었다.

그는 아내가 있음에도 상관하지 않고 닥치는 대로 여자를 만났다. 그것이 가여운 본인의 삶에 대한 보상이라 여겼다.

지금도 스칼렛이 들어서니 그의 무릎에 있던 여자 하나가 황급히 빠져나갔다. 반면에 그레고리는 기다리고 있었다는 듯 태연한 얼굴로 말했다.

"아들이 묻더구나. 너를 괴롭히려고 일부러 델피오 사제가 있는 멜린 수도원에 보낸 거냐고. 마치 그 사제가 너에게 가혹하게 대한 것이 전부 내 탓인 것처럼 말하던데?"

그의 말에 스칼렛이 입을 열었다.

"제가 말한 게 아닙니다. 남편이 우연히 알아낸 거예요."

그녀의 말에 그레고리가 알이 큰 반지를 낀 손으로 서류를 테이블에 내려놓으며 말했다.

"그걸 어떻게 우연히 알아낸단 말이냐, 네가 뭐라도 귀띔을 한 게지."

"우연히 델피오 사제를 검거했답니다. 그자가 말한 거예요."

"말도 안 되는 소리 말 거라. 일 년이 다 되어 이제야 알아낸 건 네가 언질을 준 탓이 아니겠니."

스칼렛은 억울한 마음에 제 속이라도 파헤쳐 보이고 싶은 심정이었으나, 그녀가 반발하면 더 크게 분노할 그레고리가 염려되어 아무 말도 하지 못했다.

그레고리가 다소 불안정해 보이는 모습으로 말했다.

"그 애가 나에게 화를 내더구나. 날 그렇게 가여워하던 아이가."

그는 아무래도 제 아들과 사이가 틀어진 것이 너무도 괴로운 모양이었다.

한참을 망설이던 스칼렛이 대리석 바닥 위에 무릎을 꿇었다.

"제가 심기를 불편하게 했다면 정말 죄송합니다."

지금 그레고리는 기분이 상했고, 그럴 때 힘이 없는 자신의 답은 무조건 비는 것뿐이라는 것을 스칼렛은 체득해 왔다.

그녀의 행동을 보고서야 마음이 좀 풀렸는지, 그레고리가 콧수염을 쓰다듬으며 뜸을 들이다 입을 열었다.

"네가 아들에게 말을 잘 해 보렴."

"네?"

"이건 네가 몸이 약해서 있었던 일이고, 그 사제가 멋대로 한 짓 아니냐. 그러니 빅토르를 그렇게 설득해 보거라."

그레고리는 늘 제 아들을 두려워했다.

덤펠트 가문은 이상했다. 이 집안에 속했을 때, 스칼렛은 제가 초원에 보호 장비 하나 없이 들어와 있는 기분이 들었다. 그곳은 힘의 논리로만 움직이는 곳이었고, 부부든 부자간이든 좀 더 왕족의 피가 섞인 쪽이 득세하는 구조였다.

그런 의미에서 이 집안의 압도적인 강자는 본래 왕녀였던 마리나 덤펠트였고, 그다음이 왕족의 피를 절반 이어받은 빅토르 덤펠트였다.

스칼렛이 고개를 끄덕였다.

"그렇게 할게요."

"당장 가서 이야기하고 오렴. 내 아들이 보고 싶구나."

그레고리의 표정이 조금 밝아졌다.

그때 뒤쪽에서 걸음 소리가 들려 스칼렛이 무심코 돌아보니 빅토르가 들어서고 있었다.

그레고리가 급하게 몸을 일으켰다.

"빅토르, 내 아들. 어, 언제부터 거기······."

빅토르는 내부 상황을 잠시 보다가 어이가 없는지 그냥 그곳을 나가 버렸다.

그러자 그레고리가 스칼렛을 재촉했다.

"뭐 하고 있어! 빨리 따라가지 않고!"

그러자 스칼렛이 뒤늦게 일어서 빅토르를 따라 나갔다.

거의 달리듯이 쫓아간 스칼렛이 그의 팔을 붙잡았다.

"빅토르."

그러자 빅토르가 돌아서 그녀를 내려다보았다.

그래도 2년을 함께 산 남자라서, 남들은 그냥 무표정이라 생각할 저 얼굴이 불쾌해하는 상태라는 것도, 그 불쾌함의 이유도 알았다.

― · ◈ · ◈ · ◈ · ―

빅토르가 결혼 상대로 스칼렛 크림슨을 선택한 이유는 두 가지였다.

첫 번째로 그녀는 사교계와 거리가 멀어, 어떠한 사고도 치지 않을 귀족 가문의 적녀였다.

두 번째로는 감정적인 것을 극도로 혐오하는 그가 보기에, 시계공 가문은 이성적이고 논리적인 분위기를 가지고 있을 것 같다는 점이었다.

크림슨 가문은 인근의 유일한 귀족가였다. 마을 사람 모두의 생계가 크림슨 가문에게 달려 있었다. 크림슨 가문이 가진 다섯 개의 공장에서 일을 했고, 크림슨 가문의 사용인으로 일했다.

그런데도 처음 덤펠트 가문의 규모를 봤던 날, 스칼렛이 받은 충격은 말로 형용할 수 없었다.

스칼렛이 크림슨 가문의 적녀였다고는 해도 열두 살부터 온갖 집안일을 도맡으며 제대로 취업한 하녀만도 못한 대우를 받고 자랐다. 그런 스칼렛에게 빅토르 덤펠트의 첫인상은 동경과 두려움으로 가득했다. 그는 지금까지 스칼렛이 읽던 동화 속 왕자님을 무릎 꿇리러 온 적국의 왕 같았다.

한동안은 빅토르가 제 남편이라는 생각이 조금도 들지 않아 다른 사용인들처럼 그를 도련님이라고 불렀다. 제가 감히 그를 마주 보면 안 될 것 같아 눈도 마주치지 못했었다.

결혼하고 얼마간 그렇게 지내다가, 빅토르는 해적선이 연안에 나타났다는 소리를 듣자마자 바다로 나갔고, 한 달 뒤에 집으로 돌아왔다.

스칼렛은 지쳐서 금방이라도 쓰러질 것 같은 빅토르를 부축했다. 그러나 낑낑거리는 그녀와 함께 넘어질 것 같아 빅토르가 남은 힘을 끌어내어 바로 섰다. 스칼렛은 그를 끌어다 티룸에 앉혀 놓고 부산하게 물었다.

"힘들었어요? 차를 가져다드릴까요, 도련님?"

그날, 제 얼굴을 요리조리 살피며 묻는 스칼렛의 말에 빅토르가 입을 열었다.

"왜 늘 나를 도련님이라고 부르는 거지?"

사나운 눈으로 묻는 말에 스칼렛은 저에게 화를 내는 건가 걱정스러워 선뜻 대답을 하지 못했다.

"대답해. 답답하게 굴지 말고."

내내 명령이나 위협만 하다 온 빅토르의 냉정한 어조에 스칼렛이 화들짝 놀라 말했다.

"아, 아직은 그래야 할 것 같아서요."

그녀의 주눅 든 목소리에 빅토르가 혀를 찼다. 그러더니 뒤로 기대 손으로 머리칼을 쓸어 넘기고 눈을 감는 것이었다.

'도련님이라고 부르는 게 싫었나.'

그러면 뭐라고 불러야 하나.

'경칭을 쓰라는 걸까?'

스칼렛이 한참을 고민하다가 다가가서, 조심스럽게 말했다.

"빅토르 경, 주무실 거면 침대에 가서……."

그녀의 말에 그가 눈을 떴다. 그러더니 스칼렛을 물끄러미 바라보다 입을 열었다.

"크림슨 가문의 자식 교육은 내 생각보다 엉망이군."

그 말에는 스칼렛도 울컥해서 금방 인상을 썼다.

"우리 부모님 욕하지 마세요."

"잘못 가르쳤잖아."

"아니에요!"

"널 하녀처럼 키운 건 잘못 키운 게 맞아."

"아니라니까!"

스칼렛이 소리를 지르고서 제풀에 놀라 두 손으로 입을 막고 물러섰다.

그러자 빅토르가 불쾌한 표정으로 그녀를 바라보더니 곧 상체를 일으켜 앞으로 숙였다. 그러더니 바다 냄새가 묻어 있는, 해전이 끝나고 상부에 보고할 때만 입는 검푸른색 정복을 벗기 시작했다.

스칼렛은 그가 벨트를 푸는 모습에 놀라서 뒤로 주저앉았다가, 급하게 무릎을 꿇고 빌기 시작했다.
"자, 잘못했어요."
"……."
"말대꾸해서 죄송해요."
빅토르는 그런 그녀를 잠시 보다가 몸을 일으켜 다가왔다.
스칼렛이 고개를 들지 못하고 그의 구두만 바라보는데, 위에서 낮은 목소리가 들렸다.
"남편은 도련님도 아니고, 경도 아니야. 이름이나 성을 불러."
"저……."
"난 너 안 때려. 그리고 앞으로 누구에게도 무릎 꿇지 마."
크림슨 가문에서는 들을 수 없었던 지극히 이성적인 목소리에 스칼렛의 급해졌던 숨이 차차 가라앉았다.
한참 빅토르를 마주 보고서야 그의 말을 이해한 스칼렛이 얼른 몸을 일으켰다. 그래도 바로 고개를 들지 못하자 빅토르가 그녀의 턱을 손끝으로 들어 올렸다.
"고개 들고 내 눈을 봐. 넌 하녀가 아니잖아."
그의 말에 스칼렛은 물방울 같은 눈으로 빅토르를 올려다보았다. 그러자 빅토르가 말을 이었다.
"침대에 가 있어. 바다에 오래 있었어. 오늘은 널 안지 않으면 안 돼."
스칼렛이 고개를 끄덕이고 무심코 다시 바닥을 보려다 얼른 다시 고개를 들어 그의 눈을 보았다.
명령조로 말했는데 이상하게도, 처음 그를 만나는 날보다 덜 두렵게 느껴졌다. 동경도 조금은 사라지고, 이상한 간질거림이 남았다.
그녀는 얼른 몸을 돌려서 욕실로 달려갔다.

빅토르는 스칼렛이 너무 어리다고 생각했는지, 결혼한 이후 한 번도 잠자리를 원하지 않았다. 제가 먼저 물어봐야 하나, 스칼렛은 망설이던 차였다.

오늘 밤에 그와 한 침대를 쓰게 되겠구나. 나는 정말로 이 남자와 부부가 되었구나.

그 생각이 선명한 두려움과 불명확한 설렘, 그리고 약간의 행복감을 주었다.

스칼렛은 그날을 떠올리며 입을 열었다.
"이혼했으니까, 무릎 좀 꿇어도 되잖아."
"……."
"나 원래 자존심 없어. 알잖아."
스칼렛의 말에 빅토르가 대답했다.
"알지, 당신 비굴한 거."
"응. 그래서 하는 말인데, 나 돈이 필요해. 좀 융통해 줘."
스칼렛은 그의 눈을 볼 자신이 없어 빅토르의 구두를 보았다.
그녀는 지금 제 자신이 비굴한 게 아니라 그냥 삶에 대한 의지가 강한 것뿐이라고 스스로를 다독였다.

사는 게 원래 그런 거라고, 몇 번이고 생각한 후에야 그녀는 말을 이을 수 있었다.

"원래는 당신 아버지 탓 아니라고, 당신한테 애교라도 부리면서 화풀라고 하려고 했어. 당신이 좋아할 것 같아서가 아니라, 그런 꼴 보기 싫어서라도 화 풀었다고 해 줄 것 같았거든. 그런데 다 들었으니까, 그냥 말하는 거야."

"……."

"당신 아내로 사는 거, 생각보다 힘들어. 할 것이 얼마나 많은데."

그때 빅토르가 옆에 있던 문고리를 밀어 문을 열었다. 그리고 안으로 스칼렛을 밀어 넣었다.

비어 있는 방에 들어서 문을 닫은 그가 허리를 숙여 스칼렛에게 얼굴을 가져갔다.

그의 갑작스러운 행동에 스칼렛이 뒤로 물러났다.

"뭐, 뭐 하는 거야?"

"궁금해서. 어디까지 자존심이 없나."

"……."

그가 바로 앞까지 다가오자 스칼렛은 문에 등이 닿을 때까지 뒷걸음질 쳤다가 곧 고개를 옆으로 돌렸다.

귓가에서 빅토르의 비웃음 소리가 들렸다.

그가 스칼렛의 턱을 잡아 제 쪽으로 돌리고 입을 열었다.

"돈은 내가 가졌으니 무릎을 꿇을 거면 내 앞에서 꿇었어야 하지 않나?"

그의 말에 스칼렛이 꾹 감았던 눈을 떠 빅토르를 올려다보았다.

"그렇게 할까?"

그녀가 묻자 빅토르가 덤덤한 표정으로 중얼거렸다.

"그래, 당신은 내 기분을 아주 더럽게 만드는 재주가 있었지."

빅토르의 입에서 나올 거라고는 생각 못 한 말에 스칼렛은 저도 모르게 가슴팍이 달싹이도록 긴장해 숨을 쉬다가 그를 힘껏 밀어냈다.

그러나 그는 비켜 주질 않았고, 오히려 문고리로 향하던 그녀의 손목을 움켜쥐어 문에 누르며 말을 이었다.

"지난번에 당신이 그랬지? 나도 이혼을 바랐으니까, 바로 서명해 준 거라고."

"……당연하잖아."

스칼렛이 조금 당황해 손목을 빼려 했으나 그의 손은 강철로 된 수갑처럼 꿈쩍을 하지 않았다.

"내가 순순히 이혼해 준 게 그렇게 싫었어? 그럼 내가 미친놈처럼 이렇게 당신을 가둬 놓기라도 했어야 했나?"

전남편이 이상했다.

빅토르가 저렇게 포악함을 대놓고 드러내는 것은 처음 보았다.

스칼렛이 두려움을 감추려 발톱을 세우는 짐승처럼 제법 사나운 눈으로 그를 노려보았다.

"왜 그래? 당신답지 않게."

"묻는 거잖아. 당신도, 아버지도 이게 남의 일이라도 되는 것처럼 나에게 숨기는데, 내가 뭘 어떻게 했어야 당신이 만족했을지. 한밤중에 취한 사람에게 이혼장을 들이밀고 그대로 가 버리는 사람에게 내가 뭘 어떻게 했어야 하지?"

"……."

스칼렛은 한동안 말이 없었다. 그러다 한참이 지나, 그녀가 입을 열었다.

"취해서 물어보지 않았어? 왜 이혼하자고 하는지?"

"이성적인 상태가 아니니까."

"당신은 언제나 지나치게 이성적인데, 뭐 얼마나 더 이성적이어야 돼? 당신은……."

 스칼렛이 안간힘을 써 침착하게 묻고 난 후, 잠시 그녀의 떨리는 숨소리만이 들렸다.

 이 남자와 이야기하면 늘 자기 혼자 미친 사람이 된 것 같다.

 그는 아무런 문제도 느끼지 못하는 상황을 혼자 문제라고 여기게 된다.

 '늘 나만 이렇게 감정적인 사람이 되지.'

 언제나처럼 무심한 얼굴을 한 빅토르는, 스칼렛이 말끝을 흐리자 문장이 끝나지 않았다 생각하는지 계속 말하라는 듯이 스칼렛을 보고 있었다.

 그와 달리 스칼렛은 가지고 있는 어떤 감정도 숨기지 못했다. 쌀쌀한 표정을 하고서도 모든 감정이 얼굴에 드러났다.

 그런 그녀를 빅토르는 세상에 존재했으나 지금껏 발견하지 못했던 것, 말하자면 해구 깊은 곳에나 있을 법한 괴생명체 같은 것처럼 바라보았다.

 왜 웃는지, 왜 우는지, 왜 화가 나는지, 왜 만나던 그 순간부터 잘 알지도 못하는 자신을 사랑한다고 말하며 헌신했는지. 그러면서 왜 배신을 하고, 왜 자신을 떠났는지까지 어느 것 하나 납득하지 못했다.

 사실 빅토르만이 아니라 살란티에의 많은 귀족들이 그랬다. 의미 없는 행동, 귀족으로서 존재하는 것 이상의 무언가를 바라는 지나치게 이성적이거나 지나치게 감성적인 것들을 천시했다.

 그의 세계는 모든 것이 연결되어 있었고, 그녀의 세계는 산발적이다. 언제나 완벽한 빅토르의 시선에서 스칼렛은 가끔, 사실은 거의 항상 제정신이 아닌 것처럼 보였다.

그때, 문밖에서 침묵을 깨는 노크 소리가 들렸다.

"프랜입니다, 도련님."

빅토르가 문을 잠그려 손을 뻗자, 스칼렛이 가까이 오지 말라는 듯한 손으로 그를 막아 세웠다.

빅토르는 별수 없이 물러서고 스칼렛이 문을 열었다.

덤펠트 가문의 변호사인 프랜이 안에서 들린 소란을 모른 척하며 사무적인 미소를 지었다.

"비밀 유지 각서 찾았습니다. 주인어른의 비서가 가지고 있더군요."

그러더니 프랜이 서류 하나를 스칼렛에게 내밀었다.

"같은 금액 위자료로 처리했습니다. 이제 안심하셔도 됩니다."

"……"

그것을 받아 든 스칼렛이 빅토르를 돌아보았다.

제가 말하기 전에, 그는 이미 각서를 다 처리한 후였다.

빅토르는 스칼렛이 쓴 비밀 유지 각서를 훑더니 라이터로 불을 붙여 벽난로 안에 던져 넣었다. 그리고 돌아서 자신을 서늘하게 보고 있는 스칼렛을 마주 보며 물었다.

"왜. 이것도 마음에 안 들어?"

"……모든 일이 쉽네, 당신한테는."

"당신이 나를 먼저 찾아왔다면, 당신에게도 그랬겠지."

그의 말에 스칼렛이 잠시 눈을 감았다.

전남편이 흐트러진 모습을 남에게 보이기 싫어하는 사람이라는 것은 알고 있다.

'하지만 그렇다고 뭐가 달라질까.'

결국 취한 모습을 타인에게 보이기 싫어 자신을 붙잡는 시늉조차 하지 않았던 그 모습까지가 빅토르 덤펠트인 걸.

고아한 피.

제 피와 동시에 떨구어도 결코 섞이지 않을 것만 같은 그런 피가 그에게는 흘렀다.

스칼렛이 돌아서 걸음을 옮기자, 빅토르가 문 뒤에 있던 비서, 블라이트에게 말했다.

"마차 준비해. 크림슨 가문까지 갈 테니까."

"예, 도련님."

블라이트가 인사하고 달려갔다.

스칼렛은 왜 멋대로 크림슨 가문으로 가려 하느냐고 따지고 싶었지만, 더 이상 말다툼하고 싶지 않아 그만두었다.

⋆⋄⋆⋄⋆

크림슨 가문까지는 마차로 두 시간이 넘게 걸리는 길이었다.

스칼렛은 불편한 마음과 한숨을 목구멍 아래로 꾹꾹 눌렀다. 그사이, 빅토르는 긴 시간을 못 견디고 담배와 라이터를 꺼냈다.

그러자 스칼렛이 물었다.

"당신 실내에서 담배 안 피우잖아."

"당신이 있을 때 안 피웠던 거지."

"……."

"지금은 내 아내도 아니니 상관없잖아."

스칼렛이 그를 잠시 보았다가 별수 없는지 창문을 열었다. 이혼을 했으니, 더 이상 상대를 배려할 필요조차 없다고 생각하는 듯했다. 아니면 일부러 더 괴롭게 하려는 걸지도 모른다고 생각했다.

빅토르는 담배에 불을 붙였고, 스칼렛은 모른 척하려 애썼다. 그러나 좁은 공간에 연기가 퍼지자 못 견디고 콜록거렸다.

그 모습에 빅토르가 오히려 웃고는 휴대용 재떨이에 담배를 비벼 껐다.

"그렇게 눈치 줄 거면 미리 말하지 그래. 피우지 말라고."

그는 스칼렛과 결혼 생활 중이던 때에 비해 어딘가 풀어진 것처럼 보였다. 여전히 숨 막힐 정도로 단정한 차림새를 하고 있는데도 그랬다.

아무리 안 좋게 이혼했다고 해도 좀 염려가 되어, 스칼렛이 입을 열었다.

"요즘 무슨 일 있었어?"

"이혼했지."

"……그것보단 최근 일."

"내 전 아내가 아버지와 비밀 유지 각서를 썼었다는 걸 알게 됐군."

"……"

"담배 한 대 피울 정도의 자격은 있었네, 생각해 보니."

빅토르 덤펠트는 스칼렛이 생각하기에 완벽한 인간이었다. 어느 면으로 보나 흠잡을 것이 없었고, 그의 인생 역시 성공을 향하여 뚫린 철도처럼 엇나감이 없었다.

그런데 이혼하고 나서 생각해 보니, 그에게도 허점이 없는 건 아니었다. 그는 골초였고, 이성적이라기엔 감정적인 부분에 문제가 있었으며, 약간 미맹이기도 했다. 제 기억만큼 완벽한 사내는 아니었다.

두 시간 후 마차가 크림슨가에 도착했다.

빅토르가 먼저 내려 손을 내밀었다. 스칼렛은 그의 손 위에 제 손을 올려놓고 마부가 가져다 둔 계단을 밟고 마차에서 내려왔다.

땅에 내려서자 빅토르가 손을 까딱여 하인에게 그녀의 짐을 챙기게 했다. 일 년 내내 혼자 모든 일을 하다가, 갑자기 옆에서 다 챙겨 주는 귀부인 노릇을 하려니 불편했다.

빅토르는 숙녀는 꽃처럼 손가락 하나 까딱해서는 안 된다는 편협함이 박힌 신사였다. 노동은커녕 입 열 필요조차 없어야 하는 게 숙녀였다. 스칼렛은 제가 시계 가게를 하는 것을 빅토르가 아주 한심하게 여기고 있으리라 확신했다.

스칼렛이 인사했다.

"고마워. 공관으로 갈 거지?"

"아마도."

"조심해서 가."

스칼렛은 그렇게 인사하고 돌아섰다.

앞뜰로 들어서니 아놀드와 메릴린의 친구들이 모닥불을 피우고 놀고 있었다. 그들이 웬일로 시비를 걸지 않아 돌아보니, 빅토르가 마차 앞에서 아까 못 피운 담배를 피우고 있었다.

스칼렛은 말없이 다시 몸을 돌려 집으로 향했다.

스칼렛이 어린 시절 자라던 집은 빼앗긴 후에도 여전히 아름다웠다. 숙부가 형 부부의 돈을 실컷 쓰며 관리하고 있는 덕분이었다.

스칼렛이 유일하게 그 관리가 미치지 않는 다락방에 들어서자 아이작이 미소 지었다.

"잘 해결된 모양이네."

"어떻게 알았어?"

"네 걸음 소리가 그래."

그의 말에 스칼렛이 배시시 웃으며 침대에 앉았다. 그녀가 경쾌하게 말했다.

"응, 잘 해결됐어. 거봐, 내가 오해였다고 했지?"

"그러게."

아이작은 스칼렛이 생각한 것보다도 들뜬 얼굴로 몸을 급하게 일으키려 했다.

마음이 급했던 탓에 그의 몸이 흔들거리자 스칼렛이 얼른 부축했다.

아이작이 제 여동생과 무척 닮은 얼굴로 힘껏 웃었다.

"다행이다."

"아이작?"

"미안해."

너무 안도한 탓에 아이작의 목소리가 떨렸다.

"정말 미안해……."

"왜 그래, 갑자기."

스칼렛이 당황해서 아이작을 침대에 다시 앉히고 그의 얼굴을 살폈다. 아이작 역시 스칼렛의 앞에서 늘 기분 좋은 척 웃고 있는 건 마찬가지였다.

시간이 늦어 잘 보이지 않던 그의 뺨을 가까이서 본 스칼렛이 놀라서 물었다.

"얼굴 왜 이래? 넘어졌어?"

"아, 응."

아이작이 순하게 웃으며 말했다.

"밖에 나갔다가."

"위험하게……. 오늘 내가 같이 산책 못 해 줘서 답답했지?"

"스칼렛."

갑자기 그의 목소리가 진지해져서 스칼렛이 멈칫하자, 아이작이 말을 이었다.

"나 이제…… 무슨 일이라도 해서 돈을 벌어야겠어."

"뭐어? 안 돼. 위험해. 그리고 말했잖아, 앞이 보이게 되면 그때……."

"아무래도 우리, 사기 당한 것 같아."

다정하지만 냉정한 말에 스칼렛의 말문이 막혔다.

아이작이 조심스럽게 손을 더듬어 그녀의 머리칼을 어루만지며 말했다.

"미안해. 세상에 눈이 다시 보이게 되는 약은 없나 봐."

"……그런 말 하지 마. 보일 거야."

스칼렛의 목소리가 떨리는 것을 아이작은 알았지만, 어쩔 수 없었다.

동생이 계속해서 저를 위해 희생하게만 둘 수는 없었다. 희망고문이 계속 그녀를 갉아먹게 하고 싶지도 않았다. 이제는 그냥 스칼렛이 다치는 게 싫었다. 몸도, 마음도.

아이작이 선한 얼굴로 해맑게 웃었다.

"나 힘쓰는 일은 할 수 있을 것 같아. 볼러 씨가 7번가 호수에서 뱃사공을 해 보는 게 어떠냐고 하더라. 알지? 밧줄을 당겨서 뗏목을 옮기는 거."

볼러 씨는 스칼렛이 고용해 아이작에게 붙여 준 간병인이었다. 사람 좋은 그는 스칼렛이 결혼하던 때부터 3년이 지난 지금까지도 아이작과 함께하고 있었다. 볼러 씨의 호의는 고맙지만 제 오빠가 일을 한다는 게 스칼렛 입장에서는 마음이 저리는 일이었다.

아이작이 밧줄을 당기는 시늉을 하며 말을 이었다.

"그거 하려고. 거기까지는 은퇴한 군견과 같이 갈 수 있게 훈련도 시켜주신대. 좋은 분이셔."

"크림슨 가문 사람은 시계를 만들어야 해."

"그건 네가 이어 가면 되지."

스칼렛이 결국 고개를 떨구고 울기 시작하자 아이작은 일부러 더 소리 내어 웃으며 말했다.

"스칼렛, 난 네가 내 동생이라서 너무 행복해. 나도 내가 네 오빠여서, 행복할 때가 있었으면 좋겠어. 잠깐이라도. 그래서 그래."

스칼렛은 그렇게 한참을 울다가 아이작을 꼭 끌어안았다. 그제야 고개를 끄덕였다. 꿈에서 벗어나는 게, 그녀는 아직도 힘들었다.

―――◆―――

다음 날 새벽, 스칼렛은 집으로 돌아가기 위해 일찍 눈을 떴다. 숙부의 가족들을 마주치기 전에 돌아갈 생각이었다.

아이작은 스칼렛이 집에 오면 무조건 그녀를 침대에 재우고 자기가 바닥에서 잤다. 처음엔 스칼렛이 극도로 거부했으나, 이제는 그가 충분히 건강해 보여 알아서 침대로 올라가 잤다.

그녀는 아이작을 콕콕 찔러 잠든 것을 확인하고 눈에 약을 발랐다.

"미안, 난 포기할 수가 없어."

그렇게 말하고는 아이작의 머리칼을 조심스럽게 쓸어 넘기고 몸을 일으켰다. 다시 머릿수건을 쓰고 집을 나선 그녀는 시계방으로 향하는 트램을 탔다.

7번가는 크림슨 가문에서 가까웠다. 아이작과 멀리 떨어져 살 수 없어 스칼렛이 고민해 고른 곳이었다.

그녀의 손목시계에는 알람 기능이 있어, 새벽 다섯 시면 맑은 유리가 부딪히는 소리를 내며 울렸다. 그녀가 안으로 들어선 직후에 알람이 울렸다.

스칼렛은 화로에 다시 불을 붙이고, 그릴을 올린 후 모카포트를 꺼냈다. 원두와 물을 담아 잠깐 기다리는 사이, 전날 사 두었던 차게 언 빵도 그릴 위에 올려 살짝 탈 정도로 구웠다. 그리고 버터 뚜껑을 열어 보니 딱딱했다.

"다 얼었어, 다."

스칼렛이 투정하듯 혼잣말하며 대패로 민 것처럼 떨어지는 딱딱한 버터를 힘껏 떠서 구워진 빵에 올렸다. 그리고 완성된 커피를 잔에 따라 빵과 함께 먹기 시작했다. 그러다 별안간 눈물이 떨어져서 손바닥으로 눈을 닦았다.

"못 살아."

그녀가 중얼거렸다.

아무래도 우리가 사기를 당한 것 같다던 아이작의 다정한 목소리가 잊히지 않았다.

그런 생각에 빠져 있느라 부르는 소리를 듣지 못했다. 이어서 창문에서 툭 소리가 들리고서야 스칼렛은 창문을 열었다. 아래서 신문을 배달하는 소녀가 손을 흔들고 있었다.

스칼렛이 몸을 내밀고 소리쳤다.

"미안, 줄리! 딴생각하느라 못 들었어!"

"괜찮아요!"

신문배달부가 능숙하게 창문 안으로 신문을 던져 주었다.

"오늘 신문 재미있있대요, 스칼렛 아가씨!"

"고마워! 얼른 읽어 볼게!"

큰 소리로 이야기하며 겨울의 찬 공기를 마시고 나니 기분이 한결 나아졌다.

그녀는 식사와 함께 신문을 읽기 시작했다. 오늘 신문에는 유명한 두 가수가 공개 연애를 하는 소감문이 대서특필되어 있었다.

스칼렛은 그들의 소감문을 한 자, 한 자 읽어 내려갔다.

남들의 사랑이란 건 참 보기 좋았다. 게다가 그것이 이루어지는 걸 보면 더더욱 좋았다.

그녀에게 사랑은 소중하며 극단적인 것이었다. 대신 죽겠다는 마음 정도는 있어야 사랑이라고 생각했다. 빅토르 덤펠트를 사랑하는 동안에는 언제라도 그를 대신해 죽을 수 있었다.

아마 그런 제 사랑이 빅토르는 치가 떨리게 싫었을지 모른다고, 스칼렛은 드문드문 생각했다.

징그럽다고 생각했을지도 모른다. 받기 싫은 선물을 계속해서 줘 왔던 것이다. 어쩌면 가수들이 종종 인터뷰에서 말하는 도가 지나친 팬처럼 느껴졌을지도 모른다. 어느 쪽이든, 생각해 보니 점점 더 피해자처럼 보이는 것은 빅토르였다.

신문을 넘기다 보니 한구석에 지금까지 세 명의 신도를 죽인 델피오 사제의 처형이 결정되었다는 내용이 적혀 있었다.

스칼렛은 제 남편이 빅토르가 아니었다면, 만약 백 일 뒤에 그에게 찾으러 오라고 약속하지 않았다면 제가 어떻게 되었을지 아찔해졌다.

정신을 차리고 다시 티팟을 가져다 차를 끓이기 시작했다. 작은 부품을 만져야 하니 손이 얼어서는 작업을 할 수가 없었다. 실내를 최대한 따듯하게 하고도 모자라 연신 따끈한 찻잔으로 손을 녹여 가며 일을 했다.

그때 밖에서 부르는 소리가 들렸다.

"스칼렛!"

옆집 리브였다.

스칼렛은 한숨을 쉬며 창문을 열었고, 리브는 재촉하며 말했다.

"당장 건너와! 네가 좋아하는 체리데니쉬도 있어!"

"나 일해야 돼."

"나 같으면 이러고 고집부릴 시간에 그냥 건너오겠다!"

리브가 데니쉬 바구니를 들어 올리며 말하자 스칼렛은 별수 없이 고개를 끄덕였다.

암묵적인 합의하에 출근해도 스칼렛을 부르지 않고 근무하던 안드레이는 1층으로 내려오는 스칼렛을 보며 물었다.

"어디 가세요?"

"리브가 자꾸 불러서."

"그분 소리치는 건 여기서도 잘 들려요. 근무시간에 시계 안 만들고 어딜 놀러 가냐고 비꼬는 건데요."

"안드레이, 내가 사장이야. 네가 직원이고. 왜 자꾸 나한테 일을 시키려 해?"

그러자 안드레이가 보란 듯이 한숨을 쉬었다.

"이 가게가 망하면 저도 무직자가 되는 거라고요. 직원에게는 사장을 일하게 할 권리가 있어요."

"나도 내가 원할 때 일할 수 있는 권리가 있어."

"노동자가 봉급을 따박따박 받을 권리가 더 크답니다, 사장님."

안드레이의 권리가 이겼다. 사장의 자유보다는 직원에게 급여를 지급하는 것이 우선이었다.

스칼렛이 살짝 뾰로통한 얼굴로 코트 단추를 잠그며 말했다.

"……금방 오면 되잖아."

"너무 오래 노시면 찾으러 갈 거예요."

안드레이의 잔소리를 뒤로하고 스칼렛은 걸음을 옮겼다.

─────◆─────

리브의 빵집은 1층에 있고, 2층은 그녀의 가족이 살고 있는 넓은 가정집이었다.

그녀의 작업실과 창문이 마주 보는 곳에 있는 아늑한 방에 들어선 스칼렛이 리브를 흘겼다.

"정말이지, 다른 사람한테 물어봐. 이혼 이야기 꼬치꼬치 캐묻는 사람이 있나. 이 동네 사람들 이상하다니까?"

"누가 너 이 동네로 끌고 왔어? 자기 발로 와 놓고 누굴 탓해."

리브가 창가에 있는 의자를 끌어다 스칼렛을 앉히고 가운데 빵 바구니를 놓았다. 그리고 여과지를 가져다 커피를 내려 주기 시작했다. 리브의 철없는 호기심을 감당하면서도 그녀의 집에 찾아오는 건, 기가 막히게 내려 주는 이 커피 때문이었다.

스칼렛이 따듯한 커피 한 모금에 행복한 탄성을 내뱉자 리브가 기다렸다는 듯이 질문을 쏟아부었다.

"진짜로 귀족들은 정략결혼 같은 거 해? 7번가에 귀족 가문 사람은 너뿐이잖아."

"보석가게 파라디 부인도 귀족이잖아."

"그 사람은 너무 무서우니까 없다 치고. 아무튼 정략결혼이냐니까?"

"응."

"신기하다……."

살란티에에서는 몇몇 귀족이나 대단한 자산가를 제외하고는 자유연애를 하는 것이 당연했다.

리브가 말을 이었다.

"그나저나 크림슨 가문은 돈 엄청 많지 않아? 넌 왜 이렇게 가난해?"

"가난하다니? 내 가게도 있는데."

"월세잖아. 내 생각에 크림슨 가문 정도 되면 대여섯 살짜리도 건물 하나씩은 가지고 있을 것 같은데."

"그러려나? 내가 돈에 대해서 배우기 전에 작은아버지가 다 가져가 버려서."

"그래서 네가 돈이 없구나. 하여튼 어느 집이나 돈 문제는 있다니까."

다행히 스칼렛이 태연한 척 말한 것에 리브도 태연히 대답해 주었다.

다행이라 생각하며 체리데니쉬를 꺼내 먹었다. 그녀가 먹기 시작하니 더는 도망갈 수 없을 거라 생각했는지 리브가 궁금하던 것을 물었다.

"그래서, 전남편이 왜 왔었어?"

"말하자면 좀 복잡한데……. 그러니까…… 범죄자를 검거했는데 내 증언 같은 게 필요했나 봐."

"범죄자? 무슨 범죄자?"

"너무 자세히 말할 순 없어. 기밀일 것 같아, 아마."

"기밀일 것 같은 건 뭐야."

리브는 핀잔했지만 눈에는 호기심이 가득했다.

"점점 더 궁금하네. 아니, 먹으면서 네가 전남편 욕하면 같이 해 주려고 했지."

"욕할 건 별로 없는 사람이야."

"그럼 왜 이혼했어?"

"그러게 말이야."

그녀가 말하며 피칸이 든 데니쉬를 하나 더 잡으려는데 리브가 그녀의 손등을 짝 때렸다.

"이건 뭐 먹이는 보람이 없네. 전남편이 남한테 말 못 할 일이라도 해?"

"음."

따끈따끈한 데니쉬에 입맛이 돈 스칼렛이 고민하다 빅토르의 단점을 말했다.

"단점을 말하자면 잘 안 웃어. 활짝 웃는 걸 2년 동안 본 적이 없어. 당연히 울지도 않고, 잠자리에서……."

무심코 말하다가 스칼렛이 입을 다물자 리브는 빠르게 데니쉬를 반으로 잘라까지 주며 물었다.

"잠자리에서 뭐?"

"별로…… 되게 좋아하진 않는 것 같더라. 내 문젠가?"

"그건 네가 다른 남자를 만나 보면 알게 되겠지."

리브가 기다렸다는 듯이 말하고 깔깔거리자 스칼렛은 한숨을 쉬었다.

그녀가 말을 이었다.

"그냥. 아무튼 전남편 얘기 어디 가서 하면 절대 안 돼. 알겠지?"

"어휴, 알아, 알아."

안 그래도 빅토르 덤펠트의 약점을 이야기했다가 일이 이렇게 되었으니 그에 대해 더 말하고 싶지 않았다.

스칼렛은 말을 잇는 대신 데니쉬를 한 입 더 물었다. 메이플 시럽과의 조화가 좋아서 우물거리며 순식간에 다 먹어 치우고 말을 이었다.

"처음부터 끝까지 똑같은 사람이었는데, 그게 점점 더 서운해졌어."

그렇게 이야기하고 있을 때였다.

밖에서 웅성거리는 소리가 들려 발코니로 나간 리브가 다시 들어왔다.

"스, 스칼렛. 너희 가게 앞에 해군 마차가 있는데?"

"뭐?"

스칼렛이 발코니를 따라 나가 보더니 놀라서 말했다.

"나, 나가야겠다! 데니쉬 잘 먹었어!"

그녀는 황급히 나가 가게로 달려갔다.

시계 가게에 도착하니 마차 앞에서 가게 안을 들여다보는 빅토르와 그의 부하들, 그리고 비서인 블라이트가 보였다.

"여긴 왜 왔어?"

스칼렛이 놀라서 먼저 묻자 빅토르가 시계 가게를 턱짓하며 말했다.

"시계 사러 왔지."

"무슨 말도 안 되는 소리야? 3번가에 본점이 있잖아, 거기서 사. 난 아직 이름이 알려지지 않아서 보석상이 별로 좋은 보석을 팔아 주지 않아. 그러니까 최고급 시계는 아예 없……."

그녀의 말을 다 듣지 않고 빅토르가 가게로 들어섰다.

그 뒤를 부함장인 에번이 따르며 스칼렛에게 빈 손목을 들어 보였다.

"그럼 제가 사죠. 전 돈은 많지만 아무래도 상관보다 좋은 시계를 찰 순 없잖습니까."

"라이트 경!"

스칼렛이 발끈해서 불렀지만 예전에 그녀를 감시하던 팔린 역시 슬그머니 따라 가게로 들어갔다.

모두가 들어가자 블라이트가 눈웃음을 지으며 말했다.
"사실 다들 부인의 시계 가게를 궁금해했거든요. 온 김에 저도 안드레이 씨랑 술 한잔해야겠네요."
블라이트가 말하고 그 역시 안으로 들어가더니 안드레이에게 경쾌한 인사와 가벼운 포옹을 했다.
에번은 안드레이에게 판넬에 적힌 '사파이어가 들어간 해군용 시계'를 가리키며 무언가를 물었고, 안드레이는 그것이 완성될 대략적인 날짜를 알려 주며 예약자 목록에 이름을 올렸다. 그사이 팔린은 스칼렛이 은을 근사하게 굴곡 내어 깎아 만든 회중시계 하나를 샀다. 다들 나라 안 내로라하는 가문의 자제들이니 돈은 문제가 되지 않았다.
잠시 후 그들과 안드레이가 함께 나왔다. 안드레이가 스칼렛에게 말했다.
"저 오늘 두 시간만 일찍 퇴근할게요. 해군분들과 술 드시는 곳에 합류하기로 했어요."
"나보고는 일 안 한다고 뭐라 했잖아?"
"직원에게 한 달에 하루는 휴가를 주실 의무가 있지만 대체할 직원이 없어 못 쉬었었죠. 악덕 사장님. 이래서 사람이 큰 업장에서 일해야 해요, 그렇죠?"
안드레이의 냉랭한 말에 스칼렛이 움찔해서 빨리 가라고 등을 떠밀었다.
해군들이 우르르 떠나고, 매장에는 결국 빅토르만이 남았다.
"도대체 왜 온 건데……."
스칼렛이 한숨 쉬며 물었으나, 빅토르는 대답 대신 제 할 말을 했다.

"작업실은 2층인가?"

"응."

빅토르가 계단으로 향하자 스칼렛이 급하게 그의 팔을 붙잡았다.

"거긴 안드레이도 안 들어가."

그러자 빅토르가 안주머니에서 해군 수첩을 꺼내더니 그중 한 장을 펼쳤다. 경찰에서 해군의 도움을 요청했음을 확인하는 증서와 긴급수사권에 관한 도장이 각각 찍혀 있었다.

그가 마음대로 제 작업실을 뒤질 권리를 넘치도록 가지고 있음을 머리로는 이해했어도, 가슴으로 받아들여지지 않았다.

그녀가 열지 않으려 하니, 빅토르가 말했다.

"문을 열 마음이 들지 않으면 내가 부숴도 되고."

"열어 줄게."

스칼렛이 별수 없이 제 허리춤에 걸어 둔 작은 주머니에서 열쇠를 꺼냈다. 곧 나무문이 열렸다.

좁고 나무 냄새가 나는 계단을 걸어 올라가니 가구가 없어 1층보다 좀 더 넓게 느껴지는 스칼렛의 작업실이 나왔다. 나름의 침실 구분을 위해 반투명한 커튼을 걸어 두었고, 그 구획 안에 침대와 옷장이 있었다.

빅토르가 성냥을 꺼내 가스등에 불을 켜자, 불꽃이 피어나며 유리로 된 진열장에 한가득 넣어 둔 태엽들과 금형 틀이 보였다.

그는 아직 불이 꺼지지 않은 성냥을 화로에 던져 넣고 벽에 붙은 금고를 턱짓했다. 스칼렛이 마지못해 그것을 열었다. 안에는 톱니바퀴를 깎을 때 쓰는 은괴와 금괴가 들어 있었다.

스칼렛이 구석구석 제 방을 관찰하는 빅토르를 보며 물었다.

"뭐가 알고 싶어? 수사도 목적이 있어야지."

"트램 수리는 불법이잖아. 알 텐데, 뭘 수사하고 있는지."

스칼렛이 멈칫하고는 이내 담담한 얼굴로 말했다.

"고치러 갔던 건 맞는데, 망가져 있지 않았어. 잘만 가더라. 괜히 엄살 떤 거야."

수사인지 구경인지 모를 행동을 하던 그가 스칼렛을 보았다.

"그날은 내가 봐준 거잖아. 변명하지 마."

그 말에 스칼렛은 뒷덜미에 소름이 돋는 기분이었으나, 아무렇지도 않은 척 대꾸했다.

"봐줬으면 여긴 왜 뒤지고 있는데?"

"트램 수리를 하러 갔던 건 맞다고 했지?"

"응."

"당신이 어디서 수리 기술을 배웠는지 알고 싶은데."

빅토르가 안락의자를 들어다 가스등 아래로 옮겨놓고, 스칼렛을 붙잡아 앉혔다.

"뭐 하는……."

스칼렛은 말하다가 가스등이 눈 부셔 두 팔로 눈을 가렸고, 빅토르는 취조하듯 말했다.

"알아보니 당신은 크림슨 가문 사람이지만 열두 살부터 쭉 하녀 일을 했다더군."

"그걸 알아봐야 알아?"

"그럼. 당신은 나한테 늘 거짓말을 했잖아. 아가씨답게 자랐다고. 물론 행동만 봐도 아닌 건 알았지만."

"……."

"집에서 일하던 하녀가 크림슨 가문의 기술을 독학했다는 건데, 그 집 자식들도 아직 못 하는 걸 무슨 수로? 그래, 시계는 가업이었다고 해. 그런데 트램 기술자들은 선대 크림슨 가주 부부를 포함해 대부분 사고로 죽었거든. 그럼 당신은 열두 살도 되기 전 기억이 남아 있는 건가?"

그냥 갑자기 기억이 난다고 말하면 또 미친 사람 취급을 할 것 같았다.

스칼렛이 애써 침착하게 말했다.

"얼마 전에 우연히 트램의 설계도를 발견했어. 그래서 독학했어."

"설계도는 어디 있는데."

"외우고 태웠어."

"외웠어? 불법일 텐데."

"……."

스칼렛은 말문이 막혀 입을 열었다가 그대로 멈췄다. 늘 빠져나가려 애쓰는 해적들을 상대하다 보니 거짓말에 서툰 그녀와 대화하는 건 빅토르에게 일도 아닌 듯했다.

빅토르가 느긋해 보이는 입을 열어 말을 이었다.

"그래서 시계 기술은?"

아까는 안 물어볼 것처럼 굴어서 변명거리를 마련하지 못한 스칼렛은 다시 뭔가 대답하려다 한숨 쉬며 입을 다시 다물었다.

그녀가 제 질문에 연신 대답하지 못하니 빅토르의 표정은 이상하게도 점점 나빠지기만 했다.

잠시 후 그가 입을 열었다.

"아무래도 내 집으로 돌아오는 게 좋겠어."

"뭐가?"

"당신이."

빅토르의 말에 스칼렛이 미간을 좁혔다.

"내가? 왜?"

"왜라니. 이따위로 살고 있잖아."

빅토르가 그녀의 작업대를 턱짓하며 말하자 스칼렛이 멈칫했다. 그러더니 빅토르를 올려다보며 물었다.

"지금 내가, 당신과 살 때보다 불행해 보여?"

"그걸 말이라고 해? 여기 생활이 내 집과 비교가 된다고 생각하나?"

"난 덤펠트 가문에 있을 때가 더 불행했어!"

늘 침착하던 스칼렛이 버럭 언성을 높이자 빅토르가 미간을 좁히며 대답했다.

"행복하다고 했잖아."

"사랑하는 사람이 있어서 행복했던 거야. 내가 원하지 않는 사람과 매일 파티나 오찬을 하고, 드러내지는 않지만 날 하나부터 열까지 무시하는 사람들 앞에서 아무렇지도 않은 척하는 거, 하나도 행복하지 않았어. 부부관계도 항상 나 혼자 매달리고 당신은……."

그녀의 말에 빅토르의 표정이 구겨졌다.

"난 아무 노력도 하지 않았다는 말인가?"

"그걸 말이라고 해?"

"충분히 노력했다고 생각하는데."

"당신이 보기에 하자품인 날 남들에게 소개하기 좋은 아내로 만들려는 노력이었지."

그녀의 서러운 목소리에 빅토르는 잠시 말이 없었다.

빛 때문에 그의 얼굴이 잘 보이지는 않았지만, 아마도 그는 스칼렛이 덤펠트가에서의 화려한 생활보다 여기서 돋보기로 보지 않으면 잘 보이지도 않는 작은 부품들을 다루며 살고 있는 것이 더 행복하다는 말을 납득하지 못하는 것 같았다.

"그게 왜."

"……."

"그래, 당신이 부족해서 내 기준에 맞췄어. 나아지게. 그건 노력이 아닌가?"

그 대답에 스칼렛은 막막한 얼굴로 그를 보다가, 아무 말도 없이 그냥 입을 다물어 버렸다.

제가 하자품이었다는 걸 그의 건조한 목소리로 듣고 나니 의욕이 사라져 버렸다. 유아독존인 그에게 제가 있는 그대로도 충분히 사랑받을 수 있는 존재이기를 바랐음을 설득하는 건 불가능해 보였으니까.

"……."

"……."

한동안 침묵이 흘렀다.

그녀가 대답하지 않았으므로 빅토르도 말이 없었다.

결국 여유롭게 저를 내려다볼 뿐 꼼짝 않는 빅토르를 올려다보며, 스칼렛이 먼저 입을 열었다.

"다른 질문은?"
"당신 침대 옆 창문으로 거리의 가스등 불빛이 들어와."
"알아."
"그런데도 여기가 더 좋다고?"
"응."
거대한 정원으로 둘러싸인 저택에서 살아온 빅토르에게 집 안에서 거리의 소음이 들리거나, 불빛이 새어 들어오는 것은 상상도 못 해 본 일일 것이다.
스칼렛이 창문 쪽을 보며 말했다.
"나는 낯선 사람들을 만나는 게 늘 불안해. 여기선 손님도 직원인 안드레이가 맞아 주니까 좋아."
"그럼 말을 했어야지."
"어떻게 말해."
스칼렛이 헛웃음을 짓고 소파에 머리를 푹 묻었다.
"당신이 말했잖아. 내 역할은 당신 성공에 도움이 되는 것 하나라고. 그 하나도 못 하겠다는 말을 어떻게 해, 당신에게."
결혼 초기에는 그런 귀족들의 모임이 무서워 잠을 이룰 수가 없었다. 그런 밤이면 침대에서 무릎을 끌어안고 달달 떨며 날이 밝기만을 기다렸다.
그녀가 입을 열었다.
"그만 가 주면 안 될까? 당신이 불편해."
"난 낯선 사람이 아니야."
"따듯한 사람도 아니지."
그녀가 불안함을 달래려 안락의자 위로 두 무릎을 끌어 올린 뒤 얼굴을 묻고 중얼거렸다.

"내가 사랑하는 사람은 더더욱 아니고."

그렇게 한참 웅크려 있으니, 빅토르의 구두 소리가 멀어지는 것이 들렸다.

"……."

나무문이 삐걱거리고 빅토르가 계단을 내려가는 소리도 들렸다.

그가 떠나자마자 스칼렛은 의자에서 내려섰다.

톱니바퀴가 하나만 삐뚤어져도 시계는 가지 않았다. 직업병인지 스칼렛은 요즘 들어 무엇 하나 제 위치에 있지 않으면 심한 스트레스를 받았다. 그래서 안락의자를 다시 밀어 제자리에 두려 했지만 꼼짝도 하지 않아 한숨을 쉬었다.

"이걸 어떻게 움직인 거야."

게다가 취조를 받고 돌아오던 날 이후로 스칼렛은 종종 기억이 사라졌다가 며칠 뒤에나 돌아오는 경우가 생겼다.

그때의 공포를 스칼렛은 온전히 혼자서 감내해야 했다. 위태로움은 그녀의 강박을 점점 더 자라게 했다. 그녀는 못 견디고 계단을 달려 내려갔고, 스칼렛은 처음으로 빅토르가 골초란 사실에 감사했다.

스칼렛이 가게 문 바로 앞에서 담배를 피우는 빅토르의 코트를 움켜쥐어 당겼다.

"의자 제자리에 놔."

그녀의 말에 담배를 문 빅토르가 돌아보았다.

스칼렛이 가빠지는 숨을 억지로 고르려 하며 말을 이었다.

"의자. 당신이 옮겼잖아, 다시 제자리에 갖다 놓으라고. 내 일상을 건드리지 마. 아무것도 고치려고 들지 말라고!"

"스칼렛 덤펠트."

왜 날 덤펠트라고 불러. 난 크림슨이야. 크림슨 가문의 기술을 사용해 시계를 만드는 사람이야.

그렇게 대답하고 싶은데 말이 나오지 않았다.

불안감이 그녀를 잠식해 왔다.

빅토르는 담배를 떨어뜨리고 바닥에 주저앉으려는 스칼렛의 허리를 팔로 감았다.

그의 팔 안에서 스칼렛이 가슴이 답답해 억지로 큰 호흡을 이어 가자 빅토르가 그녀를 안아 들어 등허리를 쓰다듬었다.

"……해군도 아니고."

빅토르는 제 부하들이 종종 보이던 패닉 증상에 혀를 차며 그녀를 안고 2층으로 올라가, 스칼렛을 침대에 앉힌 후 의자를 다시 제자리에 돌려놓았다.

스칼렛은 지쳤는지 앉아 있지도 못하고 옆으로 쓰러져 누운 채 의자를 제자리에 놓는 빅토르를 바라보았다.

정신을 잃는 건지, 잠이 드는지 아득함 속으로 빠져들며 중얼거렸다.

"난 다시는 당신과 살지 않아. 그러니까 내 앞에 나타나지 마, 다시는."

그의 눈빛을 읽으려 애썼지만 너무 피곤해 그럴 수 없었다.

스칼렛이 힘없이 중얼거렸다.

"죽일 거야, 당신. 나타나면……."

그러더니 혼절하듯 잠이 들었다.

빅토르는 한동안 그 앞에 서서 무표정한 얼굴로 스칼렛을 내려다 보고 있었다.

――――◆・◆・◆――――

알람이 울려 몸을 일으켜 보니 커튼이 닫혀 있었다. 아마 어지간히도 거리의 불빛이 불편했던 모양이다.
"아, 어떡해."
비몽사몽 중에 일어선 스칼렛은 피가 확 빠져나가는 것 같은 기분을 느끼며 두 손으로 이마를 감쌌다.
"빅토르 덤펠트에게 살해 협박을 하다니……."
스칼렛이 핏기가 가신 얼굴로 우선은 커튼을 열었다.
새벽의 은은한 여명이 집 안까지 쏟아진 후에야 매몰식 금고 문이 열린 것을 발견한 스칼렛은 정신없이 그리로 달려갔다.
금고 안을 확인한 그녀는 곧 제가 그려 둔 설계도 몇 장이 사라진 것을 깨달았다. 전부 복엽기 설계도들이었다. 게다가 만들어 놓은 미니어처까지 사라져 버렸다. 그녀가 패닉에 빠져 잠든 틈에 증거품을 가져가 버린 것이다.
열린 금고 문 앞에 주저앉은 그녀의 얼굴이 하얗게 질렸다.
트램에도 악마가 있다고 매도하는 판이니 비행기는 말할 것도 없었다. 왕은 제 머리 위를 어떤 것도 지나가서는 안 된다고 했다. 복엽기 설계도를 들키면 이거야말로 사형감이었다.
스칼렛은 금고를 닫고 두 손으로 얼굴을 감쌌다.
트램 수리를 눈감아 준 줄 알고, 혹시 그가 이혼한 아내에 대한 옛

정 같은 게 남아 있나 싶어 방심했던 게 문제였다.

그에게 미련이 남은 건 아무 감정도 없는 척하던 자신뿐이었다. 그가 트램 수리를 그냥 넘어가 준 것은 그저 대어를 낚기 위한 미끼였던 것이다.

스칼렛이 기절하듯 잠들었을 때 빅토르는 곧바로 그녀의 방을 수색하기 시작했다. 상식적으로 말이 되지 않았던 것이다.

살란티에 안에 존재하는 트램 기술자를 가장 명확히 아는 사람은 단연 자신이었다.

그는 지금 귀족들이 단기적인 이득에 눈이 멀어 미친 짓을 하고 있다고 생각했다. 살란티에의 인접국들은 전부 이 나라보다 규모가 작았지만, 그렇다고 그들이 전쟁을 일으키지 않으리란 보장은 없었다. 특히, 만약 자신이 인접국의 정치인이라면 해적과의 전쟁을 치른 지 얼마 되지 않은 살란티에만큼 군침 도는 먹잇감도 없을 것이라고 여겼다.

그런데 살란티에는 벌써 십 년 가까이를 과학의 발전을 누르는 데만 열중했다. 이미 발전해 있던 과학의 탑조차 부수고 있는 것이다.

빅토르는 전쟁에 반대했고, 그러므로 더더욱 강한 군력이 필요하다고 생각했다. 전쟁을 하지 않는 가장 좋은 방법은 군력을 키우는 것이라고 여기게 되었던 것이다.

그렇다면 과학자와 엔지니어들이 필요했다. 사고로 죽은 크림슨 선대 백작 부부 같은 위대한 발명가들이 필요했다. 그래서 그는 왕실 모르게 이 기술자들을 찾아다녔다. 경찰에게 힘을 빌려준다는 이유로 망가진 트램을 확인하러 간 것도 그 때문이었다.

그런데 그곳에, 그것도 상자 속에 스칼렛 크림슨이 있었다.

크림슨 부부의 적녀이긴 하지만 제 숙부에게 아무것도 배우지 못했던 그녀가 트램을 수리하고 시계를 고치고 있다니.

결국 빅토르는 스칼렛이 패닉 상태로 잠든 사이 방을 뒤졌고, 이것을 찾아냈다.

빅토르의 공관에 모인 부하들은 그 복엽기 설계도를 가운데 두고 심각한 표정을 짓고 있었다.

팔린이 입을 열었다.

"진짜로 이걸 부인께서 그리셨다고요? 복엽기 설계도를요?"

"그렇다니까."

팔린이 두 손으로 제 붉은 머리칼을 움켜쥐었다.

"미치겠네. 이걸 들키면 대사제가 표적으로 삼을 겁니다. 극단적 종교주의자들이 공격할 거고요. 부인께선 도대체 무슨 생각으로……."

종교가 절대로 인정하지 못하는 것이 비행이었다.

가려 말하는 법 없는 에번이 말했다.

"설계도를 그렸다고 실제로 날 수 있는 건 아니지. 상식적으로 생각하면. 크림슨 부부께서도 생전에는 복엽기 설계를 성공시키지 못하셨어."

"그거야……. 그런가요?"

"하지만 못 날아도 되니까, 형태라도 만들어 둬야지. 살란티에에게 쉽게 시비 걸기 어려울 테니까."

"맞습니다, 우리도 비행 능력이 있다는 거짓말이라도 해야 할 판이에요."
 옆에서 호프가 맞장구쳤다. 그러자 에번이 말했다.
 "하지만 형태만 만든다고 해도 목숨이 위험해져."
 빅토르는 의자에 앉아 그들이 흥분한 상태로 대화하는 것을 보고만 있었다.
 루비드호의 해군 특수부대는 사실 항공대로 뽑은 인재들이었다. 마찬가지로 육군에서도 항공대를 차출했고, 그들 역시 비행할 방법을 찾던 크림슨 부부가 사고로 죽는 바람에 무산되어 특수부대라는 명칭으로 남았다.
 해군이나 육군이나 비행사관후보생으로 비밀리에 고문에 가까운 훈련을 받았음에도 그들에게 남은 것은 저격수가 올라타면 변도로 고작 1분 20초의 비행이 가능한 글라이더뿐이었다.
 에번의 말은 현실적이었다. 비행기가 있다고 허풍을 떠는 것만으로 전쟁을 놓고 셈을 하던 베스티나가 물러날지 모른다.
 빅토르는 손바닥으로 턱을 괴고 생각에 잠겼다.
 빅토르는 스칼렛이 자신을 떠났다는 사실이 종종 화가 날 때가 있었다.
 스칼렛은 남편을 위해 자신이 할 수 있는 건 전부 해 주었고, 툭하면 이 결혼 생활이 얼마나 행복한지에 대해 감탄하곤 했다.
 무엇이든 다 주는 게 그녀의 사랑이었다면, 이렇게 영원히 안 볼 것처럼 떠나 버리고 다시 나타나면 죽여 버리겠다고 위협하는 지금은 무엇인가.
 한심하게도, 한 번 가졌던 것이 빠져나가자 헛헛한 기분이 들었다.
 빅토르는 제 스스로가 너무나 하찮아 좀 웃고 말았다.

사랑해 달라고 바란 적도 없는데, 그 퍼붓는 사랑에 적응하자마자 이렇게 등을 돌리고 떠나 버리면 나더러 어떡하라고.

그가 입을 열었다.

"사형을 감수하고 만들 생각으로 그렸겠지."

그의 말에 테이블 위에 잠시 침묵이 감돌았다.

빅토르는 말을 이었다.

"만들 생각도 없으면서 그렇게 구체적인 설계도를 왜 만들어."

그러자 체격과 힘에 비해 마음이 여린 팔린이 더듬더듬 말했다.

"하지만 너무 위험……."

"공군이 없으면 살란티에 전체가 위험하지 않나?"

"……그건 그렇습니다."

다시 침묵이 흘렀다.

옆에서 부하들이 안절부절못하는 사이, 빅토르가 블라이트 쪽을 보며 물었다.

"스칼렛이 기억력이 좋은 편인가? 열두 살 전에 본 설계도를 외울 정도로?"

"글쎄요?"

빅토르는 스칼렛의 맑은 눈동자를 떠올리고, 곧 블라이트에게 말했다.

"아니면 사람이 갑자기 어릴 때 본 걸 떠올릴 가능성은?"

"잘 모르겠습니다."

블라이트가 머뭇거리며 대답했을 때였다. 빅토르는 왠지 모르게 스칼렛이 왕실경찰의 취조를 받던 날을 떠올렸다.

여전히 그날 스칼렛의 행동이 이해가 가지 않았다. 귀부인에게 고문을 했을 리도 없었다. 스칼렛이 나와서 저에게 그걸 알렸다면 왕실 경찰은 곧바로 해체되었을 테니까.

"기억이 안 나. 미안해."
"정말이야. 기억이 안 나. 내가 잠깐 정신이 나갔었나 봐."

스칼렛은 원래부터 괴로운 일이 끝나면 마치 그 일이 없었던 듯이 행동하는 경향이 있었다. 그러니 아이작을 위한 약의 유혹과 왕실경찰의 압박을 못 견디고 제 약점을 말해 버린 것이 힘겨워 기억이 안 난다고 잡아떼는 것이라 여겼다.
스칼렛 덤펠트는 언제라도 그가 원하는 것을 해 주는 사람이었다. 그녀는 사랑하는 빅토르를 위해 제 목숨이라도 던져 주는 것이 너무나 당연해서 생각할 가치조차 없는 것인 양 지내 왔다.
그녀는 사랑하면 제 심장이라도 꺼내 줄 사람이고, 사랑받기 위해 무슨 짓이든 할 사람이었다. 그러던 그녀의 사랑이 고작 결혼 생활 2년 만에 눈에 띄게 식어 가고, 결국은 그녀가 자신을 배신했을 때, 빅토르는 그녀와 어딘가에서 함께 떨어져 죽고 싶다는 생각을 했다.
제 치부가 밝혀졌다는 사실보다, 이 세상에서 유일하게, 어머니에게도 사랑받지 못한 자신을 사랑해 주던 사람의 마음이 변했다는 사실이 고통스러웠다.

스칼렛에게는 겁에 질려 있을 만한 여유 시간이 없었다. 그녀에게는 돌봐야 할 가게와 직원, 그리고 가족이 있었다.

바로 빅토르를 찾아가 보고 싶었지만 그가 있는 공관에 갈 시간이 나지 않았다. 시간이 난 것은 다음 수요일이었다. 그날 그녀는 공관 근처에 볼일이 있었다.

7번가에서 트램으로 세 정거장 떨어진 곳에 거대한 호수가 있었다. 그 호수를 끼고 도는 트램을 타거나, 혹은 가운데를 가로지르는 뗏목을 타면 맞은편, 행정 중심지로 불리는 릴슨 광장으로 갈 수 있었다. 해군들의 공관은 그곳에 있었다.

옆집 리브는 아이작을 만나러 가는 스칼렛의 뒤를 쫓아 나왔다.

"우리 집 무화과빵이랑 사과케이크를 그렇게 좋아하는 단골손님인데, 얼굴은 봐야지."

"봐서 뭐 하게?"

"너랑 똑같이 생겼다며. 그럼 잘생겼을 것 아냐."

리브가 솔직하게 말하며 빵 바구니를 들고 걸음을 옮겼다.

호수의 뗏목이 있는 작은 선착장에 도착하자 왠지 여자들이 많이 모여서 웅성거리고 있었다. 맞은편에서 막 아이작이 도착하니 목소리가 점점 더 커졌다.

스칼렛이 사 준 살란티에의 중산계급이 주로 입는 업무용 정장을 입은 아이작은 여자들의 시선을 빼앗고 있었다. 대장장이의 혈통을 물려받은 큰 체형에 따뜻함이 묻어나는 인상과 예쁜 얼굴이 사람들을 불러 모았다.

항구에 도착한 아이작은 선착장에 뗏목을 붙인 후, 갈고리를 걸어 도르래로 감았다. 뗏목이 완전히 고정되자 맨 앞에 있는 사람에게 장갑을 낀 손을 내밀었다.

"손 주세요."

그러자 맨 앞에서 기다리던 여자 손님이 발그레한 얼굴로 손을 내밀었다. 그렇게 손님들을 뗏목에 태우다가 중간에 아이작이 빙그레 웃었다.

"스칼렛?"

"어떻게 알았어?"

"네 걸음 소리는 어디에 있어도 알아."

아이작이 말하며 스칼렛을 뗏목에 태웠다.

스칼렛이 말했다.

"이 애는 내 친구인 리브야."

"아, 빵집 아가씨구나."

아이작이 리브의 손을 잡아 뗏목에 태우며 말했다.

"항상 빵 맛있게 먹고 있어요."

아이작의 말에 리브는 홀린 듯한 얼굴로 그를 보며 고개를 끄덕거렸다.

아이작은 밧줄을 당겨 뗏목을 이동시키기 시작했다. 배가 미끄러지니 아름다운 호수의 풍경이 한눈에 들어왔다.

맞은편에 갔다가, 다시 되돌아온 후 아이작의 점심시간이 시작되어 뗏목에서 내렸다.

아이작은 이곳이 익숙해졌는지 지팡이를 짚으며 호수 주변, 모닥불을 피워 둔 벤치로 향했다. 빵을 배달하고 가기로 했던 리브는 멍한 얼굴로 아이작을 보고 있었다.

스칼렛이 리브에게 말했다.

"안 돌아가면 사장님한테 혼나지 않아?"
"괜찮아……."
리브가 몽롱한 목소리로 대답해 스칼렛은 다시 불렀다.
"오늘 주문 많아서 빨리 돌아오라고 하셨잖아."
"어? 아!"
정신이 번쩍 든 리브가 소리쳤다.
"나 가 볼게! 가 볼게요!"
"조심해서 가요."
아이작의 인사에 오히려 리브가 넘어질 뻔했다. 스칼렛은 급하게 리브를 부축해 주고, 리브는 달려서 사라졌다.

―――◆―――

두 사람은 점심 식사를 시작했다. 이야기하다가 아이작의 손을 당겨 확인해 보니 손바닥에 굳은살이 생겨 있었다.
"굳은살 생긴 것 봐."
"멋지지?"
"뭐가 멋져? 멋지기는."
"노동의 흔적이 드디어 생겼잖아. 평생 일하지 않아서 없었는데."
아이작은 즐거워하더니, 자기도 스칼렛의 손끝을 만져 보았다. 매일 손끝으로 섬세한 작업을 하는 스칼렛의 손끝은 너덜너덜했다.
아이작은 그런 스칼렛의 손끝을 만지작거리다가 이내 미소를 지었다.
"네 손도 멋지네."

"뭐, 그렇다니까 그런 것 같기도 하고."

스칼렛이 제 손을 들여다보며 중얼거리는 사이, 아이작은 걸어 놓았던 재킷 안주머니에서 상자를 꺼냈다.

"아, 그리고 이건 선물."

"뭔데?"

스칼렛이 상자를 열어 보니 은을 얇게 펴서 만든 나비 장식이 달린 귀걸이가 들어 있었다.

스칼렛이 놀라서 말했다.

"이런 걸 뭐 하러 사!"

"그냥…… 급여 받으면 네 선물부터 사고 싶었어."

스칼렛은 아이작이 준 귀걸이를 꺼내 손 위에 두고 한참을 보았다.

"너무 예쁘다……."

"그래? 다행이다."

아이작은 손에 의지해 감각으로 고른 거라, 스칼렛의 반응이 나올 때까지 무척 긴장하고 있었다.

스칼렛은 묘한 기분으로 귀걸이를 귀에 걸었다. 그녀의 마음속에서 늘 챙김을 받아야 하는 사람이던 아이작에게 선물을 받았다는 사실이 기분을 이상하게 했다.

"진짜 이런 거 안 줘도 되는데."

"어때? 어울려?"

보통은 어울린다는 말을 준 사람이 해야 하는데, 아이작은 고개를 갸우뚱하며 질문을 했다. 그러니 스칼렛은 웃으며 대답할 수밖에 없었다.

"응. 당연하지."

그렇게 말하고, 스칼렛이 잠시 말이 없으니 아이작이 물었다.
"무슨 일 있지?"
"응? 아냐, 없어."
"말해 줘."
아이작의 걱정스러운 목소리에 스칼렛이 큰 소리로 웃었다.
"진짜 없어. 아무 일도."
만약 복엽기 설계도를 그린 것을 아이작까지 알게 된다면, 아이작 역시 이 일에 얽히고 말 것이다.
스칼렛이 빵을 잘라서 사각형 종이를 접어서 잡기 좋게 담아 내밀었다.
아이작이 빵을 먹는 사이 스칼렛이 물었다.
"눈에 붕대는 계속 감고 있어?"
"응? 응. 익숙해지기도 했고, 남들이 내 눈 보면 놀랄까 봐 걱정도 되고."
"왜에, 괜찮아."
스칼렛이 말하며 붕대에 손을 대자 아이작은 흠칫 놀라며 고개를 돌렸다.
아이작은 지금까지 스칼렛의 손을 피한 적이 없었다. 스칼렛은 무척이나 당황했으나, 곧 아무렇지 않게 웃음소리를 내며 말했다.
"알겠어. 싫으면 할 수 없지."
"미안."
"뭐가 미안해."
그걸로 붕대 이야기를 끝내고, 두 사람은 식사를 하며 이것저것 각자의 일상에서 재미있었던 일들을 이야기했다. 그러고 나서 마지막으로 스칼렛이 호수 너머에 갈 일이 있다고 해서, 그녀를 맞은 편에 내려 주었다.

스칼렛을 보낸 후에야 아이작은 손으로 제 눈을 감쌌다. 그러자 뗏목 관리인인 카렐이 달려왔다.

"도련님! 또 눈 아프세요?"

아이작은 얼굴 하나로 뗏목에 손님을 어마어마하게 끌어 모으는 중요한 인력이었다. 이 뗏목의 주인에게는 보석이 굴러온 것과 다름없었다.

아이작이 미소 지으며 고개를 저었다.

"괜찮네. 아파서 그런 게 아니니."

"또 눈이 아프면 바로바로 말해 주십쇼. 도련님 컨디션이 우리 뗏목 장사에서 제일 중요하다구요."

"그 정도는……."

"그 정도라구요. 이건 뭐 자기 얼굴을 못 보니, 아무리 잘생겼다고 해도 믿어 주시질 않네."

그 말에 아이작은 미소를 지었다.

스칼렛이 가져온 약을 사용한 이후 어느 날부터인가, 붕대 속에서 끔찍한 고통이 느껴졌다. 카렐이 한 번 보고 까무러친 걸로 봐서, 그 꼴이 말할 수 없이 흉측한 모양이었다. 그러니 절대로 스칼렛의 앞에서 붕대를 풀 수 없었다. 평생 붕대를 감고 있어야 한다고 해도 상관없었다.

스칼렛의 마음을 아프게 하지 않을 수 있다면, 그 정도는 쉬웠다.

오늘 해군 공관은 다소 떠들썩했다. 빅토르의 퇴역한 부하, 니콜라우스가 모처럼 방문했기 때문이다.

해군들이 유쾌하게 그를 반겼다.

"이봐, 니코. 아이스크림 가게 이름이 뭐라고 했지?"

"아, 몇 번을 물어봐. 해군 아저씨의 아이스크림 가게라고."

그 말에 해군들이 또 한바탕 웃음을 터트렸다.

그렇게 시끌시끌하게 공관 분위기를 띄운 니콜라우스가 함장 집무실 앞에 섰다.

어느 군이나 최선임장교는 왕족들이 맡고 있었고, 그것은 해군도 마찬가지였다. 해군참모총장은 현 왕세자 아담 이렌이었으나 명예직이었고, 사실상 살란티에 최대함인 루비드호의 함장 빅토르 덤펠트가 해군을 실질적으로 이끌고 있었다.

오래 모시던 분이고, 이미 퇴역까지 했지만 니콜라우스는 빅토르가 불편하기 짝이 없었다. 거기다가 온갖 귀한 걸 먹고 자란 사람에게 아이스크림을 드십사 하고 가져왔으니.

"에효, 내가 미쳤지."

니콜라우스가 혼잣말하자 문 앞에 서 있던 블라이트가 빙그레 웃었다.

"좋아하실 겁니다."

그렇게 위로해 주고서, 블라이트가 노크를 하고 말했다.

"니콜라우스 씨께서 오셨습니다."

그렇게 보고한 블라이트는 문을 열어 준 후, 인사를 하고 떠났다.

니콜라우스가 어색하게 웃으며 아이스크림이 담긴 통을 들어 보였다.

"제가 아이스크림 가게를 열었습니다."

그 말에 빅토르가 손을 까딱였다. 여전히 불편한 분이 아닐 수 없었다.

테이블 위에서 상자를 열어 보니 날이 추워 생각보다 얼음이 녹지 않았다. 그제야 니콜라우스가 난처하게 말했다.

"아무래도 이 추운 날에 아이스크림은 아니었지요, 함장님?"

"이미 늦은 것 같은데."

빅토르가 말하며 직접 아이스크림을 꺼냈다.

그제야 안도한 니콜라우스가 한숨을 쉬었다.

빅토르가 말했다.

"표정은 오히려 낫군."

"네, 이게 제 손보다 낫습니다. 튼튼하거든요."

니콜라우스의 태연한 말에 빅토르가 픽 웃었다.

스나이퍼였던 그는 해적이 쏜 독화살에 손목을 맞아 양팔을 잘라내야 했다. 그는 나라에서 준 위로금으로 곧바로 의수를 샀는데, 제작 기간이 길어 1년이 지난 지금에서야 겨우 의수를 받을 수 있었다.

니콜라우스가 주먹을 쥐어 보이며 말했다.

"허술해 보여도 주먹도 쥐어집니다."

"뭐, 생각보다는."

"하, 여전히 도도하십니다. 그게 함장님 매력이긴 하죠."

늘 경쾌한 니콜라우스가 그렇게 농담해 놓고 흠칫해 눈치를 살폈다. 그러나 빅토르는 봐주겠다는 듯이 픽 웃고 그만이었다.

니콜라우스는 아마 두 손이 날아갔다고 봐주고 있는 거라고 생각하며 안심했다.

빅토르보다 열 살 연상인 니콜라우스는 루비드호에서 유일하게 귀족이 아닌 장교였다. 사관학교를 졸업한 귀한 집 도련님들을 제치고 올라올 정도로 정밀한 사격 실력으로 연달아 공을 세운 덕이었다.

빅토르가 물었다.

"엄지는 원래 일부러 안 움직이는 건가?"

"아, 이거요. 아무래도 고장 난 모양입니다."

"고쳐야지."

"말도 마십쇼. 이게 만드는 데 반년, 여기까지 가져오는 데 반년이 걸린 물건 아닙니까. 수리하고 보내고 받고 하면 또 반년 걸릴 텐데 손 없이 반년을 어떻게 삽니까."

"새로 하나 주문하지. 사 줄 테니까."

"이야, 멋지십니다. 하지만 그렇게 신세지기엔 너무 비싸니까 거절하겠습니다."

그렇게 이야기하고 난 니콜라우스가 잠시 생각하다가 슬쩍 웃으며 말했다.

"함장님께서 절 만나 주실 줄 몰랐습니다."

"왜."

"솔직히…… 배에서 바로 내리라고 하실 때는 좀, 섭섭했습니다. 바다 한복판에서 저 때문에 작전 다 멈추고 회항하실 건 없었잖아요."

"자네가 없으면 안 되는 작전이었는데, 자네가 제 몫을 못 하니까."

"그래도 말입니다. 함장님은…… 아, 뭐, 퇴역했으니 속 시원하게 말하겠습니다. 함장님은 본인에게 필요가 없으면 내버리는 분이시잖아요."

니콜라우스는 모처럼 섭섭함을 털어놓다가, 방금은 선을 넘었다고 생각해 얼굴이 하얘졌다.

그러나 다행히 빅토르가 무언가 말하기 전에 문이 벌컥 열렸다. 문 앞에 선 스칼렛은 앞에 손님이 있는 걸 알고 놀라서 멈춰 섰다.

두 손 대신 의수를 단 남자와 아이스크림을 먹고 있는 전남편, 둘 중 어느 것에 놀라야 하나 고민하던 스칼렛이 굳어 있는데 빅토르가 말했다.

"마침 저기 기계공이 있군. 고쳐 달라고 하지."

"예, 예? 아니, 그건 아닌데……."

빅토르와 이혼한 전부인을 알아본 니콜라우스의 얼굴이 더더욱 질렸다. 아무래도 제가 선을 넘어서 벌을 주는 모양이었다.

빅토르는 태연히 스칼렛에게 말했다.

"아무리 당신이 기계에 관심이 많아도, 의수를 그렇게 신기하게 보는 건 예의가 아닌데."

"당신이 아이스크림을 먹는 것도 신기해."

"손도 없는 사람이 여기까지 들고 왔는데 먹어야지."

'함장님이 훨씬 무례하신데요!'라고 말하고 싶은 눈으로 빅토르를 잠깐 본 니콜라우스가 다시 스칼렛을 보며 사람 좋게 웃었다.

"고쳐 주실 건 없지만, 궁금하시면 자세히 보셔도 괜찮습니다. 부인께서 시계 가게를 여셨다는 이야기는……."

"생각해 보니 아가씨라고 해야 하나. 지금은 미혼 상태니."

빅토르의 말에 니콜라우스는 더더욱 불편해 입을 꾹 다물었다.

스칼렛은 이 상황이 무척 당황스러웠으나, 의수의 엄지가 잘 움직이지 않는다는 말에 신경이 쓰여 테이블 앞에 앉았다.

얼떨결에 의수를 빼고 앉은 니콜라우스가 멋쩍은 얼굴로 말했다.

"이거…… 부인, 아니, 아가씨께 신세를 지는군요."

"신세는요."

니콜라우스는 사실 이혼한 부부 사이에 껴 있는 것이 엄청나게 신경 쓰이고 불편했으나 도망칠 기회를 잡지 못했다.

그사이 스칼렛은 한 몸처럼 늘 메고 다니는 가방에서 공구함을 꺼냈다.

스칼렛은 의수의 태엽이 빠지지 않게 나무 막대로 고정한 후, 움직이지 않던 톱니바퀴를 빼냈다. 그리고 익숙하게 은으로 톱니바퀴를 만들기 시작했다. 정교하게 톱니바퀴를 만드는 모습은 그녀의 나이와 상관없이 장인처럼 보이게 만들었다.

잠시 후 스칼렛은 톱니바퀴를 갈아 끼우고 조심스럽게 태엽을 움직여 보고는 니콜라우스에게 말했다.

"엄지 움직여 보세요."

그 말에 니콜라우스가 반신반의한 표정으로 엄지를 움직였다. 이전과는 비교도 할 수 없을 정도로 부드럽게 움직이자 니콜라우스의 얼굴이 금방 환해졌다.

"우, 움직입니다! 세상에, 이렇게 편할 수가!"

니콜라우스가 하도 기뻐하자 스칼렛은 물론, 뒤에서 보고 있던 빅토르까지도 미소를 지었다.

　니콜라우스가 아무리 해도 신기한지 몇 번이고 주먹을 쥐었다 폈다 반복해 보며 인사했다.

　"정말, 정말 감사합니다. 제가 아내와 아이스크림 가게를 하거든요. 지나가시면 꼭 말씀하세요! 평생 공짜로 드릴 테니까!"

　"평생까지는 아니어도 되지만, 조만간 얻어먹으러 갈게요."

　스칼렛 역시 기쁜 표정을 지으며 같이 인사했다.

　거듭 인사하며 니콜라우스가 떠났다.

　소란스러운 사람이 있다가 사라지니, 집무실 안에는 침묵이 흘렀다. 빅토르가 찻잔을 꺼내 내려놓으며 말했다.

　"자기 발로 올 줄은 몰랐군."

　"어차피 잡으러 올 거였잖아."

　"아니, 당신 손에 죽을까 봐 안 갈 생각이었어."

　빅토르의 드문 농담에 스칼렛은 기가 차서 헛웃음 소리를 냈다. 그녀가 물었다.

　"어떻게 할 거야, 그래서?"

　"그건 차차 생각하고."

　빅토르가 스칼렛을 보며 물었다.

　"나한테 돌아오라는 게 왜 그렇게 싫어?"

　"나랑 다시 만나고 싶은 이유가 뭔데? 살아 보니까 이혼한 게 발목 잡아? 아님, 다른 여자 찾기가 귀찮아?"

　"사랑해서."

　그의 태연한 대답에 말문이 막혔다.

　스칼렛은 한동안 빅토르를 노려보다가 물었다.

"뭐?"

"당신을 사랑해서 돌아오라는 거지. 별다른 이유가 있나."

빅토르가 아무렇지도 않게 내뱉는 말들이 오히려 뾰족한 무기가 되어 스칼렛의 속을 할퀴었다.

그녀가 잠시 눈을 감았다가, 이내 고개를 들어 그를 바라보며 말했다.

"당신은 가지고 싶은 건 다 가지면서 살았지?"

"글쎄."

"이혼당한 게 기분 나빴어?"

그녀가 냉랭하게 묻자 빅토르는 대답이 없었다.

스칼렛이 말을 이었다.

"당신이 먼저 버렸어야 했는데, 못 그런 게 자존심 상해서 그래?"

"나는 그렇게 생각 안 하는데."

"아니면, 당신이 날 고쳐 놓은 게 아까워서 그래?"

이쯤 말하면, 보통 사람은 화를 낼 거라고 생각했다. 그러나 빅토르는 표정 하나 바뀌지 않고 스칼렛의 말을 듣고 있었다.

스칼렛이 중얼거렸다.

"내가 당신을 사랑하지 않았으면, 그럼 이혼하지 않았을 거야."

"반대 아닌가."

"아니. 정말로 그래. 사랑하지 않았으면 당신한테 아무 기대도 하지 않았을 거야. 사랑하니까 자꾸 기대해서, 그래서 실망한 거야."

취한 기분이었다.

스칼렛은 억지로 호흡을 가다듬었다.

"그러니까…… 따지고 보면 이혼한 건 내 탓이네. 됐지?"

"……."
"이혼한 부부 사이에, 어떻게 이것보다 더 자존심을 굽혀. 나 혼자 당신을 미치게 사랑해서, 나 혼자 죽을 것 같았다고. 혼자서 그렇게 날뛰다가 지쳐 있었어. 아마 배신도 그래서 했을 거야. 당신이 지긋지긋해져서. 내가…… 당신에게 의리를 지킬 이유가 없잖아."
"그렇다고 배신할 건 없었어."
그의 말에 스칼렛은 조소했다.
"어차피…… 이혼밖에 방법이 없었네. 당신은 나를 용서할 수 없고, 나는 이미 일을 저질러 버렸으니까. 완벽한 선택이었잖아, 이혼."
"차라리 사실대로 말하지 그랬어. 나한테 질려서 배신했다고."
"사실대로 말했잖아. 기억이 안 난다고."
"아직도 그 얘기야?"
스칼렛은 다시 느껴지는 그 날의 감정들에 두 손을 모아 명치를 꾹 눌렀다.
"응. 아직도 그 얘기야."
빅토르가 말했다.
"그래, 그런 걸로 해. 이제 와서 그게 뭐가 중요해."
스칼렛은 빅토르의 덤덤한 얼굴 한구석에, 분노가 여전히 남아 있음을 알았다.
그에게 왕족이 되는 것은 일생을 바친 숙원이었다. 제가 기억을 하지 못한다고 해서, 있었던 일을 없던 걸로 할 수는 없다는 걸 스칼렛도 알았다.
스칼렛이 고개를 들어 그런 빅토르를 올려다보며 말했다.
"미안해, 빅토르."

"……."
"생각해 보면, 당신이 밉기는 했어. 그때."
성인이 되어 한 것이라고는 사랑밖에 없는 것 같았다.
'어릴 때 누구라도, 그렇게 바보처럼 사랑하고 나면 끝나고 아무것도 남지 않을 거라고 말해 줬다면 좋았을 텐데.'
부모님이 계셨다면, 리브 같은 친구를 더 빨리 만났다면, 안드레이처럼 빅토르에게 선물할 네 잎 클로버를 찾는 과정이 결국 본인의 행복을 위함이라는 걸 알려 줄 사람을 더 어릴 때 만났다면 좋았을걸.
사랑 없이 시작한 결혼은 결국 사랑 없이 끝나는 법이라는 걸, 지금의 제가 열여덟 살의 스칼렛 크림슨에게 알려줄 수 있다면 좋을 텐데.
하지만 아마도 사랑에 빠진 열여덟 살의 스칼렛 크림슨은 그 말을 들은 척도 하지 않았겠지.
빅토르는 그런 스칼렛을 바라보다가 입을 열었다.
"그럼 돌아와. 그따위로 살지 말고."
"……."
"미안하다며."
"미안해. 하지만 당신과는 더 이상 못 살아. 내가 당신과의 결혼에서 너무 많은 것들을 기대해서."
"도대체 나에게 뭘 기대했는데."
그의 목소리에 서서히 날이 선다.
스칼렛은 떨리는 목소리로 말했다.
"그냥, 필요하지 않아도 날 찾았으면 좋겠어. 날 보고 싶어했으면 좋겠고. 당신이…… 당신이 내가 당신을 사랑하고 보고 싶어하는 것에 기뻐해 줬으면 했어. 나한테는…….”

스칼렛이 쓴웃음을 지었다.

“나한텐 정말로 내 사랑이 소중한 거였어. 내가 가진 것 중에 제일 좋은 거였어. 처음엔 어차피 짝사랑이니까 괜찮았거든? 그런데 점점…… 점점 내가 당신을 사랑하는 걸 기뻐하지 않는 당신에게 지치게 되는 거야. 원래, 짝사랑은 그렇게 끝나잖아.”

그녀의 말을 듣던 빅토르가 어이가 없는지 허, 웃었다.

그래도 스칼렛은 말을 이었다.

“이혼할 때서야 알았어. 내가 당신을 사랑했던 건, 나도 그런 사랑을 받고 싶어서야. 나도…… 사랑이 받고 싶었어. 그리고 당신도 그래. 당신이…… 나에게 청혼했으니까, 연기로라도 보답할 의무가 있었어.”

듣고 있던 빅토르는 비틀린 듯한 미소를 지으며 대답했다.

“아, 연기력이 부족했네, 내가.”

그의 대답에는 한심하게도 가슴이 철렁했다.

스칼렛이 애써 웃으며 고개를 끄덕였다.

“응. 재혼할 땐 좀 더 노력해.”

그렇게 말한 스칼렛이 곧 가방에서 작은 유리구슬을 꺼내 빅토르에게 내밀었다.

“주려던 거니까. 이건 줄게.”

네 잎 클로버가 들어 있는 유리구슬이었다.

빅토르가 그녀의 손 위에 놓인 것을 바라보고 있으니 스칼렛이 말을 이었다.

"당신을 위해서 찾은 거 아니야. 그냥 매해 당신 생일쯤에 네 잎 클로버를 찾는 일이 내 기쁨이었다는 걸 알게 된 것뿐이야. 취미생활 같은 거였어."

"……."

"아, 애초에 네 잎 클로버를 받은 것도 기억 못 하겠구나……. 그래도 가지고 있어."

빅토르가 유리구슬을 받아 들었다.

그가 서랍에 그것을 집어넣는 모습을 물끄러미 보던 스칼렛이 말을 이었다.

"취조할 것 있어? 비행기에 대해서."

"설계도는 만들 생각으로 그랬나?"

"음……."

"이건 묵비권을 행사하면 당신만 불리해. 무기 제작은 군법 위반이 될 수도 있는 문제니까."

"무기 아니야. 이동 수단일 뿐이야. 그리고 애초에…… 모든 기술을 억제만 하는 게 이상하지도 않아?"

그거야…….

당연히 이상했다. 빅토르 역시 이상하게 여긴 지 오래인 문제였다. 그동안은 바다에 있어 살란티에가 돌아가는 상황을 잘 몰랐으나 이제는 알았다.

스칼렛이 말을 이었다.

"그리고 설계도는 그냥, 기억이 난 거야. 부모님이 제작하던 거."

"기억이 났다고?"

"응."

"당신 부모님이 돌아가신 건 당신이 열두 살 때였어. 그 이전에 본 제작도를 어떻게 기억한다는 거지?"

"내가 기억력이 좋아서."

"……."

"가도 돼?"

빅토르는 지금 당장 더 알아낼 것이 없다고 판단했는지 곧 고개를 끄덕였다.

"조만간 다시 찾아가지."

스칼렛은 고개를 끄덕였다.

그녀가 집무실을 떠난 후 늘 그녀에게서 느껴지는 따듯함도 사라지고 나서, 빅토르는 담배를 꺼내 입에 물고 불을 붙여 한 모금을 피웠다.

───◆───

수요일, 스칼렛은 크림슨 가문으로 향했다. 세상이 어떻게 변하든 그녀의 일상은 변하지 않았다.

아이작의 다락방 침대에 누워서 쉬던 스칼렛이 말했다.

"요즘 사는 게 허망해."

"그래?"

"응. 내가 되게 쓸모없는 기분이 들어."

"그런 말 하지 마."

아이작은 조심스럽게 스칼렛의 팔을 당겨 일으켜 침대에 앉혔다. 그리고 더듬더듬 그녀의 두 뺨을 손으로 감싸고 말했다.

"나는 너 없었으면 예전에 죽었어."

"그 정도는……."

"그 이상이지. 나는 너의 어린 시절을 삼키며 살았어. 사람 잡아 먹는 괴물처럼."

"왜 그런 말을 해?"

그의 말에 스칼렛은 슬픔에서 잠시 벗어나 인상을 썼다.

그는 조심스럽게 스칼렛과 이마를 맞댔다. 부모님이 돌아가시고 시력마저 잃은 아이작이 말을 잃었을 때, 슬퍼할 정신도 없이 스칼렛은 그를 위로했다. 매일 이렇게 이마를 콩 박고는 그래도 내가 있잖아, 하고 웃었다.

그 생각을 할 때마다 아이작은 제가 세상에 존재해서는 안 될 괴물처럼 느껴졌다. 제 여동생이 바로 옆에서 학대당하고 있었는데도 저 혼자 상심에 빠져 있었고, 정신을 차린 후에도 내내 스칼렛의 보살핌을 받았다.

아이작은 그녀를 놓고 언제나처럼 선하기 그지없는 미소를 지으며 말했다.

"그러니까 네가 쓸모없다는 그런 소리 하지 말라구."

"알았어, 안 할게. 하지만……."

"그래도 슬픈 건 여기서 털어놓고 가. 다 들어 줄게."

아이작이 말하고는 기분 풀라는 듯 배시시 웃었다.

스칼렛은 쓸모없는 제가 그래도 세상에서 하나는 구했다는 생각에 살며시 미소를 지었다. 그것도 제 생각엔 제법 성공작이었다.

그녀가 곧 입을 열었다.

"트리하우스에 가고 싶어."

"트리하우스?"

"응. 거기서 부모님이랑 오빠랑 놀았던 게 종종 생각나. 특히 오늘처럼 눈 오는 날. 기억나지? 엄마가 만든 엄청 신기한 장난감으로 사탕 뽑기 했잖아."

"아, 기억나지. 그 장난감 트리하우스에 아직 있을 수도 있겠다."

아이작이 말하더니 몸을 일으켰다.

"가 보자."

"트리하우스?"

"응. 이제 메릴린이랑 아놀드도 커서 거기 잘 안 가."

이 집은 남매의 집이었으나, 마음대로 돌아다닐 수 있는 곳은 없었다. 여기 이 다락방과 스칼렛이 지내던 지하창고만이 두 사람의 공간이었다. 스칼렛은 작은아버지에게 혼날 생각에 불안해졌으나 잠깐이라면 몰래 보고 와도 괜찮을 것 같은 기분이 들었다.

"사탕 뽑기 장난감 찾으면 좀 혼나도 될 것 같아."

스칼렛이 지팡이를 찾아 아이작의 손에 쥐여 주었다.

아이작은 즐거워하며 다락방을 나서는 스칼렛의 뒤를 따라 걸으며 표정이 굳지 않게 하려고 애썼다. 저보다 훨씬 많은 삶을 산 것만 같은 스칼렛은 반대로 여전히 미성숙한 부분이 남아 있었다. 예컨대 제 행동이 혼나지 않을까 늘 고민한다는 점이 그랬다.

두 사람은 곧 트리하우스로 향했다. 저택에서 십 분 정도 걸어가면 나오는 곳이었다. 두 천재가 심혈을 기울여 만든 근사한 건축물이었다. 안으로 들어가 보니 선반 위에 좋은 술들이 가득했다.

스칼렛이 투덜거렸다.

"여기서 술이나 마시다니. 아놀드 짓이겠지?"

"그렇겠지?"

"장난감 어디 있으려나."

스칼렛이 트리하우스를 둘러보다가 곧 울음이 나올 것 같아 입술을 깨물었다. 통나무로 된 벽에 낙서들이 그대로 있었다.

[규칙 1. 선 넘지 않기.]

바닥에 그려져 있는 선을 보며 스칼렛이 간신히 웃었다.

"기억나? 우리 맨날 서로 넘어오지 말라고 싸웠는데. 아직도 선이 있어."

"어디?"

아이작의 말에 스칼렛이 선이 있는 곳에 그를 세워 주었다. 그러자 아이작이 빙그레 웃으며 말했다.

"지금 생각해 봐도 네 쪽이 더 넓어."

"아니라니까? 오빠가 더 넓다구."

"바꿔?"

"아니."

두 사람은 티격태격하다가 소리 죽여 웃었.

다행히 안에 있는 물건들은 인테리어로 여겨졌는지 이동한 것조차 별로 없었다. 사용인들이 늘 청소를 해 먼지도 쌓여 있지 않았다. 스칼렛이 선반 위의 상자를 꺼내 바닥에 내려놓았다. 그리고 나무로 깎아 만든 자물쇠를 보며 말했다.

"비밀번호는 체리파이야."

"그게 기억나?"

"그럼. 나지."

스칼렛이 나무막대기를 톱니바퀴 홈에 걸어 이리저리 돌리며 알파벳을 순서대로 정리하니 상자가 열렸다. 안에는 사탕 뽑기 장난감이 있고, 심지어 사탕도 들어 있었다.

스칼렛이 태엽을 감고 장난감을 주사위 던지듯이 던지자 사탕 하나가 튀어나왔다. 사탕을 꺼내자 장난감 속 오르골이 그 사탕이 빠져나간 나머지 무게를 재더니, 곧 마지막 숫자에 따라서 음악을 골라 오르골이 돌아갔다.

두 사람은 추억에 푹 빠져 열 가지 노래가 모두 나올 때까지 사탕을 계속 뽑았다. 그렇게 시간을 보내고 있을 때 아래에서 시끌벅적한 소리가 들렸다. 남매는 곧 자신들이 이곳에 너무 오래 있었다는 걸 깨닫고, 아이들을 위해 층계가 낮게 만들어진 계단을 내려갔다.

아래로 내려가 보니 아놀드가 제 친구들을 끌고 와 있었다. 이미 취할 대로 취한 아놀드가 스칼렛의 팔을 잡아채며 말했다.

"누가 여기 들어오래. 너 저기서 뭐 훔쳤어?"

"훔치긴 뭘 훔쳐. 그런 거 없어."

스칼렛이 뒤로 물러서는데 아놀드의 친구가 말했다.

"너희 집 하녀 이혼했다더니 진짜네."

원래부터 아놀드의 친구들은 스칼렛을 아놀드의 집 하녀라고 불렀다. 스칼렛은 아놀드의 질 나쁜 친구들을 볼 때마다 제가 성인이 되자마자 결혼을 해서 다행이라고 생각했다.

스칼렛이 아이작을 데리고 떠나려는데 아놀드가 막아 세웠다.

"어디 가, 말 안 끝났는데."

아놀드에게서 술 냄새가 확 풍겼다. 아놀드의 친구들이 아이작을 둘러싸며 말했다.

"이제 집밖에 나오네?"

그러더니 아이작을 건드리며 붕대를 잡아 벗기려 했다. 그러자 아이작이 급하게 몸을 피했다. 그의 움직임이 지나치게 날렵하다는 걸 느낄 새도 없이, 스칼렛이 서둘러 말렸다.

"아이작은 내가 끌고 나온 거야. 이제 쉬어야……."

그때 아놀드가 그녀의 손에서 장난감을 뺏어 들었다.

"이거 뭐야?"

"그거 엄마가 만든 거야."

스칼렛이 다시 잡으려 하자 아놀드가 휙 다른 친구에게 던졌다.

스칼렛이 그쪽으로 가려는데 아놀드가 발을 걸어 그녀를 넘어뜨렸다. 그녀가 넘어지는 걸 알았는지 아이작이 표정을 굳히고 소리 나는 쪽으로 고개를 돌렸다.

"……스칼렛?"

그러자 스칼렛은 아픔을 느낄 틈도 없이 몸을 일으켜 아놀드에게 사과했다.

"미안해. 다시 안 올게."

아놀드가 허리를 숙여 스칼렛의 이마를 손가락으로 밀치는 바람에 그녀의 등이 나무에 부딪쳤다.

"반성하는 거 맞아?"

"응."

"가만히 있는 아이작은 왜 데리고 나와서 고생을 시켜?"

"안 그럴게."

스칼렛이 말하자 아놀드가 그녀의 턱을 손으로 움켜쥐며 말했다.

"반성을 하면 무릎부터 꿇으라고. 말을 해도 기억을 못…… 으악!"

그 순간 아놀드가 바닥으로 넘어갔다. 그를 쓰러뜨린 아이작이 이어서 발로 걷어찼는데, 거기 얼굴이 있어 아놀드가 또 한 번 비명을 질렀다. 아놀드의 친구들이 달려와 붙잡았지만 전부 달라붙지 않고서는 아이작을 이기기 쉽지 않았다.

"아이작! 뒤에!"

스칼렛이 외치자 아이작은 뒤로 손을 휘저어 자신을 치려던 아놀드의 팔을 붙잡았다. 그러더니 다른 손을 휘둘러 머리채를 잡은 후, 주먹으로 얼굴을 흠씬 두들겨 팼다.

아놀드의 얼굴이 피범벅이 되도록 멈추지 않아 정신을 차린 스칼렛이 아이작의 팔을 붙잡았다.

"아이작, 그만해. 이러다 죽겠어!"

그녀가 잡자마자 아이작은 팔을 멈췄고, 아놀드는 얼굴을 감싸며 비명에 가까운 소리를 질렀다.

"미친 새끼. 너 당장 내 집에서 나가!"

그러자 아이작이 말했다.

"무슨 소리야. 여긴 내 집이야."

"아직 우리 아버지가 네 후견인인 거 몰라? 네가 이러고 무사할 것 같으냐고!"

"내가 죽으면 이 가문이 네 것이 되는 줄 알아?"

아이작의 말에 모두가 조용해졌다.

아이작이 분노가 엉켜 있는 목소리로 말을 이었다.

"내가 죽으면 스칼렛이 가주가 되는 거야. 그리고 난 혼자 안 죽어. 너와 네 아버지를 다 죽이고 죽을 거야. 세상에 크림슨은 스칼렛밖에 남지 않게."

아이작의 말에 스칼렛마저 놀라 눈이 커졌다.

위협을 느낀 아놀드의 목소리가 떨렸다.

"미친놈이 무슨 소릴……."

아이작이 피 묻은 손을 그의 옷에 닦고, 자신을 밀쳐 내려던 아놀드의 목을 다시 움켜쥐며 말했다. 말 그대로 미친놈 같은 행동이었다.

"내가 원래 더럽게 야비해서, 네가 늘 하는 말처럼 여동생 팔아먹고 편하게 살았잖아. 근데 이제 좀 불편하게 지내려고."

"윽!"

아놀드는 그의 손을 떼어 내고 싶었지만 힘을 도무지 이길 수가 없었다. 늘 누워 있어서 몰랐는데, 아이작은 어느새 아놀드보다도 키가 더 자라 있었고, 얼굴만큼이나 창백한 손은 느껴 본 적 없는 악력을 가지고 있었다.

아놀드의 목을 조르던 아이작은 숨이 넘어가기 직전에서야 놔주었다. 아놀드의 친구들이 급하게 그를 부축해 저택으로 데리고 갔다.

아이작이 스칼렛을 돌아보며 빙그레 웃었다.

"가자."

스칼렛은 장난감을 끌어안고 넋이 나간 얼굴로 아이작을 보았다. 주먹이며, 얼굴이며, 하얀 셔츠에까지 피가 튄 채 제 여동생을 살피는 아이작의 얼굴에 다시 선량하고 순진한 빛이 돌았다.

"미안해, 놀랐어?"

"어떡하려고 사람을 이렇게 때려?"

아이작이 당황하며 말했다.

"사람……."

그러더니 염려스러운 얼굴로 스칼렛을 더듬어 찾으며 말했다.

"나한테 너 빼고는, 세상에 사람 같은 사람은 아무도 없어."

"……."

"내 세상에는 그냥 너밖에 없어. 말했잖아, 널 위해선 무엇이든 할 수 있다고."

그의 말에 스칼렛의 손끝 떨림이 심해졌다.

오래 다락방에서 살던 아이작 크림슨이 그저 다정하고 따뜻한 사람으로 자라고 있는 것에 스칼렛은 내심 감사했었다. 이 상황에서 이토록 상냥하게 자랄 수 있는 것이 신기했지만, 부모님이 그랬듯이 오빠도 천상 따뜻한 사람이라 그런 거라고 여겼다. 그런 스칼렛에게 지금 보게 된 아이작의 행동은 결코 정상적이지 않았다.

아이작이 걱정해 다가오자 스칼렛은 애써 떨리는 입꼬리를 끌어 올렸다.

"그래도…… 그래도."

아이작에게 뭐라고 말해야 할지 알 수가 없었다. 도저히.

―――・・◆・・―――

잠시 후 크림슨 저택에는 아놀드 크림슨이 부른 경찰이 도착했고, 아이작은 경찰의 임의동행에 순순히 응했다.

곧 크림슨가에서 출발한 마차가 권역인 경찰서로 들어섰다.

아이작이 지팡이를 짚으며 경찰의 도움을 받아 마차에서 내리자, 겨우 피만 닦아 낸 아놀드가 그에게서 지팡이를 뺏었다.

"갑자기 왜 아무것도 못하는 척이야!"

그러자 아이작이 당황한 얼굴로 멈춰 섰다.

그의 행동에 경찰들이 눈치를 보다가 다시 지팡이를 되찾아다 아이작에게 돌려 주었다.

"아무리 그러셔도 앞을 못 보는 사람에게서 지팡이를 뺏는 건 좀……."

"감사합니다."

아이작이 지팡이를 받아 들고 빙그레 웃었다.

상처가 난 건 아놀드뿐이었으나, 아이작의 옷에도 피가 묻어 있었고 분위기로도 좀처럼 아이작이 가해자로 보이지 않았다.

크림슨 가문에게 많은 지원금을 받고 있는 남동부 경찰들 입장에서는 매우 골치 아픈 사건이었다.

현시점에서 크림슨가의 작위 계승자는 아이작 크림슨이지만, 좌지우지하는 것은 에빌 크림슨이었다. 살란티에는 보수적이라 대부분 장남이 가문을 이었는데, 그렇다고 해서 모든 부모가 장남에게 가문을 물려주는 것은 아니었다.

장남에게 조금만 하자가 있다고 여겨도 다른 자식을 찾았다. 어떤 대단한 가문은 장남이 말주변이 없다는 이유로 장녀에게 가문을 잇게 하기도 했다. 앞을 보지 못하는 아이작의 경우는 만약 부모가 살아 있었다면 오히려 장남에게 작위를 물려주지 않았을 것이다.

그래도 지금은 어찌어찌 긴급하게 작위를 이은 것이 사실이었다. 둘 중 누구의 눈치를 보는 것이 맞는지 알 수가 없었다.

아이작이 진술하는 사이에 사설 마차를 붙잡아 타고 이동한 스칼렛이 도착했다.

그녀가 들어서자 아놀드가 욱해서 소리쳤다.
"너! 아오, 저 계집 때문에 우리 가문에 이게 무슨 난리야."
아놀드가 분개해 소리쳤다. 그래도 경찰서 안이라 차마 손찌검은 하지 못했고, 아이작은 잠깐 소리 나는 쪽을 보았다가 고개를 돌렸다.
그때 뒤이어 마차가 한 대 더 섰다. 마차에서 내린 것은 덤펠트 가문의 변호사 프랜이었다. 그는 덤펠트 가문의 법률문제를 해결하는 변호사였고, 지금은 거의 빅토르를 위해 움직였다. 정장 재킷 단추를 잠그며 내린 그가 스칼렛을 발견하고 경쾌하게 달려왔다.
"부인. 아니, 스칼렛 아가씨."
"프랜 씨?"
안절부절못하던 스칼렛이 의아해하자 프랜이 느긋해 보이는 대도로 말했다.
"도련님께서 보내셨습니다. 저런, 우리 아가씨도 다치셨네요."
프랜은 아까 아놀드의 행패로 팔과 목을 긁힌 스칼렛을 안쓰러워했다.
프랜이 말했다.
"시간이 좀 많이 걸릴 겁니다. 백작님을 곤경에서 구해야 하고, 덤펠트가의 안주인이셨던 스칼렛 아가씨에게 폭력을 휘두른 작자한테 요만큼의 합의금도 줄 수 없으니까요. 명예 문제죠."
"고마워요."
프랜이 와서 정말 다행이었다. 그가 있으니 아이작은 걱정할 것이 없다.
프랜이 곧 바쁜 걸음으로 들어갔다. 변호사가 들어오니 안심이 되어 스칼렛은 의자에 앉았다.

잠깐 눈을 감았는데 아놀드를 잔인할 정도로 두들겨 패던 아이작이 생각나 다시 눈을 떴다.

피가 튀어 오르는데도 전혀 신경 쓰지 않았다. 보이지는 않았겠지만, 시각을 제외한 모든 것이 예민한 아이작에게 그 뜨끈한 피가 느껴지지 않았을 리 없다. 늘 마음속에 저런 노기를 품고 살아왔던 건가, 생각하니 머릿속이 복잡해졌다. 그러나 담담한 얼굴로 조사를 받는 아이작의 모습은 여느 때처럼 성실했고, 경찰의 말에 정중한 태도로 대답했다.

상황은 쉽게 종료되지 않았다. 안에서 아놀드가 소리치는 걸 들어보니, 프랜이 스칼렛이 다친 것을 문제 삼는 듯했다.

그때, 경찰서 앞에 또 다른 마차가 멈춰 섰다. 거기서 숙모인 앤 크림슨이 내렸다. 그녀가 상황을 살피더니 한숨을 푹 쉬며 스칼렛에게 말했다.

"너, 제1 공장에 좀 다녀오렴."

"제1 공장이요?"

"원래 아놀드가 해야 할 일인데 그 애를 네가 저렇게 만들었잖니."

"그건 아놀드가 먼저……."

"아, 말대꾸 좀 하지 마. 내가 살면서 너처럼 불쾌한 일만 만드는 애는 처음 봐."

앤 크림슨이 질린다는 듯이 말하고 아놀드에게 달려갔다.

스칼렛은 그래도 숙부 가족 중에서는 제일 잘해 주던 앤의 말에 조금 상처 받은 표정을 지었다. 그래도 모처럼 1공장을 볼 수 있는 기회를 놓치지 않기 위해, 아이작에게 미안한 마음으로 경찰서에서 출발했다.

　제1 공장은 이름만 공장일 뿐, 사실상 크림슨 가문 최고의 기술자들이 모여 있는 극도로 비밀이 유지된 공방이었다.
　스칼렛은 부모님과 이곳에 온 적이 여러 번 있었다. 공방 안에는 마스터룸이 하나 있는데, 그곳은 부모님밖에 들어가지 않았다.
　단 한 번, 스칼렛이 궁금해서 그곳에 들여보내 주지 않으면 집에 안 가겠다고 주저앉아 펑펑 울었던 날 아버지가 아이를 안아 들고 마스터룸을 구경시켜 주었다. 그 마스터룸이 크림슨 부품을 만드는 공간이었다.
　크림슨 부품은 발전에 발전을 거듭했다. 스칼렛의 부모님 대에 와서는 시계의 정확도를 비약적으로 높이고, 바다에 빠지거나, 심지어는 미래에 비행을 하게 되더라도 그 압력을 이겨 내게 할 위대한 발명품을 내놓았다. 이것은 시계뿐만 아니라 비행에도, 항해에도 사용하게 될 것이라 부모님은 자랑하셨다.
　스칼렛은 에빌이 빼앗아 간 부모님의 시계 가게에도 열두 살 이후가 본 적이 없었고, 공장은 더더군다나 여덟 살이 마지막이었다. 그런데도 공장 앞에 서니 모든 것이 떠올랐다.
　스칼렛은 집중하고 있으면 제 어린 시절의 기억들을 완벽하게 기억해 낼 수 있었다. 경찰 취조 이후에 생긴 능력이었는데, 왜 갑자기 이런 능력이 생겼는지는 이해할 수 없었다.
　스칼렛은 여덟 살 때의 기억을 더듬어 가며 공장 안으로 들어갔다.

제1 공장의 비밀번호는 사탕 뽑기와 같이, 체리파이였다. 지금도 그런지 분명하지 않았으나 그녀는 종을 치는 대신 비밀번호를 눌렀다. 그간 아무도 비밀번호를 바꾸지 않았는지 바로 문이 열렸다.

그녀가 들어서자 소담한 이층집의 거실에서 쉬고 있던 장인 둘이 그녀를 보았다.

"……스칼렛 아가씨?"

둘 다 얼굴이 익었다.

톰과 애나.

스칼렛의 기억 속에서는 앙숙이던 두 사람이 손을 잡고 있는 것을 본 그녀가 경악했다.

"둘이 사귀어요?"

"결혼해서 7년입니다만……. 저희를 기억하시는 겁니까?"

톰이 의아한 얼굴로 물었다.

스칼렛은 여덟 살에 여기 와서 저 둘을 본 것을 기억했다. 어찌나 싸우던지 어리던 스칼렛은 걱정이 이만저만이 아니었다. 그렇게 싸우던 두 사람이 어쩌다 결혼을 하게 되었는지 신기할 따름이었다.

스칼렛이 여전히 얼떨떨해하며 말했다.

"저는 어떻게 기억하시는 거예요?"

"말도 마세요, 사장님 두 분께서 사진을 얼마나 많이 보여 주시고, 이야기는 또 얼마나 많이 하셨는지."

톰의 말에 옆에서 애나가 맞장구쳤다.

"맞아요, 너무 행복하게 보여 주셔서 내가 속아서 결혼을 했잖아요……."

"속아? 내가 속았지."

"뭐? 이게 내가 살아 주니까 배은망덕하게."

"내가 뭘! 다 찾아봐, 나만 한 남편 있나!"

"내가 여기서 일만 하니까 눈이 없는 줄 알지!"

둘이 사실은 잘 맞는 건가, 했는데 여전히 안 맞는 것 같았다. 어쩌면 사이가 좋은데 그냥 남이 보면 싸우는 걸지도 모르겠다는 잠정적 결론을 내리고서, 스칼렛은 두 사람에게 물었다.

"오늘 아놀드가 확인해야 하는 게 있었다고 들어서요. 무슨 일인 가요?"

"아, 맞아. 그래서 오셨구나."

애나가 손짓해 스칼렛을 자신의 작업실로 데려갔다. 그 뒤를 톰이 따라 들어오자 애나가 핀잔했다.

"남의 작업실에 왜 들어와?"

"아내 작업실에 좀 들어오면 안 되냐?"

"부부여도 프라이버시가 있어!"

"내 프라이버시는 없잖아!"

"그건 내 알 바 아니지!"

둘이 또 싸우기 시작하자 스칼렛은 작게 한숨을 쉬었다. 또 한바탕 옥신각신한 후에야 애나는 스칼렛에게 시계 상자 하나를 꺼내 주었다.

상자를 열어 본 스칼렛의 입이 저절로 열렸다.

"크림슨 아쿠아6이네요?"

"맞아요! 선대 사장님 두 분께서 개발하신 크림슨 부품 버전6이 들어가죠."

크림슨 가문의 가주들은 이 크림슨 부품의 다음 버전을 개발할 수 있는 권리를 가진 유일한 사람들이었다. 가주는 후계자에게만 자신이 개발한 부품의 제작법을 알려 주었다. 그리고 나머지 크림슨 가문 사람들은 그 이전 버전만을 배울 수 있었다.

이야기하던 애나가 살짝 스칼렛의 눈치를 보자 톰이 조심스럽게 대신 말했다.

"선대 사장님들께서 후계자에게 제작법을 알려 주지 못하고 돌아가셔서 크림슨 아쿠아6는 단종되었었죠. 그런데 이게…… 그 몇 개 안 되는 버전6을 쓴 시계의 오버홀을 부탁하신 거예요, 손님께서."

그 말뜻을 알아차린 스칼렛이 상기된 목소리로 말했다.

"그걸 꺼내 보면 버전6의 제작법을 알아낼지도 모르겠군요?"

"예. 혹시 그러지 않을까, 해서 에빌 부사장님께 연락을 드렸는데 출장 중이시잖아요. 그래서 아놀드 도련님께 연락드린 건데…… 오늘 무슨 일이 있으신가 봐요?"

"작은 싸움이 있었어요."

"그렇군요."

톰이 잠시 허공을 보았다가 중얼거렸다.

"선대 사장님들께서 돌아가신 후 처음으로 버전6를 볼 수 있는 순간에 스칼렛 아가씨께서 오시다니. 운명일까요."

그 말에 애나는 이번만큼은 시비를 걸지 않고 고개를 끄덕였다.

애나가 크림슨 아쿠아6에서 버전6 부품을 꺼내 소독용 용액에 담갔다.

스칼렛은 부품을 마치 부모님 사진을 보듯이 바라보았다. 그리움 가득한 얼굴로 바라보던 스칼렛이 말했다.

"빨리 돌려줘야 하죠?"

"아무래도 너무 오래 가지고 있으면 안 되죠. 늦어도 한 달 안에는 돌려드려야 해요."

가장 발전한, 최신의 크림슨 부품을 만들 수 있다는 것은 가주로서의 자부심이었다.

지금 사장 노릇을 하고 있는 에빌은 그의 아버지, 그러니까 스칼렛의 할아버지로부터 배운 버전5를 사용했다. 스칼렛은 다른 크림슨 가문 사람들처럼 제작법이 공개된 버전4까지만 만들 줄 알았다.

스칼렛이 조심스럽게 물었다.

"지금 버전5를 구경해 볼 수 있을까요?"

"그럼요."

애나가 작은 서랍장에서 에빌이 만든 버전5 부품을 꺼내 주었다.

스칼렛은 그것 역시 용액에 넣고 뚫어지게 부품을 바라보다가 미간을 좁혔다.

"이거 버전5 맞아요?"

"네, 맞아요. 에빌 사장님이 만드신 거."

"……하지만 제 기억과 달라요."

스칼렛이 부품을 자세히 살폈다.

그녀는 어릴 때 부모님의 작업실에서 버전5의 부품을 본 것을 떠올리며 말을 이었다.

"제 기억엔 이것보다 1mm 정도 더 두꺼웠어요."

"무, 무게는 같아요."

"무게가 같으면 더 문제잖아요. 재료가 다른 거니까. 더 오래된 버전5의 시계는 없어요?"

그녀의 말에 애나와 톰이 멈칫했다. 그러더니 톰이 급하게 달려가 다른 방에 있던 장인인 스텐을 불러왔다.

현재 제1 공장에서 일하는 장인은 총 일곱 명인데, 그중 이 세 명이 전 사장 부부가 살아 있을 때부터 일하던 이들이었다.

스텐이 소리 죽여 말했다.

"거봐, 맞잖아. 우리 다 이상한 것 알았잖아."

마스터룸에서 나오는 부품이 에빌이 사장으로 부임한 후 달라졌다는 건 여기 세 명의 장인 모두 눈치챈 사실이었다.

애나가 스칼렛에게 말했다.

"처음에 스텐이 그걸 발견해서, 선배들끼리 가서 에빌 사장님께 따졌어요. 부품이 이상하다고."

"원래 있던 선배들 네 명은 다 해고 당했어요. 선배들이 저희에게는 그냥 아무 말도 하지 말라고……."

톰이 말끝을 흐렸다. 세 명의 장인은 수치심을 느끼며 서러운 표정을 짓고 있었다.

스칼렛이 말했다.

"제가 마스터룸에 들어가 볼게요. 재료를 확인해야 알 수 있을 테니까. 저 마스터룸 비밀번호 기억해요."

그러다 걸리면 스칼렛이 위험해질 것을 알고 있었으나, 세 사람은 차마 그녀를 말리지 못했다.

호기심으로 반짝거리는 그녀의 눈이 선대 사장 부부와 닮아도 너무 닮아 있었고, 그들의 탐구가 남이 말린다고 해서 말려지지 않는 크림슨의 숙명임을 누구보다 잘 알았기 때문이었다. 오랜만에 보는 눈빛이었다.

스칼렛이 심호흡하고 물었다.

"숙부는 출장에서 언제 돌아오시는지 아세요?"

"내일 돌아온다고 하셨어요."

에빌과 아놀드가 둘 다 외출하는 날은 앞으로 언제일지 몰랐다. 스칼렛은 두려움을 억누르며 마스터룸을 향해 걸음을 옮겼다.

셋 중 가장 연차가 오래된 애나가 빠르게 톰과 스텐에게 지시했다.

"다른 직원들이 아가씨 못 마주치게 해."

"알았어."

두 사람이 서둘러 다른 직원들의 위치를 확인하려 자리를 옮겼다. 그 사이 스칼렛은 마스터룸 앞에서 숨을 가다듬었다.

그녀에게는 지금 이 순간 거대한 장벽 앞에 선 것과 같은 기분을 느꼈다. 열두 살부터 그녀를 착취하던 그 에빌 크림슨의 방이었다. 그녀는 겁에 질려 얼굴이 파랗게 질려 있었다.

그러나 알아야 했다. 알고 싶다는 열망이 가장 컸고, 잘못된 부품을 팔 수는 없다는 사명감이 뒤를 이었다. 오늘이 아니라면 이렇게 좋은 기회는 더 이상 오지 않을 것이다.

그녀는 두려움이 족쇄처럼 발목을 붙드는 것을 이겨 내려 머릿속으로 다른 생각을 했다. 떠오르는 것은 언제나처럼 빅토르 덤펠트였다. 언제나 무덤덤하던 얼굴로 저에게 당장 꺼지라고 말하던 순간, 쓸모없다고 말하던 순간을 떠올리면 두려움마저도 사라졌다.

스칼렛은 어릴 때부터 자신은 도무지 아이를 낳아 키울 자신이 없다는 생각을 종종 했다.

사랑해 줄 자신은 있는데, 그 아이들이 제 품을 벗어나 이 세상과 충돌하는 모습을 볼 자신이 없었다. 세상은 마냥 아름답지 않은데, 아이들은 결국 그 세파를 온몸으로 맞으며 어른이 되어야 한다는 것을 생각하는 것만으로도 가슴이 미어지게 아팠다.

그런 그녀였으므로 사랑하는 사람이 실망하는 모습은 폭력보다도 두려운 장면이었다. 행복하게 해 주지 못한 것이 슬펐다.

더 나쁜 생각을 하고 나니 두려움이 가셨다. 스칼렛은 퍼즐처럼 되어 있는 마스터룸의 잠금장치를 기억을 더듬어 풀고 안으로 들어갔다.

마스터룸은 부모님이 사용할 때보다 훨씬 정돈이 잘 되어 있었다. 그녀는 마스터룸을 한참 뒤져서야 겨우 크림슨 버전5를 만드는 제작법을 찾아냈다.

필요한 재료와 무게가 적혀 있었는데, 스칼렛이 두께가 기억과 다르다고 말했던 부품도 적혀 있었다. '뤼세 폭포의 자갈'이 그 재료였다.

스칼렛은 그 자리에 서서 빠르게 내용을 외웠다. 밖에 나간 후에 저 혼자서도 만들 수 있으려면 외우는 것이 좋았다. 제작법을 외운 후에도 마스터룸을 살피던 그녀는 한쪽 벽에 쌓여 있는 자갈들을 발견했다.

"아, 이거."

저 자갈은 살란티에 남부에 있는, 바다로 곧장 떨어지는 뤼세 폭포에서 가져오는 것이었다.

그녀는 자갈을 하나 들어 한참 동안 바라보았다. 왜 같은 무게일 때 양이 달랐을까, 한참 집중해 생각하던 그녀는 어머니의 목소리를 떠올렸다.

"기억해 두렴, 스칼렛. 뤼세 폭포에는 신성한 힘이 있어. 그 힘을 견뎌 낸 자갈을 사용하는 거야. 반드시 물속에 있는 돌을 써야 돼. 물 밖에 있는 돌은 안 돼."

스칼렛은 돌을 바라보았다. 그러나 이것이 물속에서 가져온 돌인지 밖에서 가져온 돌인지 구분하는 건 불가능했다.
그녀가 확인하고 있을 때, 밖에서 목소리가 들렸다.
"아, 안 돼요, 사장님!"
애니의 목소리였다.
스칼렛이 오싹해하며 돌아보는 순간 번쩍하는 느낌이 들며 그녀의 몸이 쓰러졌다.
스칼렛이 고개를 간신히 들어 보니 에빌이 서 있었다. 그가 붙잡는 직원들을 뿌리치고 문을 잠그더니 욕설을 퍼붓고 나서 스칼렛을 내려다보며 소매를 걷었다.
"네가 아주 제정신이 아니구나. 도둑고양이 같은 계집이."
"부품이…… 잘못됐어요."
"닥쳐!"
에빌의 눈빛에 분노가 감돌았다.
"내가 맞는지, 너희 부모가 맞는지 누가 증명해!"
스칼렛 역시 화가 난 건 마찬가지라, 지금껏 순종적이기 그지없던 그녀의 눈빛이 형형했다. 이것은 제 부모의 자존심 문제였다.
"부모님이 만든 부품은 하나하나 다 이유가 있어요! 바꿔서 더 나아지는 근거가 있는 게 아니라면 바꿀 이유가 없어요! 크림슨 부품은 평생 사용할 시계에 들어가는…….”

"닥쳐! 닥치라고 하잖아!"

에빌이 악에 받쳐 소리를 질렀다.

제 형의 것을 적법하지 않게 차지한 후, 그가 온전히 공장을 제 소유로 하기 위해서는 자신 또한 크림슨가의 사업을 운영할 능력이 있음을 보여 줘야 했다. 그러므로 그가 버전5의 부품을 만들 수 있다는 것은 아주 중요한, 경영자로서의 자질이었다. 그런데 그것이 틀렸다고 한다면 정통성에 문제가 생길 수밖에 없었다.

그리고 더 큰 문제는 부품에 문제가 있다는 것이 알려지는 즉시 사람들이 시계를 환불하러 올 것이라는 점이었다. 그렇게 된다면 에빌 크림슨은 파산하게 될 가능성도 있었다.

스칼렛이 정신을 차린 것은 그로부터 몇 시간 뒤의 일이었다.

몸을 일으킨 그녀는 주변을 두리번거렸다. 깜깜해서 뭐가 보이질 않았다. 그녀는 벽을 더듬거리며 짚어 한 바퀴를 돌다가 계단을 발견했고, 그 계단을 밟고 올라갔다. 그 위에 나무판이 있는 것으로 보아 지하실이었다.

스칼렛은 판을 두들겼다.

"밖에 누구 없어요?"

그러나 소리가 돌아오지 않았다.

"여기 사람이……. 숙부님, 이것 좀…… 죄송해요."

스칼렛이 말했으나 여전히 대답은 돌아오지 않았다. 아무것도 보이지 않는 어둠, 밀폐된 공간은 웬만큼 강한 정신력을 가진 사람도 패닉에 빠지게 하기 충분했다.
 스칼렛은 떨리는 손으로 다시 문을 두들겼다. 아무리 두들겨도 반응이 없자 스칼렛의 목소리가 심하게 흔들렸다.
 "살려 주세요……."
 그녀는 두 손으로 입을 틀어막고 울기 시작했다.
 갑자기 공기가 희박하게 느껴졌다. 그녀는 계단에 웅크려서 우느라, 머리 위 나무판이 열리고 있다는 것을 느끼지 못했다. 결국 계단을 내려선 이가 제 팔을 붙잡아 일으키고서야 스칼렛이 고개를 들었다.
 앞에 빅토르 덤펠트가 서 있었다.
 "이리 와."
 그는 그렇게 말해 놓고, 스칼렛이 움직일 틈도 없이 그녀를 끌어다 가볍게 안아 들었다. 그러고는 손으로 그녀의 머리를 감싸 제 어깨에 누르며 입을 열었다.
 "눈 감고 있어. 갑자기 밝아지면 안 좋으니까."
 빅토르의 말에 스칼렛은 겨우 숨을 가다듬기만 할 뿐 고개도 끄덕이지 못하고 그의 목을 끌어안았다.
 그들이 나온 곳은 1공장 정원에 있는, 분수의 물을 관리하는 지하실이었다.
 빅토르의 부하에게 끌려온 에빌은 여전히 성질을 죽이지 못하고 말했다.
 "저 계집이 사업 기밀이 있는 곳에 맘대로 들어왔단 말입니다! 그 자리에서 죽이지 않은 걸 고마워해야지!"
 에빌의 목소리에 스칼렛의 몸이 흠칫거리자 빅토르가 작은 짐승을 달래듯이 그녀를 쓰다듬고는 마차에 앉혔다.

그녀는 의자에 무릎을 끌어안고 앉아 거기 얼굴을 묻고 어깨를 바들바들 떨었다. 빅토르는 재킷을 벗어 그녀에게 덮어 주었다.

크림슨 가문 사내들은 대대로 뼈대가 크고 덩치 또한 컸다. 본래 대장장이였던 이들의 혈통이 내려왔기 때문이다.

다시 소매를 걷고 덤벼들려던 에빌은 딱 맞게 재단한 재킷을 입고 있을 때 늘씬하다고 생각하던 빅토르의 두툼한 상체에 당황한 얼굴을 했다. 그러나 곧 그래 봤자 뒤에서 명령이나 했지 제 손으로 뭐 하나 해 보지 않았을 거라는, 분노에 흐려진 안일한 생각을 했다.

그러나 빅토르가 돌아서 에빌 크림슨에게 다가오자 그 생각은 단숨에 바뀌었다. 에빌은 본능적으로 그가 지금까지 단 한 번도 경험해 보지 못한 적이라는 것을 깨달았다.

빅토르가 손등으로 한 번 얼굴을 후려쳤다. 반사적으로 에빌이 주먹을 휘둘렀으나 빅토르는 가벼운 동작으로 그것을 피했다. 그리고 날아오던 에빌의 오른팔을 잡아 쉽게 부러뜨렸다.

재킷을 덮고 바들바들 떨고 있던 스칼렛은 뼈가 부러지는 소리와, 에빌 크림슨의 비명에 조심스레 고개를 들었다.

빅토르에게 일방적으로 린치를 당하는 에빌 크림슨이 보였다. 어리던 그녀의 눈에는 마치 성벽처럼 거대하고 강해 보이던 그가 무기 없이 해군식 격투술만 사용하는 빅토르에게 손가락 하나 대지 못하고 얻어맞고 있었다.

뒤에서 그나마 빅토르를 말릴 만큼의 힘이 있는 팔린이 붙잡았음에도 그의 주먹이 복부에 내리꽂히자 에빌은 바닥에 주저앉으며 기절했다.

스칼렛은 빅토르의 발밑에 고꾸라진 에빌을 보며 천천히 패닉에서 벗어났다. 그녀를 노예처럼 얽어매던 사슬이 풀려 나가는 묘한 상쾌함이 있어, 스칼렛은 희미하게나마 소리를 내며 웃었다.

그 웃음소리에 그 자리의 사내들이 모두 스칼렛을 보았다.

그러거나 말거나 마차에 기대서서 일방적인 격투를 구경하던 에번이 슬쩍 마차 안을 들여다보며 말했다.

"우리 아가씨 이런 거 좋아하시는구나."

에번은 그녀의 웃음을 반가워하며, 기절한 에빌과 그를 일으키려는 빅토르 사이를 막아선 팔린에게 말했다.

"후배, 함장님 놔드려."

"그럼 이 사람 죽잖아요! 제발 선배님도 와서 좀 말리십쇼!"

"난 아가씨의 즐거움을 존중해."

"함장님이 골치 아파지시거든요, 지금!"

평생 명예만을 바라보며 살아온 남자였다. 결혼 상대를 고를 때조차 구설수에 오르는 게 싫어서 사교계에 데뷔한 적 없는 여자를 찾은 것이 빅토르 뎀펠트였다. 그래서 이 상황이 놀랍기는 하지만, 어차피 빅토르 뎀펠트에게 큰 문제가 될 일은 아니었다. 팔린의 말대로 골치 아파지긴 하겠지만, 말처럼 고작 골치 아픈 데서 끝날 것이다.

스칼렛은 그 모습을 눈을 떼지 않고 바라보다가 작게 중얼거렸다.

"쓰레기."

그 말에 흉흉한 기세로 팔린을 밀치려던 빅토르가 동작을 멈췄다. 그리고 그녀를 돌아보았다.

그사이 팔린은 다급하게 에빌을 끌고 사라지고, 빅토르는 스칼렛

쪽으로 걸어왔다. 그가 옆자리에 올라타 문을 닫자 스칼렛은 등이 벽에 닿을 만큼 물러났다.

빅토르가 그것을 비웃듯 가까이로 허리를 숙이며 물었다.

"누구."

"응?"

"쓰레기."

"작은아버지."

그녀의 대꾸에 빅토르가 미소를 지었다. 그리고 질문을 이어 갔다.

"뭐가 널 웃겼어?"

빅토르는 둘만 있을 때 가끔, 그녀를 '당신'이 아닌 '너'라고 부를 때가 있었다. 스칼렛이 혼잣말하듯 작게 중얼거렸다.

"작은아버지가 맞는 거."

"너 우울할 때마다 해 줘야겠네."

"……."

스칼렛은 죄책감을 느끼고 싶었으나 도무지 느껴지지 않았다. 법이 제 발밑에 있는 듯이 구는 여기 이 난폭한 엘리트들을 책망해야 한다고 생각했으나 그것조차 되지 않았다.

그냥, 자꾸 웃음만 나왔다. 우울할 때마다 해 준다는 그의 말이 농담이 아니었으면 좋겠다고 생각했다. 자괴감이 들었다.

"그건…… 안 돼."

이 말이 얼마나 가까스로 나왔는지 아마 빅토르는 모르리라, 스칼렛은 생각했다.

그는 한쪽 입꼬리를 올리고 검은 장갑을 낀 손으로 그녀의 턱을 움켜쥐며 빈정거렸다.

"성녀님인가? 마음이 하해와 같네."

스칼렛이 그의 손을 떼어 내려 하자 그는 더욱 세게 움켜쥐고 말을 이었다.

"내가 못 찾아서, 네가 거기서 죽기라도 했으면 어떡할 뻔했어."

스칼렛이 그의 눈을 노려보며 말했다.

"그럴 사람 아니야."

"뭐가 아니야."

"나 지하실에 자주 갇혀 있었어. 죽이려던 거 아니야. 그냥…… 길들이려는 거야."

"……."

"벌 준 거야. 써먹으려고."

스칼렛의 말에 빅토르의 입꼬리가 기묘하게 뒤틀렸다.

스칼렛은 그런 그를 물끄러미 바라보았다.

그는 정의로우며 잔인하다. 눈에는 눈, 이에는 이. 그는 종종 천칭 같을 때가 있었다. 그런 그를 배신했으니, 그가 자신을 용서해 주지 않는 것이다. 배신은 깨져 버린 유리와 같다고 하지 않던가.

긴장이 풀려서인지 스칼렛은 깜빡깜빡 눈을 감았다. 그리고 어느 순간 쓰러지는 것을 빅토르가 제 품으로 당겼다. 잠든 것처럼 정신을 잃은 스칼렛을 태운 마차가 덤펠트가로 향했다.

― ··◆·· ―

정신을 차린 스칼렛이 급하게 상체를 일으켰다.

창밖을 보니 덤펠트 저택이었다. 아마 도중에 혼절한 그녀를 빅토르가 멋대로 데려온 모양이었다. 구해 주고, 치료해 주었으니 빅토르에게 뭐라 할 생각은 없었다. 다만 안드레이에게 일 안 한다고 한 소리 들을 것이 걱정이었다.

스칼렛은 한숨을 쉬고 침대에서 내려섰다. 벽에 있는 전신 거울 앞에 서니 제가 입고 있는, 소매가 큰 연한 분홍색의 잠옷 드레스가 보였다. 아무것도 없이 몸만 빠져나갔던지라 제 물건을 다 버린 줄 알았는데 그렇지도 않았던 모양이다.

그나저나 이곳은 빅토르와 살던 별채가 아닌 본채였다. 그것도 여기 살면서 한두 번 들어와 본 마리나 덤펠트의 방이었다. 캐노피로 감싸인 침대에서 벗어나면 소파가 놓여 있고, 벽에는 빅토르의 어머니 가문인 왕실, 이렌 가문의 문장이 걸려 있었다.

"여기 있으면 안 되는 것 같은데."

그녀는 중얼거리면서도 몸이 너무 아파 소파에 무릎을 올리고 앉아 두 팔로 어깨를 감싸 안았다.

"추워……."

벽난로가 타고 있는데도 몸이 달달 떨렸다.

그때 소파 정면에 있던 커다란 문이 열리고 빅토르가 사용인들과 함께 들어섰다.

그는 스칼렛과 눈이 마주치자 미간을 좁히고 소파로 다가왔다.

머뭇거리던 스칼렛이 한 박자 늦게 고개를 돌렸다.

"고마워."

사용인들이 스칼렛에게 줄 약과 미온수를 두고 인사를 하며 모두 나갔다.

빅토르는 습관적으로 담배를 꺼내 입에 물었다가 환자가 있는 것을 떠올리고 발코니로 나갔다. 그나마도 피우지 못하고 구겨 버리자 하녀가 가져다 준 담요로 몸을 두른 스칼렛이 유리문 안쪽에서 입을 열었다.

"왜 안 피워?"
"환자가 있어서."
"……별일이네."
스칼렛은 문틀에 머리를 기대고 서 있다가 다시 입을 열었다.
"어떻게 알고 왔어?"
빅토르는 대답하지 않았다. 스칼렛이 체념하고 말을 이었다.
"오늘은 도와줘서 고마운데, 앞으론 그러지 마."
"그럼 놔둬?"
"내 주변에 나타나지 않으면 내가 곤란한 상황인 걸 알 수 없으니 도와줄 수 없잖아. 그러니까 그렇게 해."
"당신에겐 도움이 필요해."
그의 말에 스칼렛이 헛웃음을 지었다.
"알아, 당신이 그렇게 생각하는 거. 내가 대단히 곤경에 처한 사람인 것 같지. 그런데 아냐. 당신이 대단한 집안 아드님인 건 맞지만 그렇다고 내가 곤경 속에서 태어난 건 아니야. 나도 충분히 사랑받고 자랐어."
스칼렛은 열두 살까지 자신이 받은 사랑에 대한 기억에 의지하며 지금껏 살았다. 그것이 너무나 소중하고 반짝여서, 빅토르 역시 그런 사랑을 받으면 기뻐할 거라고 착각했었다.
그녀는 요즈음 들어서야 자신이 빅토르가 원하는 것을 주지 못했음을 인정했다. 빅토르는 스칼렛이 자신에게 도움이 되길 바랐는데,

스칼렛의 사랑은 그가 원하는 종류의 도움이 아니었다.

스칼렛은 그런 생각에 몸이 더욱 시린 기분이 들어 담요를 여몄다.

"아무튼 이제 내 일은 내가 알아서 할게. 오늘 고마웠던 건 진심이야."

그녀의 담담한 말에 빅토르는 한동안 말이 없었다.

그 분위기가 불편했는지 스칼렛은 말을 돌리려고 물었다.

"이 방에서 자고 가려고 온 거야?"

"그건 왜."

"당신이 나한테 바라는 건 그것밖에 없잖아."

스칼렛이 중얼거리더니 피곤한 듯 잠시 눈을 감았다. 그녀는 붙들려 와 도망치기를 포기한 야생동물처럼 보였다.

그때 언짢은 듯한 빅토르의 목소리가 들렸다.

"내가 잠자리를 바라고 이러는 것 같은 모양이지?"

그러자 스칼렛이 처량하게 느껴지는 눈빛으로 빅토르를 올려다보았다.

"응."

살란티에 사람들은 부부 중 어느 한쪽이라도 스무 번째 생일이 지나기 전에 아이가 생기면 그 아이는 약골로 태어나게 될 거라는 생각을 가지고 있었다.

그것은 빅토르도 마찬가지였으므로 스칼렛이 스무 살 생일이 되기 전까지는 철저하게 피임을 했었다. 그런데도 그가 드문 간격으로나마 잠자리를 원했던 걸 보면 그 행위가 자식을 보기 위한 것만은 아니었을 것이다.

그런 생각 속에서 나온 그녀의 말에 어처구니가 없는지, 빅토르의 표정이 일그러졌다.

"오로지 그것뿐이라면, 세상에 여자가 당신 하나뿐인 건 아닌데."

그의 말에 스칼렛이 멈칫하자, 빅토르는 실소하며 말을 이었다.

"내가 그 정도로 고지식한 사람도 아니고."

그러고는 문에 기대 있는 스칼렛의 하얗게 질린 입술을 보았다. 그는 그녀에게 걸어가 몸을 숙이고 입을 맞추려 했다.

그러자 스칼렛이 멈칫하며 고개를 돌렸다.

"······하지 마."

"자고 갈 거냐고 물었잖아. 허락하는 거 아니었나?"

묻는 말에 스칼렛이 입술을 깨물기만 하자, 빅토르가 그녀의 턱을 돌려 제 쪽을 보게 히고 물었다.

"아니면, 구해 준 보답이었어?"

"보답이 된다면, 생각해 보려고 했어."

"아, 보답을 이렇게 하시려고."

빅토르가 놀리듯 말하더니, 곧 스칼렛에게 입을 맞췄다.

제가 말을 꺼내 놓고 놀란 듯 몸을 파르르 떠는 게 얄밉고 요망하다고 빅토르는 생각했다. 그의 크고 차가운 손이 스칼렛의 등허리를 감쌌다.

입술이 찰박거리는 소리와 함께 떨어지고, 빅토르가 가까이서 물었다.

"다른 새끼한테도 이렇게 보답할 건가?"

"······보답이 되긴 할까."

스칼렛이 시선을 피하며 말을 이었다.

"사람들이 그러던데. 당신이 나와 이혼하지 않는 건 내가 잠자리에서 당신에게 잘해 줘서라고. 근데 당신은 정작······."

"누가 그딴 소리를 했는데."

"파티에서 들었어."

"그러니까 누구."

빅토르의 낮은 목소리에 스칼렛이 진심으로 고민하다가 입을 열었다.

"테베스 공인가, 그 사람."

"아, 딱 그딴 소리 지껄일 수준 떨어지는 놈이군."

"사촌 아니야?"

"맞아. 남보다 못 하지."

빅토르가 대꾸하고는 덤덤히 그녀를 내려다보며 물었다.

"그래서, 그 말을 믿었어?"

가까이에서 묻는 그에게서 너무나 좋은 향수 냄새가 난다.

이해가 가지 않았다. 그는 이렇게 심각한 골초인데, 도대체 왜.

스칼렛은 자꾸만 다가오는 그를 막기 위해 가슴팍을 두 손으로 밀며 말했다.

"귀찮아서 그냥 살고 있다는 말보다는 나았는데."

그의 말에 빅토르가 표정을 구겼다.

"그건 또 누가 그래?"

"나머지 사람들이."

그녀의 말에 빅토르가 어처구니가 없는지 허, 소리를 냈다.

그러자 스칼렛이 말을 이었다.

"난 그런 말들이 좋았어."

"뭐?"

고개를 떨군 스칼렛이 중얼거렸다.

"그런 이유라도 있으면 좋겠다고 생각했어. 귀찮아서 살아 주면 좋고, 잠자리 때문에 살아 주면 좀 더 좋겠다고."

"……."

"적어도 당신이 나에게서 필요한 게 하나는 있는 거잖아."

그렇게 중얼거린 스칼렛이 고개를 들었다.

"어땠어? 둘 중 하나라도, 당신이 나와 결혼 생활을 유지했던 이유가 있으려나?"

"둘 다 맞아."

"둘…… 다?"

"다른 사람 찾는 건 귀찮고, 너랑 자는 건 좋았어."

"……."

"그리고 네가 날 사랑하는 건 편했지."

그의 말에 스칼렛은 기가 차서 아무 말도 못하고 빅토르를 올려다보았다. 그러다가 곧 주먹을 쥐어 빅토르의 어깨를 힘껏 때렸다.

정말이지 제 몸도 못 가눌 정도로 힘껏 그를 때렸으나 빅토르는 표정조차 찌푸리지 않았다. 얼굴로 오는 것만 적당히 피할 뿐 나머지는 그냥 맞아 주며 뒤로 물러서지조차 않았다.

온 힘을 다해 때리던 것은 2분 남짓하니 끝나 버리고, 점점 힘이 빠져 서 있는 것조차 힘들어 비틀거렸다.

스칼렛은 유리문에 등을 기대고 숨이 턱까지 차서 헉헉거렸다. 빅토르는 그녀의 앞에 서서 틀어진 넥타이를 바르게 정리하며 태연한 얼굴로 물었다.

"충분해?"

"……."

그의 말에 스칼렛이 노려보자 빅토르의 입꼬리가 올라갔다.

"진짜, 나쁘네."

스칼렛이 지친 목소리로 중얼거렸다. 그리고 빅토르의 손이 다가왔다. 놀란 스칼렛이 눈을 질끈 감았을 때, 그의 긴 손가락이 그녀의 얇은 머리칼 사이로 미끄러져 들어왔다.

빅토르가 알던 스칼렛은 이렇게 손가락으로 두피를 어루만지고 쓸어 넘기면 몸을 바르르 떨며 제 품으로 더욱 안겨 왔었다.

지금 싫어서 견딜 수 없다는 듯한 얼굴을 한 스칼렛을 빅토르는 가만히 바라보고 있었다.

그는 몸을 숙이고, 스칼렛이 가슴팍에 모아 올린 손등에 입을 맞췄다. 스칼렛은 눈을 질끈 감았다. 그리고 다시 눈을 떠 보니, 빅토르가 고개를 비스듬히 기울이고 스칼렛과 시선을 맞추며 말했다.

"그만하고 자. 부족했으면 다음에 또 때리게 해 줄 테니."

그는 그렇게 말한 후, 스칼렛을 가볍게 안아 들었다. 그러고는 흠칫 떨리는 그녀의 몸을 침대에 눕혀 두고 느긋하게 방을 나갔다.

혼자 남은 스칼렛은 손등을 잠옷 치마에 빨개지도록 빡빡 문질렀다. 그리고 그 손등으로 제 입술도 마구 문질렀다. 빅토르 덤펠트가 제 몸 어디에라도 남았을까 봐 두려웠다.

이 집에서 잠들고 싶지 않았는데, 방을 나갈 체력도 없어 그냥 이곳에서 잠들고 말았다.

늦은 아침이라 해가 뜬 지 오래였다. 여전히 움직일 힘이 없어 종을 흔드니 곧 그녀를 위해 일하던 하녀 캔디스가 들어왔다.

"예, 아가씨. 아침 가져다드릴까요?"

"빅토르는?"

"출근하셨습니다."

"그럼 먹을게."

그녀의 말에 캔디스가 흐릿하게 미소 지었다.

잠시 후 그녀가 은쟁반에 아침 식사를 가져왔다. 바구니에 담긴 크루아상과 그녀가 좋아하던 레몬버터크림과 체리데니쉬, 마지막으로 신선한 우유가 있었다.

스칼렛은 그 은쟁반을 바라보며, 결혼 초기의 제 모습을 떠올렸다. 여기서 먹은 체리데니쉬가 너무 맛있어서 오빠에게 가져다주고 싶어 몰래 챙겨 두곤 했었다.

빅토르 덤펠트의 아내로서 해야 하는 대부분의 일정은 파티 같은 사교 행사들이었는데, 그것을 제외하면 물건을 사들이는 것만이 그녀가 할 일의 전부였다.

빅토르는 보통 블라이트가 챙겨 주는 대로 입는 편이고, 그다지 불만이 있지도, 까다롭지도 않았다. 그래서 스칼렛이 바지런히 쇼핑을 하며 제 취향의 현란한 정장을 골라다 주어도 군말 없이 입고 나갔다. 지금 생각해 보면 그다지 그를 사랑하지 않고, 그래서 그에게 바라는 게 없었다면 많은 이들이 원할 만한 생활이었다.

스칼렛은 제가 좋아하는 데니쉬를 크게 뜯어서 입에 넣었다. 그 모습을 보던 캔디스가 슬쩍 입을 열었다.

"폴리 기억하세요, 아가씨?"

"그러엄. 내가 시계도 고쳐 줬잖아. 체리데니쉬는 최고고."

그녀의 말에 캔디스가 흐뭇하게 미소 지으며 말했다.

"오늘도 빵은 다 폴리가 구웠어요. 안 그래도 그 애 자랑이 체리데니쉬인데, 도련님께선 데니쉬를 안 드셔서 섭섭해해요."

"왜 그러지? 이렇게 맛있는데."

"저희도 이해가 안 가요. 아가씨가 데니쉬 많이 구우라고 하시는 날엔 산더미처럼 구워서 다들 같이 먹었잖아요. 폴리의 데니쉬는 최고예요."

"그건 확실해. 그리고 같이 먹는 거 정말 재미있었어."

"그러니까요. 그때가 정말 재미있었는데……."

말문이 터진 캔디스가 스칼렛이 없던 동안 사용인들 사이에서 있었던 일들을 이야기하기 시작하자 문 뒤에 빼꼼히 얼굴만 내밀고 있던 폴리가 냉큼 안으로 들어왔다.

폴리는 자긴 주방 하녀라 스칼렛이 기억 못 할지도 모른다며 캔디스에게 먼저 물어봐 달라고 했던 참이었다.

폴리가 자신만만해진 얼굴로 말했다.

"아가씨, 오늘도 잘 구워졌죠?"

"응. 오랜만에 먹으니까 더 환상적인 거 있지? 아, 같이 먹자."

"에이, 무슨 소리세요."

"캔디스 이야기가 너무 재미있어서 안 되겠어. 오랜만에 왔으니까 재미있는 일 있었으면 다 말해 줘."

그녀가 말하며 보란 듯이 데니쉬는 제 쪽으로 당기고, 크루아상을 밀어 주는 시늉을 하자 다들 모처럼 깔깔거리고 웃었다.

처음엔 변변치 않은 가문에서 온 데다 고아였던 스칼렛을 내켜하지 않았지만, 어느 순간부터는 일하는 사람 마음을 잘 알아 주는 스칼렛만 한 고용주도 없다는 생각들을 했다. 또래 친구들이라도 모인 것처럼, 거의 1년 만에 만난 스칼렛과 그녀를 모시던 다섯 명의 하녀들, 그리고 주방 하녀 폴리까지 모여 근황 이야기를 시작했다. 잠시도 끊이지 않고 이것저것 이야기하며 깔깔거렸다.

그때 문이 조심스럽게 열렸다. 스칼렛이 돌아보자 의외로 안드레이가 서 있었다.

"안드레이 씨?"

하녀들이 다들 알아보고 반가운 표정을 지었다. 잠깐이지만 그 역시 덤펠트 가문의 사용인 중 하나였기 때문이다.

스칼렛이 몸을 일으키며 물었다.

"여긴 어떻게 왔어?"

"뭘 물어보세요? 왜 왔는지 아시면서."

"일하라고?"

"못 오시겠으면 말씀을 하세요. 닫아 둘 테니까. 하지만 쾌차하신 것 같은데요."

"갈게, 가."

스칼렛은 안드레이가 잔소리하기 전에 몸을 일으켰다.

그녀가 비틀거리자 안드레이가 팔을 내밀었다. 스칼렛은 그의 팔을 잡고 걸음을 옮겼다.

"쉬어도 집에서 쉬시란 말입니다. 성공해야죠."

"그러니까, 난 그렇게 성공할 생각이……."

"그렇게 생각하시면 안 된다니까요. 사람이 야망이 있어야죠."

"포기하라니까."

"두고 보세요, 정신 차려보면 큰 사업체의 사장이 되어 계실 테니까."

따라가기 버거운 직원이다.

애초에도 스칼렛은 왜 자신이 하필 안드레이에게 같이 가 달라고 물었는지 영 미스터리였다. 그냥 그 순간에 그래야 한다는 생각이 들었다.

안드레이와 함께 덤펠트 가문을 나서려니 하녀들이 걱정스럽게 말했다.

"도련님께 인사하고 가시지 그러세요."

"그런 걸로 신경 쓸 사람도 아닌 걸, 뭐."

스칼렛이 말하고 하녀들이 챙겨 준 커다란 소가죽 슈트케이스의 손잡이를 잡았다. 그러나 그걸 땅에서 떼는 것조차 하지 못해서, 결국 안드레이가 한 손으로 들어 올렸다.

"그냥 처음부터 저한테 주시라구요."

"시도는 해 봐야지."

"시간 낭비예요."

"음, 난 시도하는 데 들이는 시간을 낭비라고 생각하지 않는걸?"

"……뭐, 그런 면 때문에 사장님으로 모시고 있긴 합니다."

안드레이가 웬일로 인정하자 스칼렛이 즐겁게 웃었다.

스칼렛은 대장장이 혈통이나 해군으로 둘러싸인 삶을 살았으므로 제가 온 힘을 다해도 꿈쩍 않는 무게를 안드레이가 한 손으로 솜인형 들듯 드는 것을 그리 이상하게 여기지 않았다. 그러나 떠나는 그들의 뒷모습을 보며 하녀들이 캔디스에게 말했다.

"안드레이 씨가 원래 저렇게 힘이 센가요?"

"그러게. 다른 하인들은 둘씩 붙어서 옮기는 걸……."

"어, 어떻게 한 손으로 들죠?"

저 짐은 스칼렛 혼자, 혹은 안드레이가 오더라도 들지 못하게 하려고 집사가 수작을 부린 것이었다. 스칼렛이 먼저 가 버리면 빅토르의 기분이 좋지 않을 것이 뻔했기 때문이다. 그러나 안드레이는 그것을 수월히 들어 트램역으로 향하고 있었다.

스칼렛과 안드레이는 시계 가게로 돌아왔다. 그런데 도착해 보니 가게 앞에 남자 몇이 앉아서 졸고 있었다.

"어? 트램 운전사들 아니세요?"

스칼렛의 목소리에 같이 졸고 있던 두 아이, 찰리와 수잔이 금방 깨서 달려왔다.

"스칼렛!"

"어제 어떤 무서운 아저씨들이 유리 깨려고 했어!"

"그래서 수잔이 아빠한테 일렀다?"

"응, 그래서 다 같이 지키고 있었어!"

"……세상에."

아마 에빌 크림슨이 해코지하려던 심산이었던 듯하다.

스칼렛은 두 아이를 꼭 끌어안았다가 부스럭거리며 일어나는 트램 운전사들을 보았다.

"그래서 여기서 이러고 밤새운 거예요?"

"아가씨가 목숨 걸고 도와줬는데, 까짓것 며칠 밤도 샐 수 있어요!"

"맞습니다. 아니, 근데 뭐 하는 놈들인데 감히 아가씨 가게를……. 아니, 또 울려고 그르시면 우리가 불편하지."

스칼렛이 고마운 마음에 눈물을 글썽이자 운전사들이 멋쩍은 표정을 지었다.

그래서 스칼렛은 우는 대신 환하게 미소를 지었다.

"울긴요. 아침이라 하품이 나와서. 아무튼, 진짜 고마워요."

"우리가 하나씩 당분간 순찰 돌 테니까, 염려 말아요."

트램 운전사들이 그렇게 말하며 떠났다. 찰리와 수잔이 안 가겠다고 스칼렛에게 매달렸으나 결국 아버지에게 힘으로 질질 끌려가고 나니 가게가 조용해졌다.

안드레이가 가게 문을 열며 말했다.

"사고 좀 그만 치시죠, 사장님."

"내가 뭐 무슨 사고를 쳤다고 그래?"

그녀의 말에 안드레이가 정색하며 스칼렛을 보았다.

스칼렛이 움찔하고 난처한 얼굴로 대답했다.

"알았어, 알았어."

그렇게 말하며 가게로 들어섰다.

스칼렛은 아래층의 신문을 챙겨 들고 작업실로 올라갔다. 작업에 들어가기 전에 루틴으로 신문을 읽는데 크림슨 시계에 대한 기사가 있었다.

[크림슨 시계 본점 일시 폐쇄]
[에빌 크림슨, 세금 추징 불가피]

"뭐?"

스칼렛이 동그래진 눈으로 쭉 읽어 보니, 크림슨 시계의 세무조사가 시작되었다는 내용이 적혀 있었다.

기사를 찬찬히 읽고 있을 때, 한 문장이 눈에 들어왔다.

[최근 크림슨 시계가 고장이 잦아진 것 같다는 고객들의 불만이 커지고 있다.]

"아, 거봐. 시계에 문제가 있다니까."

혼잣말을 하며 신문을 덮은 스칼렛이 곧 계단을 내려갔다. 1층에 도착하자 막 가게를 연 안드레이가 물었다.

"왜 벌써 내려오세요? 배고파요?"

"아니, 그게 아니라."

"지금 물량이 얼마나 밀려 있는지 아십니까? 급해요, 아주."

안드레이의 재촉에 스칼렛이 멋쩍은 표정을 지었다.

"음, 그런 말 뒤에 덧붙이기 미안한데…… 나 남부에 다녀와야 할 것 같아."

"예?"

안드레이가 팍 인상을 쓰자 스칼렛은 움찔했으나, 곧 말을 이었다.

"할 수 없잖아. 크림슨 부품이 잘못되었는지 확인해야 하는걸."

"저기요, 사장님."

"망가진 시계가 늘었잖아. 망가지면 안 되는 시계인데. 안드레이도 크림슨 시계가 오래가고, 번창하길 바라잖아."

"그거야 그렇지만요."

"장기적으로 봤을 때, 이건 필수적인 일이야."

스칼렛의 말에 안드레이가 피곤해하며 한숨을 푹 쉬었다.

"뭐…… 틀린 말은 아닙니다만. 남부까지 다녀오면 못해도 2주는 걸릴 텐데. 그사이에 주문 밀린 건 어쩌실 건데요?"

"매일 밤새서 하고 갈게."

"그렇게까지 노력을 하실 필요가 있습니까?"

"응. 제품의 질이 걸린 거잖아. 시계 가게를 하려면 당연히 시계의 질을 최우선으로 해야지."

그렇게 말하는 스칼렛의 맑은 눈동자에 안드레이가 또다시 한숨을 쉬었다. 그리고 술 생각이 나는 눈동자 대신, 쇼윈도 밖 파란 하늘로 시선을 돌렸다.

"이게 아닌데."

"응?"

"아닙니다."

안드레이는 그렇게 말하고, 이내 고개를 끄덕였다.

"예. 사장님 말이 맞습니다. 인정하죠."

"정말?"

"솔직히, 처음에는 이 사업 제 마음대로 하려고 했는데요."

"……안드레이, 이미 그러고 있어."

스칼렛의 말에 안드레이가 헛기침을 했다.

"흠. 아무튼. 그랬지만, 제 생각보다 사장님이 훨씬 더 직업의식이 투철하시니까요. 제품 품질을 위한 대여정, 존중하겠습니다."

"대여정까지는 아니지만, 그래. 고마워. 다녀올게."

"그러시면 일단."

안드레이가 짝짝 박수를 쳤다.
"당장 올라가서 일하세요."
그의 말에 스칼렛이 웃음이 터져서는 고개를 끄덕였다. 그리고 스칼렛은 빨리 주문을 처리하기 위해 달려 올라갔다.
잠시 후, 가게에 손님이 들어오자 안드레이가 정중하게 맞았다.
"안녕하십니까, 손님. 좋은 아침입니다."
그런데 그 사내가 인사도 없이 2층으로 향하려 하는 게 아닌가.
안드레이가 막아섰다.
"죄송하지만 손님께서는 2층에 들어가실 수 없……. 아, 손님이 아니시구나."
안드레이가 제 얼굴로 날아든 주먹을 손으로 잡았다. 사내가 그 힘에 놀라는 사이, 안드레이는 다른 손으로 남자의 입을 틀어막으며 힘으로 벽난로 앞에 짓눌렀다.
벽난로 불씨가 날아 얼굴에 튀자 사내가 몸부림쳤다.
"아침부터 이상한 사람들만 얼쩡거리네요. 우리 사장님은 이런 수고를 아시는지."
그렇게 있던 안드레이가 가게 안을 들여다보던 청년 둘에게 손짓했다.
그들이 안으로 들어오자 안드레이가 말했다.
"덤펠트 경께서 보내셨죠?"
"……예."
"일을 참 못 하시네요. 나라면 해고했을 텐데."
스칼렛에게 들키면 안 되기 때문에 호위에는 한계가 있었다. 안드레이의 지적에 두 청년이 머쓱해했다.

안드레이가 얼굴을 아귀힘으로 잡아 들어 올리며 그들에게 던졌다.

"그럼 잘 부탁합니다."

"저, 뭐 하는 분이십니까?"

그 말에 안드레이가 인상을 쓰고 말했다.

"보면 모릅니까? 시계 가게 직원이지."

"그런데……."

"아, 나가요, 나가. 아니면 사장님 불러요?"

"아, 아닙니다!"

청년들이 침입자를 끌고 급하게 나갔다. 그런데 이 침입자가 상당히 단련된 자인지 둘이서도 제압하는 데 애를 먹었다.

안드레이는 그런 청년들을 한심하게 보다가, 곧 다시 자기 일을 시작했다.

―――◆―――

그로부터 사흘 뒤, 스칼렛은 남부로 갈 준비를 끝냈다.

사흘 내내 밤을 새가며 일을 한 탓에 스칼렛은 툭 건드리면 그 자리에 쓰러져 잠들 정도로 수면이 부족했다. 기차역까지 안드레이가 데려다주지 않았다만 트램에서 제때 내리지 못했을지도 모른다.

스칼렛이 일에 매진한 사이, 안드레이가 챙겨 둔 짐가방은 완벽했다.

안드레이가 말했다.

"버려도 되는 것들 위주로 챙겼으니, 옷이든 물건이든 사용 후에 버리고 오세요. 돌아오실 때 짐이 늘어날 테니까요."

"응. 고마워."

"점점 보모라도 되는 기분입니다만, 제가 자처한 일이니 별수 없죠."

안드레이의 말에 스칼렛이 웃으며 고개를 끄덕였다.

안드레이가 기차에 함께 올라타 제가 직접 끊은 1등석을 확인했다.

"뭐, 이 정도면 쭉 주무시면서 가도 되겠네요."

1등석은 짐을 따로 관리하는 관리인이 있어, 안드레이가 미리 맡겨 놓고 돌아왔다. 객석에 쿠션을 놓고, 담요를 덮어 잠자기 좋은 자리를 만들었다.

스칼렛이 말했다.

"정말로 보모 같네."

"그런 겁니다. 시계 만드는 최고급 기계에게 기름칠을 하는?"

안드레이의 농담에 스칼렛이 짝 그의 팔을 때렸다. 안드레이가 모처럼 웃고, 스칼렛도 따라 웃었다.

"다녀올게. 가게 잘 부탁해."

"예, 사장님."

안드레이가 인사하고 기차에서 내렸다. 스칼렛은 안드레이를 직접 스카우트했다는 사실에 다시금 뿌듯해하며, 거의 자리에 앉자마자 잠에 빠져들었다.

밤 열 시에 출발한 기차는 남부까지 열한 시간을 달렸다. 도중에 누군가가 그녀를 깨웠다.

"손님."

부르는 소리에 스칼렛이 눈을 뜨자, 승무원이 안심했다.

"죄송합니다. 너무 오래 주무셔서 혹시 괜찮으신가, 하고."

"미, 미안해요. 제가 원래 잠귀가 어두워서."

"아뇨, 즐거운 여행하십시오."

승무원이 친절하게 인사하고 떠났다. 스칼렛은 민망함에 얼굴이 새빨개져서 두 손으로 부채질해 열을 식혔다.

밖을 보니 어느새 밤이 지나고, 아침이 밝은 후였다. 시계를 보니 이미 여덟 시였다.

"기차에서 열 시간을 잤네."

스칼렛은 혼잣말 하고 나서 창밖을 보고 저도 모르게 미소를 지었다.

수도에서는 볼 수 없는 끝없는 평야가 펼쳐져 있었다.

"와……."

수도에서 태어나 평생 수도에서만 살았던 스칼렛으로서는 놀라운 풍경이었다. 승무원이 깨워 준 덕에 이 풍경을 잠깐이라도 볼 수 있어 다행이었다.

기차는 얼마 지나지 않아 마지막 역에 도착했다. 여기서부터는 마차를 타야 했다. 스칼렛은 적잖은 돈을 내고 마차꾼을 고용했다. 다행히 같은 시간에 비슷한 방향으로 가는 일행이 있어, 남쪽 끝, 살리안 산맥의 산 중 하나인 코한까지는 그럭저럭 닿았다.

그다음부터가 문제였다. 마차에서 내린 스칼렛은 두 손으로 자갈을 챙겨 갈 큰 가방을 들고 산을 올려다보았다. 산을 올라가는 것도 불가능해 보이지만, 뤼세 폭포를 찾고 그 안에서 돌을 챙겨, 산을 내려오겠다 생각하니 불가능한 미션처럼 보였다.

"……내가 미쳤지."

스칼렛이 푹 한숨을 쉬었다.

하지만 지금이 딱 적절한 기회였다. 복엽기 문제로 빅토르가 언제 체포해 갈지 모르니 빨리 해결해야 했다. 스칼렛은 시계에 대해 집요하게 파고드는 지금 이 순간에 제가 한심한 동시에 뿌듯하게 느껴졌다.

"유전이야, 유전."

다른 건 몰라도 이거 하나는 확실히 유전이다. 부모님을 고스란히 닮았다.

그녀가 산을 오르려는데 이상할 정도로 길이 없었다. 결국 그녀가 지나가던 코한 주민에게 물었다.

"여기부터 뤼세 폭포는 어떻게 가요?"

"뤼세 폭포? 거기 국경인데?"

"네, 알고 있긴 한데 찾을 게 있어서요."

"중간에 군인이 막을 건데……. 그래도 가려면 이쪽 길로 보통 가요, 군인들이."

코한 주민이 알려 줘서 스칼렛은 그 방향을 한번 확인했다. 여전히 길이 없어 보였지만, 다행히 어릴 때 부모님이 가지고 있던 이 근방의 지도가 기억나서 그대로 그려 온 지도와 일치했다.

스칼렛은 인사를 하고 걸음을 옮겼다. 산은 험했고, 언제 뱀이나 맹수가 튀어나올지 몰라 가슴을 졸여야 했다. 그렇게 산을 오르며 보이는 자갈들을 보니 에빌이 만든 시계에 쓴 그 돌이었다.

"너무하네."

에빌이라면 사람을 시켜 돌을 가져오는 건 일도 아닐 텐데 왜 그랬을까.

스칼렛이 생각하며 걸어가다가 내리막에서 발을 헛디뎌 미끄러지는데 누군가가 손목을 확 휘어 잡았다.

비명을 지르며 돌아보니 빅토르의 부하인 팔린이 서 있었다.
스칼렛이 기겁을 해서 물었다.
"팔린 경? 여기서…… 뭐 해요?"
"저한테 물으신 겁니까? 제가 할 질문을?"
팔린이 황당해하면서도 얼른 스칼렛을 놓아주었다. 안 그래도 아무도 없는 산길에 겁먹고 있던 스칼렛은 갑자기 붙잡히는 바람에 눈에 눈물이 글썽거리고 있었다.
팔린이 난처하게 말했다.
"저는 넘어지실 것 같아서……. 아무튼 가 보겠습니다."
팔린이 인사하고 자리를 피했다. 뒤이어 온 에번이 물었다.
"어디 가시는 길이십니까? 여기서 헤매시는 걸 보니 저희랑 목적지가 같으신 것 같은데."
"목적지가…… 같아요?"
"예."
"뤼세 폭포에 갈 건데."
"아, 저희도 그렇습니다."
'뭐?'
스칼렛이 의아함에 눈을 깜빡거리는 사이 뒤에서 웅성거리며 다가온 해군 몇이 그녀를 앞질러 갔다. 그리고 앞지를 때는 모자를 벗고 가볍게 미소 띤 얼굴로 인사했다.
"안녕하십니까, 아가씨."
"오랜만에 뵙습니다."

"먼저 가겠습니다."

고등 교육을 받은 데다 혈통과 외형까지 보고 뽑은 살란티에 안 최고의 신랑감들이 인사를 하니 스칼렛도 괜히 좀 설레는 기분이었다. 그래서 뺨이 조금 붉어져 인사를 하는데 맨 뒤에서 온 사내가 느긋한 투로 말했다.

"재혼 상대라도 찾는 건가?"

익숙한 목소리에 돌아보니 빅토르가 있었다. 스칼렛이 더 말할 수 없이 황당해하며 물었다.

"아니…… 다들 여기서 뭐 하는 거야?"

"당신은?"

"시계 만들 재료 찾으러."

스칼렛이 말하며 큰 가방을 들어 보였다. 빅토르가 턱짓했다.

"가. 뒤따라갈 테니까."

"난 좀 쉴래. 못 가겠어."

스칼렛이 지쳐서 가방을 내려놓고 위에 앉자 빅토르가 그냥 지나가려다 말했다.

"아, 여기 뱀이 있는 건 알지?"

"……없어."

그녀의 대답에 앞서가려던 해군 하나가 멈춰 서더니 자기 가방을 열었다. 그리고 뱀을 꺼내며 말했다.

"올라오다가 잡았습니다."

그러자 스칼렛이 기겁하며 두 손으로 얼굴을 가렸다. 그녀의 반응에 해군들이 유쾌하게 웃고 먼저 떠났다.

빅토르는 그들이 떠난 후에도 떨고 있는 스칼렛을 보며 픽 웃더니 말했다.
"일어나."
"힘든데……."
그녀가 말하더니 나무를 올려다보며 말했다.
"나무에 올라가면 뱀이 못 올라오겠지?"
"안일하군."
빅토르가 말하더니, 수갑 하나를 꺼냈다. 그러고는 그녀의 손목과 제 손목에 채운 후 스칼렛의 가방을 한 손으로 들었다.
"잡고 와. 도주하지 말고."
"잠깐만."
스칼렛은 정말 힘들었는지, 빅토르의 도움을 거절하지 않았다. 그녀가 긁힐까 봐 손목시계를 풀어 주머니에 넣었다.
늘 앉아만 있다 보니 지칠 대로 지쳐 있었다. 처음에는 빅토르가 당겨 주는 대로 수갑을 잡고 갔는데, 도중부터는 그마저도 힘들어 그냥 손힘도 풀어 버리고 끌려가듯이 갔다.
몸은 덜 힘들어졌는데, 손목이 수갑에 긁히며 아파 왔다. 그래도 빅토르에게 말 걸고 싶지 않아 그냥 가고 있는데 중간에 빅토르가 멈췄다. 그리고 돌아보더니 손목을 움직여 스칼렛을 끌어당겼다.
그는 상처가 생긴 스칼렛의 손목을 발견하고 겁날 만큼 무서운 표정을 지었다.
빅토르가 수갑을 풀며 말했다.
"말을 해."
"……솔직히 편해서."
"시계 만드는 사람이 손을 다치면 어쩌게."

수갑이 풀리고 나서 스칼렛이 상처를 보는 사이 빅토르가 손수건을 꺼내 그녀의 손목에 감았다.
그가 매듭을 짓는 것을 보던 스칼렛이 말했다.
"그때 상처랑 비슷하네."
"뭐가."
"아, 전에."
그녀의 말에 빅토르가 그녀를 주시했다. 스칼렛이 말했다.
"기억 못 하나 보다."
"그러니까 뭘."
"왜, 나 취조 받고 돌아왔을 때. 손목에 상처가⋯⋯. 아, 생각해 보니까 말을 안 한 것 같기도 하고."
"⋯⋯상처?"
"응. 지금 이거랑 똑같은 상처가 났었는데. 그땐 기억이 없으니까 어디서 생긴 건지 전혀⋯⋯."
스칼렛은 기억이 없었으므로, 제 입으로 하는 말들의 섬뜩함을 전혀 느끼지 못하고 있었다. 하지만 그녀가 고개를 들었을 때 심하게 일그러진 빅토르의 표정에는 두려움을 느꼈다.
"농담이야."
"⋯⋯."
"그런 표정 하지 마. 알았어, 기억나. 내가 다 거짓말한 거야."
"⋯⋯본 사람 있어?"
"뭘?"
"당신이 그때 다쳤다는 거."
"많지. 내 방 하녀들이랑, 의사도 봤을 거고⋯⋯. 그래도 별로 심한 상처는 아니라 기억하는 사람이 없을 것 같네."

"그런데 어떻게 내가 몰라."

"당신이야 모르지. 그날 이후로 날 안 봤잖아."

스칼렛이 무슨 소리냐는 듯 웃고는 말을 이었다.

"그때 아마…… 너무 미안해서 자해라도 했던 건 아닐까?"

"……."

"그땐 그런 생각을 했는데, 말해 봤자 당신 기분만 더 나빴겠지? 말하지 않길 잘한 것 같아."

그러더니 하늘을 보며 말했다.

"그나저나 해 지겠다. 어떡하지……. 여기 잘 곳 있어?"

그녀가 묻는데 빅토르는 대답이 없었다.

스칼렛이 그의 팔을 당겼다.

"빅토르, 해군들은 어디서 자?"

그제야 잠시 딴생각을 하던 빅토르가 대답했다.

"공관에서."

"공관? 무슨 공관?"

"당신은 어디 간다고 했지?"

"뤼세 폭포."

"재료가 뤼세 폭포에 있다고?"

"응."

빅토르가 묘한 표정으로 그녀를 바라보다 말했다.

"일단은 가지."

웬일로 평소처럼 못되게 굴진 않는다. 스칼렛은 의아해하면서도 지쳐서 대답했다.

"난 좀 쉬었다가 갈게."

내일이면 근육통이 엄청 생길 것 같다고 생각하는데, 빅토르가 돌아보며 말했다.

"업어 줘?"

"……뭐?"

"가볍잖아, 당신."

아무리 그래도 그렇지 어떻게 이혼한 전남편이랑…….

스칼렛은 정말로 지쳐 있었으나 일단 고개를 세게 저었다. 그러자 빅토르가 혀를 한 번 차더니, 돌아와서 그녀를 들어 올렸다.

"시, 싫다니까!"

스칼렛이 발버둥 쳤지만 빅토르는 이미 그녀를 한쪽 어깨에 들쳐 올리고 걸음을 옮기고 있었다.

"해가 지면 뱀이 더 많아질 텐데. 내려 줘?"

"……."

스칼렛은 입을 꾹 다물고 고개를 저었다. 힘이 센 줄은 알았지만 이 상태로 산길을 오를 수 있을 정도인 줄은 몰랐다. 스칼렛은 어쩔 줄 몰라 하며 눈을 꼭 감았다.

지나가다 보니 진입금지라고 쓰인 표지판이 연달아 보였다.

'뱀 때문인가?'

그렇게 생각하니 온몸에 소름이 돋았다.

그 상태로 두 사람은 거대한 암벽 앞에 도착했다. 그제야 빅토르는 스칼렛을 내려 주었다.

스칼렛은 뤼세 폭포로 가는 길에 있는 마지막 장벽인 산봉우리를 올려다보았다.

"……이거 어떻게 넘어가?"

"모르고 왔어?"

"지도에서 보긴 했는데 이런 암벽일 줄은……."

"당신 여기가 어딘지도 모르고 왔어?"

그의 목소리가 험악해지자 스칼렛이 멈칫했다. 그녀가 당황하며 말했다.

"뤼세 폭포잖아. 시계 재료 찾으러 왔다니까?"

"그거 말고는."

"그거 말고는…… 모르겠는데."

스칼렛이 고개를 젓자 빅토르가 한숨을 쉬며 말했다.

"아주 다양하게 범법 행위를 저지르는군."

"뤼세 폭포 가는 것도 불법이란 거야?"

"그래. 아까 금지선을 넘었잖아."

"……뱀 때문인 줄 알았지."

스칼렛의 목소리가 작아졌다. 그녀의 얼굴에 점점 불안한 기색이 번졌다.

빅토르는 기가 차서 산봉우리를 올려다보다 입을 열었다.

"그래, 뭐. 여기서 법 한두 가지 더 어긴다고 큰일 날 것 같진 않네."

"하지만 우리 부모님은 이 봉우리를 넘어서 시계 재료를 구했어."

"크림슨가의 전 가주 부부는 관계자였으니까."

"……우리 부모님이 해군과 무슨 관계가 있어?"

스칼렛의 의아한 얼굴에 빅토르가 대답 없이 그녀를 보았다.

침묵이 길어지자 스칼렛이 말했다.

"나도 크림슨가의 적녀야. 무슨 일인지 모르겠지만, 부모님이 하시는 일은 전부 내가 잇고 있어. 가업이니까."
"말하지만, 저 안에서 당신이 그 가업이란 걸 해내지 못하면 그땐 나도 당신 목숨을 보장할 수 없어."
"할 수 있어."
"어떻게 확신해?"
"확신이야 못 하지."
"……뭐?"
"그래도 나는 저곳에 가야 해."
스칼렛은 단호하게 말하며 가방을 챙겨 들었다.

스칼렛은 봉우리를 올려다보며 말했다.
"어떻게 넘어가지……."
그녀가 고민하는데 빅토르가 봉우리에 달린 금속판을 두들겼다.
두 번, 다섯 번, 두 번…….
빅토르가 신호를 보내는 것을 보고 있는데 곧 봉우리 위에서부터 밧줄이 내려왔다.
빅토르가 먼저 올라가라고 턱짓하자 스칼렛은 가방을 한 손으로 들고 난감한 얼굴로 줄을 보았다. 그녀가 먼저 밧줄을 잡고 올라가려 해 보았으나 힘이 부족해 연신 미끄러졌다.
"이리 와."
빅토르가 불러서 할 수 없이 스칼렛이 다가갔다. 그는 밧줄 끝에 가방을 꽉 묶고 스칼렛을 안아 들어 제 목을 끌어안게 했다.

"꽉 잡아."

"……응."

그 상태로 빅토르가 줄을 잡고 올라가기 시작하자 스칼렛은 겁먹고 눈을 질끈 감았다. 땅이 멀어질수록 온몸이 후들거렸으나 제 무게까지 버티고 있는 빅토르 앞에서 무섭다는 말이 나오지 않았다.

산봉우리를 올라가 빅토르가 줄을 놓고 바로 서자마자 스칼렛이 내려섰다. 그리고 당혹감이 번진 얼굴로 말했다.

"고마워."

빅토르는 어딘가 괴로워 보이는 얼굴로 잠시 스칼렛을 보다가 머리칼을 한 번 쓸어 올린 후 심호흡했다.

"……무거웠어?"

스칼렛이 묻자 빅토르는 그녀의 숨이 닿았던 자기 목을 감쌌다가 구겨진 표정으로 한숨을 쉬었다.

"그럴 리가."

"그럼…… 아."

빅토르가 왜 괴로워하는지 한 박자 늦게 깨달은 스칼렛이 화끈거리는 얼굴을 손부채질로 식히며 급히 돌아섰다.

"미안."

"앞이나 봐."

빅토르의 말에 스칼렛이 고개를 들었다. 그리고 봉우리 아래를 보았다가 입이 저절로 벌어졌다.

봉우리 너머 뤼세 폭포가 있는 협곡에 두 개의 공관이 있었다. 그리고 그 협곡 사이를 해적 소탕 이후 사라진 줄 알았던 글라이더가 날아다니고 있었다.

"글라이더가 있어……."
"뭐, 바람이 없으면 쓸모없는 물건이지."
스칼렛은 곧 봉우리 위에 주저앉아 아래를 보았다. 두 개의 공관에는 각각 해군과 육군의 문장이 있었다.
스칼렛이 돌아보자 빅토르가 말했다.
"해군과 육군에서 특수부대를 차출했어."
"그러니까, 그 특수부대라는 게……."
"공군이지. 비행기가 없지만."
"공군에게 비행기가 없어?"
"크림슨가 전 가주 부부가 만든 복엽기가 한 대 있는데, 고장 났어."
빅토르가 스칼렛의 몸을 잡아 돌렸다.
"지금이라도 기회를 주지. 돌아갈 거면 돌아가."
"돌아가지 않으면?"
"당신이 크림슨 가문의 관계자라면, 그 복엽기를 고치러 온 엔지니어여야겠지."
"복엽기를 고칠 수 없다면……."
"여기서 못 나가."
그의 말에 스칼렛이 멈칫했다.
빅토르가 밧줄을 당겨 가방을 들어 올리며 말했다.
"전부인에 대한 예우로 감옥은 아늑하게 꾸며 두지."
그 말에 스칼렛이 빅토르를 흘겼다. 언제부터 저 남자가 농담 비슷한 걸 하게 된 건지 모를 일이다.

두 사람은 곧 산봉우리에 달린 불안정한 승강기로 지상에 내려섰다.

뤼세 폭포는 신성한 힘을 가지고 있다는 부모님의 말 그대로였다. 물빛에 신비로운 힘이 함께 흐르는 것처럼 아름다웠다. 스칼렛이 물속의 자갈을 꺼내려 구두를 벗자 빅토르가 불편해하며 말했다.

"이 계절에 물놀이라도 하고 싶어?"

"아니, 저 자갈이 재료라서……. 아, 말하면 안 되나?"

"내가 그 시계 만드는 법을 어디 팔아먹을까 봐?"

하긴, 그 빅토르 덤펠트가 그런 짓을 할 리는 없다.

빅토르가 근처에 있던 부하에게 손짓했다. 그러자 그 해군이 바로 물로 들어가 자갈을 꺼내 가지고 나왔다.

"여기 있습니다, 아가씨."

"……고마워요."

하여튼 숙녀는 자기 손으로 뭐 하나 할 수 없게 만드는 남자다. 그러고 보니 궁금해서 스칼렛이 말했다.

"내가 시계공인 건 당신 명예에 문제가 없어?"

"없어."

"왜?"

"시계 기술은 그 나라 최고의 과학 기술이잖아."

"음……."

숙녀가 일을 한다며 꽉 막힌 소리를 할 줄 알았더니, 의외로 융통성 있는 부분이 있었다. 이건, 정말로 의외였다.

스칼렛이 생각하며 구두를 다시 신었다. 그리고 빅토르의 부하가 준 자갈을 보았다.

자갈에는 햇살이 응축된 것 같은 반짝임이 남아 있었다. 그녀가 가방에 자갈 하나를 챙겨 넣는데, 저 멀리서 팔린이 사색이 되어 달려왔다.

"함장님! 어떻게 하시려고……."

"자기가 온다는데 어떻게 말려."

"그래도 말리셨어야죠! 힘으로라도……. 아, 정말."

팔린의 얼굴을 보니, 제가 여기 함부로 들어온 것이 목숨까지 위협하는 일인지도 모르겠다는 생각이 들었다.

스칼렛은 덤덤한 표정의 빅토르를 보았다. 어쩌면 다행이었다. 만약 빅토르가 자신을 아껴서 어쩔 줄 모르는 남자였다면 여기 들어오지 못하게 했을지 모르니까. 빅토르가 자신에게 가지는 그저 그런 마음이 이득이 되는 날이 올 줄은 생각도 못 했다.

'과거의 나에게 알려 주고 싶네. 언젠가 득이 될 테니 너무 아쉬워 말라고.'

―――◆―――

공관은 나무로 만든 건물이었고, 빛이 아주 잘 들었다. 협곡의 날씨는 온화했다.

공관 뒤 거대한 창고에 들어서니 글라이더들이 보였다. 스칼렛은 좀 더 구경하고 싶었지만 빅토르는 걸음을 멈추지 않았다.

그는 창고 끝으로 향했다. 가장 안쪽의 나무문을 열고 들어가는 빅토르를 뒤따른 스칼렛의 입이 열렸다.

"아……."

복엽기가 있었다. 거대한 두 겹의 나무로 만든 날개와 복잡한 형태의 엔진.

그녀는 머릿속 어딘가에서 이 복엽기에 대한 기억을 찾았다. 그리고 잠시 후, 부모님의 대화를 떠올렸다.

"너무 무거워."
"응, 이걸론 못 날겠어."

이 엔진으로는 날 수 없었다.
그러나 이것이 결과적으로 부모님이 만들어 낸 마지막 엔진이었다. 그러니 말하자면 아직 살란티에는 비행기를 만들어 낼 기술이 없는 셈이었다.
그녀가 곧바로 엔진을 수리하려 하는데, 빅토르가 막았다.
"안 들려?"
"응? 뭐라고 했어?"
그러자 뒤에 있던 블라이트가 답답해하며 말했다.
"옷 갈아입으셔야 한다구요, 아가씨."
"아……."
스칼렛이 서둘러 고개를 끄덕였다. 여기 도착하는 순간 복엽기에 홀려서 주변의 소리를 듣지 못했던 모양이었다.
그사이 많은 사람이 창고로 들어왔는데, 그중에는 공군에 합류한 육군을 이끄는 왈도라는 장교도 있었다.
"엔진이 돌아가면 인정하지 못할 게 없지요. 하지만 아름다운 아가씨께서 그렇게 험한 일을 할 수 있겠습니까?"
그렇게 시비를 걸고 있으니, 팔린이 다가와서 말했다.

"어차피 크림슨 가주 부부께서도 이걸 날 수 있게는 못 하셨습니다. 그냥 엔진만 가동하면 되는 거죠."

"누가 그걸 몰라? 저 아가씨가 그 가동은 시킬 수 있냐는 거지."

스칼렛이 난처한 표정을 지었다. 아무래도 여기 해군들과 육군들은 서로 사이가 좋지 않은 것 같았다.

"이럴 거면 나도 아내를 데려왔지."

왈도의 말에 해군들이 드러내고 혀를 찼다.

스칼렛이 빅토르를 돌아보니 그는 이미 이혼한 아내에게 별 관심이 없는지 안주머니에서 담배를 꺼내고 있었다. 다만 이곳에서는 담배를 피울 수 없는지 문 쪽으로 향했다. 그러더니 다른 군인들에게 말했다.

"내 전부인이 옷을 갈아입어야겠는데."

그 말에 나머지 군인들이 정신없이 그곳을 빠져나갔다.

혼자 남은 스칼렛은 블라이트가 가져다 준 옷을 보았다. 아마 여기 있는 옷 중에 가장 작은 것인 모양인데, 스칼렛이 입기에는 컸다. 분명히 하인들이 입는 옷이었다.

스칼렛은 마지못해 옷을 갈아입고 수리를 시작했다. 엔진은 오래되었지만 관리를 열심히 해서인지 아주 깨끗했다. 이 엔진으로 날지는 못하겠지만, 지금 살란티에의 기술 전반에 비교하면 뛰어난 기술이었다. 점점 더, 살란티에가 기술을 끊임없이 억압하는 이유를 이해할 수가 없었다.

스칼렛은 머리를 틀어 올려 대충 묶고 나서 엔진을 고치는 데 몰두했다. 그로부터 하루해에 걸쳐 고치고 있으려니, 곧 빅토르가 들어섰다.

"좀 쉬지 그래."

"……."

"스칼렛 덤펠트."

"……."

"크림슨."

"응?"

그제야 스칼렛이 움찔하더니 돌아보았다. 눈이 충혈되어 있었다. 그러더니 자기 시계를 보고 말했다.

"아직 세 시간밖에 안 됐네."

그러자 옆에서 블라이트가 말했다.

"열다섯 시간이에요, 아가씨."

"그래?"

스칼렛이 난처한 얼굴로 다시 엔진을 보았다.

"좀 더 봐야 할 것 같은데……. 아니다. 이제 돌아는 갈 거야."

"정말요? 그럼 금방 왈도 씨를 모셔 올게요!"

블라이트가 누구보다 기뻐하며 달려 나갔다.

그사이, 스칼렛이 엔진을 고치는 열다섯 시간 내내 궁금하던 것을 빅토르에게 물었다.

"나 이제 관계자니까, 궁금한 거 물어봐도 돼?"

"뭔데."

"정말로 베스티나가 전쟁이라도 하려고 해?"

"그건 너무 깊숙한 질문이고."

빅토르가 태연하게 대답하고 넘어갔다.

잠시 후, 사람들이 몰려왔다.

왈도가 씩씩거리며 말했다.

"저걸 고쳤다고? 말도 안 되는 소리!"

"베스티나에서 망명한 기술자도 못 고치는 걸 무슨 수로 고쳤단 말……."

떠들썩하게 들어서던 그들은 빅토르의 시선이 향하자 곧 입을 다물었다.

누가 정하지 않았지만 암묵적으로, 여기 이 공군들의 지휘관은 빅토르 덤펠트였다. 지위로 따져도 압도적이었고, 공적으로 따져도 그랬다. 혈통으로 따지면 왕족의 피가 섞인 빅토르와 비교 자체가 불가능했다. 그나마 빅토르가 왈도를 존중하고 있으니 이 정도 자율성이 있는 것뿐이었다.

빅토르는 물끄러미, 떼어낸 엔진 수리를 마무리하는 스칼렛을 바라보고 있었다. 스칼렛이 다룰 수 있을 거라고 생각한 적 없던 도구들이 그녀의 손에서 여상하게 움직였다.

빅토르는 그녀의 손을 말없이 바라보았다.

――◆――

귀족 도련님들 입장에서는 전혀 모를 일을 한참 하고 난 스칼렛이 공구를 내려놓았다. 그리고 아무렇지도 않게, 어쩌면 제 목숨이 걸려 있을지 모르는 레버를 당겼다.

그 순간, 웅웅거리는 요란한 소리가 창고에 가득 찼다.

"된다."

스칼렛이 말하며 고개를 들었다. 그런데 창고를 가득 채운 이 요란한 소리 속에서도 해군과 육군 사이에서 팽팽한 긴장감이 느껴졌다.

스칼렛이 얼떨결에 생긋 웃었다.

"됐는데요?"

그녀의 말에 가장 먼저 에번이 주머니에서 손을 빼며 박수를 쳤다.

"대단하십니다, 스칼렛 양. 진짜로 고치셨군요!"

나머지 사람들도 얼떨떨한 얼굴이었다.

블라이트가 솔직하게 말했다.

"크림슨 가문이 대단하긴 하네요. 진짜 고치실 줄은……."

그 말에 스칼렛이 웃었다.

"나 못 믿었어?"

"네, 사실 전혀요. 그래서 못 고치신 뒤의 일을 진지하고 심각하게 생각하고 있었죠."

"무슨 일?"

그러자 왈도가 핀잔하듯이 빅토르에게 말했다.

"우릴 죽이기라도 할 생각 아니었습니까?"

그 말에 빅토르가 픽 웃더니 제 코트를 벗어 내밀었다. 주머니를 뒤졌지만 총이 있는 건 아니었다.

에번이 핀잔했다.

"서로 이렇게 신뢰가 없어서야 어떡합니까?"

"믿을 만해야 믿지."

그렇게 싸우는 사이에도 엔진은 계속 돌아가고 있었다. 그래서인지, 오래 싸울 것 같던 이들이 곧 싸움을 멈추고 미소를 지었다.

그러더니 누군가 하나가 소리쳤다.

"크림슨 가문에서 기술자가 왔다!"

그 소리에 스칼렛이 움찔하는데 옆에서 다른 사람들도 소리쳤다.
"기술자다!"
"살았다!"
여기저기서 소리치는 바람에 스칼렛은 놀라서 그나마 의지할 수 있는 엔진 뒤로 숨었다. 그 모습에 빅토르가 어처구니없어하며 팔을 붙들어 제 등 뒤로 데려왔다.

※

엔진을 고친 기념으로, 군인들은 술을 마셨다.
스칼렛은 안도가 되거나 말거나 너무 피곤해 쓰러지기 직전이었다. 전날 산을 오르고서 한숨도 못 자고 엔진을 고쳤다. 순간적으로 집중한 탓에 몸 밑바닥에 있던 기운까지 꺼내 쓴 기분이었다.
일단은 빅토르의 침실에 개인욕실이 있어 그곳을 빌렸다. 따끈따끈한 물에 몸을 녹이려다, 그대로 잠들 것 같아 찬물로 목욕을 했다.
"이번 주는 너무 피곤해……."
스칼렛이 혼잣말을 하며 목욕을 마치고, 챙겨 온 옷으로 갈아입었다.
그나저나 빅토르를 만날 줄 모르고, 입고 버릴 것들만 가득 가져왔다. 안 그래도 사는 꼴 어쩌고저쩌고하는 빅토르에게 제가 지금 입고 있는 잠옷을 보였다간 한 소리 들을 것이 분명했다. 그래도 달리 방법이 없어, 스칼렛은 욕실을 나왔다. 그리고 예상대로 빅토르의 시선이 그녀를 훑었다.
"내가 위자료 안 줬다고 시위해?"

예상대로였다. 부끄러울 일이 아니라고 이성적으로 생각하려 했으나 뜻대로 되지 않았다. 뺨으로 열이 번졌다.
"그냥 입고 버리려고 가져온 거라 그래. 짐 무게 때문에."
"아무튼, 옷이 그렇게 될 때까지 입었다는 거잖아."
"……검소하다고 생각해 줬으면 좋겠네."
그녀의 말에 빅토르가 어이없는지 픽 웃었다.
괜히 민망해진 스칼렛은 옷깃을 여미며 말했다.
"남는 방 혹시 있어?"
"없는데."
"그럼 비박을 할게. 날도 따듯해 보이고."
"음."
빅토르가 말리지 않고 걸어가 닫혀 있던 문을 손수 열어 주었다. 이혼장을 받아들이던 날처럼, 두 번 붙잡지는 않는다.
스칼렛은 가져온 침낭을 메고 밖으로 나왔다. 그리고 로비에 보이는 벌레를 발견하고 겁에 질려 뒤로 물러섰다.
"아, 죄송합니다."
호위를 서던 청년 하나가 벌레를 발로 콱 밟아 휙 던졌다.
스칼렛이 질린 표정으로 말했다.
"왜, 왜 그렇게 커요?"
"아, 남쪽이니까요!"
청년이 해맑게 말했다.
스칼렛이 로비를 벗어나지 못하고 떨고 있으니, 다른 청년도 와서 말했다.
"수도에서는 상상도 할 수 없는 벌레들이 나타나더라구요."

"어, 어떤 건데요?"

스칼렛은 군인들 중에서도 엘리트들을 뽑아 이룬 이들의 주둔지에 맹수는 절대 나타날 리 없다고 생각해 비박을 결정했었다. 그런데 저 벌레보다는 맹수가 나았다.

그들이 기다렸다는 듯이 무용담을 말했다.

"저는 진짜로 제 팔뚝만 한 지네를."

"세, 세상에 그런 게 어디 있어요!"

"어어, 진짭니다? 안 믿기시면 제가 목숨을 걸고 찾아서 증명을……."

"됐어요!"

스칼렛은 듣고 싶지도 않아 손으로 귀를 틀어 막아 버렸다. 그사이 내려온 빅토르가 팔로 스칼렛의 어깨를 감싸며 놀리듯 말했다.

"저것보다는 전남편과 자는 게 낫겠지?"

스칼렛이 소름이 돋은 팔을 손으로 문지르며 물었다.

"거짓말이지?"

"궁금하면 찾아오게 하지."

그 말에 스칼렛은 고개를 절레절레 저었다.

결국 빅토르의 방으로 돌아왔다. 스칼렛이 침실을 둘러보더니 문을 가리켰다.

"저기는?"

"벽장."

"……저 문은?"

"집무실. 당신은 아직 저기 들어가게 해 줄 정도로 내부인은 아니고."

어떻게 하면 이혼한 남자와 최대한 멀리서 잘 수 있을까, 생각하며 두리번거렸지만 소파 외에는 답이 없었다.
 스칼렛이 소파로 향하자 빅토르가 팔뚝을 잡아당겼다.
 "이제 고집 다 부렸잖아. 얌전히 자."
 "소파에서……."
 "숙녀를 소파에서 어떻게 재워. 그 정도는 알 만큼 같이 살지 않았나?"
 빅토르가 말하고는 스칼렛을 침대에 데려다 앉혔다. 그나마 침실이 터무니없이 넓어 다행이었다. 빅토르가 저 멀리 있으니, 같은 방에 있는 것 같지도 않았다.
 스칼렛이 결국 슬리퍼를 벗고 침대에 올라와 앉았다. 그 자리에서 거대한 창문 너머로 쏟아질 것 같은 별들이 보였다.
 "아름답네……."
 수도에서는 잘 보이지 않게 된 별들이 이 협곡으로 자리를 옮긴 것만 같았다. 저렇게 촘촘해도 되나, 싶을 정도로 빼곡하게 별이 차 있었다.
 도대체 전남편과 같은 방에서 어떻게 자나, 싶었는데 잠이 오긴 왔다. 이불 속에서 눈을 잠깐 감았는데, 그대로 잠이 들었다.
 잠시 후, 소파에서 책을 읽던 빅토르가 일어나 그녀 쪽으로 걸어왔다. 그리고 이불 속에서 그녀의 왼손을 꺼내 제 눈으로 확인했다. 아직 상처가 있었다.
 "……자해라."
 그는 스칼렛의 말을 떠올리고 있었다.
 본인이 기억하지 못한다고 주장하는 것도 어이없고, 손목의 상처는 더더욱 황당했다. 기억나지 않는다는 거짓말과 손목의 상처가 연결이 되지 않는다. 그러나 그는 한동안 스칼렛의 손목에서 눈을 뗄 수 없었다.

그의 어머니는 왕족이었으나 아버지가 왕족이 아니었으므로, 어머니와 왕실을 방문할 때면 반쪽짜리 취급을 받았다.

어머니는 왕족들에게 책잡힐까 봐 단 한 가지의 실수도 하지 못하도록 가정교사에게 체벌을 허락했고, 왕실에서 돌아오면 아버지는 빅토르를 끌어안고서 언젠가는 저를 무시하는 왕족들을 네 발아래 둬야 한다고 세뇌하듯 말했었다.

어린 시절에는 몸에 늘 회초리로 난 생채기들이 있었다. 그에게 가족이란 거미줄처럼 끈적끈적하고 집요한 것이었다.

스칼렛 크림슨은 저를 처음 보는 순간부터 사랑에 푹 빠져 있었다. 그녀가 가진 거라곤 어딘가 야한 구석이 있는 아름다운 얼굴 하나였는데, 빅토르에게 뭐 하나 더 주지 못해서 안달이 나 있었다.

하루 종일 뭘 했느냐고 꼬치꼬치 캐묻고, 제가 먼저 잠자리를 하겠다며 안겨 들고, 그리 다정하지 못한 잠자리를 했는데도 꼭 제 쪽을 보고 자다가 다음 날 아침이면 뺨이 발그레해서 부끄러움 가득한 목소리로 속삭여 왔다.

"사랑해요."

하고.

"눈을 떴는데 당신이 옆에 있는 게 너무 행복해요."

라는 말을 했다.

그리고 어느 날인가는 술 마시는 제 옆에 와 앉아서는 외로워 보이니 같이 술을 마셔 주겠다며 홀짝홀짝 술을 받아 마셨다.

그러다 결국은 만취해서 제대로 걷지도 못해 빅토르의 품에 안겨 침실로 향했다.

품에 안긴 그녀가 투정했다.

"술 많이 마시면 는다고 해서, 이번 주 내내 마시면서 연습했는데 하나도 안 늘었어요. 억울하네……."

"왜 그런 짓을 해."

그러자 취해서 풀린 눈을 애써 또렷이 뜨려 애쓰며 말했다.

"당신이 외로워 보여서……."

그때 아마 결혼 후 처음으로 좀 웃었다. 저와 술을 마셔 주려고 술 마시는 연습을 했다는 게 어처구니없었다. 사랑은 원하는 게 아니라 주고 싶어지는 거구나, 그녀를 보며 생각했었다.

그녀는 빅토르를 귀찮게 굴지도 않았다. 제가 아무것도 하지 않아도 그녀는 행복해했다. 그래서 결혼하고 얼마 뒤에는 그냥 이대로 살아도 괜찮겠다는 생각을 했다. 그녀는 언제나 행복해하니까. 저는 아무것도 하지 않아도 되니까.

그렇게 생각하다 보니 조금씩, 그녀가 저에게 질리는 것이 두려워지기 시작했던 것이다. 그리고 그 두려움은 점점 현실이 되었다.

한동안 스칼렛은 여느 때와 똑같았다. 여기저기 모임에 참여하고, 집에 오면 즐겁게 웃고.

다만 어느 날부터인가 그녀는 행복하다는 말을 하지 않게 되었고, 어느 날은 불행하다는 말을 입 밖으로 꺼내게 되었고, 결국 어느 날에는 이혼장을 내밀었다.

스칼렛은 빅토르가 그냥 깊이 생각하지 않고 이혼장에 서명을 해 주었다고 생각하지만, 그 나름대로 이유가 있었다.

그때의 아내는 불행해했고, 빅토르는 저에게 질려 버린 스칼렛 덤펠트가 다시 저를 사랑하게 만드는 방법도, 다시 행복하게 만드는 방법도 알지 못했다.

제가 아무것도 하지 않아도 행복해하던 그녀였다.

저는 똑같은데 그녀의 사랑이 식었다면 달리 방법이 있을까.

결국 그의 생각으로도 해결책은 이혼뿐이었다.

처음에 예상했던 것처럼 저는 결혼 생활에 맞지 않는다. 변수가 있었다면 스칼렛 덤펠트는 사랑한다는 말을 너무 많이 하는 사람이고, 세상에 예쁜 여자는 많으니 그녀가 제 눈에 유난히 예쁜 것도 잠깐이리란 예상이 틀렸단 것 정도였다.

그녀는 이혼하자고 서류를 내밀 때도 숨 막히게 예뻤고, 혼전계약서에 쓰여 있는 것처럼 빅토르가 쌓아 놓은 재산에 손가락 하나 대지 않고 제 것만 챙겨 캐리어 하나에 달랑 담아 나가던 날에도 정말이지, 돌아 버릴 만큼 예뻤다.

그녀가 떠나고 문이 닫히는 순간까지도 빅토르는 이혼이 별것 아니라고 생각했다.

정말로 황당하게, 스칼렛 덤펠트와 남이 되는 일이란 것을 몰랐었다.

아내 하나 빠져나간 집은 순식간에 사막처럼 황량해졌고, 제 삶도 그랬다.

그녀가 배신한 것이어야 한다. 그렇지 않으면, 그녀는 자신에게 아무런 죄책감도 가지지 않을 것이고, 그러면 영영 자신에게 돌아오지 않을 테니. 그에게는 그녀의 죄책감이 반드시 필요했다.

그는 잠시 손목을 보고 있다가, 약을 가져와 상처에 발랐다. 스칼렛은 따가운지 움찔하면서도 얼마나 고된지 깨지 않았다.

빅토르는 약을 바르고 붕대를 감았다가 그 꼴을 보고 어이가 없어 인상을 썼다.

"……더럽게 못 하네."

똑같이 배워도 손재주가 없으니 붕대 감은 꼴이 엉망진창이었다. 다시 풀까, 하다가 깰 것 같아서 그냥 놔두고 책을 가져와 침대에 기대앉아 읽기 시작했다.

------◆◆◆------

스칼렛은 자신이 깊게 잠들지 못할 줄 알았다. 하지만 늘 작업실에 처박혀 있던 본인의 약한 체력을 생각하지 못했다. 전날 정신력까지 끌어다 쓰며 일을 했으니, 아침에 눈을 떴을 때는 해가 중천에 있었다.

스칼렛은 아직까지도 잠에 취해 침대에서 내려섰다. 그리고 무심코 제 손목을 보니 붕대가 감겨 있었다.

"……."
빤히 보던 스칼렛이 중얼거렸다.
"내가 잠결에 했나 봐."
그렇지 않으면 이렇게 못 감은 붕대가 있을 리 없다.
환상적이던 수면의 질을 생각해 보면, 제가 자다 깨서 얕은 수면 상태로 붕대를 감고 잤다고 해도 이상하지 않을 정도였다.
애초에 자신 아니면 이런 걸 할 사람이 없다. 빅토르는 이런 다정한 행동을 할 사람도 아니거니와, 그는 무엇이든지 잘하니까 이렇게 어설프게 묶어 놨을 리가 없었다.
붕대를 보다가 나갈 준비를 마치고 침실을 나섰다. 그리고 자갈을 챙기기 위해 집을 나서니 남부의 기분 좋은 가을 햇살이 반짝이고 있었다.
공군들은 각자 훈련에 열중해 있었고, 그 모습을 보고 있는 빅토르의 뒷모습이 보였다. 근사한 해군 정복 차림의 빅토르 덤펠트는 마치 우아한 종마처럼 보였다. 몸에 맞게 재단한 검은 바지가 늘씬한 동시에 아름답게 근육이 잡힌 뒷허벅지가 성적인 매력을 풍기고 있었다.
"안녕하십니까."
"안녕하십니까!"
청년들이 유쾌한 목소리로 스칼렛에게 인사하며 지나갔다. 다들 엔진을 고칠 수 있는 기술자가 존재한다는 사실에 힘을 얻은 듯이 보였다.
빅토르가 스칼렛을 돌아보고 입을 열었다.
"내일 새벽에 출발할 거야. 마저 자."

"재료 가지러 가려고."

"부하들 시켜."

"당신 부하지, 내 부하 아니잖아."

스칼렛의 말에 빅토르가 쯧 혀를 찼다.

빅토르가 멀리 누군가에게 손짓했다. 그러자 곧 그의 부하 하나가 말 한 마리를 마구간에서 꺼내 왔다. 검은색의 아름다운 말이었다.

빅토르가 그녀를 먼저 태운 후, 자신도 그 뒤에 탔다.

"멀어."

"응."

스칼렛은 더 이상 빅토르의 도움을 거절하지 않기로 했다. 그래 봤자 시간 낭비였다.

스칼렛은 어릴 때 조랑말을 제외하고는 말을 타 본 적이 없어서 말에 타는 것을 어색하고 불안하게 느꼈다. 그래도 정작 말이 출발한 뒤에는 안정을 찾았다.

빅토르는 한 팔로 그녀의 허리를 안고 있었는데, 그 느낌이 철근에라도 묶여 있는 것 같았기 때문이다. 그는 인간을 초월한 듯한 육체를 가지고 있었다. 눈을 꼭 감고 있던 스칼렛이 보드라워진 바람에 눈을 떴다. 빅토르는 몸을 조금 숙였고, 스칼렛은 가까워진 그의 몸에 난처해졌다.

잠시 후, 두 사람은 폭포 아래 흐르는 강 근처에 도착했다.

말에서 내린 후, 스칼렛이 소매를 걷어 제 손목의 붕대를 보며 말했다.

"풀렸네."

붕대를 발견한 빅토르가 고개를 돌렸다.

스칼렛이 물었다.

"이거, 내가 잠결에 감았어? 내 기억을 믿을 수가 있어야지."

"……내가 했어."

"거짓말 마. 당신처럼 무엇이든 잘하는 사람이 이렇게 엉망으로 감았을 리가 없잖아."

"실망시켰다니 미안하군."

그 말에 스칼렛은 당황해 눈을 깜빡거렸다. 그러더니 붕대를 다시 보며 말했다.

"와. 다시 보니 잘했네."

그녀가 그렇게 칭찬하고는 얼른 강으로 향했다. 뒤에서 빅토르가 웃는 것처럼 느껴졌지만, 그는 그리 잘 웃는 사람이 아니니 착각일 것이다.

스칼렛은 강에서 두어 걸음만 걸어가 돌을 주웠다. 석영 같은 것이 박혀 있는 돌이었다.

"와……."

햇빛에 반짝반짝거리는 돌은 신기할 정도로 아름다웠다. 그리고 이것이 부모님의 작업실에 항상 쌓여 있던 돌이라는 것을 기억해 냈다.

그와 동시에, 아버지가 작은 절굿공이로 돌을 부숴 패닝을 하던 모습까지 떠올랐다. 그렇게 골라낸 것들을 다시 빻아서 굳힌다. 그것으로 만든 것이 크림슨 시계 속에 들어가는 중요한 부품이 되었다. 그렇게 중요한 것을 여태 하지 않고 있었던 것이다.

스칼렛이 돌을 바라보며 말했다.

"부모님이 돌아가시고 크림슨 가문에서 만든 시계는 전부 가짜야."

기억이 다시 쏟아지자 머리가 아파 왔다. 그녀가 강 속에서 비틀거리자 빅토르가 급하게 붙잡았다.

잠시 후, 안정을 찾은 그녀가 고개를 들었다.

"미안. 갑자기 좀 충격을 받아서."

스칼렛이 말하며 팔을 놓게 하고, 자갈을 꺼내기 위해 강으로 들어갔다.

남부라 수도에 비해서는 따듯하다고 해도 물이 차가웠다. 스칼렛은 강 속에 손을 넣어 자갈을 꺼내 가방에 담기 시작했다. 한 번에 많이는 못 가져갈 거라는 생각과 이곳에 또 들어오는 건 거의 불가능에 가깝겠다는 생각이 동시에 들었다. 그러다 보니 결국 후자의 생각이 이기고 말았고 자갈을 가방에 가득 담기로 했다. 그리고 물에서 나와 가방을 밀어 보려는데 너무 많이 담았는지 꼼짝도 하지 않았다.

몇 번 시도하다 실패해 빅토르가 들려 하자 스칼렛이 막았다.

"내가 할 거야."

"무슨 수로."

"바퀴를 달아야지. 내가 매일 하는 일이 그거야."

스칼렛은 주위를 돌아보다가 나무를 발견했다. 그리고 늘 가지고 다니는 공구로 바퀴를 깎기 시작했다.

빅토르는 그냥 물끄러미 스칼렛을 보고만 있었다.

장담한 것처럼 스칼렛은 금방 바퀴를 만들어 냈고, 기술 좋게 나무 조각을 끼워 맞춰 접착제 없이도 가방을 운반할 수 있게 만들어 냈다.

그러나 흙바닥이 아닌 곳에서 바퀴는 쉽게 굴러가지 않았다. 스칼

본편 | 235

렛이 또 무언가 변형하려 하는 걸 보던 빅토르는 내내 굳어 있던 표정으로 이내 조금 실소했다.

"……왜 웃어?"

스칼렛이 흘기자 빅토르가 대답했다.

"도토리 모으는 다람쥐 같아서."

"어딜 봐서 그런 생각이 들어?"

"전체적으로."

그렇게 말하더니 빅토르는 스칼렛의 허리를 붙잡아 말 위에 태웠다.

"해 지겠어. 가지."

"저 가방은……."

"내 부하들이 해."

그의 말대로 두 사람이 말에 타자마자 어딘가에 있던 부하 몇이 가방을 챙겼다.

스칼렛이 당황해하다가 무안한 목소리로 물었다.

"……어디부터 보고 있었어, 저분들은?"

"당신이 침실에서 나왔을 때부터."

"내가 자갈 줍는 것도?"

"매우 불편하게 보고 있었겠지."

"귀족답지 못 했겠네, 당신 눈에."

그 말에 빅토르가 스칼렛을 한 번 보고 대답했다.

"언제는 귀족다웠던 것처럼 말하는군."

"나는 노력했어."

"노력의 문제가 아니야."

빅토르가 한 팔로 스칼렛의 몸을 끌어안아 고정하며 말했다.

"나는 늘, 당신을 이해하지 못해."

그 말에 스칼렛이 고개를 들어 빅토르를 보았다.

그가 말하는 뉘앙스가 낯설었다. 약간은 본인의 탓도 있다는 듯한 투였던 것이다. 완전무결한 인간이던 빅토르 덤펠트의 입에서 나온 것 치고는 굉장히 이질적인 말이었다.

스칼렛을 안은 빅토르의 팔에 힘이 들어갔다.

―――◆◆◆―――

하루를 더 같은 방에서 잠들었다. 이번에는 피곤하지 않아서, 잠이 잘 오지 않았다. 스칼렛은 일찍 침대에 누워 자는 척을 했다.

다음 날 새벽에 스칼렛은 빅토르 일행과 함께 공군 기지를 빠져나왔다. 기차를 타고 수도로 향하다 보니 해가 떴다가, 다시 서서히 졌다.

마주 보고 돌아오는 길에 스칼렛이 물었다.

"물어보고 싶은 게 있었는데, 크림슨 시계 세무조사, 당신이 한 거야?"

"응."

빅토르가 대답하고 책장을 넘겼다. 그러더니 잠시 책을 내려놓고 스칼렛을 보며 말했다.

"그래서 시계가 잘못되었다고?"

"응. 숙부가 만든 버전5의 부품이 들어간 시계만."

"어떻게 하려고."
"리콜 하자고 해야지. 전부."
"또 위험한 짓을 하는군."
빅토르의 말에 스칼렛이 대답했다.
"이건 당연한 거야."
"뭐가 당연해."
"나는 크림슨 가문의 적녀야. 잘못된 시계가 계속 팔리는 걸 놔두라는 거야?"
"놔둬. 그까짓 거. 당신만 입 다물면 아무도 모르잖아."
빅토르의 말에 스칼렛은 단호하게 말했다.
"어떻게 아무도 몰라? 내가 알고, 돌아가신 부모님이 보고 계실 거고, 시계를 쓰고 있는 사람들이 알 텐데."
"제정신이 아니군."
무심코 튀어나온 빅토르의 말에 스칼렛이 대답했다.
"응. 알았잖아. 알았으니까 나를 수도원으로 보냈지."
"내가 그딴 곳인 줄 알고 보낸 게 아니잖아."
"백 일은 길어. 당신이 날 조금이라도 아꼈으면 한 번은 와 봤겠지."
"당신이 날 배신했잖아!"
빅토르의 언성이 커지자, 1등석 기차 칸에 있던 루비드호의 장교들이 약속한 것처럼 주섬주섬 일어나 흡연실로 떠났다.
스칼렛은 빅토르가 저렇게 언성을 높이는 건 아마 살면서 몇 번 없었으리라 생각했다. 그는 여전히 조금도 화가 풀리지 않았다. 스칼렛이 오히려 담담해진 목소리로 물었다.
"나 때문에 왕가에 돌아가지 못한 거, 아직도 화 안 풀렸어? 내가 수도원에 다녀온 후에도?"

"용서는 해. 잊히지가 않아서 그렇지."

스칼렛은 가슴이 답답해져서 두 손으로 가슴팍을 꾹 눌렀다. 그리고 이내, 애써 웃으며 말했다.

"잘됐네. 나도 그 백 일을 영원히 못 잊을 것 같거든. 당신이 찾아오지 않아서, 매일 끔찍해하던 그때. 죽을 때까지 안 잊어, 나도."

"……."

"나도……."

그렇게 말하던 스칼렛은 숨이 가쁜지 창틀을 움켜쥐었다.

빅토르가 그녀의 손을 붙들었다.

"스칼렛?"

"아……."

다행히 스칼렛은 곧 정신을 차렸다. 그리고 심호흡을 하더니 고개를 들었다. 그러나 곧 난처한 얼굴로 주변을 두리번거렸다.

"빅토르."

그녀가 눈을 깜빡이더니, 빅토르를 보며 물었다.

"여기 어디야?"

"……뭐?"

"내가 왜 기차를 타고 있지……."

스칼렛이 당황한 눈으로 두리번거렸다. 그러나 곧 창밖을 보며 싱긋 웃었다.

"그래도 좋다. 평야 처음 봐."

"……."

"왜 그런 표정이야, 내 사랑."

빅토르는 아무 말도 잇지 못하고 그녀를 보고 있었다.
잠시 후, 빅토르가 겨우 입을 열었다.
"스칼렛."
"응."
"우리 이혼했어."
"응?"
스칼렛은 되물었다가, 생각에 잠겼다. 그리고 잠깐 멍하니 있다가 곧 정신을 차렸다.
"그래, 이제 기억난다. 우리 이혼했지. 공군 기지에 다녀왔고. 요즘 내가 이런다니까."
나행히 스칼렛은 금방 성신을 차렸다. 그러나 잠깐 사이에 지나간 그녀의 이상행동에 빅토르는 잠시 그대로 굳어 있었다.

빅토르가 입을 열었다.
"언제부터."
"작년부터였나."
"……작년부터?"
"응. 아무래도 스트레스가 심했나 봐."
빅토르는 여상하게 넘어가려는 스칼렛의 팔을 붙잡았다.
"자세히 말해."
"싫어, 그런 거 시시콜콜하게 이야기해 줄 정도로 당신이 편하지 않아."

"그렇다고 그냥 넘어갈 문제도 아니라고 생각하는데."
"보이는 그대로야. 뭐가 듣고 싶은데?"
그렇게 묻자 정작 빅토르는 말이 없었다.
스칼렛은 빅토르가 그렇게 복잡한 표정을 짓는 걸 본 적이 없었다. 저 남자도 감정 변화라는 게 있기는 한 모양이지.
"물어볼 것 없으면 놔."
"수도로 돌아가면 의사를 불러 둘 테니 확인해."
"그럴 필요 없어."
"뭐가 그럴 필요가 없어."
"그냥 가끔, 잠깐 이래. 그리고 기억은 금방 돌아와. 피곤해서 그렇겠지."
스칼렛은 빅토르에게 자신이 멀쩡하다는 것을 이해시키려 안간힘을 쓰고 있었다.

수도로 돌아가자마자, 스칼렛은 빅토르에게 강제로 이끌려 별수 없이 병원으로 향했다.
"빅토르 덤펠트는 고집불통이에요."
진료를 하는 사이, 스칼렛이 의사에게 말했다. 차마 저 빅토르 덤펠트를 비난하는 말에 맞장구칠 수 없었던 의사는 허허 어색하게 웃고 나서 스칼렛을 진료했다.
잠시 후, 의사가 먼저 진료실을 나와 빅토르에게 말했다.
"일단 겉으로 보이는 문제는 없어 보입니다. 보통 의사들은 정신적 충격이 크면 이런 증상이 온다고 하지요. 그리고……."
"됐어."

의사는 빅토르가 두려운데, 알아낸 것이 없으니 뭐라도 더 말해 보려고 횡설수설했다. 빅토르는 지겹다는 듯이 말을 끊었다.
 잠시 후 진료실에서 겉옷을 입은 스칼렛이 나왔다.
 "이제 됐지? 다시 막으면 경찰 부를 거야."
 빅토르는 그녀에게 별문제가 없다는 것을 확인한 덕에 느긋한 미소를 지었다.
 "부르면 내가 올 텐데."
 "……."
 스칼렛은 한숨을 쉬고 휙 돌아섰다. 계획과 전혀 다른 남부 여행이었다.

―――・◆・―――

 이래저래 2주는 걸릴 줄 알았는데, 빅토르 일행과 합류했던 덕에 일주일 만에 해결하고 수도로 돌아왔다.
 안드레이는 해군들이 실어다 준 자갈을 보며 말했다.
 "그러니까, 돌을 주우러 남부까지 가신 거군요."
 "그냥 돌이 아니라."
 "어쨌든, 돌은 돌입니다."
 "그건 그런데. 왠지 기분 나빠."
 "돌을 보고 돌이라고 하는데 왜 기분이 나쁜지 전혀 모르겠네요."
 스칼렛은 그렇게 안드레이와 이야기하고 나서, 가방을 2층으로 옮겨 침대 아래에 밀어 넣어 두었다.
 안드레이가 가방을 밀어 넣어 주며 말했다.

"남들이 보기에도 그냥 돌입니다. 이렇게 소중하게 숨기실 필요가 없다구요."

"나한테는 그냥 돌이 아니니까 숨겨 놓을 거야."

스칼렛이 그렇게 말하고는 뿌듯한 표정으로 말했다.

"좋아. 이만큼이면 많은 시계를 새로 만들 수 있어."

"진짜 새로 만드실 겁니까?"

"응. 설득이 잘 된다면."

"말이 통하는 사람을 설득해야지, 그 사람들은 말이 안 통하잖아요."

안드레이의 핀잔에 스칼렛은 미소를 지었다.

"안 통하면, 강경책을 써야지."

"아, 또 사고 치시려고."

"……이번엔 작게 칠 거야. 아무튼 나는 아이작을 보고 올게."

"네, 그렇게 하세요."

안드레이가 말하고 바로 1층으로 돌아갔다.

안드레이는 평소에 잔소리가 심하지만, 스칼렛이 아이작을 보러 가는 것만큼은 절대 참견하지 않았다. 그녀의 인생에서 아이작이 어떤 존재인지 알기 때문이었다.

짐을 풀고 깨끗한 옷으로 갈아입은 스칼렛은, 트램을 타고 아이작이 일하는 호수로 향했다.

그녀가 살아야 하는 가장 중요한 이유는 언제나 아이작 크림슨이었다. 만약 에빌 크림슨이 만든 시계에 들어간 부품이 잘못되었다는 것을 공표하게 된다면, 에빌은 반드시 아이작 크림슨을 해코지할 것이다. 그녀는 그 전에 아이작을 크림슨 저택에서 나오게 할 생각이었다.

스칼렛이 도착하자 뗏목 관리인 카렐이 아이작을 불러 주었다.

"도련님! 동생 왔어요!"

그러자 아이작이 호수 끝에서 미소를 지으며 고개를 끄덕였다.

잠시 후 되돌아온 아이작이 스칼렛에게 다가왔다.

"스칼렛, 남부는 잘 다녀왔어?"

"응, 다녀왔어. 그리고…… 잘못된 것 맞더라구. 크림슨 부품."

"그렇구나."

아이작이 그럴 줄 알았다는 듯이 고개를 끄덕였다. 그리고 당연하다는 듯이 말했다.

"리콜 해야겠네."

그의 말에 스칼렛이 즐겁게 웃고, '응' 하고 대답했다. 단번에 이렇게 말해 준 건 아이작이 처음이었다. 그만큼 크림슨 시계의 질은 가문의 긍지였고, 부모님의 유산이었다.

스칼렛이 말을 이었다.

"오빠가 위험해질 것 같아서 크림슨 저택에서 나오는 게 좋을 것 같아."

그런 그녀의 말에 아이작이 의외로 단호하게 거절했다.

"그건 안 돼."

"왜 안 돼?"

"시계 문제에 대해서는 네 말이 맞아. 하지만 나는 크림슨 가문에서 나올 수 없어."

"어째서?"

"내가 그 집에서 나오면, 나중에 그 집이 우리 집이라는 것을 증명할 수 없어. 집문서가 어디 있는지 모르고, 어떻게 되어 있는지도 모르잖아."

그의 말대로, 이미 에빌 크림슨이 많은 재산을 빼돌린 마당에 집문서는 아이작의 명의로 남아 있다고 확신할 수가 없었다. 그래도 살란티에는 집에 대한 권리를 따질 때, 문서만큼이나 그 집에 실제로 거주하고 있는지도 중요하게 여기니 일단은 다락방에서 버틸 생각인 듯했다.

"그건 그렇지만……."

"스칼렛."

아이작이 더듬거려 스칼렛의 손을 꼭 잡고 아름다운 얼굴로 싱긋 웃었다.

"나 스물두 살이야. 내 신변은 내가 지킬게. 너는 네가 할 일을 해."

"나 이제 그 집 필요 없어. 오빠가 위험해지면서까지 지킬 가치가 없다구."

"나에게는 있어. 나에게는…… 그 집이 전부였잖아."

아이작의 말에 스칼렛이 멈칫했다.

아이작이 다시 웃었다.

"나는 네가 언제든 그 집에 찾아올 수 있었으면 해. 살고 싶으면 살고, 쉬고 싶으면 쉬고. 그때까지…… 내가 그 집을 지키고 싶어."

"……."

"크림슨 가문의 가주로서 그것 하나는 하고 싶어서 그래. 내 마음 이해해 줄래, 스칼렛?"

아이작의 다정한 목소리에 스칼렛은 곧, 별수 없다는 듯이 웃었다. 그러고는 씩씩한 목소리로 '응. 이해해 줄게' 하고 대답했다.

아이작이 자신이 살아가야 하는 이유가 되는 것처럼 그에게는 크림슨 저택이 이유가 되는 것일지 모른다. 그렇다면 제가 감히 아이작의 삶의 이유를 빼앗을 수 없다.

아이작이 말했다.

"스칼렛 너야말로 조심하고."

"응. 조심할게."

"그래."

아이작이 더듬거려 스칼렛의 뺨을 조심조심 감쌌다가, 놓았다.

곧 스칼렛이 떠나고, 아이작은 곧바로 뗏목 관리인 카렐에게 말했다.

"오늘은 먼저 퇴근해야 할 것 같네. 몸이 좋지 않아서."

"예? 백작님 보려고 온 손님들이 기다리시는데……. 뭐, 할 수 없죠. 우리 귀공자님이시니. 피곤하시면 언제라도 쉬셔야죠."

아이작은 손님을 끌 수 있는 힘이 큰 인력이다 보니, 카렐은 그 인력이 혹시라도 그만둘까 봐 늘 전전긍긍했다.

솔직히 눈이 안 보이니 속여서 장기 계약을 할 수도 있겠거니 나쁜 마음을 먹은 적도 있었다.

그러나 얼마 지나지 않아 카렐은 아이작이 자기 여동생이 확인하지 않으면 어떠한 서류에도 서명하지 않는다는 걸 알았다. 아이작은 지나칠 정도로, 스칼렛이 아닌 어느 누구도 믿지 않았다.

"뭐. 게다가 아파서 쉰다고 한 것도 처음이구요."

"내가 그랬나?"

"예. 워낙 성실하시잖아요."

카렐이 말했다. 물론 가끔, 이상하게 싸늘할 때는 있지만 그것도 스칼렛이 주기적으로 찾아오면 풀렸다.
'여동생에게 지나치게 의지하는 것 아닌가…….'
카렐은 종종 염려할 때가 있었다.

아이작의 걸음이 급했다.
지팡이를 짚고, 여기저기 쿵쿵 충돌하는 그가 걱정되어 가는 길에 수많은 사람들이 도와주려고 말을 걸었다. 덕분에 수월하게 도착했다.
아이작의 행선지는 덤펠트 저택이었다.
사실, 아이작은 빅토르 덤펠트를 싫어했다. 그럼에도 불구하고 지금 당장은 그의 도움이 필요했다.
아이작 크림슨이 방문했다는 소식에 빅토르 덤펠트가 응접실로 나왔다. 그는 공군 기지 근무를 마친 후, 막 사우나를 하고 나온 참이었다. 그가 들어오는 순간부터 숲 냄새 같은 것이 은은하게 퍼졌다. 좋은 냄새였다.
빅토르 덤펠트가 의자에 앉는 소리가 들렸다.
아이작은 조용히 말했다.
"동생이 위험한 행동을 하려고 해서요."
그의 말에 빅토르에게서는 대답이 돌아오지 않았다. 대신 라이터 켜는 소리와 담배에 불붙이는 작은 잡음이 들렸다.
아이작이 말을 이었다.
"스칼렛이 하려는 건 옳은 행동이지만 신변이 위험할 수도 있으니…… 도움을 주셨으면 좋겠습니다."

"……."

"저, 빅토르 경……. 맞으신 거죠?"

소리를 내지 않으니 확실치가 않았다.

그렇게 물어보니 빅토르가 대답했다.

"그렇게 하지."

"……아."

생각과 달리 쉽게 그의 부탁을 받아들이자, 아이작은 되레 난처한 표정을 지었다.

빅토르는 그걸로 대화가 끝났는지 더 이상 말이 없었다.

아이작이 말했다.

"그럼 저는 가 보겠습니다."

그러자 빅토르가 손짓한 건지 누군가가 다가왔다.

"안녕하세요, 켄리라고 합니다. 댁까지 모셔다 드리겠습니다."

그 말에 아이작이 일어나서 공손하게 인사하고 말했다.

"혼자 왔으니 혼자 돌아갈 수 있습니다."

그 말에 내내 조용하던 빅토르가 실소했다.

"남매가 닮았군."

"……."

아이작은 소리 나는 쪽으로 고개를 돌렸다.

켄리가 사교적인 목소리로 말했다.

"그래도 저희 마님의 오라버니 되시는데요. 저희 도련님께서 마차를 내드릴 수 있게 해 주세요."

"그럼……. 네, 부탁드립니다."

아이작은 그렇게 말하고 나서, 켄리의 걸음 소리를 따라서 나섰다.
그들이 응접실을 나간 후, 빅토르가 블라이트에게 말했다.
"사람 붙여. 남매 둘 다에게."
"예, 도련님."
"스칼렛은 나에게 계속 보고하고."
"예, 알겠습니다."
그렇게 말했을 때, 복도에서 아이작의 비명이 들렸다.
빅토르와 블라이트가 나가 보니 아이작이 두 손으로 눈을 감싸고 있었다.
"크림슨 백작님?"
"으…… 아!"
아이작이 괴로워하자 켄리가 당황해 물었다.
"무, 무슨 일이십니까?"
그 말에 아이작이 고개를 저었다.
숨이 가빠 와 쓰러지려 하자 빅토르가 걸어가 아이작의 팔을 움켜쥐어 일으키고 블라이트에게 말했다.
"의사 불러."
"예, 예!"
블라이트가 놀라서 정신없이 달려갔다.

잠시 후, 덤펠트 가문의 주치의가 허둥지둥 달려왔다.
아이작은 손님방의 침대에 누워 있었다. 그가 고통에 몸부림치자 의사가 붕대를 풀었다. 그리고 비명을 지르며 아이작에게서 떨어졌다.
웬만큼 징그러운 것에 익숙해져 있던 빅토르 역시 그 모습에 인상을 썼다. 불투명한 눈 위에 실벌레 같은 것들이 수도 없이 엉켜 있었다.

아이작은 고통스러운 와중에도 누가 제 눈에 손을 대지 못하도록 팔을 휘저었다. 그리고 침대에 웅크려 고통을 이기려 애썼다.

의사가 진통 주사를 들고 멈춰 있자 빅토르가 아이작을 힘으로 붙잡아 누르고 주사를 놓게 했다. 다행히 금방 진통제가 도는지 아이작의 몸이 늘어졌다.

의사가 떨리는 목소리로 아이작에게 물었다.

"배, 백작님. 뭐, 뭡니까, 그건?"

시트에 얼굴을 파묻은 아이작은 고개를 젓고, 더듬거려 붕대를 찾았다. 곧 블라이트가 심호흡을 여러 번 해 진정하고 새 붕대를 꺼내와서 말했다.

"여기 있습니다."

아이작이 붕대를 뺏듯이 움켜쥐어 눈에 감았다. 그것은 자기 힘으로 오래 해 왔기 때문에 아주 능숙했으나, 지나칠 정도로 힘주어 감는 것은 염려가 되었다. 절대 풀리지 않게 하려는 행동으로 보였다. 저렇게 동여매니 눈에 고통이 더 심했을지도 모른다.

진통제가 들기 시작해 아이작이 몸부림을 멈추자, 옆에서 블라이트가 말했다.

"상태가 안 좋아 보이는데요. 의사 말에 대답을 해 주시는 게 어떨까요?"

그 말에 아이작이 고개를 저었다.

아무 말도 하지 않겠다고 작정한 그를 본 빅토르가 혀를 한 번 차고 말했다.

"여기 며칠 묵어. 손님을 웬만하면 온전한 상태로 내보내고 싶으니까."

"저택을…… 비우고 싶지 않습니다."

"사람을 보내 두지."

빅토르가 말하고 그곳을 나갔다.

고통스러워하던 아이작이 서서히 진정을 찾았다.

모두가 나가서 이미 방은 고요해져 있었다. 아이작은 보이지 않아도 인기척으로 주변에 사람이 있는지 없는지 정도는 알 수 있을 만큼 예민했다.

아이작은 잠시, 아까 본 중저음의 목소리와 숲 냄새를 가진 사내를 떠올렸다.

그의 차가움에 말문이 막혔다. 저 사내가 정말 스칼렛이 자랑하듯 말한 것처럼 그 애를 사랑해 줬을까.

결혼 생활 내내, 스칼렛은 사랑에 푹 빠져 있었다. 제 남편 이름만 말해도 웃음이 나오는지 연신 맑은 웃음이 터졌다.

스칼렛은 사랑을 받는 법을 잘 모른다. 늘 주기만 하고 살아왔으니까.

'이 저택에서 그 애는 정말로 행복했을까.'

아이작은 훌륭한 대저택에서 느껴지는 서늘함에 가슴이 아파 왔다.

───── ◆◆◆ ─────

스칼렛이 시계를 완성한 것은 다음 날 오후였다.

스칼렛은 모노클을 빼고 복잡한 기계 장치가 유기적으로 엮여 있는 크림슨 시계를 내려다보았다.

분명히, 이게 맞았다.

어릴 때 스칼렛은 이 움직임들을 보며 나비 같다는 생각을 하곤 했다. 아마 실제로도 어떤 세밀한 움직임들은 나비 날개의 떨림과 닮았을 것이다.

어찌 되었든 이제는 이 시계를 들고 가서 에빌 크림슨과 담판을 지어야만 하게 되었다. 무언가 돌아가는 방법이 있었다면 좋았겠지만, 아쉽게도 기계밖에 모르던 부모님은 그런 방법을 딸에게 알려 주지 않았다.

스칼렛은 그 시계를 보라색 쿠션에 넣고, 안드레이가 직접 골라 준 상자에 담았다.

안드레이가 출발하려는 스칼렛을 보며 말했다.

"사장님은 두더지 같네요."

"두더지?"

"네. 앞을 못 보고 계속 직진만 하잖아요."

그 말에 스칼렛이 민망해하며 웃었다. 그리고 물었다.

"그럼 안 돼?"

"아뇨. 그게 사장님의 유일한 매력이라고 생각하는데요."

"유일하다니……."

스칼렛이 안드레이를 흘기고서 곧 페달을 밟았다.

안드레이는 잠깐 가게를 돌아보았다가, 곧바로 스칼렛의 뒷모습을 보았다. 그리고 인상을 썼다.

"내 일이나 하자."

그는 혼잣말하고 다시 가게로 들어섰다. 요즘 그는 자신의 업무에 대해 다소 혼란을 느끼고 있었다.

스칼렛은 크림슨 시계 중에서도 가장 좋은 시계만 다루는 3번가 본점 앞에 자전거를 세웠다.

이 거리에는 크림슨 시계 본점뿐만 아니라 온갖 유명하고 호화로운 브랜드의 상가들이 모여 있었다.

아름다운 거리로 유명해, 다른 나라에서도 부자들이 찾아와 돈을 쓰고 가는 곳이기도 했다.

스칼렛은 은은한 조명으로 감싸인 본점 문을 바라보았다. 3층짜리 거대한 건물의 유리벽에는 '에빌 크림슨 시계 가게 본점'이라고 적혀 있었다.

이 본점에 이름이 걸린 사람을 실질적인 시계 기술의 후계자로 사람들이 인지하는 것은 당연한 일이었다.

크림슨 가문을 아이작이 무사히 물려받기만 한다면, 스칼렛은 제 시계를 본점 한편에 진열하고자 하는 소박한 꿈을 꾸고 있었다.

스칼렛은 상자를 챙겨 들고 본점으로 들어섰다.

이것은 부모님의 뜻이었다. 손자에게도 물려줄 수 있는, 오래 가는 시계를 만드는 것.

지금 크림슨 가문을 대표하는 시계공 에빌 크림슨의 이름으로 더 많은 가짜 크림슨 시계가 나간다면, 결국 추후에 해야 하는 보상이 늘어날 것이고, 크림슨 가문의 오명은 커질 것이다.

지금도 연달아 수리를 맡기는 사람들이 늘어나고 있다.

결국은 터질 문제였다. 단기적으로 봤을 때 이것은 대단한 손해겠지만, 장기적으로 봤을 때 크림슨 가문이 반드시 넘어야만 하는 산이었다.

스칼렛은 가게 문을 열고 들어섰다.

―――◈―――

선대 가주의 딸이 들어서자 본점이 고요해졌다.

그러나 본점까지 올라온 직원은 30년씩 근무한 베테랑들이 있었고, 개중에는 스칼렛의 부모가 고용한 사람들도 있었다. 그래서인지, 정작 이곳에 들어서니 마음이 편안해졌다.

직원들의 명찰에는 별이 새겨져 있었고, 그 별이 많을수록 경력이 길었다. 스칼렛은 그들 중에서도 가장 많은 별을 보유한 직원, 마엘에게 상자를 내밀었다.

"여기서 파는 시계에 문제가 있어요."

백발의 직원이 상자를 받고 미소를 지었다.

"오랜만에 뵙습니다."

"아…… 네. 저 기억하세요?"

"당연한 말씀을 하시는군요."

마엘이 부드러운 어조로 말하자 스칼렛은 조금 긴장이 풀렸다.

"정말 어릴 때 오고 다시 못 왔었는데."

"왜 못 오셨을까요?"

"숙부님이 무서워서요."

"그러시군요."

마엘은 대답했지만, 그도 그렇고 다른 직원들도 심각하게 받아들이지는 않는 것이 느긋한 표정에서부터 보였다.

에빌은 재산을 빼앗아야 하는 스칼렛 남매에게는 비정했고, 자신을 거스른 기술자들은 해고해 버렸으나 정작 마엘처럼 필요한 이들에게는 그렇지 않았다.

시계 자체는 크림슨 가문 사람들이 감정했다. 마엘도 감정을 하긴 했으나, 그것은 시계의 보석에 한한 것이었다. 그래도 그가 시계 뚜껑을 열어 살피고 나서 입을 열었다.

"제가 시계 기술이 있는 건 아니지만, 감정만큼은 40년을 해 왔습니다. 시계도 그만큼 보아 왔고."

"네, 알고 있어요."

"제 눈에는 이 시계가 맞는 것으로 보이는군요."

마엘의 말에 스칼렛의 표정이 밝아졌다. 그리고 옆에 있던 다른 직원들 역시 시계를 확인하고 비슷한 답을 내놓았다.

곧이어, 다소 까칠한 인상의 직원인 루이즈가 말했다.

"그래서 어떻게 하고 싶으신 건가요, 스칼렛 아가씨?"

"작은아버지의 이름을 넣어 팔았던, 버전5의 부품이 들어간 시계를 전부 리콜해야 해요."

그녀의 말에 시계 가게에 있던 손님들이 스칼렛을 돌아보았다.

곧 직원들은 심각한 표정을 지었다. 이 일로 어쩌면 본점이 닫게 될지도 모른다.

직원들이 선뜻 대답하지 못하고 있을 때, 본점에서 부사장으로 이름만 걸어 놓고 매일 거나하게 술을 마시는 에빌의 장남 아놀드 크림슨이 돌아왔다.

"부사장님."

직원들은 아놀드의 성격을 알고 있기 때문에, 우선 스칼렛부터 둘러싸고 보호했다.

아놀드가 인상을 쓰며 스칼렛에게 말했다.

"너 여기서 무슨 수작을 부리는 거냐?"

그러자 스칼렛이 다른 직원들의 눈치를 살폈다. 그러나 곧, 루이즈가 앞장섰다.

"시계의 부품이 잘못된 것 같군요. 스칼렛 아가씨가 가져오신 시계가 제대로 만든 시계입니다."

그러자 아놀드가 인상을 썼다.

"스칼렛은 시계 만드는 법을 제대로 배운 것도 아니야. 하녀 일이나 하던 게 우리 아버지보다 시계를 잘 알 거라는 거야?"

그러자 스칼렛이 말했다.

"시계 만드는 법은 배웠어. 부모님이 만드시는 방법 그대로."

그리고 마엘이 정중히 아놀드에게 물었다.

"에빌 사장님께서는 어느 분께 크림슨 부품 만드는 법을 사사받으셨는지요?"

그 질문에 아놀드의 얼굴이 일그러졌다.

그는 곧 벽으로 가 화재용 손도끼를 꺼냈다. 그러고는 스칼렛에게 말했다.

"당장 나가!"

아놀드 크림슨이 아무리 술이나 마시고 돌아다닌다고 해도, 그는 본인이 이 가문을 잇게 될 거란 확신을 가지고 있었다. 그래서 이 문제의 심각성에 대해서도 금방 알아차렸다.

부품 하나였다. 그러나 문제는 그 부품 하나의 규격이 다르다는 데 있었다. 하나만 고쳐서 될 문제가 아니었다. 시계 내부를 전부 뜯어 고쳐야 한다. 만약 그 돈을 다 치른다면 에빌은 결국 파산하게 될 것이고, 그의 시계에 대한 신뢰도도 땅에 떨어져 회생이 불가할 것이었다.

다급해진 아놀드의 극단적인 행동에 놀란 스칼렛이 직원들을 보호하기 위해 앞으로 나섰다.

"이야기 좀 해."

"나가라고 하잖아!"

"진정해. 알았어. 이 일을 떠들고 다니지 않을게. 그러니까 대화로……."

아놀드가 스칼렛의 멱살을 낚아챘다. 그리고 유리장에 확 밀쳐 힘으로 눌러 놓고 손도끼를 목에 대며 말했다.

"대화할 문제가 아니잖아! 네가 지금 무슨 소릴 하는지 알고 있어? 우리 다 파산하자는 거야?"

그의 행동에 경악한 스칼렛의 눈이 커졌다. 직원들 역시 어떻게든 말리려 했지만 손도끼가 목을 누르는 모습에 급히 물러섰다.

"이게 진짜 미쳐 가지고……."

아놀드가 스칼렛을 보았다.

스칼렛의 눈빛은 두려움보다 의지, 그리고 감춰지지 않는 아놀드에 대한 멸시로 가득했다. 그 눈빛에 아놀드는 머릿속에서 나사 하나가 빠지는 기분이 들었다.

스칼렛은 늘 그랬다. 잡초 같은 데가 있고, 동시에 멍청했다. 최악의 조합이라고 생각했다.

아놀드 남매에게 신나게 두들겨 맞고 나서도 놀아 준다고 부르면 신나서 달려왔다. 그리고 좀 잘해 주면 언제 그랬냐는 듯이 헤헤 웃는다. 배가 고픈 것보다 애정이 고픈 것을 힘들어하는, 그런 멍청함이었다.

일방적으로 주기만 하는 사람은 우습게 여겨지기 마련이다. 아놀드의 가족들에게는 스칼렛 크림슨이 그랬다.

아놀드가 말했다.

"네 인생이 왜 그 꼴인 줄 알아? 네가 멍청해서 그래. 네 인생을 연달아 네 손으로 꼬아서 그렇다고."

그런 주제에 자신을 멸시한다. 주제를 모르고. 그까짓 시계, 뭐가 들어가면 어떻다고 사람을 저렇게 무시하는 눈으로 봐?

순간 이성을 잃은 네나 마음까지 급해 보는 눈이 많은네도 이내로 죽이면 깔끔해질까, 하는 생각이 들었다. 거기다가 한편으로 제 손으로 스칼렛을 죽인다는 것에 희열까지 느껴졌다.

아놀드는 돌아 버린 탓인지 실실 웃으며 도끼를 스칼렛의 눈 위에 두었다.

"너도 앞을 못 보게 해 줘?"

"부사장님!"

"가까이 오기만 해. 이대로 찍어 버릴 거니까. 파산하는 것보다야 잠깐 감옥에 다녀오는 게 낫잖아? 게다가 이 계집은 뭐 잘한 게 있는 줄 알아?"

아놀드는 스칼렛을 단번에 조용하게 만들 방법을 알고 있었다.

지금까진 관심이 없었지만, 이제 생각해 보니 그랬다. 아놀드가 스칼렛을 보며 말했다.

"넌 아이작에게 잘해 주는 줄 알겠지만 아니야. 너 아이작 눈 봤어?"

"……눈이 왜?"

"이것 봐. 모르잖아."

"왜, 왜? 눈이 어떤데?"

"어떻긴. 아주 엉망이야. 완전히 망가졌다고."

"망가졌다는 게…… 무슨 소리야?"

"모르지, 뭐 약이라도 잘못 썼는지. 눈이 흉측한 걸로 뒤덮여 있었다고."

아놀드는 고통을 참지 못해 끙끙거리는 아이작의 방문을 불시에 연 적이 있었다. 그리고 그때 흉측해진 아이작의 눈을 보았다.

"네가 무슨 짓이라도 한 거 아냐? 너에게만 알리지 않으면 뭐든지 하겠다고 하던데."

"……."

"그래서, 진짜 뭐든지 하더라고."

아놀드가 흐흐 미친 사람처럼 웃었다.

스칼렛의 몸에 힘이 완전히 풀렸다.

"빅토르 덤펠트에게 버림받은 것도 당연한 일이었지. 좋아해 달라고 졸졸 쫓아다니는 게 아주 지긋지긋했을걸."

"……."

"아이작도 마찬가지고. 불쌍하다고 참아 주는 것도 한계가 있어."

스칼렛의 의지를 완전히 꺾었다고 생각한 아놀드는 이제 위협을 멈춰야 한다고 생각했지만 멈춰지지가 않았다. 분노와 흥분이 뒤섞이자 이성이 제어되지 않았다.

그때 아놀드의 팔이 뒤로 휙 당겨졌다. 넋이 나간 스칼렛이 자리에 주저앉았다. 그리고 멍하니 있는데 아놀드 크림슨의 비명이 들렸다.

스칼렛이 고개를 들어 보니 빅토르가 아놀드의 팔과 다리를 한쪽씩 완전히 부러뜨려 아놀드를 제 부하에게 던져 주고 있었다. 으드득거리는 그 소리에 스칼렛은 움찔거렸다. 뼈를 부러뜨리는 데 전혀 힘이 들어가는 것 같지 않았다.

빅토르는 스칼렛을 일으키고 고개를 숙여 그녀를 내려다보며 말했다.

"스칼렛 크림슨."

"……응?"

스칼렛이 멍하니 고개를 들자 빅토르가 덤덤한 얼굴로 물었다.

"도대체 어떻게 자란 거야?"

"어떻게 자라다니?"

"저 집안 사내새끼들은 하나같이 당신을 힘으로 꺾으려 하잖아. 도대체 어떻게 자란 거냐고. 저 쓰레기 같은 집에서."

"그보다 아이작이…… 아픈가 봐."

스칼렛이 빅토르를 올려다보았다. 그녀의 눈이 뭔가 잘못된 것처럼 맑았다.

스칼렛이 말했다.

"내가 약을 썼어. 해적들이 쓰는 약이라고 해서, 눈이 다시 보이게 해 준다고……. 왜, 내가 당신 팔고 약을 받았잖아. 그거……."

빅토르는 잠시 그녀를 보고 있을 뿐 말이 없었다.

스칼렛이 떨리는 숨을 내쉬며 물었다.

"그거…… 부작용이 있나? 생각 못 해 봤는데……. 혹시 알아? 당신 해적에 대해서 잘 알잖아."

"몰라. 전부 왕실에 바쳤으니까."

"그렇구나."

그녀의 혼란스러운 목소리에 빅토르는 잠시 입을 열지 않았다. 그리고 스칼렛이 비틀거리며 나가려 하니, 입을 열었다.

"집에 데려다줄 테니 거기 있어. 아이작도 거기로 보낼 테니까."

"미안. 신세만 지네."

스칼렛이 중얼거리며 가게를 나섰다. 본점의 직원들이 걱정스레 불렀지만 듣지 못했다.

빅토르와 함께 탄 마차에서, 한동안 문에 머리를 기대고 있던 스칼렛이 잠시 이혼한 남편의 얼굴을 보았다. 가끔씩, 사람이 아닌 것 같아 오싹해질 정도로 그는 아름다운 외모를 가지고 있었다. 그녀는 그런 빅토르의 얼굴을 보며 아까 아놀드에게 들었던 말을 떠올렸다.

"빅토르 덤펠트에게 버림받은 것도 당연한 일이었지. 좋아해 달라고 졸졸 쫓아다니는 게 아주 지긋지긋했을걸."

스칼렛은 저도 모르게 잠시 결혼 초기를 떠올렸다.

그때는 의지할 가족이 생겼다는 게 너무 기뻐서, 한밤중에 작은 일만 있어도 불쑥불쑥 남편의 침실을 찾아갔었다. 좋은 꿈을 꿨을 때도, 나쁜 꿈을 꿨을 때도. 그냥 아무 이유 없이 그가 보고 싶을 때도.

스칼렛이 입을 열었다.

"밤에."

그녀의 말에 빅토르가 고개를 돌려 스칼렛을 보았다. 그녀가 말을 이었다.

"별 이유 없었어. 당신 침실을 종종 찾아갔던 건."

"……."

"그냥 보고 싶었어. 미안해."

"갑자기 무슨 소리를 하는 거야."

그러자 스칼렛이 울어서 붉어진 눈으로 웃었다.

"내가 사람들을 엄청 못살게 굴고 있구나, 싶어서. 내가 진짜 나빴네."

왜 나를 사랑해 주지 않을까에 대해서 생각했었다. 열두 살 때부터 줄곧.

아무도 원하지 않는 사랑을 혼자서 하고 있었구나, 하고. 스칼렛은 생각했다.

"난 다 망쳐 놓기만 하네……. 나는 정말 왜 이럴까……."

스칼렛이 혼잣말하고 미어지는 가슴을 주먹으로 두들겼다.

아이작을 그렇게 괴롭히고 있었으면서도 지금껏 몰랐다는 게, 정말로 끔찍했다.

───◆◆◆───

빅토르는 마차에서 스칼렛을 내려 주다가 가게 밖으로 나오는 안드레이를 보았다.

"사장님?"

며칠 전, 이 가게 주변을 호위하게 한 부하들에게 안드레이에 대한 보고를 받았다.

[비상식적으로 강합니다.]

덤펠트 가문에서 일하던 유능한 인재.
블라이트가 안드레이에 대해 설명한 것은 그랬다. 성격이 좀 쌀쌀하지만 의외로 사회성이 나쁜 건 아니라고도 했다.
재산을 관리하는 사람이 이렇게 단련되어 있을 이유가 있는지에 대해서 빅토르는 상당히 의문이었다. 그러나 일단은 거기까지 생각할 여유가 없었다. 지금 당장은 스칼렛의 상태가 문제였다.
빅토르는 자신이 옆에 있어 봤자 스칼렛이 진정하는 데 도움이 되지 않을 것을 알고 있었다.
그는 안드레이가 스칼렛을 부축하게 하고 바로 돌아섰다. 그러자 정작 스칼렛은 빅토르가 탄 마차를 돌아보았다.
안드레이가 힐끔 그 시선의 끝을 확인한 후 말했다.
"2층으로 올라가시죠?"
"응? 응. 아, 난 괜찮아."
스칼렛이 미소를 지으며 바로 섰다. 그리고 안드레이에게 웃어 보이며 말했다.
"고마워."
그래도 안드레이를 보니 정신이 들었다.
안드레이만큼은 스칼렛의 능력을 보고 있었다. 저 사내만큼은, 명백히 자신과 함께 일하고 싶어서 여기 있다는 사실에 마음이 놓였다. 세상에 한 명이라도 자의로 제 곁에 있어 주는 사람이 있다는 게 정말로 다행이었다.

스칼렛이 잠시 작업실 의자에 앉아 있으니 얼마 지나지 않아 지팡이 소리가 들렸다. 그리고 곧 그녀의 작업실까지 안드레이의 부축을 받으며 아이작이 올라왔다.

"스칼렛."

아이작이 환한 얼굴로 말했다.

"빅토르 경께서 여기 가 있으라구……."

"아."

스칼렛은 얼른 눈물을 닦아 내고 같이 미소를 지었다.

"어서 와."

"부모님 작업실이랑 똑같은 냄새가 나."

아이작이 즐거운 목소리로 말했다.

스칼렛은 그를 침대에 데려가 앉히고 안드레이에게 말했다.

"고마워, 안드레이."

그러자 안드레이가 작은 목소리로 소곤거렸다.

"본점이 그렇게 위험한 곳인 줄 알았으면 따라갈 걸 그랬습니다."

"나도 보는 눈이 많은 곳에서 이럴 줄 몰랐네."

스칼렛이 태연한 척 웃어 보였다.

안드레이는 뭔가 불쾌한 표정이었지만 아무 말도 없이 가게를 돌보기 위해 다시 1층으로 내려갔다.

아이작은 여느 때처럼 해맑은 얼굴로 이리저리 두리번거리고 있었다. 스칼렛이 기운을 끌어모아 그 옆에 앉았다.

아이작의 눈이 보고 싶었지만, 그가 자신에게 이 사실을 감추려 얼마나 애썼는지 알고 있으니 입 밖으로 낼 수 없었다.

아이작이 더듬거리며 스칼렛의 손을 감싸고 걱정스럽게 물었다.

"손이 왜 이렇게 차가워?"
"아, 밖에 좀 오래 있었어."
스칼렛이 경쾌한 목소리로 말했다.
"그보다 우리 앞으로 맛있는 거 먹으러 다니자."
"맛있는 거?"
"응. 그리고 향수 가게도 가자."
"아, 생각해 보니까 나 조향사 같은 게 될 수도 있지 않을까? 향을 엄청 잘 아니까."
"오, 좋은 생각인데?"
"그렇지?"
스칼렛은 숨통이 조여 죽을 것만 같았지만, 아이작이 보지 못할 손짓, 발짓까지 해 가며 이야기를 했다.
스칼렛은 열두 시가 넘어서 잠이 들고, 아이작은 의자에 가만히 앉아 눈을 감고 있었다. 눈에서 오는 고통 때문에 잠이 오지 않았다.
오늘 이야기하는 중간중간에 스칼렛의 손을 만져 봤는데, 녹는 법이 없었다. 미식이나 향수에 대해 이야기를 꺼내는 걸 보니, 스칼렛은 이제야 드디어 제 눈을 포기한 것 같았다.
어쩌면 빅토르나 아놀드가 스칼렛에게 제 눈에 대해 말했을지도 모르겠다고 생각했다.
아이작은 주먹을 꽉 쥐었다.

"앞을 보고 싶어."

정작 스칼렛은 더 이상 저를 다치게 하고 싶지 않아 체념했는데, 자신은 반대였다. 체념이 되기는커녕, 그 간절함이 커지기만 한다. 그리고 잠시 다시 눈이 욱신거려 한 손으로 눈을 감싸고, 다른 손으로 입을 틀어막았다.

스칼렛이 잠들어 있었다. 여기서 조금이라도 소리를 냈다간 동생이 깰 것 같았다.

아이작은 입을 틀어막은 손으로 뺨을 할퀴면서까지 신음을 견뎠다. 그러나 어느 순간 칼로 눈을 도려내는 기분이 들어 신음이 흘러나왔다.

그 소리에 스칼렛이 눈을 떴다.

"아이작?"

그녀가 급하게 침대에서 내려와 아이작의 앞에 무릎을 꿇고 앉았다.

"왜? 아파?"

"아, 아냐. 괜찮아."

"잠깐만. 붕대 좀 풀어봐."

아이작이 고개를 저었지만 스칼렛은 이미 그의 붕대를 풀고 있었다. 아이작은 제가 손을 휘둘러 뿌리쳤다가 혹시 스칼렛이 다치기라도 할까 꼼짝을 하지 못했다.

잠시 후 붕대가 풀리고, 스칼렛은 얼어붙었다.

아이작이 고개를 들었다.

"이상해?"

"……"

"이상하지 않다고 해 줘, 스칼렛……."

스칼렛은 어떻게든 아무렇지 않은 척하려 했다. 그런데 숨이 막혀 그게 마음대로 되지를 않았다.

제가 이런 것이었다. 아이작은 스칼렛이 미안해할까 봐 아픈 걸 숨기기까지 했다.

"스칼렛."

정작 아이작은 모든 사람들이 놀라던 그 흉측함에 스칼렛이 멀어질까 봐 손을 더듬거렸다.

스칼렛이 곧 손을 뻗어 그의 손을 잡았다. 그제야 아이작은 안심했다.

"나는 네 손이 있어야 안심이 돼."

"……."

"스칼렛, 무슨 말이든 해 줘."

아이작이 불안해하자 이내 스칼렛이 웃었다.

"아, 미안. 향수…… 향수 사러 가자. 내일."

그렇게 말했을 때, 아이작이 잠깐 고개를 기울였다.

"아이작?"

"잠깐만……."

그리고 자기 눈을 손으로 만져 본 아이작이 창문 방향으로 걸음을 옮겼다. 그리고 더듬더듬 커튼을 열었다.

"아이작? 왜?"

스칼렛이 묻는데 아이작은 꼼짝을 하지 않았다.

"아이작."

"달……."

"어?"

"달이 저기에 있어?"

아이작이 묻자 스칼렛이 고개를 들었다. 그의 말대로 만월이 있었다.

"응."

"보여……."

"……어?"

"달이 보여."

아이작의 말에 스칼렛이 멍하니 그를 보았다.

아이작이 달에서 눈을 떼지 못하다가, 곧 스칼렛을 보았다. 아이작은 서서히 숨이 가빠지는 스칼렛을 향해 말했다.

"달빛이 보여, 스칼렛."

스칼렛이 멍하니 있다가, 이내 다급히 물었다.

"달빛이 보인다고?"

"응!"

"다, 다른 건?"

"아직은 달빛만……."

"잠깐만!"

스칼렛은 급하게 아이작을 1층으로 데리고 갔다. 그리고 넋이 나가 꺼 놓았던 장작에 불을 피우기 시작했다.

정신없이 부채질해 불을 피운 스칼렛이 고개를 들었다.

"아이작. 이건? 이건 보여?"

그러자 장작불 쪽으로 고개를 두었던 아이작의 얼굴이 환해졌다. 그가 고개를 끄덕였다.

"응. 불꽃이 보여."

"정말로……."

스칼렛은 두 손으로 입을 틀어막았다. 그녀는 어린애처럼 뛰어다니며 불이 들어올 수 있는 것은 무엇이든 껐다.

실내에 있던 가스등도 전부 껐고, 더 끌 불이 없으니 밖으로 달려 나갔다. 아이작이 스칼렛의 손에 이끌려 밖으로 나섰다.

그사이 서서히 해가 뜨려 어스름이 밝아오고 있었다. 스칼렛이 여기저기 불빛을 가리키며 물었다.

"저건?"

"음. 응. 보여."

"저것도?"

스칼렛이 여기저기 끌고 다니며 묻자 아이작은 자리에 멈춰 서서 곧 유쾌하게 웃었다.

"정말로 빛이 보인다니까."

그러더니 해가 뜨고 있는 방향으로 몸을 돌렸다.

"태양도 보여."

"그쪽은 안 돼. 눈 상해."

"앗, 그렇구나."

아이작이 얼른 돌아섰다.

스칼렛은 다시 가게로 돌아와서는, 자신이 작업할 때 쓰던 안경을 가져왔다. 그리고 거기에 그을음을 묻혀 어둡게 만들었다.

"자. 이걸로 가리면 안 보일 거야."

그러자 아이작이 안경을 받아 썼다. 그리고 이리저리 보더니 맑게 웃었다.

"우와, 그래도 빛이 보이네."

몇 번을 들어도 좋은 말에 스칼렛이 즐겁게 웃었다. 그러나 잠깐의 웃음 끝에 금방 서러운 울음이 터졌다.
"다행이네."
"스칼렛."
"정말 다행이다……."
아이작에 대한 죄책감에 견딜 수가 없었다. 제 억지에 끌려온 것은 아닐까 하고.
아이작은 울음이 터진 스칼렛을 꼭 끌어안았다.
"네가 옳았어, 스칼렛. 언제나처럼, 네 말이 맞았어. 네가……. 네 선택이……."
스칼렛은 결국 울음이 터져서 그 자리에서 엉엉 울기 시작했다. 이렇게 울어도 되나 싶을 정도로 서럽게 울었다.
"다행이다……. 그래도 미안한데……. 그런데 너무 행복하고…… 미안하고……."
아이작은 그를 아프게 했다는 미안함과 빛이 보인다는 말에 느낀 행복감에 말을 제대로 못 잇고 우는 스칼렛을 다독거렸다.
열세 살에 사라졌던 환한 달이, 영원할 것 같던 어둠 속에서 떠올랐다.

스칼렛은 펑펑 울다가 중간에 지쳐 다시 잠들었다. 오후가 되어서야 눈을 뜬 스칼렛이 서둘러 몸을 일으켰다.
"아이작?"
그녀는 침대에 누워 이불을 덮고 있었고, 아이작은 아직도 창가에 둔 의자에 앉아 창밖을 보고 있었다.

스칼렛이 자기 이름을 부르자 아이작이 그녀를 보고 싱긋 웃었다.

"잘 잤어?"

그의 눈을 본 스칼렛이 급하게 달려가 아이작의 목을 와락 끌어안았다. 눈에 있던 실벌레 같은 것들이 절반 이상 사라져 있고, 그 사이로 와인색 눈동자가 보였다.

아이작이 말했다.

"어젯밤보다 조금 더 잘 보여. 그리고 이제 통증도 많이 사라졌어."

"정말? 얼마나 보이는데?"

"음. 아직은 아무것도 분간이 안 될 정도로 흐릿하지만…… 더 좋아질 거야."

아이작이 말하고 싱긋 웃었다.

스칼렛은 그런 아이작을 신기하고 행복한 얼굴로 보았다.

아이작이 곧 말했다.

"내 눈 안 징그러워?"

"하나도 안 징그러워. 그리고 처음보다 엄청 많이 줄었어."

"다행이네. 나는 아직 그 정도는 안 보여서, 이것들이 내 눈을 낫게 하고 있다고 생각하니까…… 오히려 좀 귀엽게 느껴지는걸?"

장난스러운 그 말에 스칼렛이 즐겁게 웃었다. 그러다 막 생각났는지 일어나며 말했다.

"그래도 맛있는 건 먹으러 가자."

"그럴까?"

"응. 리브네 빵집에서 열두 시가 되면 점심식사용 구운 샌드위치를 팔거든? 막 만든 샌드위치 정말 맛있어. 먹으러 가자."

"오, 맛있겠는데?"

아이작이 즐거워하며 앞장서는 스칼렛을 따라갔다.

처음에는 자기 눈으로 보며 걸어 보려 했지만, 사물 분간이 안 되니 오히려 눈을 감았을 때보다도 위험했다. 결국 아이작은 다시 붕대로 눈을 감고 지팡이를 더듬거리며 걸음을 옮겼다.

그사이 전날에는 기운이 하나도 없던 스칼렛이 우당탕거리며 계단을 달려 내려오자 귀부인으로 보이는 손님을 맞이하던 안드레이가 쯧쯧 혀를 찼다. 그리고 손님에게 말했다.

"설마 저런 천방지축이 저희 사장님이라고 생각하시는 건 아니겠죠?"

그 농담에 손님이 웃고, 스칼렛은 달려가 안드레이를 와락 끌어안았다. 그러더니 손님에게 물었다.

"손님도 안아드리면 안 될까요?"

"좋은 일이라도 있는 모양이죠?"

"네, 엄청."

"그렇다면야."

손님이 유쾌하게 웃어서 스칼렛은 손님도 한 번 꼭 끌어안았다가 놓아주었다.

잠시 후 옷을 단정하게 차려입은 아이작이 계단을 내려와서는 안드레이에게 말했다.

"제 동생 때문에 고생이 많네요, 안드레이 씨."

"알아 주시는 분이 계시니 다행이네요."

두 남자가 이야기하며 놀리자 스칼렛이 둘을 번갈아 가며 한 대씩 톡 때렸다. 그러나 금방 행복에 겨워하며 아이작을 재촉해 리브의 빵집으로 들어섰다.

샌드위치를 사러 온 손님들과 잡담을 나누던 리브를 발견한 스칼렛이 그녀를 불렀다.
스칼렛에게 향했던 리브의 시선은 곧 붕대로 눈을 가린 아이작에게로 홀린 듯이 이동했다. 그녀뿐만 아니라, 다른 여자 손님들도 마찬가지였다. 그 모습에 스칼렛이 아이작에게 투덜거렸다.
"오빠 때문에 앞으로 내가 시달리게 생겼어."
"왜?"
"그럴 일이 있어."
스칼렛이 말하고는 또다시 참을 수 없이 행복한 웃음을 터트렸다.

―――・※・◆・※・―――

며칠 동안 아이작은 스칼렛의 집에서 회복했다. 속도는 더뎠지만 악화되지 않는다는 것만으로도 두 사람은 기뻐했다. 아이작은 긴 시간 완전한 암흑 속에서 살아왔으므로, 희미한 빛으로도 완벽히 만족해했다.
이른 아침 아이작이 뗏목 일을 하기 위해 가게를 나서려 하자 스칼렛이 걱정스럽게 물었다.
"좀 더 쉬는 게 어때?"
그러나 아이작이 고개를 저었다.
"내가 일하고 싶어서 그래."
"으응…… 할 수 없지. 갔다 와. 조심하구."
스칼렛의 말에 아이작이 웃으며 고개를 끄덕였다.
예전이었다면 걱정하겠지만, 스칼렛이 본 아이작은 힘이 보통 좋은 게 아니었다. 게다가 오랜 시간 다락에 갇혀 있던 아이작에게 뗏목 일은 삶에서 상당히 중요한 부분을 차지하게 되었다는 것을 스칼렛도 알았다.
 아이작이 다시 한번 두 눈으로 스칼렛을 돌아보았다. 서로 얼굴이 거의 닿을 정도로 가까이서 보면 아주 흐리게나마 얼굴이 보였다. 그 사실이 행복해서 아이작은 웃음을 그치지 못했다.
 스칼렛이 웃으며 아이작의 몸을 돌렸다.
 "그만 좀 봐."
 "봐도 봐도 널 볼 수 있다는 게 신기해서 그래."
 아이작이 말하다가 중간에 발을 헛디더 휘청거렸다. 그러곤 스칼렛의 찌푸린 얼굴에 멋쩍어하며 일른 앞을 보고 달려갔다.
 아이작이 완전히 떠나고 나서 스칼렛은 힘없이 가게 앞에 쪼그리고 앉았다.
 "정말이네."
 아이작의 눈이 보인다는 사실이 너무도 기쁜 한편, 마음속 한구석에서부터 고통이 쏟아졌다.
 "내가 정말로 약에 빅토르를 팔았었구나······."
 제 욕심에 빅토르가 인생 전부를 바치며 오르던 사다리를 넘어뜨렸다.
 "미안해, 빅토르."
 그녀가 무릎에 얼굴을 파묻고 중얼거렸다.
 "정말로, 정말로 미안해······."

 아이작이 벌써 일을 하는 것도 걱정이고, 빅토르에 대한 죄책감도 크니 오늘따라 일에 집중이 잘 되지 않았다.

"차라리 쉬는 게 효율적이겠어."

스칼렛은 그런 생각이 들자마자 곧바로 나갈 준비를 한 뒤 슬그머니 계단을 내려갔다.

먼지 한 톨 못 앉게 진열장을 깨끗이 닦던 안드레이가 그녀를 노려보았다.

"어디 가세요?"

"으응, 리브와 좀 놀다 오려고. 아이작도 일 잘하고 있나 확인하고……. 괜찮아?"

"일찍 돌아오기나 하세요."

안드레이는 스칼렛에게 휴식이 필요하다 생각했는지 웬일로 잔소리를 하지 않았다. 그제야 스칼렛이 안심하며 장난스레 물었다.

"선물 사 올까?"

"제 선물은 사장님이 일을 열심히 해서 급여가 인상되는 겁니다."

"낭만이 없네, 낭만이."

"세상에 급여 인상보다 낭만적인 건 없죠."

안드레이의 냉정한 말에 스칼렛은 입술을 삐쭉이며 가게를 나왔다.

리브와의 수다 장소로 정한 곳은 루비드호의 스나이퍼였던 니콜라우스가 운영하는 '해군 아저씨의 아이스크림 가게'였다.

니콜라우스는 스칼렛이 들어서자 반가워하며 달려 나왔다.

"드디어 오셨군요, 스칼렛 아가씨! 기다리고 있었습니다!"

그 우렁찬 목소리를 들은 그의 아내 매켄지 역시 인사를 하러 가게 밖으로 나왔다.

만삭의 배를 본 스칼렛이 기겁해서 말했다.
"앉아 있지 뭐 하러 나와요!"
"아휴, 아가씨가 오셨는데 어떻게 앉아 있어요? 아가씨가 의수를 고쳐 주신 후에 남편이 전보다 훨씬 더 활력이 생긴 거 있죠? 아이스크림 푸는 것이 훨씬 쉬워졌다나?"
매켄지는 사교성 좋게 떠들며 두 손님을 위해 창가에 좋은 자리를 마련해 주었다. 비누로 깎아 만든 노란 꽃이 있는 바구니와 밑색의 테이블보가 소박한 농가의 풍경을 떠올리게 했다.
리브가 목소리를 낮춰 말했다.
"가게가 너무 예쁜데, 이름이랑은 너무 안 어울린다."
"그러게."
스칼렛이 동의하며 웃었다.
그사이 아이스크림이 나왔다. 아이작의 눈이 조금씩 낫고 있다는 사실 덕에 요즈음 마냥 행복한 스칼렛은 아이스크림을 먹다가 자꾸 헤헤 웃었다.
그러자 마주 앉아 아이스크림을 먹던 리브가 톡 스칼렛의 손등을 때렸다.
"아휴, 정신 좀 차려."
"아파!"
"엄살은……."
그 모습에 다양한 종류의 아이스크림을 더 내오던 니콜라우스가 움찔했다.
스칼렛 크림슨이 저기서는 저렇게 평범한 소녀처럼 웃고 있지만, 얼마 전까지만 해도 그 대단한 덤펠트 가문의 귀부인 아니었던가.

그럼에도 리브를 포함한 7번가 사람들은 스칼렛에 대해 별달리 경계를 하지 않았다. 심지어는 우습게 여기는 사람도 있었다.

물론 수도 사람들이 다 알 만큼 불미스러운 이혼이었다. 사람들 인상에는 이혼보다 내쳐졌다는 인상이 강했다.

그러나 빅토르 함장 주변에 있던 사람들 생각에, 스칼렛은 여전히 빅토르에게 상당한 영향력을 미치고 있었다. 어쩌면 애초에 빅토르 덤펠트에게 '영향력'이라 할 만한 것을 가진 사람 자체가 스칼렛 크림슨뿐일지도 몰랐다.

아무튼 분명한 것은 장난으로라도 누가 스칼렛을 저렇게 건드린 걸 안다면 빅토르가 가만히 있지 않으리란 사실이었다.

니콜라우스는 식은땀이 흐르는 것을 느끼며 서둘러 아이스크림을 테이블에 내려놓았다.

"자, 이건 신상이니까 그냥 한번 맛이나 보세요."

"니콜라우스 씨, 이렇게 자꾸 주면 부담스러워서 또 못 와요."

"무슨 그런 섭섭한 말씀을 하십니까. 제 의수를 고쳐 주셨는데요. 함장님께도 신세를 졌고요."

니콜라우스는 아무리 친구지만 주의를 좀 하자는 의미로 리브 앞에서 굳이 빅토르 이야기를 꺼냈다. 그러나 정작 리브는 궁금하던 화제가 나오자 더 신이 나서 물었다.

"사장님도 루비드호에 타셨어요?"

"그럼요, 제 이 두 손도 루비드호에 있을 때 다친 거지요, 손님. 탄 정도가 아니라 장교였답니다. 귀족 출신이 아닌 중에는 유일했죠. 제가 실력파입니다, 실력파."

니콜라우스가 자랑하며 껄껄 웃었다. 리브가 초롱초롱한 눈으로 물었다.

"그럼 함장님도 봤어요?"

"예, 뭐……. 아가씨께서 더 자주 뵈셨겠지만요."

니콜라우스가 그렇게 말하며 힐끔 스칼렛을 보자, 리브 역시 그녀를 보며 투정했다.

"스칼렛은 그런 얘기를 전혀 안 해 주거든요."

그러자 스칼렛이 기가 차다 못해 억울함까지 담긴 얼굴로 말했다.

"그럼 전남편 이야기가 하고 싶겠어?"

"왜 못 해? 엘리자베스 스노우볼 가게 사장님은 매일 전남편 욕을 하잖아."

"그 전남편은 욕먹을 만했잖아, 두 집 살림이라니. 난 다르지. 안 그래도 전남편 욕해서 이혼한 것이나 다름없는데, 무슨 욕을 해."

스칼렛이 정말로 빅토르 이야기를 꺼내기 싫어서 단호하게 말하니 리브가 움찔하고 곧 고개를 끄덕였다.

"하긴."

스칼렛은 빅토르의 이야기가 나올 때마다 속이 타는 기분이 들어, 니콜라우스가 새로 준 아이스크림을 크게 떠서 입에 넣었다. 그러더니 눈이 동그래져서 니콜라우스를 보았다.

"세상에 너무 맛있어요. 이거 뭐예요?"

그러자 니콜라우스가 금방 우쭐해서 대답했다.

"아, 소금을 살짝 넣어 봤습니다. 해군 아저씨의 소금 아이스크림!"

"리브, 얼른 먹어 봐."

스칼렛의 재촉에 리브도 소금 아이스크림을 한입 먹더니 눈이 휘둥그레져서 말했다.

"우와, 이거 엄청 잘 팔릴 것 같아요."
"그렇습니까? 이야, 이것 참. 쑥스럽지만 기분은 좋네요."
손님들의 극찬에 니콜라우스가 기쁜 표정으로 껄껄 웃었다.

빵집 일을 도와야 하는 리브는 다 못 끝낸 수다에 아쉬워하며 돌아갔다. 스칼렛은 가게에서 아이스크림을 종류별로 사 피크닉 바구니에 담아 자전거 앞에 매달았다. 안에는 리브의 가게에서 가져온 빵도 잔뜩 들어 있어 한쪽 뚜껑이 닫히지 않을 지경이었다.

페달을 밟으니 얼음이 섞인 듯한 칼바람이 얼굴을 할퀴고 지나가, 아이작이 일하는 호수에 도착할 즈음에는 뺨이며 코가 덴 것처럼 빨개져 있었다.

스칼렛이 올 것을 알고 있어서인지, 아이작은 시간에 맞춰 선착장 앞 천막에서 기다리고 있었다. 아이작이 올린 수익 맛을 본 뗏목 주인이 아이작을 위해 천막을 치고 안에 테이블까지 가져다 놓은 덕이었다. 화로가 있어 천막 안이 훈훈했다.

돋보기를 올린 책을 거의 눈 바로 앞까지 붙이고 읽는 아이작을 본 스칼렛이 놀라서 물었다.

"아이작, 책 읽을 수 있어?"

그러니까 아이작이 배시시 웃었다.

"응. 한 번에 한 글자씩 봐야 해서 느리긴 하지만……."

"그래도!"

스칼렛이 들뜬 얼굴로 아이작의 옆에 앉았다. 그리고 그의 눈을 찬찬히 살피며 물었다.

"눈은 어때? 아픈 데는?"

"하나도 안 아파. 이제 정말 낫고 있나 봐."
아이작이 배시시 웃었다. 덕분에 스칼렛이 옆 사람까지 행복이 전달될 만큼 기뻐하고는 아이스크림을 바구니에서 꺼내며 말했다.
"이 겨울에 아이스크림을 괜히 가져왔나 했는데, 여긴 따듯하네."
"아, 맛있겠다."
"이거 먹어 봐. 소금을 넣었대."
"소금을 넣었다고? 아이스크림에?"
아이작이 신기해하며 스칼렛이 건네준 아이스크림을 한입 떠먹었다. 그러고는 맛있는지 연신 감탄이었다.
잘 먹는 아이작을 보니 스칼렛의 얼굴에서도 웃음이 사라지지 않았나. 모처럼의 평화였다.
그렇게 두 사람이 아이스크림을 먹으며 이것저것 이야기를 나누고 있는데, 천막 밖에서 웅성거리는 소리가 들렸다.
"무슨 일이지?"
스칼렛이 혼잣말하며 몸을 일으켰다. 그리고 그녀보다 먼저 누군가가 천막 문을 열었다.
천막 문을 연 것은 아놀드 크림슨이었다. 그와 함께 그의 패거리가 천막 안으로 들어왔다.
"아, 아놀드?"
스칼렛의 떨리는 목소리에 아이작이 급하게 검은 칠이 된 안경을 찾아 더듬거렸다. 그러나 그가 안경을 찾기도 전에 아놀드가 절뚝거리며 걸어와 안경을 바닥에 떨어뜨리고 밟았다.
그는 아이작이 어느 정도 앞을 볼 수 있다는 사실을 몰랐으므로, 여전히 실벌레로 뒤덮인 눈을 보며 빈정거렸다.

"스칼렛, 넌 비위도 좋다. 저런 걸 마주 보면서 아이스크림이 넘어가?"

"난 아무렇지도 않아."

스칼렛이 힘을 실은 대답을 아놀드가 비웃었다.

"아무렇지도 않아? 그럼 아이작이 괜히 너에게 비밀로 하려고 애썼잖아? 내가 꽤 고생을 시켰는데 말이야. 그렇지, 아이작?"

아이작은 그가 무언가 더 말하는 게 싫어 아놀드의 입을 막기 위해 몸을 일으켰다. 그렇게 목소리가 들리는 쪽으로 걷던 그는 열린 천막의 문 너머에서 들리는 비명에 멈춰 섰다.

"저, 저 사람 눈 좀 봐!"

목소리에 이어서 누군가가 쓰러졌는지 풀썩 소리가 들렸다. 아이작은 서둘러 두 손으로 자기 눈을 가렸다.

아놀드가 그 모습에 낄낄거리며 스칼렛에게 말했다.

"스칼렛 크림슨. 아버지가 변호사와 가문 사람들을 데리고 널 고소할 거야. 알고 있어."

"고소를…… 하다니?"

"그럼 그런 악의적인 루머를 퍼트리는 걸 가만히 놔둘 줄 알았어?"

아놀드가 쾌감마저 느껴지는 표정으로 말을 이었다.

"너만 문제가 되는 게 아니야. 가문 어른들이 아이작의 작위를 박탈할 방법까지 생각하고 있다고."

"그런 식으로 협박하지 마. 아이작에게서 작위를 뺏는 건 불가능해."

"왕실과 귀족들, 의회까지 모두 찬성한다면 다르지. 그렇잖아, 크림슨 가문 역사상 너만큼 가문의 이름에 오명을 씌운 사람이 있었어?"

"오명이 아니야. 내가 맞아. 숙부의 방법이 틀린 거야!"

"크림슨 가문 사람들이 아니라는데 네까짓 교육도 제대로 못 받은 계집이 우겨서 어쩔 거야."

그 말에 스칼렛이 주춤했다.

아놀드가 그녀의 턱을 잡아 쥐며 말했다.

"우선 너부터 크림슨 가문에서 제명할 거야. 그리고 헛소문을 퍼트렸으니 보상을 받아 내겠지. 네가 다 망치고 있는 거야. 알겠어?"

그의 말에 스칼렛의 말간 눈동자 속으로 불안감이 퍼지자, 더더욱 흥분한 아놀드가 말을 이었다.

"덤펠트 가문에겐 푼돈일 테니 또 가서 받아내 보든지. 빅토르 덤펠트가 아직 너한테 바라는 게 있는 모양이니까. 뭐, 안 봐도 뭘 바라는 건지는 뻔하지."

아놀드가 말하며 그녀의 얼굴을 잡아 흔들었다.

"네가 가진 게 이거 말고 있어?"

"하지 마."

떨고 있던 스칼렛이 간신히 말하며 그를 밀어냈다. 아놀드는 빅토르 덤펠트가 무섭긴 한지, 여느 때처럼 그녀에게 손찌검하지 않고 물러났다.

"조만간 보게 될 거야. 법원에서."

아놀드는 무너진 남매의 모습에 충분히 만족하며 제 무리와 함께 천막을 떠났다. 그리고 두 사람이 채 정신을 차리기도 전에 밖에서 다투는 소리가 들렸다. 뗏목 관리인 카렐과 나라에서 공인을 받은 이 선착장의 주인 패터슨이었다.

카렐이 패터슨에게 말했다.

"손님 몇 분이 좀 놀라신 것뿐이라구요. 아시잖아요, 도련님이 얼마나 수익을 많이 올려 주셨는지!"

"그거야 저런 흉측한 병이 있는 줄 몰랐을 때지! 당장 가서 해고해!"

"사장님!"

"저걸 왜 싸고돌아! 너까지 잘리고 싶어?"

패터슨이 소리치자 카렐이 괴롭게 한숨을 쉬었다.

잠시 후 카렐이 죄책감 가득한 얼굴로 천막에 들어섰다.

"저, 도련님······."

그러자 여전히 손으로 눈을 가린 아이작이 대답했다.

"곧 떠날게, 카렐. 잠깐만 시간을 줘."

"그럼요! 그리고 도련님, 제가 다른 일자리 어떻게든 찾아드릴게요."

아이작이 대답 대신 힘겨운 미소를 짓자 카렐은 울상이 되어 말을 이었다.

"진심이에요, 도련님."

"신세 많이 졌네."

아이작과 정이 많이 들었는지, 카렐은 한참을 서성거리다 떠났다.

그가 떠난 후 아이작이 스칼렛 쪽을 더듬거렸다. 그러자 스칼렛이 서둘러 그에게 걸어와 걱정스럽게 말했다.

"괜찮아? 미안해. 내가 뭘 안다고 나서서······."

스칼렛의 말을 듣고 있던 아이작이 조심스럽게 그녀의 팔을 감싸더니 제 품으로 끌어당겼다.

"스칼렛. 놀란 건 너야."

"응?"

"괜찮냐고 물어야 하는 건 네가 아니고 나야."

그리고 나지막이 말을 이었다.

"스칼렛, 이제 나는 점점 더 선명한 시야를 가지게 될 거야. 날 어린애 취급하지 않아도 돼. 그리고 네가 맞아. 언제나처럼 이번에도 네가 옳아. 왜 자책을 해?"

그의 말에 이내 스칼렛이 습관적인 웃음소리를 내고는 고개를 끄덕였다.

"응, 맞아. 왜 내가 자책을 해?"

"집에 가자."

아이작이 다정한 목소리로 말하고는 다시 손으로 스스로의 눈을 가렸다. 남매는 서로 자신의 탓을 하느라 속이 검게 탔으나, 겉으로는 능숙한 웃음을 지어 보였다.

빅토르 덤펠트의 왕성 방문은 잦은 일이 아니었다. 그러므로 그가 방문했다는 소식이 들리자마자 왕실이 들썩거렸다. 특히 소란스러워진 것은 티파티 중이던 왕족 여자들이었다.

"빅토르가 왔어."

"정말?"

"뭐 입고 왔어? 여전히 잘생겼어?"

"잘생겼으면 뭐 하게? 우린 사촌이잖아."

"왕실에서 사촌끼리 결혼하는 게 뭐 어떻다고 그래? 게다가 같이 자란 것도 아니잖아. 빅토르는 왕실 밖에서 자랐으니까."

대화를 나눈 그들은 티파티를 중단하고, 대응접실로 들어갔다.

대응접실을 사용할 수 있는 것은 현왕 부부를 제외하면 왕세자와 그의 장남 왕세손뿐이었다. 그 외의 귀족들은 일반 응접실을 썼다.

빅토르 덤펠트를 불러낸 왕세손 율리 이렌은 대응접실의 문 맞은편에 놓인 의자에 삐딱하게 앉아 있었다.

잠시 후, 문 너머로 빅토르의 모습이 보이자 율리 이렌이 조소했다.

"어, 빅토르."

빅토르는 문 앞에 서서 한 손을 가슴에 두고 허리를 깊이 숙여 인사한 후 잠시 자리에 그대로 서 있었다.

왕세손이 멀리 서 있는 빅토르에게 말했다.

"안 들어와?"

그는 율리 이렌이 손짓한 후에야 걸음을 옮겼다.

율리 이렌의 옆에는 구경 온 왕족들이 있었다. 부채를 든 왕족 여성들이 저희들끼리 소곤거렸다.

"사촌인데다 이혼까지 했는데. 남편감으로는 좀……."

"하지만 저렇게 생겼으면 이야기가 다르지."

"영웅이기도 하고."

욕망이 끈적하게 뒤섞인 시선이 빅토르를 훑고 지나갔다. 그러자 율리 이렌이 농담조로 그녀들에게 말했다.

"사람을 앞에 두고 그렇게 흑심을 드러내면 불편해하잖아."

그러자 빅토르가 대답했다.

"난 상관없는데. 아가씨들께서 날 힘으로 어떻게 할 수 있는 건 아닐 테니."

그가 말하며 농담이었다는 듯 왕족 여성들을 보며 미소를 지어 보이자, 그녀들이 부채로 얼굴을 가리고 까르륵 웃었다. 율리 이렌은 입꼬리를 비틀어 불쾌함이 묻어나는 미소를 지었다.
 빅토르는 율리 이렌의 옆에 앉은 니나 한터 쪽으로 시선을 가져갔다. 시선은 길지 않았으나 그 짧은 순간이 니나 한터의 마음에는 상흔을 남겼다.
 빅토르가 해적선과 함께 사라지고 반년 가까이 흘렀던 때, 니나는 빅토르가 죽었다고 생각해 그 무렵 자신에게 구애하던 왕세손 율리 이렌과 연인이 되었다.

 "당신이 늦은 거야. 잘못한 건 늦은 사람이지. 왜 나한테 화를 내!"

 돌아온 빅토르와 마주친 니나는 그를 배신했다는 사실에 대한 수치스러움을 감추려 되레 큰소리쳤다. 빅토르는 됐다는 듯 실소하고 돌아서 버렸다.
 니나는 그가 자신을 잡지 않을 사람이란 걸 알았다. 제가 아니더라도 빅토르 덤펠트를 아는 사람이라면 누구나 예상했을 것이다.
 만약 그때 예상을 깨고 빅토르가 자신을 잡아 줬다면.
 그랬다면 현재 제 연인이 누구든 상관없이 역사에 남을 만큼 빌어먹을 세기의 사랑도 얼마든지 해 줬을 거라고 니나는 요즈음도 생각했다.
 요즘 사교계에는 빅토르 덤펠트에 대해 별의별 이야기가 다 오갔다. 이혼을 하던 날, 스칼렛 크림슨이 내민 이혼 서류에 빅토르 덤펠트가 어떠한 질문도 없이 서명하더라는 이야기는 이혼 다음 날에 이미 널리 퍼진 사실이었다.
 '당연하지. 그래야 빅토르 덤펠트지.'

연인이 아니라 아내여도 태연하게 떠나보내는 남자, 그건 니나가 아는 빅토르와 완벽하게 일치했다.

니나와 헤어진 후, 빅토르는 화풀이하듯이 곧장 다른 여자와 결혼했다. 그러나 이번에는 이혼한 후에도 화풀이하듯 다른 여자를 만나지 않는다는 사실에 사람들은 의아해했다.

어쩌면 소문대로, 그는 스칼렛 크림슨에게 아무런 감정도 없어 이혼한 사실에 전혀 화가 나지 않아서일지도 모른다. 반대로, 니나 한터 때와 달리 이혼한 아내를 잊지 못해 수절하는 것이란 이야기도 있었다.

과연 해상의 영웅, 빅토르 덤펠트가 정말로 사랑하는 여자는 누구인가.

요즘 사교계는 빅토르의 속내를 알고 싶어하는 사람들로 가득했다.

빅토르는 사람을 세워 두고 이렇다 지시가 없는 왕세손을 주시했다.

율리 이렌이 왕족이 되고자 하는 인생의 유일한 목표 때문에 자신에게 복종하는 빅토르를 불러내 제 위치를 자랑하는 중이라는 건 이미 알고 있었다.

그렇다고 빅토르 덤펠트가 율리 이렌의 입장에서 만만하고 우스운 자인 것은 결코 아니었다. 그러므로 율리 이렌은 그를 불러낸 것에 대한 약간의 보상은 내주어야 했다.

율리가 옆에 앉은 니나의 손을 당겨 입을 맞추고 빅토르에게 말했다.

"내 약혼녀가 조만간 자선 행사를 연다는군."

"아, 그래."

"친절하게도, 마리나 부인을 초대할 생각인 모양이야."

그 말에 빅토르의 시선이 다시 니나를 향했다.

율리가 말을 이었다.

"너도 경매에 내놓을 물건이 있다면 가져와. 두 여자의 안 쓰는 물건이 남아 있을 테니까. 아, 너희 아버지도 너와 송사 중이던가? 외롭겠어."

그 말에 니나가 율리의 팔을 톡 때렸다.

"율리."

"구금되어 계시긴 하지."

빅토르가 덤덤히 대답했다.

마리나가 미쳐 버린 가장 큰 이유는 사교계에서의 배제였다. 왕의 고명딸로서 사교계 어디나 그녀가 참여만 해 준다면 무엇이든 바칠 귀족들이 넘쳐났다. 지금도 마리나는 정신만 돌아오면 사교계 가십이 적힌 잡지를 읽곤 했다. 그런 그녀를 현 사교계 최고의 유명인사인 니나 한터가 초대한다는 것을 안다면 마리나가 까무러치게 기뻐할 것이 분명했다.

작년에 왕실경찰이 밝혀 낸 비밀 중 가장 화제가 된 것은 빅토르 덤펠트가 직접 제 어머니를 정신병원에 넣었다는 사실이었다. 그런데 얼마 지나지 않아 마리나 덤펠트가 제 아들을 죽이려 들던 장면이 기사화되는 바람에 여론이 역전되었다. 그를 향한 국민들의 마음에는 동정심까지 스며들었다.

권력자를 향한 동정심은 정말로 위험한 감정이라고, 율리는 생각하고 있었다. 그 동정심을 얻어 낸 이들은 무슨 일을 벌일지 모른다.

율리는 사람들의 얄팍한 동정심을 마리나 덤펠트를 이용해 깨뜨릴 생각이었다. 그녀가 사회적 함의를 벗어난 행동을 하는 순간 동정심은 혐오로 인하여 깨지게 될 것이라, 율리는 확신했다. 결과적으로 마리나가 사교계에서 부적절한 행동을 한다면 빅토르의 이름에 먹칠을 하게 될 것이다. 독성이 섞인 보상이었다.

니나가 물었다.

"올 거지, 빅토르?"

"네가 청하는 초대를 거절할 수는 없지."

빅토르의 대답에 왕족 여자들이 부채로 입을 가리고 웃었다. 계획에 성공한 율리 이렌 역시 한쪽 입꼬리를 올려 미소를 지었다.

잠시 후 빅토르는 대응접실을 나왔다.

복도에서 기다리던 블라이트는 왕세손이 구경거리로 쓰려 빅토르를 불러낸 것을 알고 있었으므로, 그의 속이 어떨지 염려되었다. 여느 때처럼 겉으로 드러나는 빅토르의 표정에는 아무런 동요가 없었다.

빅토르가 블라이트에게 말했다.

"스칼렛에게 편지를 해. 자선 파티에 내놓을 물건을 정해 달라고."

"예, 도련님."

블라이트가 고개를 숙여 인사한 후, 편지를 보내기 위해 먼저 왕성을 떠났다.

자리에 멈춰 선 빅토르는 어머니가 세뇌 수준으로 제 머릿속에 쑤셔 넣는 바람에 속속들이 알고 있는 살란티에 왕성을 둘러보았다.

화려한 왕성은 지금 빅토르의 눈에 허무할 정도로 별것이 없었다. 젊은 귀족들이 제 짝을 찾아 주변을 두리번거리고 돌아다니는 모습을 보고 있으면 과연 저것이 고상하다 할 만한 것인가를 의심하게 되었다.

어머니에게 이까짓 공간의 무엇이 그렇게 좋았냐고 묻고 싶었다. 결국 아들이 줄 수 있었던 강력해진 덤펠트 가문의 주인 노릇보다도, 장점이라고는 번지르르한 것뿐인 이 낡은 공간의 조연으로 있는 것이 좋았던 거냐고.

잠깐이라도 좋으니 어머니가 제정신으로 돌아왔으면 좋겠다고 생각했다. 그때서야 무엇이 진짜로 좋은 것인지 그녀가 비로소 정확한 판단을 내릴 수 있을 테니.

―――❖❖❖―――

스칼렛은 블라이트가 직접 적어 하인 편에 보낸 편지를 받았다. 자로 길이를 재 가며 반듯하게 접은 편지지에서 블라이트가 가진 약간의 강박증이 묻어났다. 편지에는 니나 한터가 주최하는 자선 파티의 경매에 내놓을 물건을 정해야 하니 덤펠트가로 와 달라는 부탁이 적혀 있었다.

[경매에 내놓을 만한 물건을 저희가 정하는 것은 너무나 어렵습니다. 부디 덤펠트가에 오셔서 도움을 주신다면 감사하겠습니다.]

확실히, 니나 한터 정도 되는 사교계 인사가 여는 파티에 아무 물건이나 내놓을 수는 없다. 경매에 내놓는 물건은 사람들의 입에 오르기 좋았고, 가문에 대한 평가로도 이어졌다.

"가긴 가야겠네."

스칼렛은 그렇게 중얼거렸으나 영 가기 싫은 마음에 푹 한숨을 쉬었다.

12월, 1월은 자선 파티를 포함해 사교 행사가 잦은 계절이었다. 겨울이 시작되면 사교계에서 먼 곳부터 얼기 시작한다. 그러면 아이러니하게도 부유한 귀족들이 그 먼 곳으로 보낼 장작을 마련한다는 이유로 또다시 사교의 장을 열었다.

귀족들뿐만 아니라 7번가의 사람들 역시 자선 행사를 벌였다. 안 그래도 그 행사에 내놓을 물건이 없어 고민하던 차였다. 이제 막 가게를 연 스칼렛은 시계 가게를 유지하고, 안드레이의 급여를 마련하는 것만으로도 빠듯했다.

자선 파티에 쓸 물건을 정리해 주면 남는 담요라든지, 빅토르의 식탁에 채 올리지 못해 묵은 곡식 같은 것들을 얻어 올 수 있을 것이다.

그녀는 결심을 하고 겉옷을 챙긴 후 안드레이에게 말했다.

"뎀펠트가에 다녀올게. 자선 행사에 낼 물건을 정리해 달라고 해서."

"사장님이 굳이 가셔야 됩니까?"

"쓸 만한 거 있으면 나도 챙겨 오려고. 7번가에서도 자선 행사를 하잖아."

"예에?"

안드레이가 특유의 세상 모든 것이 고깝다는 듯한 얼굴로 말했다.

"사장님이 자선 행사에 물건을 내신다구요? 받는 게 아니라요?"

"뭐어? 이렇게 큰 가게가 있는 사람이 왜 자선을 받아?"

"큰 가게는 아닙니다. '크다'는 형용사를 빼시죠."

"……."

"그리고 사장님이 지금 입고 계시는 옷 말입니다. 요즘엔 수녀들도 그렇게는 안 입을걸요."
그의 계속된 지적에 스칼렛이 뾰로통해서 말했다.
"……일은 갔다 와서 할 거야. 내가 사장이니까, 휴가 주는 것도 내 마음이야. 오늘 나한테 휴가 줄 거야."
"예에, 그러시죠."
안드레이 역시 여전히 못마땅한 표정으로 대답했다.

───── ◆◈◆ ─────

바쁜 걸음으로 걸어가 트램에 탄 스칼렛은 곧 안드레이의 말을 떠올리고 제 치맛자락을 내려다보았다. 너러운 선 셜코 아니었지만, 덤펠트 저택에서 운 나쁘게 빅토르를 마주치면 한 소리 들을 것은 분명했다.
일을 하느라 내내 앉아만 있어서인지, 스칼렛은 모처럼 보는 햇살에 어지러운 기분이 들었다. 그래도 아이작이 이 햇살을 느낄 수 있을 거라고 생각하면 가슴에 훈기가 돌았다.
빅토르가 공관에서 돌아오기 전에 나올 생각으로 두 시 정도에 덤펠트가에 도착하니 블라이트가 그녀를 반겼다.
"와 주셨군요, 아가씨! 오시는 길이 부담스럽고 어려우셨을 텐데 정말 감사합니다."
별로 대단한 일을 하러 온 것도 아닌데 너무 반가워하니 스칼렛은 민망한 표정을 지었다.
"어차피 뭐가 없어져도 빅토르는 모를 텐데……."
"예, 저도 그럴 것 같다고 생각합니다. 그래도 만에 하나라도 모르는 물건을 팔아서 경을 칠까 봐 무서워서요."

"그건 그래. 부담스럽지."

스칼렛이 이해한다는 듯 고개를 끄덕였다. 그리고 우선은 그녀가 쓰던 별채의 드레스룸으로 향했다.

스칼렛이 사용하던 공간들은 올 때마다 기괴할 정도로 변함이 없었다. 그녀가 몇 가지 아끼는 물건만 챙겨서 나가던 날 이후 그대로였다.

드레스룸 역시 스칼렛이 남기고 간 옷들이 그대로 걸려 있었다. 드레스는 유행을 타기 때문에, 경매에서 사는 돈보다 수선비가 더 들 테니 내놓지 않았다. 스칼렛이 펜과 노트를 들고 그녀를 따라 걷는 캔디스에게 말했다.

"드레스는 다 팔든지 해야지, 그대로 놔뒀네."

"그, 그러게요."

캔디스는 겉으로 맞장구쳤지만 내심으로는 염려를 감추고 있었다. 그녀의 물건을 건드리지 말라고 지시한 것은 빅토르였다. 스칼렛은 제가 쓰던 공간들을 그대로 관리하는 것에 얼마나 손이 많이 가는지 모를 터였다.

하인들 중에는 그 방을 '죽은 아내의 방'이라고 부르는 자들도 있었다. 사랑하는 아내가 죽어서 빈 방이 된 것쯤이어야 그 방을 박제한 것처럼 남겨놓는 행동이 납득된다는 것이다.

스칼렛은 멀쩡히 살아 있는 데다가 둘은 서로가 서로의 마음을 배신한 것을 이유로 이혼했다. 그런데도 왜 이 방을 그대로 두는 일에 품을 들이는 건지, 궁금한 사람은 많았으나 물을 수 있는 사람이 없었다.

스칼렛은 드레스룸 안쪽에 있는 보석함으로 향했다. 보석함이라고 해도 테이블로 쓸 수 있는 크기였다. 여러 개의 문이 달린 보석함의 모든 문을 연 스칼렛은 고민에 빠졌다.

"음……."

덤펠트 가문은 쫓겨난 왕녀의 가문이었고, 버려진 땅의 주인이었다. 마리나 이렌을 내치기 위해 급하게 만든 가문이니 역사와 전통이라고는 없다. 그러므로 덤펠트 가문은 명문가가 될 수 없었다.

그 약점을 채우기 위하여 빅토르는 꾸준히 경매에서 역사와 전통이 깃든 물건을 사들였다. 스칼렛의 생일이나, 결혼기념일조차도 빅토르에게는 그런 물건을 사들일 수 있는 빌미가 되었다.

빅토르가 스칼렛에게 선물한 보석과 가구늘은 전부 역사 속 유명인이 사용하던 것들이었다. 그는 이 보석들이 덤펠트 가문의 적통성을 만들어 줄 것이라 믿었다. 아마 실제로도 그럴 가능성이 컸다.

'백여 년은 지나야 가능한 일이겠지만.'

아무튼 그런 보석들은 따로 금고에 보관하고 있으니, 보석함은 거대한 크기에 비해 든 것이 별로 없었다. 생각해 보면 이 보석함조차 유명한 가수가 사용하던 것이었다.

스칼렛이 심각하게 고민하고 있으니 뒤에서 기다리던 캔디스가 한마디 했다.

"금고에 있는 걸 내놓으시면 안 돼요?"

"아, 응. 금고에 있는 건 다 역사가 있는 물건들이라 내놓기가 좀 그러네. 빅토르가 싫어할 거야."

스칼렛이 대답하곤 보석함을 쓰다듬으며 말했다.

"가끔은 남편이 가여워. 명예에 그렇게 목을 매는 게."

"도련님이 불쌍해요? 세상에 불쌍한 사람 다 죽었게."

캔디스의 핀잔에 스칼렛이 웃었다.

"그것도 그렇지?"

그녀가 보석함을 한 번 더 살피며 말했다.

"그래도 있잖아. 나는 나를 정말 정말 사랑하는 가족이 세상에 한 명은 있거든."

"도련님에게도 아가씨가 있었잖아요."

캔디스의 말에 스칼렛이 웃었다.

"음. 그러고 보니까 그래. 내가 얼마나 많이 사랑했는데. 사람이 좀…… 배신도 하구. 그까짓 거 좀 용서해 주지."

"그러니까요. 험담을 해야 얼마나 했다고. 없는 말 지어낸 것도 아닌데 말이에요."

캔디스가 연신 편을 들어주니까 스칼렛은 자꾸만 웃게 되었다.

그렇게 보석함을 찾던 스칼렛은 드디어 자선 행사에 낼 만한 것을 발견했다.

"아, 이게 좋겠다."

그녀가 꺼낸 것을 본 캔디스가 난처해했다.

"그걸 내놓으시게요?"

스칼렛이 결혼할 때 쓴 티아라였다. 그녀가 가진 것 중에 유일하게 새로 제작한 물건이었다.

전통을 만들어야 한다는 이유로 마리나가 입었던 드레스를 입고, 그녀가 받은 반지를 꼈지만 티아라만큼은 새로 만들었다. 검은 머리칼을 가진 마리나 덤펠트가 쓰던 티아라가 연한 금발을 가진 스칼렛과 어울리지 않았기 때문이다.

"깨진 결혼의 물건이라 사람들이 싫어하려나…….."

스칼렛이 티아라를 바라보며 혼잣말을 하고 있을 때, 방으로 빅토르가 들어섰다.

스칼렛이 흠칫 놀라서 시계를 보니 마땅한 물건을 찾지 못해 고민하느라 생각보다 시간이 많이 지나 있었다. 그녀는 서둘러 보석함을 닫고 몸을 일으켰다.

"미안. 생각보다 내놓을 물건이 없어서 좀 오래 있었어."

스칼렛이 티아라를 들어 보이며 말을 이었다.

"이걸 내놓을까 했는데."

"그렇게 해. 좋아 보이는군."

"당신은 보석 같은 것 잘 기억 못 하지?"

"전혀."

빅토르가 솔직하게 시인하자 스칼렛이 티아라를 내려놓으며 말했다.

"우리 결혼식 때 내가 썼던 건데. 우리 결혼이 깨져서, 이걸 내놓으면 사람들이 싫어할까 봐."

"다른 건 없나? 보석 많잖아."

"다 중요한 거라 못 팔아. 리차드 카멜리가 아내에게 선물한 반지나 나탈리아 이렌의 목걸이를 어떻게 경매에 내놓겠어?"

리차드 카멜리는 역사 속의 기사단장이었고, 나탈리아 이렌은 백여 년 전 왕족 여자 중의 하나이며 역사상 가장 아름다웠다고 기록되어 있는 사람이었다.

스칼렛은 나탈리아 이렌의 외모에 대한 에피소드를 들을 때마다, 빅토르의 외모가 그 이야기의 생생한 증거라고 생각했었다.

빅토르는 보석에는 전혀 관심이 없었으므로 그저 적당히 대답했다.

"그건 그렇군. 그럼 내 물건을 내놔. 거의 다 새것이니까."

그가 말하며 같이 나가자는 듯 문 쪽을 보며 고개를 까딱였다. 그러자 스칼렛이 고개를 끄덕이고 몸을 일으켰다.

그녀는 곧 빅토르의 방으로 가, 그가 가진 것들을 살폈다.

스칼렛이 가지고 있는 것과 반대로 빅토르의 것은 전부 새것이었다. 하나하나 그녀가 신경 써서 고르고 골라 직접 포장했던 물건들.

스칼렛은 제 것은 다 오래된 것이고, 그의 것은 전부 새것이라는 사실을 새삼 깨달았다.

그들 부부는 함께 사는 내내 서로가 바라는 것을 반대로 주고 있었다. 가문의 이름을 드높이고 싶어 오래된 것을 필요로 하는 그에게는 새것을, 열두 살 이후로 새것을 받아 본 적 없어 새것을 바라던 자신에게는 오래된 것을.

결혼 초기의 스칼렛은 빅토르가 선물을 준비했다는 사실 자체에 뛸 듯이 기뻐했었다. 그러나 차차 그것들이 제 선물을 빙자해 덤펠트 가문에 역사를 만드는 재료일 뿐이라는 사실을 알아 갔다.

그런 남자에게 자신은 늘 백화점에서도 가장 잘 보이는 곳에 걸려 있는 것을 사다 주었다. 아마 제가 선물을 받을 때에 느꼈던 약간의 쓰라림과 실망을 그도 느꼈을지 모른다. 스칼렛은 요즘 들어 자주, 자신의 노력이 강요였다는 생각을 했다.

그녀가 애써 담담한 얼굴로 빅토르에게 물었다.

"7번가에서도 자선 행사를 하는데, 안 쓰는 담요 같은 거 있어?"

빅토르가 고개를 기울여 스칼렛을 보았다.

"무슨 자선 행사."

"그냥 말 그대로 7번가 사람들도 자선 행사를 하니까. 기부금도 모으고 겨울에 담요랑 오래 두고 먹을 수 있는 절임 같은 것도 내놓고. 맞아. 땔감 같은 것도 있으면 좋은……."

빅토르를 설득하기 위해 열심히 설명하던 스칼렛이 말을 멈췄다.

빅토르는 서랍장을 손으로 비스듬히 짚고 서서 자신을 보고 있었다.

보통의 사람들은 언어 외에도 표정이나 제스처로 상호작용을 하는데, 빅토르와는 그것이 힘들었다. 대화 중간중간 맞장구치는 말을 하는 법이 없고, 세상 모든 것에 큰 관심이 없는 오만한 눈빛으로 상대를 바라볼 뿐이었다. 듣고는 있는지, 아주 아주 약간이라도 상대의 말에 관심이 있는 건지 분간할 수 없었다.

스칼렛이 다소 입매가 굳어서 말을 이었다.

"관심 없으면 그만두자. 경매에는 이 커프스들을 내놔. 당신이랑 안 어울려."

"관심 없다고 한 적 없는데."

"관심 없잖아."

그녀가 턱을 조금 들어 빅토르를 올려다보며 말했다.

잠시 그녀를 바라보던 빅토르가 그녀 쪽으로 몸을 숙였다. 가까워지는 서늘함에 스칼렛의 어깨가 흠칫 떨렸다.

빅토르가 고개를 기울이며 말했다.

"그래서 기부금, 담요와 절임과 땔감. 그리고 뭐."

가까이서 묻는 그의 말에 스칼렛의 입술이 조금 열리고, 그대로 멈췄다.

그녀가 말이 없으니 빅토르가 다시 입을 열었다.

"그리고?"

"……털실로 만든 옷 같은 거? 낡은 옷은 모아서 다 같이 풀고 새로 짜서 옷도 만든다더라. 내가 가진 숄 중에 두꺼운 것들 있었잖아, 그런 거 풀어서."

그렇게 말하고 나서도 빅토르가 자신을 보고 있어서, 스칼렛은 불편한 마음에 괜스레 덧붙였다.

"이상이야."

왠지 그에게는 그렇게 보고하듯 말해야 할 것 같아 마무리했는데, 빅토르가 고개를 한쪽으로 돌리더니 웃음을 흘렸다.

그는 잘 웃지 않으니, 어지간히 어이없었던 모양이다. 스칼렛은 민망함에 뺨이 화끈거렸지만 아무렇지도 않은 척 고개를 빳빳이 들고 있었다.

잠시 후 빅토르가 종을 흔들어 블라이트를 불러 말했다.

"안 쓰는 담요, 절임, 땔감이 있으면 7번가로 보내."

"기부 행사로군요? 네, 알겠습니다."

"아, 그리고 털실로 만든 것 중에 실을 다시 쓸 만한 것도."

"예."

"이상."

"예?"

블라이트는 빅토르가 생전 안 하던 말에 의아해하며 눈을 깜빡거리고, 스칼렛의 눈은 당황해서 동그래졌다.

블라이트는 눈치로 아마 둘 사이에 앞서서 대화가 있었고, 빅토르가 그걸로 놀리고 있다는 걸 알았다. 그래서 처세로 웃어 보이고 그곳에서 물러났다.

스칼렛은 속에서부터 화끈거리는 게 올라와 빠르게 인사했다.
"고마워. 그럼 가 볼게."
"여기 있어. 준비할 때까지."
"내려가서 기다릴게."
"그렇게 잠깐도 나와 못 있겠어?"
빅토르의 낮은 목소리에 스칼렛은 한동안 말이 없었다. 머뭇거리며 뜸을 들이던 그녀가 입을 열었다.
"아이작이…… 빛을 볼 수 있게 되었어. 약이 효과가 있었어. 당신 말대로 내가 당신을 팔았나 봐, 그 약에."
스칼렛이 빅토르를 바라보며 말을 이었다.
"그래서 당신에게 너무 미안하다고 생각하면서도, 당신이 계속…… 미칠 만큼 미워."
"왜 날 용서하지 못해?"
이해하지 못하는 빅토르의 표정에 스칼렛은 울컥해서 손톱으로 테이블을 할퀴듯 긁었다. 그리고 어느새 빅토르의 목소리가 옮은 듯이 차가워진 목소리로 말했다.
"내가 열병을 앓는 동안, 당신이 잃은 건 고작 명예잖아."
그녀의 말을 끝으로 잠시 침묵이 흘렀다.
빅토르는 그녀의 손을 움켜쥐어 테이블에서 떼어 냈다.
"고작 명예라고 생각하니 이런 어린애 같은 행동을 하는 모양이군."
"우리는 이제 부부가 아니야. 내가 무슨 행동을 하든 당신이……."
"이런 옷도 그만 입고."
빅토르가 다른 손으로 그녀가 입은 수수한 드레스의 목덜미에 달린 리본을 당겼다.

스칼렛은 그의 행동에 긴장해 저도 모르게 순간 숨을 멈췄다. 그의 손에 리본이 풀리고 그녀의 빗장뼈가 조금 드러났다.

스칼렛이 떨리는 목소리로 물었다.

"내 옷이, 당신이 그렇게 집착하는 명예에 또 흠을 냈어?"

그러자 빅토르가 무심한 얼굴로 말했다.

"그런가."

스칼렛은 서둘러 빅토르가 잡은 손을 빼낸 후 그에게서 몸을 돌렸다. 그리고 떨리는 손으로 리본을 묶었다.

그녀가 힘겹게 떨림을 감추며 아까 다 못한 말을 이었다.

"난 여기로 안 돌아와. 그럼 당신이 원하는 대로 살 필요도 없잖아. 그러니까 참견하지 마."

그녀의 말에 등 뒤에서 실소하는 소리가 들렸다. 그 소리에 저도 모르게 긴장이 풀려 돌아보았다가 그대로 얼었다.

해적들이 마지막 순간에 보는 빅토르의 표정이 저랬을까. 그는 매끈한 악마 같은 얼굴로 서 있었고, 스칼렛은 지금까지의 어떤 순간보다도 빅토르 덤펠트가 두렵게 느껴졌다.

그의 시선에 얼어서 도망치겠다는 생각조차 못 하고 서 있을 때, 밖에서 소란스러운 소리가 들렸다. 스칼렛이 창밖을 보니 한터 가문의 문장을 단 마차가 들어오고 있었다.

곧 마차가 멈춰 서더니 문이 열리고, 거기서 니나 한터가 내려섰다. 화려한 미인에 완벽한 몸매를 가진 그녀는 마차에서 내려서는 것만으로도 주변을 시들게 만들었다.

그녀를 보던 스칼렛이 빅토르를 돌아보았다. 그리고 몸이 얼 것 같은 압박감에서 벗어나려 과한 농담을 던졌다.

"거봐, 바다에서 조금만 더 빨리 돌아왔으면 좋았잖아. 그랬으면 니나 한터와 결혼할 수 있었을 텐데."

그러자 빅토르가 물었다.

"내가 어떻게 반응하길 원해?"

"그냥. 그렇다는 얘기야."

"아, 그래. 바다에서 더 빨리 돌아와서 니나 한터와 결혼할 걸 그랬네."

"……"

"마음에 들어?"

그가 묻자 스칼렛이 잠시 생각하다가 고개를 저었다.

"솔직히 마음에 안 들어."

빅토르에 대한 감정이 어떻든, 이혼을 한 사이여도 그가 예전에 만나던 연인은 껄끄러울 수밖에 없었다.

스칼렛이 니나 한터를 보며 말했다.

"난 저 여자와 관련된 것이 마음에 든 적이 없어."

뭐가 마음에 들었던 건지, 빅토르는 희미한 미소를 지었고 얼음 같던 긴장이 다소 녹았다.

평소 빅토르의 눈에 스칼렛은 지나친 박애주의자였다. 자신에게만큼은 아니지만, 확실히 일반적인 사람보다는 사랑이 넘쳐 났다. 그런 그녀가 싫어하는 여자가 제 이전 연인이라는 건 빅토르에게 제법 괜찮은 사실이었다.

빅토르 덤펠트가 1층 로비로 내려오자 니나 한터가 말했다.

"갑자기 찾아와서 미안해. 자선 행사에 낼 물건들을 가져가려고 왔어."

그녀의 말에 설명이 부족하다고 느낀 듯 빅토르가 말없이 그녀를 주시했다.

니나는 고상하기 짝이 없는 그의 얼굴에 그와 함께하던 때 느끼던 감각들을 떠올리며 말을 이었다.

"경매에 내놓을 좋은 물건들을 사용인에게 맡길 수는 없잖아? 중간에 잃어버리기라도 하면 행사를 주최하는 내가 뭐가 되겠어."

그때 한발 늦게 마차 하나가 더 들어왔다. 그리고 그 마차에서 그녀의 오빠인 휴건 한터가 내렸다.

그가 능청스럽게 눈썹을 움직이며 말했다.

"바쁘실 텐데 죄송합니다. 귀한 물건들이 많아 왕실경찰인 저까지 따라나섰네요."

빅토르가 인사를 받는 대신 블라이트에게 말했다.

"차를 준비해. 네 잔."

"예, 도련님."

그 말에 니나가 의아해하며 물었다.

"네 잔? 누가 더 있어?"

그러자 빅토르가 대답했다.

"스칼렛이 와 있어."

"뭐어? 왜?"

"여자 물건은 내가 모르니까. 정리해 주러."

"아."

니나가 이해한다는 듯 대답했으나, 표정에 묘한 의아함이 남아 있었다. 옆에서 휴건이 태연하게 말했다.

"한 번도 뵌 적이 없네요, 스칼렛 양은."

"들어가지."

빅토르가 몸을 돌려 응접실로 향했다. 그러자 휴건이 동생 니나에게 말했다.

"내 말에 대답을 안 해 주시네."

"그럼 좋겠어? 왕실경찰이 약점을 캐내는 바람에 왕가 입성을 여태 못 하고 있잖아."

"그래도 너무하시잖아."

휴건이 투덜거리며 걸음을 옮겼다.

그사이 블라이트는 스칼렛에게 이 사실을 전했다.

"아가씨, 한터 가문의 자제분들이 오셨습니다."

"응. 아까 마차에서 내리는 거 봤어. 난 몰래 나가도 되려나?"

"그게, 이미 도련님께서 네 분 자리를 준비하라고 하셔서요."

그 말에 스칼렛이 반응하기도 전에 캔디스가 말했다.

"아가씨, 어서 드레스부터 고르셔야 해요."

"빨리 나가서 인사부터 해야지."

"아뇨, 갑자기 찾아왔으니 자기들이 기다려야죠."

스칼렛의 의중이 어떻든 캔디스는 저택 안의 사용인들을 죄다 불러 모았다. 특히 하녀들은 다 자기 일 놔두고 모여들어 야단법석이었다.

"이런 상황에선 무조건 힘줘서 꾸며야 해요."

그러자 스칼렛이 다소 납득을 못 하는 얼굴로 물었다.

"전남편의 전 여자친구를 만나는 자리에서?"

"네, 바로 그런 상황이죠."

스칼렛이 신문에서 연극배우들의 연애담을 찾아보듯이, 이들도 고용주의 연애 관계가 재미있는 모양이었다.

스칼렛은 제 눈과 비슷한 색의 붉은 벨벳 드레스를 입었고, 그 위에 두툼한 순백색의 숄을 가져와 둘렀다.

이윽고 준비를 끝낸 그녀는 응접실 문 앞에서 잠시 눈을 감고 마음을 가다듬었다.

이 안에 있는 사람들은 태어나자마자부터 부모가 붙여 준 가정교사에게 사교 예절을 배운 사람들이었다. 스칼렛은 늘 이런 곳에 들어서는 것이 두려웠다. 뭐 하나라도 실수할까 걱정이 되었다.

그녀는 잠깐, 빅토르와의 결혼 생활 중에 참석했던 파티들을 떠올렸다. 아주 먼 곳에 있다가도 시선으로 그녀를 확인하던 그때의 남편을.

그리고 어느 순간에 곁에 다가와서는 한 팔로 허리를 감싸 안으며 사랑을 속삭이듯이 귀에 속삭였었다.

"고개 들어. 내 아내가 시선을 피해야 할 사람은 없어."

그는 스칼렛이 가진 이 두려움을 근간부터 이해하지 못했다.

'이혼을 한 뒤에는 이 짓을 하지 않아 좋았는데.'

어느 정도 호흡을 가다듬은 스칼렛은 허리를 바로 하고 턱을 든 후 블라이트에게 말했다.

"들어갈게."

그녀의 말에 블라이트가 고개를 숙인 후 노크했다.

"아가씨께서 오셨습니다."

그리고 문을 열었다.

주눅 들지 않겠다고 마음먹었던 스칼렛은 빅토르를 먼저 보고, 니나를 지난 후 그 옆에 있는 그녀의 오빠를 발견했다.

왕실경찰의 정복을 입고 있는 휴건 한터와 눈이 마주치는 순간 스칼렛은 몸에 힘이 풀려 자리에 주저앉았다.

"아가씨!"

복도에 있던 하녀들이 급하게 달려와 그녀를 부축했다. 스칼렛은 호흡이 가빠 숨을 제대로 쉬지 못했다.

'실수하면 안 돼. 실수하면…….'

머릿속으로 그 생각이 반복되니 더더욱 정신을 차릴 수 없었다. 스스로도 왜 이러는지 알 수가 없었다.

처음 보는 남자였다. 그런 낯선 사내와 눈이 마주치는 순간 숨을 쉴 수가 없었다.

그녀가 바들바들 떨고 있을 때, 몸이 들렸다. 그리고 머리 위에서 빅토르의 목소리가 들렸다.

"의사."

"예, 도련님."

스칼렛은 숨을 쉬지 못해 헐떡거렸고, 빅토르는 그녀를 데리고 가장 빠르게 닿을 수 있는 바로 위층의 손님용 침실로 들어갔다.

스칼렛은 침구를 손으로 할퀴며 괴로워했다. 눈에서 눈물이 후드득 떨어지는데 본인 스스로 이유를 알 수가 없었다.

빅토르는 우선 손으로 그녀의 몸에 딱 맞게 재단된 드레스를 찢었다. 그리고 사람들을 전부 나가게 한 후, 이불로 완전히 그녀를 덮어 감싸고 품으로 끌어안았다.

스칼렛의 몸이 심하게 떨렸다.

빅토르가 그녀의 손목을 당겨 손목시계를 그녀의 얼굴 가까이로 가져가며 말했다.

"지금 몇 시지?"

그러자 스칼렛이 시계를 보았다. 천천히 초침이 움직이는 것에 그녀의 시선이 따라갔다. 그녀의 관심을 시계로 돌린 빅토르가 말을 이었다.

"시계를 만드는 법을 생각해 봐. 순서대로."

"순서대로……."

스칼렛이 그제야 쉰 듯하게나마 목소리를 냈다. 곧 의사가 달려왔으나 빅토르는 다시 물러나라고 손짓했다.

곧 침실에는 두 사람만이 남았고, 스칼렛은 제 손목시계를 보며 시계를 만드는 법을 하나씩 이야기하기 시작했다.

"일단은 은을 사서……."

"아, 거기부터."

빅토르가 의도적으로 웃음소리를 내 주니 달달 떨리던 스칼렛의 몸이 약간이나마 진정되었다.

그녀가 중얼거렸다.

"공장에 메인 플레이트를 발주해야지."

빅토르는 그녀를 가만히 바라보았고, 스칼렛은 떨리는 목소리로 말을 이었다.

"그리고 메인스프링 배럴이 들어가는데……. 아, 그 전에 보석을 사야 하는데, 흥정이 힘들어. 보석 가게의 파라디 부인은 엄청 위험한 조직과 연관되어 있대."

"파라디라면 그렇지."

"'그렇지'라고?"

순간 위험한 말을 들은 듯해서, 스칼렛은 눈을 동그랗게 뜨고 고개를 들었다. 그러자 눈이 마주친 빅토르가 고개를 조금 더 숙이며 가까이서 물었다.

"이제 괜찮아진 모양이군."

"……아."

스칼렛은 조금 숨쉬기가 편해진 것을 느끼며 고개를 끄덕였다. 순간 불안감이 가슴팍을 짓눌러 숨이 쉬어지지 않았는데, 다른 생각을 하고 있으니 그 불안감이 스칼렛으로부터 한 걸음 물러났다.

빅토르가 말했다.

"손님들을 돌려보내고 올 테니 여기 있어."

"같이 가."

그녀가 억지로 몸을 일으키려 하다가 찢어진 제 드레스를 발견하고 놀라 이불로 몸을 감쌌다.

빅토르가 제 재킷을 벗어 우선 그녀를 덮어 주며 말했다.

"그럴 필요 없어."

"아니, 이상하잖아. 태어나서 처음 보는 사람인데 이러는 게."

"……."

빅토르는 심기가 불편한 듯했으나, 별수 없이 허락했다.

"천천히 나와."

"고마워."

그런 그녀의 미소에 빅토르는 대답 없이 몸을 돌려 침실을 나왔다.

그가 떠나고 스칼렛은 우선 드레스를 갈아입었다. 그러고도 잠시 침대에 앉아 생각에 잠겼다.

자신의 행동과 심리를 자기 스스로 전혀 이해할 수가 없었다. 그 답답함이 오히려 그녀를 다시 응접실로 나서고 싶다는 생각을 하게 만들었다.

세상 누구도 믿지 않았지만, 스칼렛은 정말로 왕실경찰 본청에서 취조당할 때의 일이 생각나지 않았다. 그사이에 무슨 일이 있었는지 알고 싶었다. 그리고 어쩌면 이 남자가 그날 그 자리에 있었던 건지도 몰랐다.

자신이 빅토르 덤펠트를 배신했던 그 일주일 사이에.

―――――◆◆◆―――――

응접실에 남은 니나가 불만스럽게 말했다.

"남편의 관심을 끌고 싶어 한 거였다면 성공이네. 안 그래?"

그녀가 말했을 때, 휴건은 무언가 생각하는지 묘한 표정을 짓고 있었다. 그런 그의 표정을 본 니나가 정색했다.

"둘이 무슨 관계야? 무슨 관계인데 저 여자가 저러냐구."

"무슨 소리야. 아무 관계도 아니야."

"아무 관계도 아닌데 갑자기 저렇게 기절해? 말이 안 되잖아."

"정말이야. 이유를 전혀 모르겠는데?"

휴건은 태연하게 대답했다.

"전생에 연이라도 있었던 모양이지."

그런 그의 대답에 니나는 지겹다는 듯 고개를 저었다.

잠시 후 남매가 있는 곳으로 빅토르가 돌아왔다. 휴건이 몸을 일으키며 말했다.

"스칼렛 양께서는 어떠십니까?"

"괜찮소."

빅토르가 대답하고 다시 자리에 앉았다. 그리고 다리를 꼬고 차를 한 모금 마시며 말을 이었다.

"곧 다시 나오겠다고 하더군."

그 말에 휴건이 빙그레 웃으며 말했다.

"오해가 있다면 정말 풀고 싶습니다. 저는 정말로 스칼렛 양과는 처음 보는 사이라서요."

"신경 쓸 것 없소. 스칼렛도 같은 말을 했으니."

"아, 그러시군요."

휴건이 안심했다는 듯이 다시 미소를 지었다.

니나가 빅토르의 얼굴을 빤히 주시하며 말했다.

"신기하기도 하지. 이혼하고도 잘 지내네."

"갑자기 쓰러지는 여자를 놔둘 수는 없지."

그렇게 이야기하고 있을 때, 곧 드레스를 갈아입은 스칼렛이 돌아왔다. 이번에는 아까보다 훨씬 편안해 보이는 차림새였다. 그러나 스칼렛의 얼굴색은 돌아오지 않았고 손도 여전히 떨리고 있었다.

휴건이 염려스러운 표정으로 몸을 일으켰다.

"이제 좀 괜찮으십니까?"

그의 질문에 잠시 생각하던 스칼렛이 입을 열었다.

"정말로, 나를 처음 봐요?"

"예?"

"제가 요즘 제 기억을 믿을……."

무심코 말하던 스칼렛이 급하게 손으로 제 입을 막았다. 어머니 때문에 제정신이 아닌 사람이라면 치를 떠는 빅토르 앞에서, 남들이 듣는 곳에서 이런 이야기를 꺼낸다면 그가 기꺼워할 리 없었다.

빅토르는 그녀 쪽을 보고 있지 않았고, 스칼렛은 애써 미소를 지으며 말했다.

"요즘 일이 많아서, 좀 정신이 없었어요."

"그러시군요."

"정말로, 저와 만난 적이 없나요?"

"스칼렛 양을 이전에 만난 적이 있다면 기억할 수밖에 없을 것 같은데요."

스칼렛은 답답한 마음에 휴건을 다소 무례할 정도로 주시했다. 그리고 잠시 후, 그녀가 입을 열었다.

"왕실경찰이라고 하셨으니, 왕실경찰 본청에서 뵌 적이 있었던 건 아닐까요?"

그녀의 질문에 빅토르가 그들 쪽을 보았다.

휴건이 태연하게 눈웃음을 지었다.

"그건 다른 왕실경찰이었습니다. 정말로, 정신이 없으신 것 같군요."

"……미안해요."

스칼렛은 사과했지만 저도 모르게 다시 휴건의 얼굴을 살피게 되었다.

마음 한구석 속에 있는 답답함, 그녀가 가진 특유의 지독한 호기심이 영문 모를 두려움을 이겼다. 그리고 그녀가 중얼거렸다.
"아뇨. 확신해요."
그녀는 드디어 자신의 기억에 확신하고 말을 이었다.
"나는 그곳에서 분명히 경과 만난 적이 있어요."
"그렇군요."
휴건이 미소를 지었다.
"제가 다시 확인해 보도록 하죠."
"고마워요."
스칼렛은 그제야 안심하는 듯 보였다.
테이블 앞에 앉은 그녀는 침착하게 차를 마시기 시작했다. 그러다 순간, 어떤 장면을 떠올리고 비명을 지르며 찻잔을 떨어뜨렸다.
그녀가 테이블에서 벗어나자 빅토르의 시선이 스칼렛을 향했다.
스칼렛은 제가 떠올린 장면으로 인해 겁에 질려 있었으나, 언제나 혼란을 일으키던 마리나 덤펠트 공작과 자신이 다르다는 것을 보여주려 떨리는 목소리로 말했다.
"벌레가…… 있어서."
그러자 니나가 갸우뚱하며 물었다.
"이 겨울에요?"
"……"
그녀는 머릿속을 맴도는 기억들을 쫓아내려 애썼다.
가짜일 거라고 생각했다. 그러나 동시에 왕실경찰 본청에서 취조를 받을 때 보이던 휴건 한터의 얼굴이 떠올랐다.
분명히 저 남자가 그곳에 있었다.
"나에게 차를 줬잖아요."

스칼렛이 휴건에게 말했다.
그녀의 말에 휴건이 잠시 생각하더니 난처하다는 듯이 말했다.
"제가 간혹 모르는 여성분에게 추파를 던지기도 합니다. 그런 거였다면 정말 죄송하군요."
"그게 아니라!"
"스칼렛 양."
휴건이 난처한 목소리로 말했다.
"무슨 일인지 모르겠지만 이러시면 곤란합니다. 빅토르 경께서도 계시는데요."
스칼렛이 돌아보니 빅토르는 이제 아예 그녀 쪽을 보고 있지도 않았다.
그녀의 행동은 정말로 정신 나간 사람처럼 보였고, 빅토르는 더 이상 그녀를 위로해 줄 생각이 없어 보였다.
스칼렛은 어쩌면 아까 빅토르가 보여 준 다정한 행동도 그저 사교계의 중심인 니나가 보는 앞에서 그녀가 이상한 행동을 하지 못하게 하려는 것이겠거니, 생각하게 되었다.
어찌 되었든 스칼렛은 아까 보여 준 빅토르의 다정함이 고마웠고, 더 이상 그를 난처하게 하고 싶지 않았다.
그녀는 자신이 떠올린 기억이 허상이라고 생각해야 했다. 그것만 외면한다면 현실은 안정될 것이다. 그러나 그녀는 그것을 외면하지 못하고, 간절함이 담긴 목소리로 빅토르에게 말했다.
"나 왕실경찰 본청에서 있었던 일이 조금은 기억 날 것 같아. 분명히 저분을 봤어."
그러자 휴건이 곧 미소를 지으며 말했다.

"네, 저도 생각해 보니 그런 것 같습니다."

그 말에 니나가 인상을 썼다.

"무슨 소릴 하는 거야. 오빠는 그즈음에 율리와 순방을 다녀와서 수도에 있지도 않았잖아."

"니나."

휴건이 난처한 듯 말했으나, 니나는 답답함에 빅토르를 보며 말했다.

"당신도 순방단 일행이 출발할 때 있었으니 기억하지?"

그런 그녀의 질문에 빅토르마저 대답이 없으니 니나가 혀를 차며 비꼬았다.

"아, 다들 아주 대단히 신사적이시네."

스칼렛은 무언가 더 해명을 해 보려 했지만 생각나는 장면이라고는 휴건을 앞에 두고 차를 마시던 그 장면 하나뿐이었다.

그러나 그녀는 자신의 기억을 확신했다. 스칼렛은 정말로 많은 시간, 도무지 떠오르지 않는 그날의 기억을 떠올리는 것에 매달려 왔다. 그러던 것이 휴건 한터의 얼굴을 보는 순간, 중요한 퍼즐을 맞춘 듯이 그 윤곽이 조금씩 드러나 보이기 시작했다.

스칼렛이 다시 의자에 앉아 빅토르의 손을 감싸 쥐었다.

"정말이야, 빅토르. 그날 왕실경찰 본청에서 날 취조한 사람이야. 저분에게 물어보면 그날 일을 정확하게……."

간절한 마음으로 이야기하던 스칼렛의 목소리가 조금씩 사그라들었다.

빅토르는 그녀가 말하는 것을 무심한 얼굴로 미동 없이 바라보고 있었다.

"아내까지 수도원에 보내야 하나."

스칼렛은 그렇게 말하던 빅토르의 얼굴을 떠올렸다. 그때도 정말이지, 지금과 똑같은 얼굴로 자신을 보고 있었다. 이제 정신 나간 여자라면 지긋지긋하다는 표정.
'맞아. 이 남자는 내 말을 믿지 않았었지.'
스칼렛이 떠올리며 쓰게 웃었다.
이혼한 사이에 그가 다시 자신을 수도원에 처넣지야 않겠지만, 그때와 같은 두려움이 자신을 덮치는 것에서 벗어날 수는 없었다.
지극히 냉정하고 이성적인 그는 늘 스칼렛이 제 스스로의 행동을 수치스럽게 여기도록 만들었다. 사랑에 빠져 있던 제 모습마저 그의 앞에서는 과장되어 보였고, 우스꽝스러운 광대처럼 느껴졌다.
미친 건 나일까? 이 상황에서 이상하게 행동하는 건 이번에도 내 쪽이려나.
스칼렛은 천천히 빅토르의 손을 놓았다.
그녀가 떨리는 목소리로 말했다.
"그럼 내가 정말로…… 제정신이 아닌 거구나."
그녀의 손이 힘없이 스르륵 테이블 아래로 떨어졌다.
"내가 미친 건가 봐."
스칼렛이 허무하게 중얼거리고 실없이 웃었다. 그리고 자리에서 몸을 일으켰다.
"빅토르, 난 가 볼게."
"그래."

빅토르는 대답했으나, 그 목소리 속에서 피로가 느껴졌다.

그는 그 대답을 끝으로 담배를 꺼내 입에 물었다. 빨간 담뱃불과 뿌연 연기로 스칼렛은 머릿속만큼이나 시야도 흐려지는 기분이 들었다.

긴 시간 제 어머니에게 시달린 그는 지금 다시 한번 사교계 최고의 유명 인사이자, 전 여자친구인 니나 한터, 그리고 그의 치부를 파헤친 왕실경찰 앞에서 제정신이 아닌 여자와 결혼 생활을 해 왔다는 것이 드러났다.

빅토르는 분노를 누그러뜨리기 위해 담배를 피웠고, 스칼렛은 니나와 휴건에게 고개를 숙여 인사하고 정신없이 그곳을 도망치듯 빠져나왔다.

급하게 저택을 달려 나오느라 구두가 벗겨진 후에야 스칼렛은 잠시 멈춰 섰다. 구두를 다시 찾아서 신은 이후에는 더 이상 달리지 않고 멍한 얼굴로 걸었다.

트램역에 도착한 후, 그녀는 벤치에 앉아 몇 대의 트램을 그냥 보냈다. 결국에 막차가 도착했다는 역무원의 안내를 듣고서야, 그녀는 몸을 일으켰다. 그리고 트램으로 걸어가며 혼잣말을 중얼거렸다.

"미친 건 나야. 세상이 아니야."

아직까지도 그녀에게는 자신에 대한 믿음이 어느 정도 남아 있었다. 취조 당일의 기억이 돌아오지 않는 게 억울했고, 이런 일이 생긴 것이 억울했었다.

그러나 지금에 와서 생각해 보니, 그 상황 속에서 이상한 건 저 혼자뿐이었다.

그녀는 아둔한 제 머리를 깨우려 몇 번이고 반복해서 혼잣말을 했다.

"나는 제정신이 아니야, 스칼렛 크림슨."

이제 그 사실을 받아들일 때가 되었다고 생각했다.

―――・◆・―――

스칼렛은 넋이 나간 얼굴로 시계 가게로 돌아왔다. 가게를 지키던 안드레이는 그녀가 문으로 들어서기 무섭게 핀잔했다.

"경매에 낼 물건 고르는데 왜 이렇게 늦게 오십니까? 모시러 가야 하나 고민했잖아요."

말하던 중간에 그는 스칼렛의 상태를 알아차린 듯했지만 특유의 쌀쌀한 성격 때문인지 굳이 문장을 끝까지 맺었다.

스칼렛이 멍한 얼굴로 말했다.

"아직도 퇴근 안 했어?"

"금방 오겠다는 분이 안 오시잖아요. 사장님이 어디서 사고라도 나면 제 급여는 어떡합니까?"

안드레이의 말에 스칼렛이 희미하게 웃었다.

"미안. 이제 퇴근해. 내일 늦게 와도 돼. 가게는 내가 열게."

스칼렛이 말하고 지쳤는지 1층 벽난로 앞에 주저앉았다. 그냥 출발하려던 안드레이가 푹 한숨 쉬더니 그녀의 옆에 쪼그리고 앉아 물었다.

"왜요?"

그러자 스칼렛이 안드레이를 마주 보았다. 그래도 제 편인 사람 얼굴을 보니 마음이 놓이는지 그녀가 희미하게 웃었다. 그리고 크게 심호흡하고 투덜거렸다.
"취조하던 날의 기억이 떠올랐다고 생각했거든? 그런데 아니었어."
"그래요?"
"응. 오늘 덤펠트 저택에 휴건 한터라는 왕실경찰이 하나 왔거든. 그 사람을 취조 때 본 기억이 갑자기 떠오르는 거야. 그래서 그렇게 얘기했는데, 그때 수도에도 없었다고 하더라고."
그 말에 안드레이가 뭐라 반응할지 모르겠는지 인상을 썼다가 입을 열었다.
"거짓말하는 거 아니에요?"
"응?"
"그 왕실경찰이 말입니다."
"……나 믿어?"
"무슨 소리예요. 그럼 제가 생판 남을 믿겠어요?"
안드레이가 어이없다는 듯 되묻자 스칼렛의 눈이 동그래졌다.
벽난로의 불빛에 주홍으로 물들었던 그녀의 눈동자가 이윽고 햇살처럼 따스한 빛을 냈다. 그러더니 이내 소리 내어 웃기 시작했다.
안드레이가 질색하며 물었다.
"왜 웃으십니까?"
"모르겠어. 아깐 그냥 나 혼자 미친 것 같았는데, 안드레이가 그렇게 얘기해 주니까 마음이 얼었다가 녹는 것처럼 따듯해져."
"저 낯간지러운 소리 싫어하는데요."
"알아, 알아."
스칼렛이 말하고 방금 제가 한 말처럼 얼었다가 녹은 듯한 봄 햇살 같은 얼굴로 웃었다.

"좋아. 내일 쉬어. 가게 내가 볼게."

"유급이죠?"

"아니, 무급인데."

"이야, 복지 끝내주네요. 무급으로는 안 쉽니다. 내일 열두 시에 출근할 테니까 그런 줄 아세요."

그렇게 말하며 먼저 일어서는 그를 보던 스칼렛이 이제는 소리를 내어 웃었다.

안드레이가 그녀의 팔을 잡아 일으켜 주고 퇴근하기 위해 짐을 챙겼다. 그사이 스칼렛이 물었다.

"아이작은 먼저 자?"

"아, 오늘 크림슨가에서 잔다고 하고 나가셨어요."

"뭐어? 말도 없이……."

"사장님한테 말하면 못 가게 하실 거라던데요."

"……그건 그렇지."

스칼렛은 좀 못마땅해하며 대꾸했다.

안드레이가 가방을 손에 들고 까딱 인사를 한 후 가게를 나갔다. 스칼렛은 2층까지 갈 힘이 없어서 가게 1층 소파에 잠깐 누웠다가, 중간에 아이작이 걱정되어 눈을 떴다.

"집에는 왜 간 거야……. 여기가 불편한가?"

스칼렛이 혼잣말했다.

아이작은 여기서 지내는 내내 침대에서 자라는 스칼렛의 말을 거부하고 이 1층 손님용 소파에 담요를 덮고 그 위에서 잤다. 새벽까지 작업하는 스칼렛을 방해하기 싫다는 이유였다.

그녀는 아이작이 돌아오지 않는다는 사실에 불안해져 결국 다시 몸을 일으켰다. 그리고 커튼을 조금 열어 밖을 잠시 바라보다가 한숨을 폭 쉬었다.
　한숨도 못 자고 일어나니 머리가 지끈거렸다. 아무래도 아이작이 염려되니 크림슨가에 한번 다녀오는 게 낫겠다, 싶었다.
　시간이 많이 늦긴 했지만 자전거를 타고 가면 금방이었다. 그녀가 막 준비를 마치고 가게를 나서는데 문 앞에 왕실경찰 제복을 입은 사내 셋이 서 있었다.
　"무슨…… 일이에요?"
　그녀가 경계하며 묻자 왕실경찰 셋 중 하나가 말했다.
　"같이 좀 가 주셔야겠습니다. 크림슨 백작님 문제입니다."
　"아이작이요? 아이작이 왜?"
　눈이 휘둥그레진 그녀의 질문에 대답이 돌아왔다.
　"백작님께서 감금 폭행으로 경찰서에 계십니다."
　"아, 아이작이 뭘 했다구요?"
　"숙부인 에빌 크림슨을 폭행한 혐의가 있습니다. 숙녀분 듣는 곳에서 죄송하지만…… 손가락 하나를 잘라 버렸답니다."
　"뭐, 뭐라고요? 그럴 리가요, 아이작이 얼마나……."
　얌전한지에 대해 말하려던 그녀는 곧, 아이작이 언젠가 사촌인 아놀드 크림슨을 두들겨 패던 모습을 떠올렸다. 그때의 아이작은 정말로 난폭했었다. 그때 자신이 말리지 않았다면 아놀드 크림슨에게 영구한 상해를 입혔을지도 몰랐다.
　스칼렛은 염려스러워하며 고개를 끄덕였다.
　"알겠어요. 바로 가죠."
　"예."

그녀는 곧 왕실경찰들이 타고 온 마차에 함께 올라탔다.

휴건 한터는 왕실경찰 본청에 돌아왔다.

스칼렛은 그대로 떠났고, 빅토르는 그 이후 제 전부인이 보인 수치 때문인지 다시없이 신경질적인 태도를 보였다. 그러나 스칼렛의 기억이 돌아오기 시작한 것은 휴건에게는 심각한 문제였다. 지금이야 빅토르가 제 순방을 알고 있으니 스칼렛을 신뢰하지 않지만, 스칼렛이 반복해서 매달려 오면 그는 조사에 착수할 것이다.

휴건은 스칼렛이 남자의 판단력을 흐리게 만드는 묘한 분위기를 풍긴다고 여겼으므로 더더욱 그녀의 기억이 돌아오기 시작한 것을 심각하게 여겼다.

휴건이 넥타이를 풀어 바닥에 내팽개쳤다.

빅토르 덤펠트와 스칼렛 크림슨이 이혼한 후로는 이제 이것은 전부 끝난 일이라고 생각했다. 이혼을 해 본 적이 없으니, 이혼한 부부가 종종 마주칠 일이 있을 줄은 몰랐던 게 문제였다.

게다가 평생 명예만을 바라보며 살아온 빅토르 덤펠트가 그 명예를 훼손시킨 스칼렛 크림슨이 집으로 돌아오길 바랄 것이라고는 왕실경찰 내의 어느 누구도 예상하지 못했다.

"하긴."

휴건이 혀를 찼다.

취조 때 보았던 그 스칼렛 크림슨의 눈동자가 기억이 났다. 맑고 선명하던, 술이 당기는 와인색의 눈동자. 빅토르 덤펠트를 향한 그 순진하다 못해 멍청해 보이기까지 하던 사랑도.

처음에는 고집을 부리며 웃던 왕실경찰들도 어느 순간 그 사랑에 취한 것처럼 보여 골치가 아팠다. 하염없는 사랑에 욕심을 냈다.

요즘은 스칼렛 크림슨을 감시 중인 왕실경찰, 하이럼 피트까지도 그리 믿음직스럽지 않았다. 최근 들어 하이럼에게서 올라오는 보고서는 전무했다. 스칼렛의 기억이 돌아오는 것 같았다면, 당연히 그녀의 가까이에 있던 첩자가 알았어야 했다. 그런데 지금까지 보고가 없었다는 사실이 그를 매우 초조하게 했다.

빅토르 덤펠트가 계획에서 벗어나는 것만으로도 휴건은 상당히 피곤한 상태였다.

왕세손이자 동생의 연인인 율리 이렌은 빅토르 덤펠트가 왕족으로 인정받는 것을 극도로 싫어했다. 왕실경찰의 자료에 어느 정도 접근할 수 있게 된다는 점이나 왕실 회의에 참여하게 된다는 점도 문제였지만, 무엇보다 율리 이렌은 그냥 같은 남자로서 빅토르 덤펠트를 싫어했다. 본인만 인정하지 않을 뿐 주변 사람들은 다 어느 정도 눈치챈 사실이었다.

태어나 보니 왕의 손자였고, 요람은 옥으로 되어 있었다. 방탕하게 살아도 태어나는 순간부터 가지고 있던 막대한 재산들은 줄지 않았다.

그런 그가 손에 쥐고 태어난 것을 가지려고 인생 전부를 내건 빅토르를 질투하는 것은 한심한 일이었다. 그럼에도 그는 질투를 했고, 아버지를 설득해 비행기도 없는 공군을 그에게 떠맡기기까지 했다.

사실 휴건도 빅토르 덤펠트를 마주 보고 있으면 율리 이렌의 마음이 어느 정도 이해가 갔다.

그는 불쾌할 정도로 완벽한 사내였다.

아무튼 휴건은 그의 동생이 왕세손비가 되리라는 이유로 율리 이렌이 많은 것을 믿고 맡기는 존재가 되었다.

그는 순식간에 경무관의 자리에 올랐다. 한터 가문의 차남인 그는 어느새 한터 가문의 후계자인 장남을 넘어섰다는 말이 나올 정도의 권력을 쥐게 되었다. 그런데 이 일을 망쳤다간 율리 이렌의 눈 밖에 날 것이다.

휴건이 의자에 털썩 앉아 뒤로 기대 두 손으로 얼굴을 감쌌다.

"아, 개 같네."

그가 중얼거리고 있을 때, 노크 소리가 들렸다.

"경무관님. 하이럼 피트입니다."

"어, 들어와."

안 그래도 이 자식이 배신한 것 아닌가, 염려하던 차였다. 때마침 하이럼 피트가 나타나자 휴건은 만족스럽게 손짓했다.

곧 매우 마르고 키가 훌쩍 큰 청년이 안으로 들어왔다.

안드레이 해밀턴이라는 이름으로 스칼렛 크림슨의 시계 가게에서 근무하는 2급 왕실경찰 하이럼 피트였다.

모처럼 정복을 차려입은 하이럼 피트, 그러니까 안드레이 해밀턴이 뒷짐을 지고 섰다.

"보고드릴 것이 있어서 왔습니다."

"스칼렛 크림슨?"

"아뇨, 아이작 크림슨에 관한 건데요."

안드레이가 덤덤한 표정으로 말을 이었다.

"지금 크림슨 저택에 인근 경찰서의 경찰들이 출동했답니다."

스칼렛이 경매에 내놓을 물건을 찾으러 덤펠트 저택으로 떠난 직후, 아이작은 크림슨가로 향했다.

동생이 어떤 아이였던가. 아이작은 열세 살이 되도록 그 아이가 미움받는 것을 본 적이 없었다.

스칼렛은 아이다운 아이였다. 저택에서는 부모님의 잔소리에 얌전히 걷다가도 집을 나가면 우당탕거리며 뛰어다녔다.

부모님이 돌아가시자마자 해고된 유모는 늘 스칼렛을 아이작보다 조금 더 예뻐했었다. 이럴 때는 좀 섭섭했지만 잘 웃고 사람을 좋아하는 아이에게 좀 더 마음이 갔던 건 지금에 와 생각해 보니 어쩔 수 없는 일이었던 듯하다.

부모님이 돌아가시기 전까지 남매는 유달리 사이가 나쁘지도 않고, 유달리 애틋할 것도 없는 평범한 사이였다. 그러나 마차 사고 이후에 모든 것이 바뀌었다.

열세 살은 어리지만 때론 어른 같은 사고가 가능한 나이였다. 그런 나이에 모든 빛을 잃고 다락방에 갇힌 아이작은 차차, 사실 세상 대부분의 사람들은 부모님이 강조하던 따뜻한 마음보다 힘의 논리를 더 따르고 있다는 것을 알아차렸다.

아놀드가 조만간 스칼렛을 고소하겠다며 나선 이후, 아이작은 머릿속으로 가늠했다.

남매가 공정한 방법으로 에빌 크림슨을 이기는 것은 불가능했다. 그는 이미 많은 인맥을 쌓아 놓았고, 무엇보다 세상의 법이라는 것이 공명정대하지가 않았다. 과거 학대당하는 열두 살 여자아이는 세상 어떤 것의 보호도 받지 못했다. 그는 모든 것을 힘으로 밀어붙이는 이들을 이길 수 없을 것임을 알고 있었다.

스칼렛의 시계 가게에서 나온 아이작은 곧바로 크림슨 저택으로 향했다. 아이작이 모처럼 집에 들어서니 사용인들이 의아한 표정으로 그를 보았다. 아마도 그가 한동안 집을 비운 것을 영영 돌아오지 않겠다는 뜻으로 안 모양이었다.

아이작은 그런 시선을 무시하고 익숙하게 지팡이를 짚어 나가며 에빌 크림슨의 집무실로 향했다.

그가 문 앞에 서자 안에서 에빌 크림슨의 노기 어린 호통이 들렸다.

"지옥에 있어야 할 망할 계집이! 수습할 수 있는 수준의 문제를 일으켜야 할 것 아니야! 진작에 가문에서 쫓아낼 것을 거둬 줬는데 고마운 줄을 몰라!"

그것을 듣고 있으니 아이작은 절로 허탈한 웃음이 나왔다.

그는 곧 문을 열었다.

아이작이 들어서자마자 에빌이 소리쳤다.

"너! 네 동생 교육을 어떻게 시킨 게야!"

"……."

"내가 말했잖아, 그 계집애는 태생이 문제야! 이 가문을 망하게 하려고 아주 작정을 한……."

그가 말하는 사이 아이작은 쓰고 있던 검은 칠을 한 안경을 벗었다. 그의 눈을 본 에빌 크림슨은 이내, 화나던 중에 하나 즐거운 일이 있다는 듯이 껄껄 웃었다.

"그 계집애가 그 꼴을 만들어 놨다면서?"

아이작은 대답 대신 집무실 안을 보았다.

달이 보인 이후 보름. 제대로 분간 가는 것은 아니지만 집무실 안이 난장판이라는 것은 알 수 있었다.

원래도 아버지가 사용하던 이곳은 늘 너저분하기 짝이 없었다. 청소는 생전 하지도 않으면서 물건마다 나름의 자리가 있다며 사용인들에게도 손을 못 대게 하던 곳이었다.

아이작은 늘 부모님의 초상화가 있던 벽 쪽으로 고개를 두었다. 걸어가 손을 더듬거려 보니 거기 걸려 있어야 할 부모님의 초상화가 없었다.

아이작이 마치 앞이 보이기라도 하는 것처럼 이동하자 에빌의 손이 떨렸다. 그는 함께 있던 변호사에게 조용히 하고 나가라는 신호를 한 후 페이퍼나이프를 집어 등 뒤로 숨겼다.

"뭘 찾느라 그렇게 더듬거려?"

"여기 부모님의 초상화가 있지 않았어요?"

"잘 넣어 뒀다."

"어디에요?"

"그건 나중에 네가 가주 역할을 할 수 있게 되면 알려 주마. 그보다 아이작, 너 뭐가 보이기라도 하는 게야?"

그의 말에 아이작이 대답했다.

"보여요. 스칼렛이 좋은 약을 써 줘서."

아이작이 몸을 돌리려는 순간, 에빌 크림슨이 페이퍼나이프를 그의 목에 꽂아 넣으려 들었다. 그러나 아이작은 돌아서는 순간 에빌 크림슨의 팔을 붙잡아 제 목을 조금 찌른 상태로 멈추게 했다. 그리고 담담한 얼굴로 말했다.

"들려요."

"뭐, 뭐?"

"페이퍼나이프를 드는 소리."

시각을 잃고 나니 청력이 극대화되었다. 아이작은 소리로 많은 것을 구분할 수 있었다. 아이작이 페이퍼나이프를 아이 손에서 뺏듯이 쉽게 빼내며 말을 이었다.

"날 죽이는 게 겁나서 숨을 빠르게 들이켜는 것도 들렸어요."

아이작은 저를 죽이려던 에빌의 오른손을 제 눈앞으로 가져왔다. 그리고 뺏은 페이퍼나이프를 그의 검지에 가져가 그대로 잘라 냈다.

"으아아아악!"

날카로운 편이라고 해도 종이 외의 것을 자르기에는 무뎠다. 에빌의 비명이 저택에 쩌렁쩌렁 울렸다. 그는 제 손을 움켜쥐고 바둥거렸다.

"의사! 의사를 불러! 경찰도 불러, 당장!"

아이작은 그렇게 소리치는 에빌을 내려다보았다.

너는 내 편이고, 나는 네 편이다.

유대감을 형성하기 위해 스칼렛을 때리게 하던 에빌이 아이작의 머릿속에 그대로 남아 있었다.

그는 곧 천사 같은 얼굴로 실없이 웃었다.

"늘 생각했어요. 만약 반대 상황이었다면 그 애가 날 때렸을까. 그런데 아니에요. 그 애는 나와 다르게 성자 같은 아이라, 아마 날 안 때릴 거예요. 자기가 맞아 죽는 한이 있어도."

에빌이 손을 부여잡고 가까스로 일어서 문으로 향했지만, 아이작이 먼저 지팡이를 양쪽 문의 고리에 걸어 넣었다. 어느새 에빌보다 훌쩍 자란 아이작이 에빌을 돌아보았다.

에빌이 덜덜 떨며 소리쳤다.

"너, 너 이놈!"

그리고 주먹을 쥐어 휘둘렀다. 아이작은 피하지 않고 그대로 맞았다. 볕도 없이 자라 창백하던 아이작의 뺨이 순식간에 붉어졌다.

그는 화끈거리는 제 뺨을 손으로 감싸며, 숙부가 어린 스칼렛을 때리던 소리를 떠올렸다.

자기 손으로 입을 틀어막았는지, 에빌이 막았는지는 모르겠지만 비명도 울음도 들리는 법이 없었다.

아이작은 작게 한숨을 쉬고, 스칼렛이 꼼꼼하게 달아 준 커프스링크를 떼서 안주머니에 넣었다.

어느 날 시력을 되찾게 된 아이작은 많은 것을 깨달았다. 스칼렛이 제 옷에 쓸데없이 좋은 커프스링크를 달아 놨다는 사실이라든지, 본인이 입고 있는 옷이 스칼렛이 입고 있는 것보다도 좋은 옷이었다든지 하는 것들을.

아이작 크림슨이라는 인간은 그저 스칼렛 크림슨의 어린 시절을 떼서 명줄을 지탱해 온 구울 같은 것이었다.

그는 셔츠 소매를 반듯하게 접고, 에빌에게 걸어갔다. 잘려 나간 손을 다른 손으로 눌러 지혈하던 에빌이 다시 손을 휘둘렀다.

오래도록 앞을 보지 못했으니 움직임이 둔할 것이라는 것은 착각이었다.

아이작은 에빌이 주먹을 휘두르느라 들리는 바람 소리도 듣기 힘든 듯 예민하게 신음했다.
 동시에 그 주먹을 피하고 나서, 에빌의 얼굴을 가격했다. 다시 한번 저택에 비명이 울렸다. 아이작은 얼굴을 감싸 쥔 에빌을 두들겨 패기 시작했다.
 원래 오늘 그의 계획은 에빌이 더 이상 시계를 만들 수 없게만 만드는 것이었다.
 에빌이 시계를 만들지 못하게 된다면 가문에서 시계 기술을 가진 스칼렛을 쫓아내는 것은 어려워질 것이라 생각했기 때문이다. 그러니 손가락을 잘라 낸 이후에 멈췄어야 했다.
 그러나 중간부터 분노가 터져 나오기 시작하자 도저히 멈출 수가 없었다.
 열세 살부터 줄곧, 제 동생이 맞고 있는 소리를 듣고만 있었다. 뻔히 알고 있으면서도 안 들리는 척, 아무 일도 없는 척 다락방에서 귀를 막고 있었다. 그 애가 금방 아무렇지도 않은 얼굴로 제 옆에 와서 헤헤 웃으면 가슴이 시리면서도 한편으로 안도했었다.
 도중에 정말 죽을 것 같다고 생각한 에빌이 두 손을 모아 빌기 시작했다.
 "그, 그만해라, 아이작! 이러다 정말 죽겠다! 이봐! 밖에 누구든 좀 문을 부수고 들어와라! 들어오란 말이다!"
 아이작은 분이 아주 조금도 풀리지 않은 듯했지만 주먹질을 멈췄다. 그리고 에빌의 손가락에서 끼고 있던 반지를 뺐다.
 아이작은 크림슨 가문의 상징이자 가주의 보석, 가닛이 박힌 그 반지를 제 손가락에 꼈다. 에빌의 손가락에 맞춰 늘인 반지가 마른 아이작의 손가락에서 헛돌았다.

그러거나 말거나 그는 손을 창문 쪽으로 들어 제 손가락의 반지를 바라보았다. 그 반지가 얼마나 보이는지는 아이작 본인밖에 알 수 없었고, 그 사실은 에빌에게 더더욱 공포를 느끼게 했다.

"네놈……. 이 가문의 반지 하나 뺏는다고, 기여한 것 하나 없는 네 까짓 애송이한테 힘이 생길 것 같아? 그 계집애가 가진 기술이 제대로 된 기술일 리도 없어!"

"숙부님이 이 집을 차지하고 채 10년도 되기 전에 크림슨 시계 불량 사례가 그렇게 많은데. 스칼렛이 틀렸다면 그것도 금방 알게 되겠죠."

그때서야 하인들이 문을 부수고 들어왔다.

비명이 들리자 후원에서 티타임을 보내다가 달려온 에빌의 아내 앤 크림슨과 그들의 딸 메릴린 크림슨이 비명을 질렀다. 앤 크림슨은 피투성이가 된 남편의 모습과 아이작의 눈을 뒤덮은 흉측한 실벌레들에 그 자리에서 실신했다.

에빌 크림슨이 상한 목소리로 소리쳤다.

"저, 저 자식 당장 붙잡아!"

"이 가문의 가주는 나야."

아이작이 말하자 하인들이 주춤거렸다.

그들은 잠시 누구 말을 따라야 하는지 고민했으나, 일단은 지금까지 그래 왔듯이 이번에도 에빌 크림슨을 따르기로 결정했다.

그들이 아이작에게 걸어가 팔을 붙잡았다. 아이작은 고개를 가까이 해 자신을 붙잡은 하인들의 얼굴을 하나씩 살폈다. 그의 눈이 가까워질 때마다 하인들이 신음하며 고개를 돌렸다. 끔찍한 장면이었다.

아무리 힘이 좋은 아이작이어도 하인 여럿이 달려들자 벗어날 수가 없었다. 그들은 아이작을 결박했고 한참이 지나 경찰이 도착했다.

에빌은 곧바로 병원으로 옮겨져 잘린 손가락을 꿰매는 수술에 들어갔다. 이도 여러 개가 깨졌고, 갈비뼈도 부러졌다.

그 사이 아이작은 경찰서에서 조사를 받았는데, 이상하게도 처음엔 일반 경찰이었다가 곧 왕실경찰에게로 이관되었다.

경찰서에 오게 될 줄은 알았지만 왕실경찰이 관여할 일이라고 생각하진 못했다. 왕실경찰은 군사경찰에 가까운 역할을 하고 있어, 이런 사사로운 송사에는 잘 관여하지 않았기 때문이었다. 그것도 본청까지 들어오게 되니 아이작은 뭔가 이상하게 돌아간다는 생각을 하지 않을 수가 없었다.

일반 경찰서에 있을 때와 달리 이관된 후의 식사는 화려했다. 일반 경찰서에서 먹은 점심은 구운 사과가 들어간 샌드위치였는데, 왕실경찰서에서 먹는 식사는 수프부터 찬 요리, 뜨거운 요리가 모두 있는 정찬이었다. 이 식사만 보아도 여기에 와서 조사를 받는 이들이 예사 인물들은 아니라는 걸 알 수 있었다.

아이작은 음식들을 눈앞으로 가져와 유심히 살피고 입에 넣었다. 생김새를 보고 먹으니 오히려 맛이 끔찍했다. 차라리 모르고 미각만 느낄 때가 좋았다. 눈이 보이지 않던 때도 하나는 장점이 있었구나, 생각했다.

그렇게 식사를 하던 도중에 스칼렛이 경찰서에 도착했다.

그녀는 아이작을 발견하자마자 놀라서 달려왔다. 동시에 아이작은 눈이 커져 몸을 일으켰다.

"스, 스칼렛?"

스칼렛이 인상을 쓰더니 다짜고짜 그의 등짝을 퍽 때렸다. 그러자 경찰들이 움찔해서 쳐다보았다.

그녀가 울컥한 목소리로 물었다.

"미쳤어?"

"아, 아파……."

"못살아, 정말!"

"미안해, 스칼렛……."

아이작이 울 것 같은 얼굴로 자꾸만 사과했다.

스칼렛은 한숨을 푹 쉬고 상처가 없나 아이작의 얼굴을 확인하며 물었다.

"숙부가 먼저 찌르려 했다며?"

아이작이 고개를 끄덕였다. 그가 일부러 남긴 목의 상처를 감싸는 스칼렛의 손이 떨렸다.

"큰일 날 뻔했네……. 그러게 내가 위험하다고 했지?"

"잘못했어."

아이작이 시무룩해져서 말하니 스칼렛은 더 화를 못 내고 그냥 등짝만 한 대 더 세게 때렸다. 그리고 자못 어른스럽게 말했다.

"경찰에서 나한테 몇 가지 물어보고 나서 오빠 보내 준대. 금방 갔다 올 테니까 있어."

"아, 나 실형도 상관없……."

"말도 안 되는 소리 좀 하지 마."

스칼렛이 노려보자 아이작은 입을 꾹 다물었다. 스칼렛은 곧 왕실 경찰과 함께 자리를 이동했다.

―――◆―――

그들은 왕실경찰 본청으로 스칼렛을 데려갔다. 한 번 와 봤던 곳에 들어서며 차차 그날의 기억이 떠오르기 시작했다.
모든 것이 익숙했다. 스칼렛은 몇 걸음 걷지 않아 이렇게 왕실경찰을 앞세워 걸어 들어가던 것을 확실하게 기억해 냈다. 그리고 취조실 역시 들어서는 순간 기억이 났다.
스칼렛은 취조실 안에 서 있는 휴건 한터를 발견한 후 자리에 멈춰 섰다. 휴건이 손을 까딱이자 왕실경찰들이 그녀를 안으로 밀어 넣었다.
잠시의 침묵이 흐른 후, 스칼렛이 입을 열었다.
"내가 기억한 게 맞는 거죠?"
한번 떠오르기 시작하니, 기억이 점점 더 선명해졌다. 취조 당일 차를 내주던 휴건 한터가. 그리고 그가 했던 말도 조금씩 기억이 났다. 차를 마시면 안 되는 거였다고 후회하던 기억과 그가 했던 말 역시 떠올랐다.

"홍차에 탄 약 때문입니다."

휴건이 미소를 지은 채 다시 한번 차를 내주며 말했다.
"스칼렛 양께서 떠올리신 그대로입니다. 저는 차를 내드렸죠."

"홍차에 약을 탔다고 말씀하셨었죠."

"그렇군요. 정말로 어느 정도는 기억을 되찾으셨나 보네요."

휴건이 미소를 지으며 말을 이었다.

"알고 계시겠지만, 저희는 고문이 불가능합니다. 스칼렛 양에게 상처가 남는다면 문제가 될 테니까요. 억지로 먹이려다가 상처를 내는 건 저희도 원하지 않는다는 이야기입니다."

그렇게 태연히 말하던 휴건이 서류 하나를 들며 말했다.

"이건 크림슨 백작께서 에빌 크림슨을 얼마나 구타했는지에 대한 보고서입니다."

"숙부가 먼저 아이작의 목을 찌르려 했잖아요."

스칼렛이 말하자 휴건이 씩 웃었다.

"맞습니다. 백작께서는 에빌 크림슨이 먼저 페이퍼나이프로 자신을 죽이려 했었다고 말하더군요. 그러니 정당방위라구요. 하지만 아시지 않습니까? 그건 부유한 도련님들이 사고를 친 후에 수습하려고 하는 거짓말일 뿐입니다."

"거짓말이 아니에요! 게다가 전에 빅토르도……."

"비교할 걸 비교하셔야죠. 빅토르 경은 살란티에 최대함인 루비드 호의 함장입니다. 에빌 크림슨을 두들겨 패서 죽였다고 해도 기소될 일이 없지요. 게다가 에빌 크림슨이 그날 스칼렛 양을 감금했던 정황까지 확실해요. 하지만 크림슨 백작께서는 다르지 않습니까? 증인도 없고, 주변에 도와줄 사람도 없습니다."

"……."

"마음만 먹는다면 제가 얼마든지, 크림슨 백작을 오래 감옥에서 썩게 만들 수도 있다는 말입니다."

그의 말에 스칼렛은 저도 모르게 눈을 질끈 감았다.

휴건이 밀어준 찻잔이 달그락거리며 가까워졌다. 그가 부드러운 목소리로 말했다.

"이 차를 드세요. 그러고 나면 이 보고서는 없던 걸로 해 드리죠."

"왕실경찰을 어떻게 믿고요?"

"우리의 거래는 이미 한 번 성사되지 않았습니까? 어느 정도 신뢰를 쌓았다고 생각하는데요."

아이작의 눈에 쓴 약을 말하는 것이었다.

실제로 왕실경찰에게 그 약을 구하는 방법을 전달받았고, 아이작 역시 빛을 볼 수 있게 되었다. 모순되게도 이 거래에는 이미 약간의 신뢰가 쌓여 있었다.

휴건이 조서를 그 자리에서 찢었다. 그리고 두 번째 조서를 꺼내 서명한 후 스칼렛에게 건넸다.

"여기 있습니다."

그녀는 조서를 받아 들었다. 에빌 크림슨이 먼저 아이작 크림슨을 찌르려 한 정황을 확실시하고, 아이작 크림슨의 폭행에 관련된 모든 단어를 완화한 조서였다.

스칼렛은 눈앞에 놓인 차를 바라보았고, 휴건이 말을 이었다.

"마셔요."

그의 말에 스칼렛이 천천히 심호흡했다.

그녀가 물었다.

"이걸 먹으면 기억이 지워지는 건가요?"

"정확히 말하면, 기억을 파헤칩니다. 기억이 일부분 지워지는 건 그 약의 부작용일 뿐이죠."

"……아."

스칼렛이 쓸쓸한 표정을 지었다.

"그러니까 난 빅토르를 배신한 죄책감 때문에 미쳐 버린 게 아니네요. 실제로 기억이 없었던 거군요?"

"예, 그렇습니다."

스칼렛은 한순간이나마 스스로를 의심한 것을 자책했다. 그리고 잔을 받아 들며 말했다.

"아이작은 앞으로 건드리지 말아요."

"그렇게 하죠."

그녀는 대화를 하는 사이 식어 버린 차를 단숨에 들이켰다. 그리고 일어나 문으로 향하는데 왕실경찰이 믹고 열어 주지 않았다.

휴건이 태연한 투로 말했다.

"잠시만 더 계시죠. 약효가 돌아야 하니."

"……그러죠."

스칼렛은 자리에 가만히 서 있었다.

문을 막고 선 왕실경찰이 머뭇거리더니 그녀에게 말했다.

"잊어버리실 테니 드리는 말씀이지만, 스칼렛 양은 빅토르 경에 대한 신의를 지키셨습니다."

위로랍시고 하는 그의 말에 스칼렛이 쓸쓸한 목소리로 중얼거렸다.

"그때 빅토르가 이곳에…… 와 줬다면 좋았을 텐데."

스칼렛의 입술이 떨렸다. 그녀가 흐릿한 미소를 지었다.

"한 번만…… 그까짓 명예는 좀 두고, 날 보러 와 줬으면 좋았을 텐데."

"그럴 리 없으니, 스칼렛 양이 표적이 된 겁니다."

휴건이 농담하듯 말했다.
스칼렛은 힘없이 고개를 끄덕였다.
"참 차가운 남자와 살았네요……."
그렇게 중얼거리던 그녀가 두통을 느끼며 휘청거렸다. 그러자 문을 막고 있던 왕실경찰이 급하게 그녀를 부축했다.
"괜찮으십니까?"
눈이 마주친 왕실경찰은 스칼렛의 또래로 젊었고, 혈색이 좋은 얼굴을 가지고 있었다.
악질적인 행동을 하는 집단에 다정한 개인이 있는 것은 끔찍한 일이었다. 이들은 어쩌면 자신이 하고 있는 일을 그저 명령으로 여겨 개인의 악행이라고는 생각하지 않을지도 모르겠다고, 스칼렛은 생각했다.
"괜찮아요."
그녀가 가까스로 몸을 바로 했다.
그로부터 서너 시간이 지나서야 왕실경찰이 문을 열어 주었다.
스칼렛은 다시 왕실경찰들의 안내를 받아 걸음을 옮겼다. 기억을 어떻게든 붙잡으려 머릿속으로 계속해서 생각을 했다.
'기억해야 돼. 오늘 무슨 일이 있었는지 꼭 기억해야만 해.'
스칼렛은 약효가 그녀의 기억을 전부 지우기 전에 우선 아이작의 조서가 바뀐 것을 제 눈으로 확인했다. 그리고 유치장에 갇힌 아이작을 한 번 흘겨봐 줬다.
아이작 역시 난폭한 상황에서 자랐기 때문에, 폭력을 쓰는 걸 어렵지 않게 생각하는 듯했다. 가만두면 안 될 것 같았다.
'우선 아이작의 폭력성부터 어떻게 해야겠어. 그러고 나서 남편에게…… 아니, 전남편에게 말할 거야. 나는 당신을 배신하지 않았다고. 나를 배신한 건 당신이라고 꼭, 그렇게 말하며 화를 낼 거야.'

그 말을 전하고 나서야. 그때서야 그녀는 제가 그때 얼마나 가슴이 아팠는지를 빅토르에게 전할 수 있을 것 같았다.

기억을 잃고 호텔에서 눈을 뜨는 게 얼마나 무서운 일이었는지에 대하여. 그리고 그보다도 두려웠던 건 사랑하는 남편에게 조금도 의지할 수 없다는 사실을 알았던 순간이었다는 것도, 그때 사실은 자신을 믿어 주지 않는 남편이 정말로, 정말로, 정말로 미웠다는 것도.

정신없는 마음에 집에서 지갑이 든 손가방 하나만 들고 나왔던 그녀는 지나가는 수도 경찰 하나를 붙잡아 말했다.

"미안하지만 펜과 종이 좀 빌려주시겠어요?"

무언가를 잊어버리기 전에 적을 생각이었다.

경찰이 시원스럽게 대답했다.

"네, 그럼요."

그러더니 책상 위에 있는 펜을 들고, 안 쓰는 종이를 찾는다며 한동안 미적거렸다.

뒤늦게 스칼렛은 경찰서 밖에서 왕실경찰 하나가 안을 보고 있다는 것을 알았다. 기억하는 걸 적어 놓은들 결국은 뺏기겠구나, 깨달았을 때 경찰이 말했다.

"죄송합니다만, 안 쓰는 종이가 없는 것 같습니다. 그냥 펜이라도 빌려 드려요?"

그러자 스칼렛이 돌아보며 물었다.

"네?"

"펜이요. 빌려 달라고 하셨잖아요."

"내가요?"

경찰이 펜을 내밀자 스칼렛이 눈을 깜빡거렸다. 고개를 갸우뚱한 그녀가 미소 지었다.

"괜찮아요."

그녀는 인사하고 경찰서를 나왔다. 그리고 멍한 상태로 광장에 있는 의자에 앉아 있었다.

그러다 정신이 좀 든다 싶었을 때는 이미 한밤중이었다. 그제야 그녀가 의자에서 몸을 일으켜 고개를 갸우뚱했다.

"내가 여기서 뭐 하는 거야?"

스칼렛이 혼잣말하더니 서둘러 집을 향해 걸음을 옮겼다.

그녀는 걷는 동안 자신이 언제부터 여기 앉아 있었는지를 생각해 보았다.

오늘 아침에는 남편의 재단사가 귀띔해 준 커프스가 백화점에 나왔다는 소식을 듣고 일찌감치 그것을 받으러 갔었다. 제 기억엔 그걸 받은 것 같은데, 정신을 차려보니 밤이었다. 게다가 가방을 열었는데 커프스도 들어 있지를 않았다.

스칼렛은 고개를 돌려 시계탑을 보았다가 가슴이 철렁해서 사설마차가 지나는 길로 달려갔다. 벌써 열 시가 넘은 시간이었다.

"어, 어쩌면 좋아."

빅토르는 지금쯤이면 잠들었을 것이다. 제가 들어오지 않은 것조차 모를지도 몰랐다. 하지만 스칼렛은 자신의 늦은 귀가 자체가 초조했다. 스칼렛은 겁이 나서 뚝뚝 흐르는 눈물을 닦아 냈다.

"이렇게 늦게 집에 가 본 적이 없었는데……."

다행히 사설마차가 금방 잡혔다.
그녀가 다급히 소리쳤다.
"더, 덤펠트가로 가 주세요!"

덤펠트 가문은 대체로 조용했지만, 오늘은 아침부터 분주하고 시끌벅적했다. 빅토르의 어머니 마리나 덤펠트가 니나 한터의 자선 파티에 참여하기 위한 드레스를 고르고 있었기 때문이다.
빅토르의 예상대로 마리나는 모처럼 사교 행사에 참여하게 되었다는 사실에 뛸 듯이 기뻐했다.
마리나는 자선 파티에 입고 갈 옷을 고르는 일에 오늘 하루를 온전히 투자했다.
그녀는 다양한 옷을 입는 과정만 즐길 뿐, 이렇다 할 결정을 할 만큼 정신이 온전치 않아 모든 것은 아들인 빅토르에 의해 결정되었다. 옷을 다시 한번 갈아입고 나온 마리나가 들뜬 얼굴로 말했다.
"빅토르, 왕실에서 자란다는 건 아주 다른 거란다."
"어느 면이요, 어머니?"
빅토르는 적당히 대답하고 제가 다 마셔 버린 빈 술병을 들어 보였다. 그러자 하녀 하나가 놀라서 달려왔다.
보통은 고용주가 병을 비우기 전에 그것을 채우는 것을 질문하는 것이 당연했으나, 빅토르는 그럴 틈도 주지 않고 술을 가져다 놓는 족족 전부 목구멍에 들이붓고 있었다.
다리를 꼬고 모로 놓인 테이블 쪽으로 몸을 기울인 그는 이미 보통 사람이 사경을 헤맬 만큼 술을 마신 후였다.

하녀가 새 술을 가져오는 사이에 마리나가 꿈꾸는 듯한 얼굴로 말했다.

"내가 어릴 때, 그곳은 온 세상처럼 넓어 보였지……. 온 왕성을 뛰어놀다가, 좋은 카펫 위에 왕족 아이들이 모이면 돌아가신 고모님이 책을 읽어 주곤 했지. 아, 그분은 정말로, 정말로 이야기꾼이셨어."

빅토르는 천 번은 들었을 그 말을 한 귀로 듣고 한 귀로 흘리며 술을 기다렸다.

잠시 후 술 대신 블라이트가 들어섰다.

"도련님, 향이 좋은 차가 들어왔습니다. 어떠신가요?"

"술을 가져오라고 했을 텐데."

빅토르가 제 쪽으로 시선을 두지도 않고 말하자, 블라이트가 더 이상 막지 못하고 고개를 숙였다.

"예, 술을 가져오게 하겠습니다."

천 번쯤 들은 이야기를 처음 듣는 이야기처럼 들어주려면 술이 필요하긴 하겠지만, 오늘은 과해도 너무 과했다.

블라이트가 그곳을 나서며 염려스러운 표정을 지었다. 그때 하녀 하나가 술병과 새 잔을 들고 나타나서는 말했다.

"보통 사람은 이렇게 마시면 죽는다구요……."

"도련님이 보통 사람은 아니지."

"그래도요. 어차피 미각도 약하신데, 물을 드리면 안 될까요?"

"그 정도로 미맹은 아니셔."

빅토르 덤펠트는 무심한 고용주였다. 고용주 중에 무심한 고용주는 박하게 잡아도 중상 이상이었다. 그리고 폭력을 휘두르더라도 돈은 제때 주는 고용주가 중간 정도 갔다. 그러니 빅토르가 술독에 빠져 죽는 것을 원하는 사용인은 아무도 없었다.

빅토르는 아주 까다로운 취향을 가지고 있어, 드레스를 고르면 구두가 마음에 들지 않는다고 하고, 구두를 고르면 모자와 맞지 않는다고 했다.

아무리 바라던 사교 행사여도, 하루 종일 옷을 갈아입고 있으니 마리나 덤펠트도 지쳐서 슬슬 난폭한 행동을 시작했다.

"나를 옷으로 졸라서 죽이기라도 할 셈이니?"

"그게 가능하던가요?"

"지겨워."

"조금만 더요."

"그래, 너를 믿으면 안 되지. 너는 항상 날 끔찍하게 싫어했으니까."

마리나가 초점을 잃은 눈으로 말하자, 빅토르가 술잔에 남은 위스키를 한 번에 들이켜고 대답했다.

"그럴 리가요."

"악마 같은 놈."

빅토르가 자신을 노려보는 어머니를 물끄러미 바라보다 입을 열었다.

"아름다우시네요."

그것은 정말이었다.

빅토르의 빼어난 얼굴은 그의 어머니와 아버지를 완벽하게 섞어 조화해 둔 덕이었다. 그의 어머니는 여전히 눈부시게 아름다운 외모를 가지고 있었다.

그의 오랜 퇴짜 끝에 간신히, 마리나의 광기가 가려졌다.

마리나가 만족스러운 표정으로 거울을 바라보다가, 제 뒤에 서 있는 훌쩍 자란 빅토르를 돌아보며 말했다.

"빅토르, 그거 아니?"

"듣고 결정하죠."

아들의 부드러운 대답에 실실 웃은 마리나가 말했다.

"넌 왕족이 될 수 없어. 누가 허락해 줘도 말이야. 네가 무슨 짓을 해도, 아무도 인정해 주지 않을 거야."

매일 같은 말만 하던 어머니에게서 처음 듣는 이야기가 흘러나왔다.

빅토르가 술잔을 든 손을 잠시 멈췄다.

"왜죠?"

"여기 있는 건 다 새것이잖아."

마리나가 고상하기 짝이 없는 손짓으로 물건들을 가리키며 나른한 목소리로 말을 이었다.

"역사를 가진 거라고는 단 한 가지도 없지. 다 번지르르한 새것들이구나. 심지어 너조차도 젊기 짝이 없지."

"……"

마리나가 만류하는 하녀들의 손을 뿌리치고 걸어가 빅토르의 반듯한 넥타이를 쥐어 당기며 말했다.

"옷도 새것이구나. 어머니도, 네 아내도 새것으로 바꿀 거니?"

빅토르는 식사를 수시로 거부해 앙상하게 마른 마리나의 손목을 잡았다.

힘이 들어가려는 것을 참고, 그녀의 손을 부드럽게 끌어 내렸다.

"그럼 뭐 하러 저를 그렇게 훈육하셨어요."

"음…… 화풀이였지. 네가 너무 미우니까."

그녀의 태연자약한 말에 빅토르의 표정이 굳었다. 그러자 마리나가 깔깔거리고 웃었다.

"모처럼 제정신이니 좋구나. 하고 싶은 말도 다 할 수 있고."

"……."

빅토르는 잠시 움직이지 않다가, 이내 하녀 하나에게 손짓했다.

"머리를 틀어 올려. 내렸다가 자기가 잡아 뜯을 수도 있으니까."

"네, 도련님."

"최대한 멀쩡한 사람처럼 보이게 만들어. 가짜여도 상관없어."

그의 말에 마리나가 인상을 썼다.

"나는 지금 멀쩡해. 멀쩡한 사람을 미치게 만드는 건 너야. 네가 네 아내까지 미치게 만든 거 아니니?"

그녀의 말에 빅토르가 술잔을 내려놓고 마리나를 보았다.

그 눈빛에 마리나가 비웃으며 물었다.

"아주 죽이고 싶어 못 견디겠다는 듯한 눈빛이구나. 그렇게 손에 피를 묻혔으면서 차마 어머니는 못 죽이겠니?"

"제정신이라고 주장하시니, 대화가 통할 거라 믿고 말하는 겁니다만. 어머니가 나를 아들로 생각하지 않는데, 내가 왜 어머니를 어머니로 여길 거라 생각하십니까?"

그의 냉소적인 목소리에 마리나가 인상을 썼다.

자리에서 일어난 빅토르는 마리나의 바로 앞에 서서, 몸을 숙이고 아이에게 하듯 눈을 맞추며 말을 이었다.

"어머니가 저만큼 건장했다면, 저는 예전에 어머니를 죽였을 텐데요."

그 말에 마리나의 눈동자가 떨렸다.

그러자 빅토르가 서늘한 얼굴로 그녀를 주시하며 말을 이었다.

"제정신일 때 말씀드리려고 기다렸는데, 표정을 보니 정말로 제정신인 모양이군요."

정신이 온전하지 않은 어머니의 말은 한 귀로 흘릴 수 있었으나 지금은 아니었다. 지금은 마리나의 한마디 한마디가 진심이었다. 그리고 빅토르 역시 진심이었다.

마리나는 잠시 조용해졌다 싶더니, 얼마 지나지 않아 또 이성을 잃고 한바탕 소란을 피웠다. 그러다 결국 의사가 진정제를 투여한 후에야 쓰러져 잠이 들었다.

모든 우여곡절이 끝났을 때, 빅토르는 바라던 대로 드디어 만취해 침대에 누웠다.

그때, 밖에서 누군가 문을 두드렸다. 빅토르가 인상을 쓰며 상체를 일으켰다. 이 집안 사용인 중에 감히 본인이 누구인지 밝히지도 않고 문을 두드릴 만큼 멍청한 이는 없었다. 어머니가 깨서 돌아다니는 건가, 생각하며 빅토르가 문을 열었다.

"비, 빅토르……."

그러다 그 앞에 겁먹은 얼굴로 서 있는 여자를 마주했을 때, 빅토르는 제가 살면서 이런 이상한 감정을 느낀 적이 있었나 돌이켜 보게 되었다.

스칼렛이 그의 앞에 울 것 같은 얼굴로 서 있었다. 그의 감정은 바다처럼, 험상궂게 몰아치다 한순간에 잔잔히 가라앉았다.

그가 무슨 일이냐고 묻기도 전에 스칼렛이 한 걸음 빅토르에게 다가서며 입을 열었다.

"늦어서 미안해."

"……."

갑자기 나타나 제 방문을 두드린 스칼렛 크림슨이 할 만한 모든 말을 생각했지만 그중에 늦어서 미안하다는 말은 없었다.

그녀가 창백해진 얼굴로 말을 이었다.

"오늘 하루가 어떻게 갔는지 모르겠어. 백화점에 갔던 건 기억이 났는데, 언제 밤이 된 건지……."

"무슨 소리인지 전혀 모르겠군."

그 말에 스칼렛이 빅토르를 흘겼다.

"또 기억 못 한다. 당신 커프스, 새로 고르러 간다고 했잖아. 파란색이 좋다구."

"커프스를 사러 갈 건데 뭐가 좋아? 원하는 거 없으면 파란색으로 하려구. 당신이랑 잘 어울려."

서운해하는 그녀의 말에 빅토르는 작년 이맘때, 스칼렛이 주변인 조사를 받기 며칠 전 일을 떠올렸다.

스칼렛은 그즈음, 왕족으로 인정받기 위해 그의 모교 행사에서 연설하려는 빅토르를 위해 착장을 하나하나 신경 써 주문하고 있었다.

"파란색이 없었어. 오늘 하루 종일 찾아 다녔는데……. 그래도 행사 전에는 꼭 사다 줄게."

"아무 색이나 상관없어."

"알아. 당신은 아무 색이나 상관없는 거. 내가 좋아해, 파란색. 파란색을 사면 바다가 당신을 지켜 줄 것 같거든. 그래서 이상하게 당신이 나갈 때 뭐라도 파란색이 없으면 불안해. 음, 이건 나 혼자만의 의식 같은 거야."

"드디어 마음에 쏙 드는 파란색 커프스를 찾았거든? 그런데 그것도 어딘가에 잃어버렸어……. 다음에 다시 사다 줄게."

그녀의 말을 듣고 있으니 누군가에게든 물건을 던지고 욕을 퍼부어도 사라질 것 같지 않던 감정이 일순간에 사라졌다.

그녀는 지금 두 사람이 이혼했다는 사실을 기억하지 못하는 게 분명했다.

스칼렛이 잃어버렸다는 그 파란색 커프스는 며칠 전, 그녀의 손으로 자선 행사에 내놓았으니까.

스칼렛은 지금 제정신이 아니었다.

----※----

스칼렛은 초조한 얼굴로 빅토르의 표정을 살폈다.

벌써 열두 시가 넘은 시간이었다. 그녀가 집에 도착해 보니 빅토르는 잠자리에 든 지 오래였다.

제 성공과 명예밖에 모르는 남자가 고작 아내가 늦은 시간에 귀가한다고 저를 기다리지 않을 건 원래 알고 있었다.

그래도 블라이트를 포함한 사용인들은 그녀가 열두 시가 넘어 집으로 돌아왔다는 사실에 다소 놀란 듯했다. 그러나 블라이트는 여느 때처럼 금방 평정을 되찾고 미소를 지으며 말했다.

"피곤하시겠지만 도련님을 뵙고 오시는 게 좋겠습니다."

이미 잠든 빅토르를 굳이 깨우고 싶지 않았다. 제가 언제 귀가를 하든 빅토르는 별로 관심이 없을 게 분명했다. 그런데도 블라이트가 하도 재촉해 별수 없이 침실 문을 두드렸다.
노크 소리에 문을 열어 준 빅토르는 스칼렛이 왜 귀가가 늦었는지 해명하는 동안 말없이 그녀를 바라보고 있었다. 여느 때처럼 혼자 이야기하던 스칼렛이 도중에 가슴이 반쯤 드러나게 풀린 빅토르의 잠옷 단추로 손을 뻗었다.
"그보다 춥잖아. 감기 걸리겠다."
하여튼 남편은 자기 건강한 몸 하나 믿고 이렇게 얇게 입고 있을 때가 있었다. 물론 정작 감기에 걸리는 건 꽁꽁 싸매고 다니는 자신이었지만. 그래도 걱정되긴 마찬가지였다.
발꿈치를 들고 제일 위까지 잠그는데 그가 스칼렛의 양손을 한 손 안에 넣었다.
"이렇게 어머니처럼 챙겨 줄 필요 없어."
그가 어머니를 거론할 때는 보통 기분이 좋지 않을 때였다.
스칼렛이 이제는 빅토르가 염려되어 그를 올려다보았다. 빅토르가 붙잡은 손을 놓지 않았다.
"빅토르, 손."
스칼렛이 알려 주고 나서야 빅토르가 손을 천천히 놓아주었다.
그녀는 난처한 기분이 들었다.
물론 지금껏 귀가 시간이 늦었던 적도 없지만, 제가 늦는다고 빅토르가 신경이나 쓸 거라고는 생각하지 않았다. 그런데 지금 빅토르의 반응을 보니 아무래도 제가 늦게 들어온 것이 기분 나쁜 모양이었다.

자신을 주시하는 그의 시선에 스칼렛은 이유 없이 섬뜩해지는 걸 느끼며 고개를 사선으로 돌렸다.

그러자 빅토르가 물었다.

"왜 피해?"

그의 질문에 스칼렛이 빠르게 고개를 저었다.

"안 피했어."

"늦었으니 가서 자. 내일 얘기하지."

그렇게 말하고 빅토르가 돌아서자 스칼렛이 무심코 그의 팔을 붙잡았다가 놀라며 바로 놓았다.

그는 어머니를 싫어하면서, 그 어머니가 준 왕족의 피에는 집착했다. 그러므로 여느 왕족들처럼 그 역시 몸에 갑자기 손대는 것을 싫어했다. 그러나 다행히 피곤해서인지, 빅토르가 별말 없이 그녀를 돌아보았다.

"왜."

"내가 늦은 건 맞는데, 그런 걸로 화내지 마. 난 당신이 바다에 나가면 항상 잠을 제대로 못 자. 바다에서 무슨 일 있을지 모르니까. 매일 불안했단 말이야."

자다 깨는 바람에 늘 경직된 분위기로 넘기고 있는 빅토르의 머리칼이 흐트러져 있었다. 옷도 마찬가지였다.

그 흐트러짐 때문인가, 스칼렛은 오늘 무슨 기회라도 잡은 듯이 자꾸만 속내를 꺼내놓았다.

해군일 때 빅토르는 국가의 소속이었지만, 잠옷 차림의 그는 아주 조금은 제 것 같았다. 그녀는 스스로가 유난히 칭얼거린다 여기면서도 말을 이었다.

"하루 정도는 말없이 늦을 수도 있는 거잖아."

"알고 있어."

예상외로 빅토르가 순순히 대답하자 스칼렛은 되레 더 불안해졌다. 그 불안함을 조금은 읽었는지, 빅토르가 가볍게 그녀를 끌어안고 말을 이었다.

"그래도 이제 그러지 마."

"응? 아, 응……."

스칼렛이 움찔하며 고개를 끄덕였다.

남편의 말과 행동들이 오늘따라 낯설고, 이상하다고 생각했다. 무슨 일이라도 있었던 걸까.

빅토르는 표현하자면 싸늘하다는 말이 어울리는 사람이었다. 웬만해서는 곁을 주지 않고, 늘 도도하기 그지없었다.

빅토르가 자발적으로 저를 안아 주는 날이 많지 않으니, 스칼렛은 기회를 잡은 듯이 그의 품에 얼굴을 묻었다. 그러다 뒤에서 자꾸 쳐다보는 시선이 느껴져 고개를 돌리니 집사를 포함한 사용인들 모두 불안한 표정을 짓고 있었다.

'왜들 그러지?'

처음엔 빅토르의 흐트러진 모습이 좋았는데, 저 시선을 보니 뭔가 잘못되었다는 생각이 들었다.

혹시 2년 동안 같이 살면서도 아직 제가 본 적 없던, 진짜 화난 상태인 건가?

스칼렛이 염려하고 있을 때 빅토르가 손으로 그녀의 눈을 가렸다. 그리고 그가 다시 손을 뗐을 때는 사용인들이 전부 사라지고 없었다.

스칼렛은 무언가 이상함을 느꼈으나, 제 허리에 감겨 있는 빅토르의 팔에 경계심이 바람에 꽃씨 날리듯 풀어 헤쳐졌다.

―――・◆・―――

빅토르가 말이 없으니, 스칼렛이 염려스러워하며 말했다.

"취했어? 당신 취한 거 처음 봐. 술을 얼마나 마신 거야? 왜 그렇게 많이 마셨어?"

"……."

"아, 미안. 깨우지 말걸. 오늘따라 정말 뭐에 홀린 것 같아."

빅토르가 오늘 스칼렛이 제 침실 문을 노크했다는 이유로 몇 번째 사과의 말을 하고 있는지를 생각하는 사이, 스칼렛은 그가 피곤해한다고 생각해 대화를 마무리했다.

"내일 이야기하자."

"당신 방에 데려다줄게."

"응?"

"뭐에 홀린 것 같다며. 가다가 넘어질까 봐."

그의 말에 스칼렛은 당황해하면서도 고개를 끄덕였다.

잠시 후 두 사람은 함께 계단을 걸어 내려갔다. 스칼렛은 지금 상황을 무척이나 난처해하며 방으로 향하고 있었다. 사용인들도 어찌할 바를 몰라 하며 일단은 입을 다물고 있었다.

스칼렛이 먼저 방문 앞에 섰는데도 하녀가 문을 열어 주지 않아 그녀가 고개를 갸우뚱했다. 하녀는 이제 덤펠트가의 여자가 아닌 스칼렛에게 침실 문을 열어 줘도 되는 건가 망설이고 있었다. 그 사이 다가온 빅토르가 뒤에서 손을 뻗어 문을 열었다.

스칼렛이 움찔해서 돌아보았다. 그러고는 분위기가 영 이상한 듯 두리번거리며 말했다.

"오늘따라 다들 정말 이상하네……. 당신도 그래. 내가 깨워서 잠이 안 와?"

그러자 빅토르가 말을 돌렸다.

"당신이 파란색을 좋아했었지."

"으응? 그걸 어떻게 알아?"

"늘 내가 바다에 나갈 때 파란색 물건을 주잖아."

"알고 있었어?"

"그래야 당신이 안심이 된다며."

그러자 스칼렛의 입꼬리가 조금씩 올라갔다.

"기억하는 줄 몰랐어."

그녀는 남편이 제가 한 말을 기억했다는 사실에 들떠 있다가, 도중에 퍼뜩 무언가를 떠올리고 빅토르를 보았다.

"그보다 오늘 무슨 일 있었지? 취하도록 술을 마셨잖아."

"아무 일도 없었어."

"정말?"

그렇게 말하고도 마음을 놓지 못하던 그녀가 잠깐 두리번거리더니, 사용인들이 다 물러난 걸 확인하고 한 걸음 다가와 소곤거렸다.

"같이 씻을까?"

"……."

"빅토르?"

그녀가 말하고 올려다보자, 빅토르가 말문이 막혀 굳어 있다가 곧 대답했다.

"……나 취했잖아."

"그건 알아. 하지만 당신이 걱정도 되고, 취하니까 엄청 다정하기도 해서…… 계속 같이 있고 싶어."

그녀의 말을 들은 빅토르는 딱히 대답이 없었으나, 방금 그녀의 말에 동의하지 못한다는 것은 느껴졌다.

어쨌든 스칼렛은 나름, 오늘처럼 이야기가 그나마 통하는 날 빅토르와 좀 더 있고 싶었고, 그 방법이 잠자리뿐이라고 생각했다. 게다가 평소 같으면 취한 상태로 돌아다니지도 않았을 빅토르가 침실까지 따라와 준 걸 보니 그도 원하는 것이 틀림없다고 확신했다.

빅토르의 복잡한 마음과 달리, 스칼렛은 한번 결심했으니 쉽게 빅토르를 놔주지 않을 생각이었다.

스칼렛은 말간 두 눈으로 빅토르를 올려다보고 있었고, 빅토르는 거기 넘어가지 않기 위해 뒷짐을 지고 서서, 오른손으로 왼 손목을 꽉 틀어쥐었다.

짐승이 아니라면, 이혼했다는 사실을 잊을 만큼 정신에 문제가 생긴 여자를 취하려 들어서는 안 된다고 여겼다. 그것은 제가 취하든 취하지 않았든 동일하고, 당연한 일이었다.

그럼에도 당장에라도 자신을 안아 주지 않으면 크게 실망할 것 같은 스칼렛의 목소리와 자신을 무너뜨리려는 듯이 바라보고 있는 그녀의 눈빛에 이성이 흔들렸다.

빅토르는 자괴감을 감추며 태연한 얼굴로, 자신의 손목을 으스러뜨릴 듯이 비틀었다.

물론 그녀가 무언가 바라는 것이 있어 거짓말을 하는 것이라는 의심도 지운 것은 아니었다. 그는 선량하지 않은 사람들 사이에서 자라났고, 약탈하는 자들을 처단하며 젊은 날을 보내고 있었다. 신뢰보다 불신이 앞섰다. 그가 입을 열었다.

"기억이 안 난다는 건 큰 문제니, 의사를 먼저 부르지."

그러자 스칼렛이 고개를 저었다.

"어디 아픈 건 아니야."

"오늘 일이 다 기억나지 않는다며."

"그거야 그런데……."

"일단 목욕하고 와. 저기서 기다릴 테니까."

빅토르가 소파를 턱짓하며 말했다. 스칼렛은 제 요청이 통했다고 생각하며 대답했다.

"알았어, 금방 나올게."

그녀가 곧 욕실로 들어갔다.

———•◆•———

자기가 먼저 유혹해 놓고, 스칼렛은 많이 피곤했는지 목욕을 하고 나와 침대에 눕자마자 잠이 들었다.

곧바로 빅토르가 부른 의사가 그녀를 진찰했다. 그사이 빅토르는 스칼렛의 침대에 걸터앉아 있었다. 제 것이었던 때는 윤이 나던 머리칼이 관리를 하지 않아 퍼석거리며 엉켜 있고, 마냥 매끄럽던 손은 일을 하느라 껍질이 죄 벗겨져 있었다.

그녀가 깨지 않게 침대에서 내려서는데도 금방 깬 스칼렛이 손을 뻗었다. 그러더니 빅토르의 손을 꼭 쥐며 말했다.
"갈 거야?"
"왜 깼어?"
"당신이 옆에 있으면 숲 냄새가 나서 잠이 잘 오거든……."
"……."
"나무 아래 있으면 당신이 생각나. 세상에 나무가 너무 많다……."
스칼렛이 혼잣말을 하다가 눈을 동그랗게 떴다. 그리고 상체를 일으켰다가 기겁을 했다. 둘만 있는 줄 알았던 침실에 의사와 사용인들, 그리고 해군들까지 와 있었다.
스칼렛의 얼굴이 새빨개지자 빅토르가 말했다.
"의사 외에는 나가."
스칼렛이 뺨을 두 손으로 감싸며 빅토르에게 말했다.
"어떡해, 다 들었을 거 아냐. 부끄러워 죽겠네……."
그러자 빅토르가 물었다.
"당신이 날 사랑하는 걸 남들이 알면 안 되나?"
그의 말에 스칼렛이 고개를 들었다. 그러고는 맑은 소리를 내고 웃으며 말했다.
"당신 오늘 정말 왜 그래. 취해서 그런가?"
"아마도."
"취하니까 너무 좋네."
빅토르는 스칼렛이 이 혼란스러운 상황에서도 자신만을 바라보고 있다는 사실을 새삼 알아차렸다.
제 말 한마디, 한마디에 집중했고, 고작 그녀의 말에 대답을 해 주는 것을 다정함으로 여겼다.

의사가 진찰을 하는 사이 빅토르는 잠시 그녀의 침실을 나왔다. 스칼렛이 이혼한 사실을 잊고 나타났다는 소식을 블라이트에게 전해 듣고 달려온 에번 라이트와 팔린 레드포드가 복도에 서 있었다. 팔린이 입을 열었다.
"부인께서 정신이 온전치 않으신 겁니까?"
그가 말하는 중에 에번이 퍽 뒤통수를 때렸다.
팔린은 순간 제가 말실수를 한 걸 알고 손으로 제 입을 짝 때렸다. 빅토르가 정신이 온전치 않다는 말을 얼마나 싫어하는지 순간 잊었다. 에번이 때리지 않았다면 빅토르에게 맞았을지도 모를 일이었다.
빅토르가 대답했다.
"거짓말일지도 모르지."
그 말에 팔린이 다시 한번 소신껏 말했다.
"그렇게 태연하게 거짓말을 할 수 있는 분이 아닙니다. 보람도 없구요."
"그래서, 그냥 정신이 온전치 않다고?"
"……제 생각은 그렇습니다."
"그럼 안 되잖아."
"예?"
팔린이 되묻자 빅토르가 말을 이었다.
"거짓말을 한다고 수도원에 보냈는데. 그게 거짓말이 아니면 안 되잖아."

빅토르가 고개를 돌려, 침실 안쪽을 보았다.

침대에 앉은 스칼렛은 그녀가 놀라지 않게 주의하라고 미리 일러둔 의사와 이것저것 이야기를 하는 중이었다.

잠시 후 의사가 나오고, 빅토르는 해군들을 물렀다. 의사가 난처하게 말했다.

"건강에는 문제가 없지만, 지난 1년간의 기억이 아예 없으십니다. 저로서는…… 심리적인 원인이라는 추측밖에 드리지 못합니다. 다른 의사를 불러오시는 게 어떨까요?"

"거짓말일 확률은?"

"심리적 원인이 아니라면 거짓말일 확률도 있겠습니다만, 저로서는 확인할 수가 없습니다. 죄송합니다. 하지만 어젯밤에 감기에 걸리신 것만은 분명해 보입니다."

늦은 밤에 정신없이 헤매고 다녔으니 감기가 걸린 모양이었다.

의사까지 물러난 후 빅토르는 다시 침실로 들어가, 침대에 한 손을 두고 스칼렛을 내려다보았다.

그녀는 뛰어난 거짓말쟁이에 연기자여야만 한다.

그래서 자신에게 거짓말을 하고 있는 것이어야만 했다.

그는 스칼렛에 대한 복잡하고 어두운 감정에 묶이는 기분을 느끼며, 그녀의 연한 금색의 긴 머리칼을 손으로 휘감았다. 그 손길이 다소 거칠었던 탓에 스칼렛이 눈을 떴다. 어두운 공간 속에서 두 사람의 눈이 한동안 마주쳤다.

빅토르가 먼저 입을 열었다.

"원하는 게 뭐야. 바라는 걸 말해."

그의 목소리에 엉킨 난폭함을 느끼지 못했는지, 잠기운에서 벗어나지 못한 스칼렛이 애원하듯 말했다.
"나를 사랑해 줄래?"
그녀의 말에 빅토르가 기가 차서 허탈하게 웃었다.
"어떻게. 얼마나 더."
"내가 느낄 만큼. 내가 행복할 만큼."

"빅토르. 나는 요즘 행복하지 않아."

빅토르는 어느 날 스칼렛이 자신에게 말하던 쓸쓸한 목소리를 떠올렸다. 그가 중얼거렸다.
"하루에 정신 나간 여자를 둘 만나니까, 한쪽은 잊히네. 하나는 장점이군."
그의 말에 스칼렛이 멈칫하고는 애써 상체를 일으켰다. 그리고 걱정스러운 표정으로 물었다.
"마리나 공작 전하를…… 만났어?"
"그래."
빅토르는 본인이야말로 제정신이 아닌 듯한, 자조적인 미소를 지었다.
"어머니가 어릴 때 나를 폭력으로 훈육한 것은 화풀이였다고 하더군."
"……뭐?"
"내가 자기를 다시 왕족으로 만들어 줄 거라고, 나에게 기대를 건 것조차 아니야. 그냥 화풀이였지."
스칼렛은 잠시 빅토르를 보고 있었다. 그러다가 그가 나가려 하자 무거운 몸을 억지로 일으켜 그를 붙잡았다.

"같이 있어."

"당신과 안 자."

빅토르의 냉정한 말에 스칼렛은 상처 받은 얼굴을 하면서도 고개를 끄덕였다.

"알았어. 안 매달릴게. 그냥…… 혼자 있지 마."

스칼렛이 조심스레 그의 손을 당기며 말했다.

"당신은 내 남편이잖아. 나는 당신 아내이고. 이럴 때 같이 있으려고, 결혼을 하는 거잖아."

그리고 그녀는 먼저 침대에 앉아 빅토르를 옆으로 끌어당겼다.

처음에는 자신을 끌고 가려고 애쓰는 그녀를 바라만 보던 빅토르가 곧 침대에 누웠다.

스칼렛이 다정히 말했다.

"그런 일이 있으면 나에게 말해 줘. 나는 항상 당신 옆에 있을 테니까……."

감기 기운에 뺨이 빨간 스칼렛은 그렇게 이야기하며 빅토르의 손을 깍지 껴서 잡고 스르륵 잠이 들었다.

천장을 보고 있던 빅토르는 스칼렛이 잠들고 나서야 그녀 쪽으로 몸을 기울였다. 그리고 새근거리는 스칼렛을 바라보며 말했다.

"……항상 옆에 있는다며. 당신이 나와 살며 그 말을, 몇 번이나 한 줄 알아?"

그녀의 입에서 나오는 건 거짓말투성이라고, 그는 생각했다.

역시 그녀는 능숙한 거짓말쟁이였다.

이른 아침 눈을 뜬 스칼렛은 곁에 잠들어 있는 빅토르를 발견하고 놀라서 눈이 동그래졌다. 그녀가 급하게 침대를 내려가려는데 빅토르가 손목을 붙잡았다.

그가 갑자기 붙잡는 경우가 거의 없어 스칼렛의 어깨가 흠칫 떨렸다. 그녀가 돌아보니 빅토르가 물었다.

"기억나서 도망치는 건가?"

그의 질문에 스칼렛이 난처하게 물었다.

"무슨 기억? 도망을 가?"

"아니면 어디 가는데."

"아, 열이 나는 것 같아서. 당신에게 옮을까 봐."

결혼 생활 내내 빅토르가 앓는 걸 본 적은 없었다. 그러니까 더더욱 그가 감기라도 걸리면 제 탓이 아닌가.

빅토르가 몸을 일으키더니 그녀의 이마를 손으로 감쌌다. 그의 손이 생각보다 차가워서 스칼렛의 몸이 움츠러들었다.

그녀에게서 손을 뗀 빅토르가 몸을 일으키자 스칼렛도 따라 일어났다. 평소와는 어딘가 다른 빅토르의 행동이 낯설었다.

스칼렛은 빅토르가 감싸던 제 이마를 두 손으로 감쌌다. 고작 그의 손이 남긴 냉기에도 가슴이 설렜다. 그러다 돌아본 빅토르와 눈이 마주쳐 얼른 두 손을 내렸다. 그때, 빅토르가 입을 열었다.

"날 사랑하지?"

"응? 응. 당연히 사랑하지. 많이."

게다가 생전 안 하던 질문을 한다. 이제 그가 왕족으로 인정받는 날이 얼마 남지 않았다. 아마 그래서 저에게도 곁을 줄 여유가 생긴 모양이라는 생각에 저절로 웃음이 나왔다.

그 웃음에 빅토르가 픽 웃었다.

"그래 보이네."

"……."

그의 말에 어쩐지 말문이 막힌 스칼렛이 괜히 민망해져 눈만 연신 깜빡였다.

※ ※ ※

"도대체 어떻게 이혼한 사실을 잊어버려?"

"아무래도 덤펠트 저택에 여자들을 미치게 만드는 기운이라도 있는 모양이야."

"어휴, 소름 끼쳐……."

덤펠트 저택의 일꾼들은 '이혼한 사실을 잊고 전남편에게 찾아온 여자'에 대해 온갖 이야기를 떠들었지만 스칼렛의 앞에서는 입을 단속했다.

사용인들은 빅토르와 스칼렛이 부부일 때와 똑같은 아침 식사를 만들었다. 그 아침 식사 내내 스칼렛은 마치 귀족 가문에서 태어나 완벽한 가정교육을 받고 자란 것처럼 행동했다. 너무 완벽해서 중간부터는 그녀가 감기에 걸렸다는 사실조차 느껴지지 않았다. 그러나 그 완벽함이 보고 있는 사용인들에게는 더욱 오싹한 일로 다가왔다.

반면에 빅토르는 이 상황에 대해 이렇다 할 반응을 보이지 않았다. 그는 일단 집 안에 있던 모든 달력을 감추게 했고, 사용인들을 주의시켰다. 그리고 스칼렛이 알아서 행동하도록 그대로 놔두었다.

그런 주변 상황을 전혀 모르는 스칼렛은 그저 온종일 바빴다. 저녁 식사 메뉴를 꼼꼼하게 확인하고, 자선 행사 준비도 했다. 그렇게 바쁘게 돌아다니던 스칼렛은 빅토르의 서재에도 들어왔다. 그녀는 원래 빅토르가 집에 있을 때면 수시로 그의 시야 안에 들어왔다.

서재에 들어왔던 스칼렛은 이내 화병에 꽂아 둔, 온실에서 기른 장미를 만져 보다가 기겁해 가위를 가져왔다. 그리고 테이블에 장미를 늘어놓고 가시를 잘라 내기 시작하자, 소파에서 책을 읽던 빅토르가 그녀 쪽을 보았다.

스칼렛이 변명하듯 말했다.

"금방 하고 갈게. 이상하게 가시가 있네. 내가 다 제거하는데."

빅토르는 대답 없이 책으로 시선을 돌렸으나 스칼렛이 다시 말을 걸었다.

"요즘 장미 가꾸는 게 귀부인들 사이에서 유행이래. 제일 크고 예쁜 장미를 피우는 사람이 이기는 거야. 나도 온실에서 키워 보려고."

"직접 키울 필요 있나. 정원사를 시키면 되지."

"그럼 반칙이잖아."

스칼렛이 말하고는 미소를 지으며 빅토르 쪽을 보고 물었다.

"그렇지?"

"모르겠는데, 여자들 일은."

"난 그렇게 생각해."

스칼렛이 말하고서 실용성이 떨어져 보이는 레이스 달린 장갑을 끼고 장미의 가시를 가위로 잘라 냈다. 그러다 도무지 이해가 안 간다는 듯이 빅토르를 보며 물었다.

"그런데 내가 정말 이렇게 가시 있는 꽃을 그냥 꽂았어? 그럴 리가 없는데."

"그냥 둬. 난 당신이 가시를 자르는 것도 몰랐어."

그의 말에 스칼렛의 손이 잠시 멈췄다. 그러나 금방 다시 미소를 지으며 가시를 자르는 손도 움직이기 시작했다.

"당신에게는 완벽한 게 어울려. 가시가 남아 있으면 보기 안 좋잖아."

스칼렛이 말하던 중에 손을 다시 멈췄다. 그리고 장미를 그냥 다시 꽂기에 빅토르가 그녀 쪽을 보니, 스칼렛의 장갑에 핏물이 번지고 있었다.

빅토르가 몸을 일으켰다. 그리고 그녀의 팔을 움켜쥐어 당기자 스칼렛이 무슨 일이냐는 듯 고개를 기울이고 빅토르를 보았다.

여전히 그녀의 입술에 그린 듯한 미소가 있었다. 결혼 초기부터 빅토르가 가정교사를 고용해 만들게 한 미소였다.

빅토르가 그녀의 손을 붙잡아 장갑을 벗기자 가시에 길게 긁힌 상처가 있었다. 거기에 전날 감기 기운으로 열까지 나고 있었다. 한동안 그 손을 바라보던 빅토르는 제 손수건으로 그녀의 손을 감싸며 말했다.

"아프면 치료를 받아."

"지금 가서 받을게. 미안해."

"뭐가 미안해?"

"당신이 화난 것 같아서……."

결혼 생활 내내 빅토르는 그녀에게 어디 가서도 흠 잡힐 짓을 하지 말라고 말했었다. 반드시 자신에게 도움이 되는 행동을 하라고.

스칼렛은 흠 잡히지 않으려 신경을 곤두세웠다. 그게 옳다고 생각했기 때문이 아니라, 빅토르가 원했기 때문이었다.

그녀는 지금 손을 다친 것도, 감기에 걸린 것도 제 흠이라고 생각했고, 빅토르에게 도움이 되지 않는다고 생각했으며, 제가 그의 사랑을 받지 못하는 건 이런 한심함 때문이라고 생각했다.

스칼렛이 금방 다시 웃어 보이며 말했다.

"좀 어지럽네. 누워야 할 것 같아."

결혼 생활 초반에 스칼렛은 천방지축이었다. 그도 그럴 것이 열두 살부터 하녀 일을 하다가 갑자기 덤펠트 가문의 실질적인 안주인이 되었으니까.

아는 것이라고는 벽난로에 불을 피우거나 청소를 하는 것뿐이고, 돈 관리를 하는 법은커녕 간단한 셈조차도 어려워했다. 하녀들이 쓰는 말씨를 썼고, 덤펠트 가문에 고용된 하녀처럼 행동했다.

그래서 빅토르는 자신이 왕족이 된 후에, 스칼렛이 제 아내 역할을 제대로 할 수 없을 것이라 여겼다.

그래서 그녀를 고쳤다.

빅토르 본인이 고문에 가까운 체벌 속에서 그의 어머니가 생각하는 이상적인 왕족의 모습으로 만들어졌으므로 그 방식에 문제가 있다고 생각하지 않았다. 이미 나쁜 상태로 고착화되어 열여덟 살이 된 스칼렛 크림슨을 스칼렛 덤펠트로 만드는 과정은 당연히 혹독해야 했다.

스칼렛은 제가 아프다는 사실을 수치스러워하며 도망치듯 서재를 빠져나왔다.

그녀는 제 방으로 돌아온 후에야 긴장이 풀려 푹 한숨을 쉬었다. 그러고는 주치의를 찾아 손을 치료하게 했다.

치료가 끝난 후, 스칼렛이 캔디스에게 말했다.

"빅토르가 이상해졌어."

"어, 어떤 면이요?"

캔디스가 움찔하고 묻자 스칼렛이 심각한 표정으로 대답했다.

"자꾸 날 쳐다봐."

"네?"

"원랜 안 그러잖아, 자기 일만 하고……. 근데 자꾸 나를 쳐다봐서 너무 신경 쓰여."

"그, 그야. 마님이 좋으니까……."

"아니야. 저건 분명히 내가 뭔가 잘못하고 있는 거야. 뭔지를 모르겠네."

스칼렛이 고민하더니 곧 몸을 일으켜서 거울에 몸을 비춰 보았다. 그러곤 캔디스에게 물었다.

"어디가 문제일까?"

"문제없다니까요. 정말로."

"음……."

스칼렛은 여전히 미심쩍은 표정이었다.

----◆◆◆----

스칼렛에게도 이상하지만 다른 사람들에게는 더 이상한 하루가 지

났다.

스칼렛은 누구라도 멀쩡한 사람이라고 생각할 만큼 평범한 하루를 보냈다. 평소와 다른 하루를 보낸 것은 오히려 빅토르였다.

그는 이혼 이후 처음으로 술을 마시지 않았고, 또다시 스칼렛과 같은 침실에서 잠이 들었다.

다음 날 아침, 여느 때처럼 일찍 눈을 뜬 스칼렛은 옆에서 잠들어 있는 전남편을 발견하자마자 기겁을 해서 침대에서 내려섰다.

"비, 빅토르?"

그러자 빅토르가 인상을 쓰며 상체를 일으켜 앉았다. 눈이 휘둥그레진 스칼렛이 두리번거리며 물었다.

"무슨 일이야? 어, 어떻게 된 거야?"

"당신이 쳐들어왔잖아."

"……내가?"

스칼렛은 당황한 표정을 지었다. 한동안 어쩔 줄 몰라 하던 그녀가 중얼거렸다.

"요즘 자주 깜빡깜빡하더니 이혼한 것도 잊어버렸나……."

빅토르는 그녀를 바라볼 뿐 말이 없었고, 스칼렛은 혼란스러운 표정으로 침대 옆을 서성이고 다녔다. 도대체 자신이 어쩌다 여기 와서 잠들었는지 기억해 내려고 애쓰던 그녀가 창백해진 입술로 중얼거렸다.

"내가 기억해야 되는 게……. 아, 맞아. 아이작. 아이작에게 뭔가 문제가 생겼던 것 같은데……."

기억을 떠올리려 할수록 그 기억이 오히려 지워지기만 했다. 기억하려 하니 숨이 막힐 정도로 극심한 두통이 쏟아졌다.

스칼렛은 몸을 가누기 힘들어 벽에 등을 대고 기댔다. 빅토르가 혀를 차며 걸어가 스칼렛의 앞에 섰다.

"백작이 왜."

"모르겠어. 기억이 안 나."

스칼렛이 힘겹게 중얼거렸다.

빅토르는 어처구니가 없는지 낮은 소리를 내며 웃었다. 그러자 그녀가 벽에 뒤통수를 대고 고개를 젖혀 빅토르를 올려다보았다.

"안됐네. 이혼해서 더는 날 수도원에 못 보내잖아."

"무슨 소린지 모르겠군. 이혼했으니 더 쉽지."

"뭐?"

"당신이 뭐라고, 내 마음대로 못 할 거라고 생각해?"

그렇게 말하는 빅토르에게서는 별다른 감정이 느껴지지 않았다. 그런 그의 눈이 안개 낀 새벽 들판에서 마주친 짐승의 것처럼 보인다고, 그녀는 생각했다.

이 종은 무슨 생각을 하고 있는지 알 수 없다는 면이 무서웠다. 잡아먹으려는 건가, 구경하는 건가, 떠나려는 건가.

스칼렛의 손끝이 공포로 달달 떨리기 시작했다. 빅토르는 그것을 알았으나, 그녀를 위로하지 않았다.

대신 보상하듯 말했다.

"아이작을 여기로 데려올 테니 쉬고 있어. 상태도 안 좋아 보이는데."

"……어디에 있는 줄 알고?"

"어디에 있든지 데려올 수 있어."

"……."

그 말에는 떨림이 멈춘다.

빅토르가 이제는 누구라도 그의 불쾌함을 알아차릴 웃음을 지으며 스칼렛의 손을 당겼다. 그리고 손가락 끝에 입을 맞추고 말했다.

"과연, 크림슨 백작을 위해 날 팔아넘길 만큼 애틋하군."

"거봐. 당신도 날 용서하지 못하네."

스칼렛은 그에게서 제 손을 빼내려 하지 않았다. 그러다가 오히려 그가 더 움켜쥐는 것이 두려웠다. 그의 말대로, 그는 마음먹으면 언제든 자신을 수도원에 가둘 수 있었다.

"여기 있어. 아이작이 오면 나에게 인사하지 말고 가."

빅토르가 그녀의 손을 놓으며 말하자 스칼렛은 그 거래를 받아들인다는 의미로 고개를 끄덕였다.

곧 침실을 나가려 문을 열던 빅토르가 스칼렛을 보았다.

그가 물었다.

"아직 날 사랑해?"

"……"

갑자기 꺼낸 그의 질문에 스칼렛의 표정이 살짝 구겨졌다.

잠시 후 그녀가 입을 열었다.

"지금은 아니야."

"구분하긴 편하군."

"무슨…… 구분?"

그녀는 물었지만 빅토르는 대답해 주지 않고 침실을 나갔다.

그곳에 혼자 남은 스칼렛은 한동안 자리에 주저앉아 있었다. 그러다 침실을 나서는데 블라이트가 술병이 든 나무 상자와 얼음통을 들고 빅토르의 집무실로 향하는 것이 보였다.

스칼렛이 물었다.
"무슨 술이야?"
"아, 도련님께서 집무실의 술과 얼음이 다 떨어졌다고 하셔서요."
"……아침부터 술을 마시기라도 해?"
"네. 위스키가 아침이에요. 온더락으로."
"뭐, 뭐?"
빅토르는 남에게 책잡히지 않기 위해 인생을 투자했다고 해도 과언이 아닌 사내였다. 그런데 그 1년 사이에 어떻게 이따위로 살게 된 걸까.
생각해 보면 명예를 중시하는 사내에게 이혼이 오점처럼 느껴졌을 수는 있었다. 하지만 그렇다고 해도 아침 식사를 술로 때울 만큼 상처를 받았을 것 같지는 않았다.
스칼렛이 말했다.
"빅토르가 아무리 건강해도, 그러다 병나겠어."
"아침 식사 준비할까요? 아가씨께서 준비하셨다고 하면 뭐라고 하지 않으실 거예요."
"응. 준비해 줘."
스칼렛이 그렇게 말하자 블라이트의 얼굴에 화색이 돌았다.
블라이트가 떠난 후, 스칼렛은 제가 입은 잠옷을 보며 중얼거렸다.
"잠옷을 갈아입은 기억도 없네……."
그렇게 혼잣말을 하고 나서, 스칼렛은 제 방으로 돌아갔다.
옷을 갈아입고 아침 식사를 마쳤다. 기다리다가 아이작이 오면 바로 출발할 생각이었지만 아무래도 빅토르가 신경 쓰여 잠시 그의 집무실로 향했다. 그리고 노크를 하려다가 그냥 문을 열었다.

식사가 차려져 있기는 했지만 건드리지 않은 그대로였고, 방에서는 시가 냄새가 났다.

빅토르는 창틀에 걸터앉아 술을 들이켜고 있었다. 스칼렛은 그를 노려보다가, 곧 창가로 걸어갔다. 그녀가 창틀에 놓인, 술이 절반 남은 온더락 잔을 집어 들어 그대로 마시려 하자 빅토르가 그 손목을 붙잡았다.

"뭐 해."

"식사."

"무슨 소리야."

"손님은 집주인을 따라야지. 이게 식사라며."

스칼렛은 빅토르를 똑바로 보며, 그가 붙잡은 손목을 당겨 잔을 입으로 가져갔다.

빅토르는 스칼렛의 입이 열리는 것을 물끄러미 보고 있었다.

스칼렛은 남은 위스키를 전부 마셨다.

빅토르가 물었다.

"맛있어?"

"아침 식사로 먹을 정도는 아니네."

"저런."

빅토르는 그녀의 손에서 잔을 뺏어 들었다. 그리고 스칼렛이 다시 잡으려 하자, 그녀가 들 수 없을 정도의 높이까지 잔을 들었다.

"신경 쓰지 말고 집에 가. 스칼렛 크림슨."

"안 그래도 갈 거야. 차려 놓은 거나 먹어."

그녀는 말하고 나서 테이블 위 바구니에서 하얀 빵 하나를 집어 창틀에 가져다 놓고 다시 방으로 향했다.

유치장에 있던 아이작은 어쩌면 여기에서의 시간이 길어질지도 모르겠다는 생각을 했었다.

다행인지 불행인지 스칼렛이 왕실경찰들과 이야기를 하고 온 이후에 그가 저지른 죄의 무게는 한결 가벼워져 있었다.

그리고 바로 다음 날 아침에 크림슨 가문의 어른 하나가 면회를 위해 찾아왔다. 남매에게 작은할아버지가 되는 재커리 크림슨이었다. 그는 현재 크림슨 가문에서 가장 어른이었다.

재커리가 말했다.

"네가 도대체 무슨 일을 벌였는지나 아는 게냐?"

"……."

아이작은 대답 없이 고개를 한쪽으로 조금 기울이고 재커리 크림슨을 주시하고만 있었다. 에빌 크림슨이 가문을 삼킨 후, 남매를 돕는 이는 친척 중에 아무도 없었다.

재커리 크림슨은 마주 보기 힘든 아이작의 눈을 피해 고개를 돌리며 말했다.

"네가 왜 에빌의 손가락을 잘랐는지는 안다. 시계를 만들지 못하게 하려는 거였겠지. 그렇게 하면 네 여동생에게 힘이 실릴 거라고 생각한 게냐?"

"기술자가 둘이다가 하나가 줄면, 남은 하나가 바빠지겠지요."

아이작의 말에 재커리 크림슨이 움찔했다.

아이작이 말을 이었다.

"스칼렛을 고소하는 데 도움을 주실 거라면서요. 크림슨 가문 사람들이."

"그건…… 에빌이 네 후견인으로 가문의 실권을 쥐고 있지 않았니. 먹고살려면 어쩔 수 없었다."

재커리 크림슨이 말을 이었다.

"아무튼…… 아이작. 네 여동생 단속 좀 하거라. 그 계집애가 뭘 알겠니?"

"……."

"스칼렛이 네가 이끌 가문의 이름을 더럽히게 둘 생각이냐?"

아이작은 에빌이 하던 말을 고스란히 하고 있는 재커리 크림슨의 말을 들으며 열세 살의 자신과 열두 살의 스칼렛을 떠올렸다.

마차 사고 후 정신을 차렸을 때는 부모님이 돌아가신 데다 눈까지 보이지 않았다. 겨우 열세 살이던 아이작은 휠체어에 앉아 한마디도 하지 않고 몇 달을 보냈었다.

반면에 병원에서 퇴원해 집에 도착하자마자, 스칼렛이 한 것은 청소도구함으로 달려가 원래 일하던 하녀들이 만들어 놓은 걸레를 꺼내는 일이었다. 그리고 창문을 뽀득뽀득 닦는 소리가 들리던 기억이 났다.

"저 청소 잘해요. 엄청 깨끗하게 닦을 수 있어요. 이제부터 청소는 제가 할게요. 아, 그리고 오빠도 돌볼 사람이 필요하잖아요. 제가 할게요, 제가 다 할 수 있어요!"

열두 살.

고작 열두 살짜리가.

그때 그 애는 도대체 어떻게 그렇게 빠르게 상황을 판단할 수 있었던 걸까.

그리고 그 판단 후에 어떻게 슬픔을 억누를 수 있었을까를 생각해 보면 답은 하나뿐이었다.

스칼렛은 자신이 이 집에서 쫓겨나면 아이작의 목숨이 더더욱 위험해진다는 것을 알고 있었다. 부모님이 안 계신 상황에서, 스칼렛은 자신이 어떠한 훈련도 없이 갑작스레 앞을 볼 수 없게 되었던 아이작을 지켜야 한다고 생각했다.

아이작이 생각하는 사이 재커리 크림슨이 말했다.

"이러면 가문 전체가 망하게 될 수도 있다. 너는 잘 모르겠지만 이렇게 사업이 불안해지면 은행에서 당장 대출한 돈을 받아 내려고 수를 쓸 것이고, 그럼 공장이 문 닫는 건 순식간일 테지."

"아셨어요? 숙부의 시계가 잘못된 거."

"……."

"당연히 아셨겠죠. 작은할아버지도 평생 시계만 만드셨을 테니."

시계 기술은 후계자에게서 후계자로 이어졌다. 보통은 가문의 후계자를 제외하면 시계 기술을 완벽하게 다 알지 못했다.

선대 크림슨 백작 부부는 특이한 경우였다. 아이작의 할아버지, 필립 크림슨 백작은 제1 공장에서 일하던 웬디 테일이 천재라는 것을 알았다. 그래서 그는 제 아들 윌리스 크림슨이 아닌, 웬디 테일을 후계자로 삼았다. 그것이 가능했던 건 크림슨 가문의 후계자였던 윌리스 크림슨이 그녀와 사랑에 빠져 있었기 때문이었다. 그리고 그들은 아이작과 스칼렛 남매를 낳았다.

아이작은 부모님이 살아 계셨더라면 분명, 제가 아닌 제 여동생을 가문의 후계자로 삼았으리라 확신했다. 스칼렛은 어릴 때부터 시계 만지는 것을 좋아했고 이해력도 뛰어났으니까.

그녀가 지금 떠오른 어린 시절의 기억만으로 시계를 만들 수 있는 것은 그 천재성을 바탕으로 하고 있었다.

아이작이 조용히 말했다.

"이대로 사업이 계속되면 언젠가는 사람들이 알아차렸을 거고, 더 큰 소송이 걸렸을 겁니다."

"안 걸릴 수도 있다."

"안 걸릴 수 없어요."

아이작이 말을 이었다.

"어중간하게 속여서 팔아치우면 끝이라고 생각하시죠? 그걸 사는 사람이 바보라고 생각하잖아요."

"보통 사람들은 우리 가문 사람만큼 시계를 잘 알지 못해."

"아니요. 사람들은 생각보다 영리하고, 예민해요. 스칼렛은 영리하지 못해서 편법을 안 쓰는 게 아니에요. 편법을 쓰면 안 된다는 걸 알 만큼 영리한 것뿐이지."

아이작에게는 세상의 선악이 비교적 명확했다.

스칼렛 크림슨은 선하고, 에빌 크림슨은 악하다. 그건 그의 불투명한 인생에 있어 유일하게 명확한 분류였다.

그가 말을 이었다.

"작은할아버지, 저는 이제 조금씩 앞을 볼 수 있게 되었어요."

"······뭐?"

"언젠가는 시야가 선명해질 거예요."

"……."

"스칼렛의 편을 드세요. 그럼 어느 정도 용서해 드릴 테니."

재커리 크림슨이 침을 꿀꺽 삼켰다.

아이작이 다른 이들의 생각처럼 다락방에서 아주 아무것도 하지 않은 건 아니라는 생각이 들었다.

그리고 그때 면회실 문이 열렸다. 두 사람이 동시에 문 쪽을 보니, 해군 하나가 있었다.

"팔린 레드포드라고 합니다. 함장님께서 스칼렛 아가씨를 위해 백작님을 모셔 오라고 하셔서요. 가시죠?"

그의 일상적이기 그지없는 목소리에 재커리는 물론 아이작까지 당황한 표정을 지었다.

아이작이 물었다.

"그렇다고 그냥 나가도 되는 거예요?"

"예. 저희 함장님께서 원하시니까요."

팔린은 당연한 일이라는 듯이 말했고, 아이작은 허탈함에 실소했다. 그러다 곧 한숨 쉬며 두 손으로 얼굴을 감쌌다.

"나가면 이제 스칼렛한테 혼날 텐데……."

그러자 팔린이 재커리를 힐끔 보고, 나가라고 턱짓했다.

그 빅토르 덤펠트에 대해서는 말만 들었지, 이 정도까지 무소불위인 줄은 모르고 있었다. 재커리 크림슨은 지금껏 스칼렛이 덤펠트 가문에서 내쳐진 줄로만 알고 있었다. 그런데 지금 빅토르의 힘으로 아이작이 풀려나는 걸 보니, 스칼렛과 빅토르의 관계가 아주 나쁜 건 아니라는 생각이 들었다.

재커리가 도망치듯 면회실을 나간 후 팔린이 아이작에게 말했다.

"아가씨께서 기억이 좀 흐리십니다."

"네?"

"이혼한 것도 잊어버리시고 덤펠트 저택에 오셨어요."

그의 말에 아이작의 표정이 어두워졌다.

빅토르는 한동안 창틀에 기대서 있었고, 덕분에 곧 스칼렛이 연보라색 챙 넓은 모자를 쓰고 저택을 나서는 것이 보였다.

그녀가 저택 앞에 선 마차에서 내린 아이작에게 달려갔다. 그러고는 아이작의 얼굴을 살피다가 무슨 소리를 들었는지 '야!' 하고 소리치는 게 들렸다. 그러더니 아이작의 등짝을 퍽퍽 때리는 소리가 빅토르의 집무실까지 들렸다. 지금까지 본 적 없는 스칼렛의 모습에 빅토르의 입꼬리가 조금 올라갔다.

남매가 탄 마차가 떠나고, 잠시 후 열린 문 안으로 에번이 들어섰다. 평소 그리 진지할 때가 없던 그의 표정이 굳어 있었다.

"아가씨께서 이곳으로 오시기 전에 왕실경찰 본청에 다녀오셨답니다."

"왜."

"아이작 크림슨 백작께서 문제를 일으키고 유치장에 계셨거든요."

에번의 보고에 빅토르가 여전히 창밖을 바라보며 말했다.

"그렇군."

"매번 왕실경찰이 끼어 있네요, 중간에."

에번의 말에도 빅토르는 잠시 대답이 없었다. 그러다 스칼렛이 탄 마차가 출발하자 그제야 그는 에번 쪽을 돌아보며 말했다.

"조만간 왕실경찰 본청에 가지."

"직접 가시게요?"

"기억에 정말로 혼란이 생긴 것이든 아니면 내통을 했든, 아내가 왕실경찰 본청에 다녀올 때마다 저런 문제가 생기는 건 분명하니 가 보는 게 좋겠어."

그러자 에번이 난처하게 말했다.

"그렇게 왕실경찰 본청에 쳐들어가시는 건 율리 이렌 전하의 기분을 거스를 텐데요. 특히…… 아시잖습니까? 이렌 전하께서 함장님 싫어하시는 거."

"이제 와서 뭐."

그는 어느 정도 녹은 얼음을 쏟아 버리고, 새 얼음을 채우며 말했다.

"어차피 나는 왕족이 못 돼."

"그거야말로, 이제 와서 그게 무슨 소리십니까?"

"실제로 내가 왕가에 이름을 올리고 어머니가 복권되어도 별 의미가 없어. 진작 알았어야 했는데."

"……."

"얼마나 걸려."

"쳐들어가는 데요, 왕실경찰을 쓸어 버리는 데요?"

"둘 다."

"당장과 두 달이죠."

"그래."

빅토르가 새로 술을 따르며 물었다.

"스칼렛 옆에 그자는?"

"안드레이 해밀턴은 정황상 왕실경찰이 맞는 것 같습니다. 그래도 좀 더 확인해 보겠습니다."

"그래."

에번이 바로 물러나기 전에, 이내 사담을 건넸다.

"그보다 그 하얀 빵은 아가씨께서 두고 가신 겁니까?"

그러자 빅토르가 빵을 내려다보았고, 에번이 말을 이었다.

"기왕 주신 거면 드시죠?"

빅토르가 빵을 집어 들었다.

그 후 에번이 고개를 숙여 인사하고 밖으로 나서자, 기다리던 팔린이 괜히 긴장한 얼굴로 물었다.

"선배님은 어떻게 함장님과 그렇게 평범하게 대화를 주고받을 수 있는 겁니까?"

"처세술이지."

"선배님의 경우에는 처세술을 넘어서 최면술 같을 때가 있어요."

에번이 눈썹을 찡끗거리고는 걸음을 옮겼다.

그로부터 사흘 뒤 늦은 밤, 살란티에 수도 북동쪽 한터 가문의 연회장에서 자선 파티가 열렸다.

머리를 포마드로 넘기고 턱시도를 차려입은 빅토르 어머니 마리나와 함께 마차에서 내리자 모든 사람들의 관심이 두 사람에게로 쏠렸다. 마리나는커녕 빅토르조차도 파티에 자주 나타나는 인사가 아니었다.

빅토르가 한터 가문의 연회장에 들어서면서부터 파티의 분위기가 바뀌었다. 빅토르 덤펠트는 사람들이 예상하고 있던 우락부락한 뱃사람과 거리가 멀었다. 어딘가 야릇한 분위기가 감도는 얼굴로 나타난 그에게 시선을 뺏기지 않는 사람이 없었다.

그에게 관심이 있는 귀족 아가씨들의 바람과 달리 빅토르는 사적인 대화를 즐기지 않았고, 대신 자신보다 서른 살은 많은 신사들과 함께 시가를 피우며 시간을 보냈다.

반면에 마리나는 행복에 겨워 파티의 모든 것을 들쑤시고 다녔다. 그녀는 생각보다 온전해 보이는데다, 어려서부터 화술을 배워 말재간이 있었으며 유쾌하고 즐겁기까지 했다.

종래에는 파티의 참여자들이 사실 마리나 덤펠트의 정신이 멀쩡한 게 아닌가 하는 의심을 할 정도였다.

그사이 니나가 빅토르에게 다가가 말을 걸었다.

"즐거워 보이시네, 마리나 부인께서는."

"덕분에 그렇군."

"빅토르."

니나가 부르자 빅토르가 그녀를 보았다.

니나는 율리 이렌과 같은 선상에 놓을 수조차 없는 사내를 바라보았다.

그가 바다에서 반년 동안 돌아오지 않던 때에는 모든 사람들이 빅토르 덤펠트가 죽었을 거라고 말했다. 그가 바다에서 살아 돌아왔을 때, 그것도 오히려 결국에 해적섬을 제 발아래 굴복시키고 돌아왔을 때 니나는 그가 차라리 바다에서 죽었어야 했다고 생각하게 되었다.

그랬다면 자신이 이런 고통을 겪지 않아도 되었을 테니.
 뒷짐을 지고 서서 신사적인 태도로 제가 말하기를 기다리는 그의 얼굴을 보는 것이 괴로웠다.
 저런 사내는 여자들에게 해악이라고, 니나는 생각했다.
 그녀가 물었다.
 "내가 돌아가면 받아 줄래?"
 그녀의 말에 빅토르가 무심한 목소리로 대답했다.
 "마음만 고맙게 받지."
 그의 대답에 니나는 기가 차서 웃었다.
 그사이, 처음에는 모처럼 파티를 즐기며 유쾌하게 웃고 떠들던 마리나가 어느 순간부터인가 행동이 과격해지기 시작했다. 그녀가 몸의 피로와 동시에 착란을 겪는다는 것을 알아챈 빅토르가 걸어가 마리나에게 말했다.
 "이제 돌아가시죠."
 "재미있으니 좀 더 있자. 응?"
 마리나가 어린아이처럼 졸랐다. 빅토르가 고개를 저으며 말했다.
 "더 피곤해지기 전에 가요, 어머니."
 "싫다니까."
 마리나가 빅토르를 밀어내려 했으나, 그는 꿈쩍도 하지 않았다.
 마음대로 안 되는 것이 생기니 마리나가 짜증을 내기 시작했다.
 "네가 오니까 답답하구나. 이런 생활을 즐기지 못하게 만든 건 너잖니. 내가 언제 너 같은 거 낳고 싶다고 했니? 그것도 모자라서 나를 그런 수도원에 내버리기까지 했잖아!"
 그녀가 버럭 소리를 치자 잠시 파티가 중단되고, 사람들의 시선이 그들을 향했다.

빅토르가 그녀를 끌고 나가려 팔을 붙잡자 마리나가 술병의 병목을 들어 일부를 깬 후, 병목을 그에게 던졌다. 그것이 빅토르의 목을 할퀴고 떨어졌다.

사람들은 놀랐으나 정작 그의 부하들은 본 척도 하지 않고 술을 마시거나 담배를 피우며 자기들이 하던 일을 이어 갔다. 빅토르는 본인이 원했다면 피했으리라는 것을 부하들은 알고 있었다.

곧 함께 나왔던 하녀들이 모여들어 마리나를 힘으로 제압해 끌고 나갔다.

빅토르는 손수건을 꺼내 제 목에 난 상처를 감쌌다.

니나가 달려와 물었다.

"빅토르, 괜찮아?"

"괜찮아."

그가 말하며 주머니를 뒤지다가 빈손을 까딱이자, 해군 중 하나가 그제야 다가와 담배를 내밀었다.

빅토르가 담배를 물자 해군이 불을 붙여 주었다. 담배를 한 모금 피운 빅토르가 니나에게 말했다.

"먼저 가도 되지?"

"치료하고 가."

"됐어."

빅토르는 그냥 돌아서서 그곳을 나왔다. 오늘 그렇게 취기가 오르지 않더니, 피를 줄줄 흘려서인지 이제야 취기가 올랐다.

7번가 시계 가게 2층, 제 아늑한 집에서 밤늦게까지 일을 하던 스칼렛은 문을 두드리는 소리에 놀라서 계단을 내려갔다.

이 밤에 무슨 일일까. 또 아이작이 문제를 일으킨 건 아닌가 심장이 쿵쾅거려 떨면서 커튼을 조금 밀고 밖을 보니 빅토르가 보였다.

그의 얼굴을 보는 순간 안심이 되는 동시에 울컥한 스칼렛이 문을 열며 말했다.

"미쳤어? 이 시간에…… 모, 목 왜 그래?"

놀란 스칼렛이 그의 목에 상처를 보며 묻자 빅토르가 한 걸음 옮기다가 휘청거리며 벽을 짚었다.

술 냄새가 확 풍겼다.

스칼렛이 서둘러 그를 부축하려다가, 빅토르의 팔에 감겨 그의 품으로 끌려 들어갔다.

스칼렛은 그의 상처에 놀라 이혼한 사이라는 관계를 생각할 겨를도 없이 그의 팔을 때리며 말했다.

"이거 놓고 일단 올라와. 진짜 미쳤나 봐."

스칼렛은 문을 잠그며 말하고는 먼저 계단을 올랐다.

빅토르는 순순히 따라 올라와 그녀가 가리키는 의자에 앉았다.

스칼렛이 침대 아래에서 구급상자를 꺼내 열었다.

"약으로 될 게 아닌 것 같은데."

스칼렛이 말하며 핀셋과 소독용 알콜, 그리고 상처에 바를 약을 꺼냈다. 그러더니 촛불을 가까이해 상처 근처에서 보이던 유리조각 몇 개를 핀셋으로 빼냈다.

스칼렛은 상처를 자세히 보는 것이 괴로워 움찔거리면서도 아무렇지 않은 척 말했다.

"아무리 취했어도 그렇지, 어떻게 이러고 여태 돌아다녀?"

빅토르는 고개를 기울여 가까이에 있는 스칼렛을 보았다. 그녀는 한동안 집중해서 상처를 치료해 준 후에 소독약을 들고 눈을 질끈 감았다가 고개를 저었다.

"이건 안 되겠어. 너무 아플 것 같아. 빨리 주치의에게 가."

"스칼렛."

내내 말이 없더니 드디어 입을 열어서, 스칼렛은 달가워하며 빅토르를 보았다. 그러자 그가 말했다.

"내가 언제 당신에게 떠나도 된다고 했어."

그 말에 스칼렛이 멈칫했다.

곧 빅토르가 그녀의 팔을 당겨 제 무릎으로 데려왔다. 스칼렛이 휘청거리며 그의 무릎에 앉아 품으로 끌려 들어갔다.

술에 취한 빅토르의 행동은 거칠었다.

스칼렛이 당황하며 말했다.

"아, 아파."

그녀의 말에 빅토르가 인상을 쓰며 두 손을 놓았다.

"아프다고?"

스칼렛은 빅토르가 그렇게 당황한 표정을 짓는 것을 본 적이 없었다.

잠시 후 그가 입을 열었다.

"난 항상 잠자리에서 당신을 이 정도 힘으로 잡았어. 그때도 아팠어?"

"그야……."

아마 남편 입장에서는 최대한 힘을 뺀 것이었겠지만, 하루 종일 단련하는 것이 일인 그의 손에 붙잡히는 건 강철로 묶는 것과 같은 기분이 들게 했다. 거기에 잠자리에서는 이성이 좀 더 제어되지 않으니, 그가 팔을 움켜쥐는 것만으로도 아플 때가 있었다.

빅토르가 입을 열었다.

"왜 말을 안 해?"

"그때는 사랑했으니까."

"그게 왜 나에게 그딴 말도 못 할 이유가 되지?"

그의 질문에 스칼렛이 허탈하게 웃었다.

"그때는 당신이 날 버릴까 봐 무서웠어. 당신은 날 항상 불안하게 했으니까."

잠시 굳어 있던 빅토르가 일어서며 비틀거렸다. 스칼렛이 부축하려 했지만 빅토르는 뒤로 물러난 뒤 거칠어진 숨을 조이듯이 억지로 가다듬으려 애썼다.

그는 시선으로 거울을 찾았고, 거기 비친 제 모습을 확인한 후 헝클어진 머리칼을 정리했다. 그러고는 곧 그곳을 나섰다.

가게 앞에는 빅토르를 찾으러 정신없이 뛰어다니던 블라이트가 마차에서 내려서고 있었다.

"도련님!"

그러자 빅토르가 곧바로 마차에 올라타며 말했다.

"출발해."

"그게……"

"당장."

"네, 도련님."

블라이트가 별수 없이 마차 문을 닫았다. 그리고 가게 앞에 선 스칼렛에게 허리 숙여 인사한 후 마차 앞에 타고 떠났다.

밤을 설치고 눈을 뜬 새벽, 스칼렛은 여느 때와 다름없는 루틴으로 아침 식사와 신문 읽기를 마쳤다.

"그 자식 때문에 하나도 못 잤잖아."

스칼렛이 몸을 일으키며 투덜거렸다. 한밤중에 피를 뚝뚝 흘리며 찾아와서는 사람을 기겁하게 해 놓고, 자기 멋대로 사라져 버렸다.

한참 빅토르를 욕하다가 시계를 보니 아직도 이른 시간이었다. 바로 작업에 집중하려 했지만 어제 빅토르의 이상한 모습을 본 것이 신경 쓰였다.

한 번 더 제 가게에 마음대로 찾아오지 말라고 경고를 해야겠다는 마음 한편에, 그의 하얀 목에 난 상처와 흐르던 피가 떠올랐다. 그가 짓고 있던 씁쓸한 표정도.

스칼렛은 점심에 먹을 빵을 사러 리브의 빵집으로 갔다가, 저도 모르게 술을 빨아들일 것 같아 보이는 건조한 빵들을 골랐다. 그러자 리브가 달려와 물었다.

"뭐야, 스칼렛? 술이라도 마셨어?"

"아니, 나 말고……."

"아이작 백작님?"

리브가 반색하고 물어서 스칼렛은 고개를 저었다.

"전남편이 취해서 찾아왔거든."

"뭐?"

"주, 주려는 건 아니고. 그냥 갑자기 내가 먹고 싶어져서……."

스칼렛이 말하는 도중에 리브의 눈이 둥글어졌다.
스칼렛이 정색을 하고 물었다.
"왜 그런 표정이야?"
"미련이네, 미련이야."
"……뭐가?"
"너! 전남편한테 미련이 있는 거 아냐?"
"아, 아냐. 무슨 그런 무서운 말을 해? 미련을 가질 수가 없어. 그 사람이 나한테 어떻게 했는데."
"그런데 왜 생전 안 먹던 빵을 사고 있어?"
"진짜 내가 먹을 거야."
스칼렛은 말하며 얼른 빵값을 리브에게 쥐어 주었다. 그러고는 무슨 죄라도 지은 사람처럼 후다닥 빵집을 나왔다.
종이봉투를 열고 빵 냄새를 맡아 보니 갓 구운 빵에서 맛있는 냄새가 났다. 감자를 넣어 만든 빵이었다.
"맛있겠다. 내가 먹어야지."
스칼렛이 다짐하듯이 혼잣말을 하고 집으로 향하다가 건물 앞에 서 있는 빅토르를 발견하고 자리에 멈춰 섰다. 어제 그렇게 난동을 부리고 사라졌으니, 사과하러 다시 오는 것이 저 남자에게는 당연했다.
스칼렛이 자기도 모르게 빵 봉투를 등 뒤로 숨기자, 빅토르가 그녀 쪽으로 몸을 조금 숙이며 물었다.
"뭔데 숨겨?"
"……빵."
"빵?"

"당신이 뺏어 갈까 봐."

말하고 나서 스칼렛은 민망함에 입술을 깨물었다.

굶어 죽기 직전이어도 남의 접시에는 손대지 않을 사람이 빅토르 덤펠트였다. 아마 빵을 뺏는다는 말 자체를 이해 못 했을 수도 있다. 아니지, 해적을 많이 봤을 테니까 약탈에는 익숙할지도…….

"당신이 먹을 빵을?"

예상대로 빅토르가 기가 차서 묻는다.

스칼렛이 당황해서 되는대로 내뱉었다.

"다, 당신이 어제 갑자기 찾아왔잖아. 그러니까 갑자기 빵도 뺏고 싶어질 수도…… 있지 않나?"

좋아, 설득력이 있는 것 같아.

스칼렛이 만족스러워하며 빅토르 쪽을 보니, 그가 픽 웃고 있었다. 비웃음이었다, 분명히.

"왜 웃어? 뭐가 웃겨?"

"어제 행동은 사과하지. 아주 많이 놀란 것 같네."

예상대로 그는 사과했고, 스칼렛은 고개를 끄덕였다. 그리고 제 목을 손으로 톡톡 두들기며 물었다.

"상처는?"

스칼렛이 묻자 빅토르가 목도리를 풀었다. 깨끗한 무명천으로 조치가 잘 취해져 있었다.

스칼렛이 재차 물었다.

"왜 그랬어?"

"어머니가 찔렀어."

"뭐?"

그 대답에 스칼렛이 말문이 막혀 있는데, 빅토르가 그녀의 손에 들린 빵 봉투를 턱짓했다.

"나눠 주지 그래."

"……은쟁반 같은 건 없어. 식전주도 없고. 줄 수 있는 건 커피뿐인데."

그녀가 말하며 앞장서 가게로 들어갔다.

빅토르가 말했다.

"냄새 좋네."

"갓 구운 거니까. 감자 들어간 거 먹어. 엄청 쫄깃쫄깃해."

빅토르는 봉투에서 빵을 꺼내 잠시 보다가 입을 열어 먹기 시작했다. 그 모습에 스칼렛도 빵을 하나 꺼냈다. 그리고 쭉 찢어서 입에 넣고 우물거리며 말했다.

"따끈따끈하고 맛있다."

빅토르는 대답이 없었다. 그저 느긋하게 나무껍질을 먹듯이 빵을 입에 넣을 뿐이었다. 그러고 보면 스칼렛은 한 번도 빅토르가 맛있다는 말을 하는 것을 본 적이 없었다.

"맛없어?"

"아니."

"맛있어?"

"글쎄."

"그냥 그래?"

"응."

그는 대부분의 음식을 그냥 그렇다고 느끼는 듯하다.

언제나 완벽한 환경, 손만 몇 번 까딱하면 무엇이든 가져오는 사용인들, 누구라도 탐내는 외모.

그는 어쩌면 본인 스스로가 너무 완벽하기 때문에 모든 것이 그저 그렇게 느껴지는 걸지도 모르겠다고 생각했었다.

잠시 빅토르를 보던 스칼렛이 선반에서 체스를 꺼내 왔다. 그리고 테이블 위에 놓았다.

두 사람은 이렇다 말도 없이 체스를 두기 시작했다. 스칼렛은 금방 그것에 적응했고, 연달아 두 판을 이겼다. 그리고 세 판째에 갔을 때, 스칼렛이 드디어 입을 열었다.

"좀 더 창의적으로 져 주는 건 어때?"

"노력이 부족했군."

"애초에 져 주지를 마."

스칼렛이 핀잔하고는, 이내 물었다.

"왜 왔어?"

"그렇게 행동하고, 안 나타나면 그게 더 이상하잖아."

"애초에 어제는 왜 왔는데?"

그녀가 묻자 빅토르는 태연한 목소리로 대답했다.

"취하니까 당신이 보고 싶어."

그의 말에 스칼렛의 표정이 굳었다. 그리고 한참 침묵이 흐른 후에야 입을 열었다.

"언제는 취해 있어서 이혼하는 이유도 안 물어봤다면서."

"나도 성장이란 걸 하지."

"취했는데 내가 왜 보고 싶어? 할 말이라도 있었어?"

"그래도 사랑하던 사이인데 보고 싶은 게 그렇게 이상한가?"

그의 무덤덤한 말에 스칼렛이 냉소적인 투로 말했다.

"빅토르, 사랑은 내가 했지, 당신이 한 건 사랑이 아니야."

"저런. 우린 참 쉽게 사랑을 말하는군."

"나는 식었고, 당신은 사랑한다는 감정이 뭔지조차 모르니까. 그래서 쉬운 거야."

그녀가 그렇게 말했을 때, 1층에 손님이 찾아왔는지 종소리가 들렸다.

스칼렛이 숄을 찾아 걸치며 말했다.

"여기 있어. 손님 떠나면 나가. 알겠어?"

그러자 빅토르가 대답했다.

"걱정 마. 난 군인이라 명령은 잘 들으니까."

"……."

생전 농담과는 거리가 멀던 남자가 오늘따라 입만 열면 농담이다. 세상에서 제일 어렵던 남자가 저러니까 그게 더 이상하고 불편했다.

스칼렛은 그를 한 번 더 흘기고서 계단을 내려갔다.

내려가 보니 이 거리의 여러 건물을 소유하고 있는 제인 데이루이스가 딸 이다 데이루이스를 데리고 서 있었다. 그리고 그들은 이 건물의 주인이기도 했다.

"데이루이스 부인?"

"스칼렛 양."

제인 데이루이스가 딸을 앞세우며 말했다.

"우리 딸 알고 있죠? 올해 열일곱 살이에요."

"네, 몇 번 봤죠."

"크림슨 가문은 그래도 귀족 가문이니까, 내일 우리 딸을 무도회에 데려가 줬으면 해서요."

"······샤프롱으로요?"

제인 데이루이스가 말을 이었다.

"샤프롱으로 가기에 스칼렛 양이 너무 어린 건 알아요. 하지만 이번에 겨우 구한 귀부인께서 병환으로 몸져누우셨단 말이에요. 사례는 충분히 하겠어요."

보통 살란티에서 샤프롱은 앞으로 이성을 만나 결혼을 할 일이 없는 여성들이 맡았다. 대부분은 결혼을 한 지 적어도 20년은 지난 귀부인들이었다.

하지만 스칼렛 크림슨이 빅토르 덤펠트의 분노를 사서 덤펠트 가문에서 내쳐졌다는 건 유명한 이야기였다. 사람들은 이미 그 분노를 감수하고 스칼렛과 재혼할 사람은 없을 거라고 생각했다. 연애라면 모르지만, 그녀와의 결혼은 적절치 않았다.

제인 데이루이스가 스칼렛의 낡은 드레스를 보며 염려된다는 듯 물었다.

"드레스는 있는지 모르겠네요. 위자료도 없이 쫓겨난 거예요?"

"왜 위자료가 없어요? 가게도 냈는데."

"일을 해야 하잖아요?"

"시계를 만드는 건 크림슨 가문의 가업인걸요."

연이은 해명에도 데이루이스 부인은 미심쩍은 표정이었다. 스칼렛이 말을 이었다.

"하지만 저는 수도 서쪽에서 결혼 생활을 해서, 동쪽 사교계에는 아는 사람이 없을 수도 있어요. 다른 사람을 찾아보는 게 어떨까요?"

아무래도 이 건물의 주인이다 보니 딱 잘라 거절하기가 어려웠다.

데이루이스 부인의 입장에서도, 스칼렛 크림슨 정도 되는 귀족 여자를 앞세워 딸을 무도회에 내보낼 수 있는 기회를 놓치고 싶지 않았다.

데이루이스 부인이 말했다.

"같은 수도에서 얼마나 차이가 나겠어요."

"……좀 더 생각해 볼게요."

"잘 생각하는 게 좋을 거예요."

마음이 다급해져서인지, 마지막에는 좀 협박처럼 말이 나왔다.

스칼렛은 그래도 될 사람이라고 생각했다.

스칼렛은 그런 데이루이스 모녀를 간신히 달래서 돌려보낸 후, 문을 닫고 돌아섰다. 그리고 한숨을 쉰 후 계단을 올라가다가, 잠깐 문앞에서 멈춰 섰다.

빅토르는 의자에 기대 조각상처럼 앉아 그녀의 작업대를 바라보고 있었다. 그의 옆얼굴이 예술 작품처럼 보였다.

아름답고, 어려운 작품.

아직도 스칼렛은 그를 볼 때마다 먹먹해졌다. 이혼하고 1년이 지났는데, 여전히 그랬다.

스칼렛이 말했다.

"이제 나가도 돼."

그러자 빅토르가 말을 돌렸다.

"별장을 나누지. 위자료로."

아래에서 이야기하는 것이 전부 들렸던 모양이다. 그가 말을 이었다.

"뤼세 폭포로 가는 길에 포도밭과 별장이 있어. 거길 공동 소유로 하자."

"당신에게 포도밭이 있었어?"

"사서 어머니께 드렸는데 이젠 금치산자이고 내가 후견인이니, 내 거야."

빅토르가 의자에서 몸을 일으켰다.

"마차를 보낼 테니 날짜를 말해 봐."

"우리 혼전 계약서를 썼잖아. 당신 재산은 당신 거고, 내 건 내 거야. 이 가게를 연 것만으로도 지나치게 받았어."

"그건 위자료가 아니라 내 아버지와 뒷거래를 한 거잖아, 나 모르게."

"……."

뒷거래라니. 틀린 말은 아닌데 그렇게 말하니까 큰 범죄라도 저지른 기분이 들었다.

스칼렛이 말했다.

"괜찮아."

"최소한의 품위유지비라고 생각해. 내 전부인이 저딴 소리를 듣는다는 게 믿기지 않아서."

"저딴 소리라니?"

"이름도 들어 본 적 없는 가문의 여자를 사교계에 소개하라는 말. 당신은 덤펠트 가문의 여자였어. 전 재산을 바치며 해 달라고 해도 모자란 부탁을 저런 식으로 하나?"

사실 스칼렛도 언젠가는 빅토르가 그녀의 삶의 방식을 문제 삼을 것이라 생각했다. 오히려 이제야 지적할 정도로, 그의 이해심이 향상되었다는 사실을 속으로 칭찬했을 정도였다.

그의 고집을 꺾을 자신도 없거니와 전원에 포도밭과 별장을 소유한다면 그것만으로도 아까 데이루이스 부인이 한 것 같은 제안은 받지 않게 될 것이다.

수도의 사교시즌이 끝나고, 전원의 별장에서 열리는 파티에 초대받는 것은 사교계에 발을 디딘 사람이라면 누구나 바라는 일이었다. 그 파티를 열 수 있는 사람이 영향력을 가진다는 것은 말할 것도 없었다.

스칼렛이 마지못해 물었다.

"……그러니까, 공동 소유라고?"

"얼마 나오지는 않지만 포도밭 수익이 나오면 반으로 나누고, 거기 있는 별장은 쓰고 싶은 날, 쓰고 싶은 사람이 쓰고."

"쓰고 싶은 날이 겹치면?"

그녀가 묻자 빅토르가 픽 웃었다.

"아직 그곳에 가 보지도 않고 겹칠까 봐 걱정해? 그렇게 자주 가려고?"

"정확히 하려는 거야. 혹시라도 당신이랑 마주치기 싫으니까. 기껏 갔는데 겹치면 어떡해?"

"그땐 당연히 내가 비키겠지. 숙녀를 위해서."

"……하긴."

빅토르가 그런 상황에서 자기가 먼저 왔다고 주장할 사람은 절대로 아니었다. 게다가 2년을 같이 살면서 그가 가지고 있었던 줄도 몰랐던 포도밭을 그가 자주 갈 것 같지도 않았다.

한참 망설이던 스칼렛이 말했다.

"다음 주 수요일쯤…… 아니, 수요일. 그냥 수요일."
"그래, 수요일."
빅토르가 말하고 몸을 일으켰다. 그가 문으로 향하자 스칼렛이 말했다.
"조심해서 가."
빅토르는 미소로 인사를 대신했다.
그렇게 그를 보내려는데, 뒤늦게 그의 목덜미에 난 상처가 신경 쓰였다. 스칼렛이 망설이다가 결국 빵 봉투를 집어 들어 그에게 내밀었다.
"그리고 이거 가져가."
그가 번거로워할 거라 예상한 스칼렛은 눈을 마주치지 않으려 바닥을 보며 말을 이었다.
"잘 먹어야 낫잖아. 당신 요즘 아침으로 술을 마신다며. 그게 말이 돼?"
"혹시 내가 당신 수도원에 보낸 것도 기억 안 나?"
그의 말에 스칼렛이 멈칫하더니 굳은 얼굴로 대답했다.
"그걸 어떻게 기억 못 해."
"그런데 내가 잘 먹어서 낫는 것에 왜 관심을 가져."
"관심이 아니라…… 당신은 내 품위유지가 거슬리잖아. 그런 것처럼 난 당신이 다치고 굶는 게 거슬려."
"……"
"사람마다 거슬리는 게 다른 거잖아. 난 샤프롱 거절할 테니까, 당신은 이거 가져가."
빅토르는 스칼렛을 물끄러미 보았다.

그는 그녀의 그런 점이 이해가 가지 않았다. 지적과 걱정이었다. 같은 가격을 매기는 건 불공평하지 않나?

그러니 무언가 숨기는 게 있을 거라고 생각했다. 무엇을 숨기는지 아직까지도 발견하지 못했지만.

빅토르는 보는 사람의 머릿속을 복잡하게 하는 스칼렛의 말간 눈을 말없이 바라보다가 봉투를 받아 들고 돌아섰다. 그리고 평소 짐을 맡기던 습관대로, 봉투를 블라이트에게 맡겼다.

그가 떠나는 모습을 한동안 보고 있던 스칼렛은 한발 늦게 벽장에 남은 빅토르의 코트를 떠올렸다.

"아, 코트."

보통 그는 어디를 가든 겉옷을 받아 주는 사람이 있었을 것이고, 물론 꺼내 주는 사람도 있었을 것이다.

어쩐지 나가기 전에 자꾸 자길 보는 것 같더니, 코트를 꺼내 달라는 사인이던 모양이었다. 사용인이 없다면 집주인이 코트를 꺼내 줬어야 했다. 빅토르는 여자 혼자 사는 집의 벽장문을 함부로 여느니, 코트를 버리는 쪽을 선택할 사람이었으니.

스칼렛이 코트를 안아 들고 급하게 집을 달려 나가봤지만 그는 이미 완전히 떠난 후였다.

그녀가 한숨을 쉬며 앞에 서 있을 때, 옆집 리브가 지나가다가 멈춰서 물었다.

"뭐야, 그 코트는?"

"어? 아. 전남편이 놓고 가서."

"뭐? 왜 오셨대?"

"술 먹고 취해서……."

라고 말하고 같이 욕하고 싶었지만 그럴 수가 없었다.

스칼렛이 그 대답 대신 두 팔에 든 코트로 화제를 돌렸다.

"코트가 왜 이렇게 무거워."

"무거워 보이네. 엄청 크다."

"응……. 버릴까?"

그녀가 코트를 내려다보며 진지하게 말하자 리브가 말했다.

"엄청 좋아 보이네. 팔지 그래?"

"이 체격 코트가 팔릴까?"

"그건 좀 어려울 것 같긴 하다."

리브는 묻고 싶은 것이 상당히 많은 얼굴이었지만, 일단은 어딘가 음흉해 보이는 얼굴로 고개를 끄덕이기만 했다.

스칼렛이 코트를 다시 보는데, 숲 냄새가 났다. 가슴이 울렁거렸다.

그녀는 그 울렁거림에 놀라서 가게로 돌아 들어가 벽난로에다 코트를 넣어 버렸고, 뒤따라온 리브가 놀라서 소리쳤다.

"스칼렛! 뭐 하는 거야!"

"남편한테서 항상 숲 냄새가 나는데, 코트에서도 그 냄새가 나. 너무 싫어."

스칼렛은 제 마음을 방어하려 단호하게 말했다가, 타고 있는 코트를 보며 이내 걱정스러운 표정을 지었다.

"……갚으라고 하진 않겠지?"

그 말에 리브가 기겁해서 말했다.

"그걸 이제 와서 물어보면 어떡해!"

"순간 미쳤었나 봐……. 그 남자 생각만 하면 너무 화가 나서."

그녀는 그렇게 말하며 타들어 가는 코트를 바라보았다.

본편 | 397

정말 너무 화가 나서 코트를 태운 게 맞는지, 그녀는 제 마음을 정확히 알 수가 없었다. 자신을 수도원에 보냈던 그에 대한 미움도 1년이 지나니 조금은 잊혔다. 그래서 가끔 빅토르를 보며 웃기도 하고, 말이 안 되지만 설렐 때마저 있었다.

그도 언젠가는 자신을 용서해 줄까.

스칼렛은 불길을 바라보며 생각했다.

에빌 크림슨은 한동안 병원에서 나오지 않았다. 나올 수 있어도 아이작이 무서워 한동안 일부러 나오지 않을 생각인 것 같았다.

아이작은 좀 더 눈을 회복한 후에 법원으로 가 더 이상 후견인이 필요 없다는 것을 증명할 예정이었다. 그사이 스칼렛은 신문 광고를 하나 냈다.

[크림슨 제1 공장에서 일하던 기술자들을 긴급하게 찾습니다. 7번가 스칼렛 크림슨의 시계 가게에서 연락을 기다리고 있겠습니다.]

예전에 에빌 크림슨의 시계가 틀렸다고 지적했다가 해고당한 기술자들을 찾기 위한 광고였다.

그들에게 자문도 구하고, 에빌 크림슨의 시계가 틀렸다는 것을 증명하는 데 도움을 받을 예정이었다. 그러나 광고를 낸 지 보름이 넘도록 아무런 연락도 오지 않았다.

스칼렛은 그사이에 일상으로 돌아갔다. 그녀는 최근에 물감을 사들이는 데 시계 가게 수익의 대부분을 사용했다. 덕분에 한동안은 끼니를 걸러야 했지만, 그럴 만한 가치가 있었다. 다양한 색깔의 물감들 덕에 그녀의 상상력은 조금 더 풍부해졌다.

스칼렛은 구하기 어려운 진귀한 물감이 담긴 유리병 하나를 꺼내, 스패츌러로 물감을 떠서 팔레트에 덜었다. 그리고 붓을 물감에 적셔 종이에 선을 그어 보고 농도를 맞춰 시계를 칠하기 시작했다.

그렇게 열심히 시계를 디자인하던 스칼렛은 이내 스케치북을 한 장 넘기고 문득 떠오른 태엽장치를 이용한 기계를 그리기 시작했다.

그림 그리는 것에 빠져 있던 스칼렛은 계단을 올라오는 발소리에 화들짝 놀라 스케치북을 덮었다.

안드레이가 작업실의 나무 창살로 된 문 너머에서 말했다.

"스케치북 덮는 소리가 들리던데요. 딴짓하셨죠?"

"……귀신이네, 아주."

"사장님이 자꾸 딴짓하셔서 예민해진 겁니다."

"일하다가 잠깐 딴짓한 거야, 잠깐."

스칼렛이 투덜거리며 문을 열고 스케치북을 건네주자 안드레이가 그것을 열어 보았다.

어떤 시계가 잘 팔릴지 디자인을 유심히 살피는 사이 스칼렛이 물감을 보며 말했다.

"이상하지. 시계를 만들고 있으면 부모님이 너무 보고 싶어."

"이상하다뇨. 정상이죠."

"어릴 땐, 부모님을 보고 싶어하지 않으려고 애썼거든."

"왜요."

"그게."

스칼렛이 잠시 생각하더니 이내 노인처럼 초연하게 웃으며 말했다.
"그때 나는 상실감에 빠져 있기엔 나이가 너무 많았어."
"열두 살이었어요."
"그러니까. 현실을 파악해도 이상하지 않은 나이지. 나와 눈이 보이지 않는 오빠를 보살펴 줄 사람은 없고, 오빠는 후계자라 내쫓기지는 않을 테지만 언제 해코지 당할지 모르잖아. 그러니까…… 내가 하녀일을 했어. 일단은 고아원에 안 가고 그 집에 붙어 있으려고."
"이 시계 좋은 물감으로 칠하셨네요."
사적인 이야기가 번거로웠는지, 안드레이가 말을 돌려서 스칼렛은 웃으며 말했다.
"응. 이건…… 3년 뒤에 만들어야지. 리콜을 시작하면 내 시계는 당분간 못 만들 거야."
"에빌 크림슨이 해고한 장인들이 돌아올 거예요. 리콜된 시계는 그분들이 만들면 되죠."
"벌써 기사를 세 번이나 냈는걸."
그 말에 동조의 의미로 고개를 조금 끄덕인 안드레이가 그녀의 스케치를 보며 말했다.
"아쉽네요, 아주 아름다운데."
그 말에 스칼렛이 미심쩍게 안드레이를 올려다보았다.
"웬일로 칭찬을 해? 빨리 일하라고 재촉하려고 당근을 주는 거지?"
"알면서 왜 되물어 봐요? 빨리 일해요, 일."
안드레이가 까칠한 얼굴로 말하며 스칼렛의 눈앞에서 박수를 짝짝 쳤다. 그리고 그녀가 시간을 때우려 그려 두었던 태엽장치를 펼쳐 보이며 말했다.

"이렇게 딴짓하지 말구요. 용도가 뭡니까, 이건?"

"아, 회전목마야."

"회전목마요?"

"응. 사람이 돌리지 않고, 증기기관을 달지 않아도 일정 시간 돌릴 수 있어. 왜, 사람이 있으면 죄책감 들고, 증기기관이 있으면 매연이 심하잖아. 그래서……."

"사담은 충분히 했습니다. 회전목마 좋아하는 사람들에게는 희소식이겠지만 저에겐 아니고요. 참고로 전 퇴근 시간이 15분이 지났답니다. 야근 수당 적어 두시죠."

스칼렛은 어처구니없다는 듯 웃고 나서 바로 야근 수당을 적어 놓고 말했다.

"됐지? 퇴근 잘 하고, 수고했어."

"예, 사장님."

안드레이가 인사만큼은 언제나처럼 정중하게 하고 다시 1층으로 내려갔다.

그는 곧 퇴근 준비를 마쳤다. 여느 때처럼 문단속을 하고 집 앞을 감시하는 빅토르의 부하들에게 인사까지 하고 난 안드레이가 천천히 걸음을 옮겼다.

그는 누군가 자신을 따라오는 기색을 느끼고 빠르게 길을 건너 골목길로 들어섰다. 빅토르의 부하들이 따라오고 있었다.

안드레이가 가방을 열며 중얼거렸다.

"저렇게 집착할 거면 왜 이혼해 준 건지 모르겠다니까."

그리고 그 안에서 모자를 꺼내 쓰고 코트를 꺼내 걸쳤다. 그리고 골목에 열린 문으로 남의 집에 적당히 들어가 창문으로 나온 그는 느굿한 태도로 걸었다.

그사이 빅토르의 부하들을 따돌린 그는 곧바로 인근 경찰서로 들어섰다.

"도와드릴까요?"

경찰이 묻자 안드레이가 경찰증을 꺼내며 말했다.

"2급 왕실경찰이네. 찾고 싶은 게 있는데."

"예, 무, 무슨 일이십니까?"

그가 코트 주머니에서 명단을 꺼내 내밀었다.

"여기 사람들을 찾아서 알려 주게."

"범죄자입니까?"

"알 것 없으니 찾아 놔. 다시 오지."

안드레이가 말하고 다시 경찰서를 나왔다.

잠입 중인 경찰이 이런 일에 관여하는 건 위험한 일이었다. 안드레이는 자신이 잠입 중에 이렇게 위험한 행동을 하게 되리라는 것은 상상도 해 본 적이 없었다.

그는 스스로가 어처구니없었으나, 제 행동에 이유를 만들지는 않았다. 행동의 이유를 일일이 따지는 사람이 첩자 노릇을 하는 건 어려웠다. 그저 제 역할에 몰입할 뿐이었다.

───── ◆ ─────

일요일, 수도 대성당에 들어선 빅토르 덤펠트의 모습에 사람들의 신경이 쏠려 있었다.

"저, 저 사람이 빅토르 덤펠트라고?"

"내가 생각한 것과 전혀 다르잖아!"

"나는 그대로야. 정말로…… 악마 같네."

카펫 위를 걸어간 빅토르에게 해군 하나가 자리를 안내했다. 그는 사제와 가까운 자리에 앉았다.

사람들은 그를 구경하고 싶어 몸이 달 지경이었지만 그 대단한 빅토르 덤펠트를 똑바로 보고 있을 만큼 목숨이 아깝지 않은 이는 없었다.

늘씬한 몸에 맞춘 새카만 정장과 그 이상으로 검은 포마드 헤어, 다이아몬드가 수없이 박힌 시계와 앞코가 좁은 구두, 넥타이까지 어느 것 하나 빈틈이 없는 완벽한 차림새였다.

빅토르는 자리에 앉았고, 사제가 들어섰다.

그가 종교 행사에 참여했다는 소식은 사람들에게 폭발적인 관심을 불러 모았다. 그사이 들락거린 사람들의 입을 통해 이 사실이 전해졌고, 빅토르가 대성당을 나올 때쯤에는 기자들이 빅토르의 사용인들에게 인터뷰를 요청하고 있었다.

빅토르가 나오자 사용인들은 블라이트에게 먼저 전달했고, 그 선에서 요청은 전부 반려되었다.

어차피 실제로 그에게 인터뷰를 딸 수 있으리라 생각한 기자는 없었다. 빅토르가 대성당에 나타났다는 사실 자체만으로도 기삿거리는 충분했다.

종교에 대한 믿음은 왕족의 의무였다. 그러나 빅토르는 어떠한 종교 행사에도 참여하지 않았다. 왕족도 아닌데 왕족처럼 군다는 소리를 듣는 것을 싫어했기 때문이다. 그렇기 때문에 그가 지금 종교 행사에 나선 것에는 무언가 정치적인 함의가 있을 것이라 확신하는 기사들이 신문을 장식했다.
　대성당을 나온 빅토르가 마차에 탔을 때, 함께 탄 에번이 말했다.
　"아가씨의 시계 가게에서 일하는 자의 신상이 확인되었습니다."
　에번이 이내 어이없다는 듯 말을 이었다.
　"경찰서에 들러서 본인이 왕실경찰인 걸 밝혔더라고요. 그런 방심을 할 사람 같지 않았는데 말이죠."
　"경찰서는 왜."
　"아, 그게. 스칼렛 아가씨가 찾고 있는 시계 장인들을 찾는 걸 부탁했다는 모양입니다."
　이야기하던 에번이 우스운 얘기라는 듯 실소했다.
　"첩자들이 적에게 회유되는 건 더 이상 새로운 이야기가 아니긴 합니다만……. 아, 이름은 하이럼 피트, 그리고 2급 왕실경찰이랍니다."
　"……."
　"어떻게 할까요?"
　"첩자라면 잡아들여야지."
　"예, 알겠습니다."
　에번이 인사하고 다시 마차에서 내렸다. 빅토르가 탄 마차가 대성당을 떠났다.

　시간이 흐르는 것도 느끼지 못하고 일을 하던 스칼렛은 안드레이의 노크 소리에 고개를 들었다.
　안드레이가 웬일로 미소를 짓고 있었고, 스칼렛은 의심스럽다는 듯 그를 흘겼다.

"왜 그런 표정일까?"

"오셨어요."

"누가?"

그러자 안드레이가 씩 웃었다.

"에빌 크림슨이 해고한 네 명의 장인들이요."

"뭐, 뭐?"

너무나 기다리던 말에 스칼렛이 바로 일어서다가 너무 오래 앉아 있어 어지럼증을 느끼고 휘청거렸다. 안드레이가 급하게 팔을 붙잡았다.

"어디 안 도망가요."

"응."

스칼렛이 미소를 지으며 계단으로 향했다. 아래로 내려가 보니 정말로, 노년의 장인들이 서 있었다.

굳은 표정으로 있던 장인들은 곧 스칼렛을 발견하고 서서히 표정이 풀리기 시작했다. 그들 중 하나, 터너가 말했다.

"세상에, 그 꼬마 아가씨가 이렇게 자랐을 줄이야……."

"꼭 사장님 두 분 얼굴을 섞어 놓은 것 같네. 그것도 제일 좋은 방향으로!"

조안나의 말에 다들 공감하며 고개를 끄덕였다.

스칼렛이 민망해하고 웃다가 입을 열었다.

"광고 낸 걸 보셨어요?"

"네! 우리 넷 다 수도 밖에서 지내서, 수도 신문이 안 오는데……. 우릴 아는 누가 가져다줬는지 네 집의 우체통에 다 신문이 꽂혀 있지 뭐예요."

그제야 왜 그들이 보름 넘게 나타나지 않았는지 알게 된 스칼렛이 크게 고개를 끄덕였다.

"그랬군요. 네 분 다 수도 밖에 계실 거라는 생각을 못 했어요. 신기하네요. 누굴까."

그녀가 감탄하는 사이, 오랜만에 모인 전 직장동료 네 사람은 어린아이들처럼 상기되어 벌써부터 재잘재잘 수다를 떨기 시작했다.

"그러게 말이야. 누군지 참 고마운 사람이네."

"선대 사장님 부부를 아는 분들이려나?"

"그보다 일은 에빌 사장이 쳤는데, 우리 꼬마 아가씨가 해결하려고 나서다니!"

"우리가 안 도와줄 수야 없지. 이거 오랜만에 실력 발휘 하려니 떨리네."

"이 사람아, 실력 발휘는 내가 해야지. 자네는 구경이나 하게."

든든한 네 사람의 장인이 왁자지껄 떠드는 모습에 스칼렛이 기쁜 표정을 지었다. 그녀가 기쁨을 공유하려는 듯 안드레이를 보았다. 그는 신경 쓰이는 일이 있는지 딴 생각에 빠져 있었다.

·•·•·•·

제1 공장의 에빌의 사람들 역시, 스칼렛은 해고하지 않았다. 일손이 하나라도 더 필요해서였다. 하지만 시계가 잘못된 것을 알고도 에빌의 편을 들었던 것에 대한 패널티가 필요하다고 생각했으므로, 1급 시계공에서 2급 시계공으로 직위를 낮추고 이 일이 끝난 후 좌천을

예고했으나 전부 수긍하고 공장에 남았다. 크림슨 가문에서 시계를 만드는 사람이라면 누구나, 에빌의 부품이 종래에는 이 가문을 파탄 낼 것임을 알고 있었기 때문이었다.

돌아온 시계 장인들은 스칼렛에게 아낌없이 자신들이 가진 지식을 알려 주었다. 그리고 에빌 크림슨이 스칼렛을 고소한다면, 스칼렛의 말이 맞다는 것을 증명하는 증인이 되어 주기로 약속했다.

시계 장인들이 돌아온 이후에도 시계 가게는 변함이 없었다. 안드레이는 매장을 관리했고, 스칼렛은 시계를 만들었다.

그 바쁜 와중에도 스칼렛은 비행기에 대한 공부도 소홀히 할 수가 없었다. 물론 제대로 학교를 다니지 못한 그녀가 새로운 장치를 연구하는 것은 불가능에 가까웠다. 독학에도 한계가 있었다.

어려움에 부딪힐 때마다 스칼렛은 학교에 가고 싶다는 열망이 커졌다.

여러 가지 욕심들 때문에 요 며칠 거의 매일 밤을 새던 스칼렛은 모처럼 일찍 일을 마무리했다. 안드레이가 퇴근하기 전에 일이 끝난 건 가게를 열고 거의 처음이었다.

요즘 안드레이의 얼굴에 전에 없던 근심이 보였다. 그래서 간만에 안드레이가 퇴근할 때 인사를 하며 무슨 일이 있는지 물어볼 마음으로 의자에서 일어났다. 그런데 그와 동시에 1층에서 쾅 하는 굉음이 들렸다.

깜짝 놀란 스칼렛은 정신없이 계단을 달려 1층으로 내려갔다가 자리에 멈춰 섰다.

1층에 복면한 사내와 안드레이가 대치하고 있었다. 안드레이가 뒤에서 발소리를 들었는지 말했다.

"사장님, 다시 올라가 계세요."

스칼렛은 겁에 질려 두 손으로 입을 틀어막았다. 발이 떨어지지 않아서 얼어 있으니 안드레이가 혀를 차고 말했다.

"괜찮다니까요."

도대체 뭐가 괜찮다는 거냐고 따지고 싶었다. 이 상황에 어떻게 괜찮다는 말이 나오는 거냐고.

그사이 복면한 사내가 곧바로 달려들었다. 안드레이는 절도 있는 동작으로 사내의 주먹을 막고 다리를 걸어찼다. 그러나 상대방도 만만치 않았다.

스칼렛은 두 사람이 물건이 깨지지 않게 싸우는 모습을 넋 나간 얼굴로 보고 있었다. 세상 모든 남자들은 저렇게 싸움을 잘하는 건가, 하고 상황에 어울리지 않는 잡생각마저 들었다.

안드레이의 힘이 우세했으므로, 힘겨루기로 이어지는 순간 승자가 정해졌다.

안드레이가 바닥에 쓰러진 사내의 목을 졸랐다. 가볍게 힘을 주어 누르니 복면한 자가 혼절해 몸부림을 멈췄다. 안드레이는 사내의 복면을 벗겼다가 그대로 굳었다. 앳된, 누가 보아도 귀족 가문의 청년이었다.

"젠장."

안드레이는 이자를 보낸 상대의 목표가 스칼렛이 아니라 자신이라는 것을 단박에 알아차렸다. 예상대로, 가게 문으로 정복 차림의 빅토르가 들어섰다.

그는 성큼성큼 걸어가 안드레이의 얼굴을 불시에 후려친 후 팔을 등 뒤로 꺾어 벽에 찍어 눌렀다. 그 압도적인 힘에 안드레이조차 얼떨떨한 얼굴이었다. 어른과 아이 같은 힘의 차이였다.
 빅토르는 퇴근을 위해 입고 있던 안드레이의 코트 주머니에서 왕실경찰의 수첩을 찾아 펼쳤다.
 놀라서 말리러 달려왔던 스칼렛이 떨리는 목소리로 물었다.
 "뭐야, 그거?"
 "몰라서 물어?"
 빅토르가 말하며 수첩에 끼워진 왕실경찰증을 내밀었다.

 [2급 왕실경찰 하이럼 피트]

 스칼렛이 고개를 들어 빅토르를 보았다.
 "하이럼 피트가 누구야?"
 "당신이 뽑아서 나간 직원에 대해 나에게 묻는 건가?"
 "왕실경찰이라잖아. 안드레이는 왕실경찰이 아니야."
 안드레이는 부러진 팔이 고통스러운지 벽에 이마를 기대고 말했다.
 "맞긴 맞는데요, 왕실경찰…… 윽!"
 빅토르가 부러진 팔을 비틀자 안드레이는 끔찍한 고통에 그대로 정신을 잃었다. 잠시 후 그의 부하들이 안드레이와 쓰러진 복면 사내를 데리고 떠났다.
 그렇게 시계 가게에는 스칼렛과 빅토르 두 사람만이 남았다.

—·◆·◆·◆·—

 잠시 후, 빅토르가 피곤한 듯 손으로 제 목덜미를 감싸 누르고 서

늘한 눈으로 스칼렛을 돌아보며 물었다.

"아직도 나에 대해서 팔아치울 게 남았나."

"뭐?"

"아니면 왕실경찰이 취향이야?"

그의 질문에 스칼렛이 고개를 돌렸다.

"모, 몰랐어."

"아, 이것도 몰랐어?"

무심한 시선에 스칼렛은 말문이 막혔다.

빅토르가 말을 이었다.

"그 많은 직원 중에 하나 골라 나가면서, 그 새끼가 왕실경찰인 걸 몰랐다고?"

"정말 몰랐다니까!"

스칼렛이 억울한 마음에 언성을 높였다. 그러자 빅토르가 오히려 태연하게 미소 지으며 말했다.

"그럼 해 봐, 해명. 왜 하필 저자였는지."

그의 말에 스칼렛은 해명할 말을 생각했다.

하필 자신이 고른 한 명이 덤펠트 가문에 숨어들었던 첩자라는 것을 해명할 말. 이전에도 지금도, 자신은 왕실경찰과 아무런 관계도 없다는 해명.

스칼렛의 호흡이 가빠졌다. 지금 해명하지 않으면 혹시 또 수도원 같은 곳으로 보낼지도 모른다. 아무리 남이 되었어도, 그는 그럴 힘이 있었다.

언제나 빅토르 덤펠트의 앞에 서면 막막해졌다. 그는 무슨 방법을 써도 제 마음을 알아 주지 않는다. 결혼 생활 대부분이 그랬고, 지금이 순간에 그랬다.

그런데 해명할 말이 떠오르지 않았다. 정말로, 그저 감이었다. 수도원에서 얻은 병을 털고 일어나 안드레이의 얼굴을 보는 순간부터, 덤펠트가를 나갈 때 반드시 그를 데리고 나가야겠다는 생각을 했다. 그가 유능한 것은 사실이지만, 왜 하필 안드레이였냐고 묻는다면 할 말이 없었다.

스칼렛이 아무 말도 못 하고 입술을 되레 꾹 다물었다.

빅토르가 고개를 비스듬히 기울이며 그녀에게 물었다.

"왜. 또 기억이 안 나? 이번에도 이유를 모르겠어?"

"⋯⋯응."

스칼렛은 자신이 앵무새 같다고 생각했다. 한 말 또 하고, 또 하고. 거기서 더 늘어나는 정보라고는 제 스스로 파악할 수 있는 것이 하나도 없다는 사실이었다.

빅토르가 말했다.

"그것도 연기였어? 정신 나간 사람처럼 군 거."

스칼렛이 더 이상 뭐라 변명해야 할지 몰라 아무 말도 하지 못하자, 빅토르가 말을 이었다.

"하도 거짓말을 하니까. 이제 당신에 대해 뭘 믿어야 하는지 모르겠네."

"⋯⋯."

"당신 입에서 나오는 말은 전부 의심해 봐야 할 것 같은데. 애초에, 날 사랑하긴 했어?"

빅토르의 무덤덤한 질문에 두려움과 분노와 울음으로 바르르 떨리던 스칼렛의 몸이 지친 듯 멈췄다. 그리고 빅토르를 보며 말했다.

"……그게 사랑이 아니면 뭐 같았는데? 당신 눈에."

"모르니까 묻는 거지."

스칼렛은 잠시, 눈을 감았다. 너무 많은 것을 잃어버린 기분이었다.

"그럼 아닌가 보네. 내가 착각했나 봐."

그녀는 입술을 한 번 물었다가 말을 이었다.

"내가 받아본 적이 없어서, 뭐가 사랑인지를 모르겠네. 그래서 틀렸었나 봐. 그러니까 당신이 나 좀 좋아하지 그랬어? 그까짓 거 거짓말로 할 수 있는 거면 당신은 왜 안 했는데?"

"말했잖아, 난 사랑한다고 했어."

그의 말에 스칼렛이 헛웃음을 지었다.

"그럼 둘 다 아니었네. 다 가짜였어. 응, 나 당신 사랑한 적 없어. 그래서 그냥 당신이 망했으면 좋겠어서, 그래서 그랬어. 당신 인생 다 팔아치우려고 그랬다고. 뭐 더 남은 거 없나, 긁어 낼 것 있으면 긁어내려고 했어. 됐어?"

스칼렛이 빅토르를 문쪽으로 밀어내며, 그와 눈도 마주치지 않고 말했다.

"알았으면 이제 좀 갈래? 그리고 왕실경찰이든 뭐든 상관없으니까 안드레이는 좀 다시 보내줘. 안드레이 없으면 여기 운영이 안 되거든."

그렇게 말하고 난 스칼렛이 돌아서, 계단을 올라가 작업실로 들어갔다.

그녀는 문을 잠그고 나서, 그 앞에 주저앉았다. 자신이야말로 뭘 믿어야할지 모르겠다고, 그녀는 생각했다.

안드레이는 순간 정신을 차렸다. 누가 얼굴에 물을 뿌린 탓이었다. 그는 의자에 앉아 있었고, 수갑이 채워져 있었다.

벽에 걸린 문장을 보니 해군 공관이었다.

취조실에 연기가 가득하도록 담배를 피우며 안드레이가 깨는 것을 기다리던 빅토르가 입을 열었다.

"빨리 할까? 스칼렛이 빨리 보내 달라고 하니까."

말은 그렇게 하지만 빅토르는 전혀 급할 것이 없어 보였다. 잠시 후 안드레이 쪽으로 담배 상자를 밀어 주어, 안드레이 역시 수갑을 찬 손으로 담배 한 대를 물었다.

"어떻게 아신 겁니까? 제 위조 신분은 완벽했는데."

"부하들이 자네가 왕실경찰 특유의 격투술을 쓴다고 보고하더군."

"……아."

"그 이후에 사람을 찾아 달라고 경찰에 요청한 것도 확인했고."

이렇게 될 줄 알았다. 알고도 그딴 짓을 한 스스로를 한심해하며, 안드레이가 물었다.

"그 복면한 자는요?"

"해군."

"쓸 만하던데요."

"쫓아내야지, 경찰한테 질 정도면."

그 대답에 안드레이가 실없이 웃더니 물었다.

"저를 죽이실 겁니까?"

"말하잖아, 스칼렛이 돌려보내라고 했다고."

뭐가 어찌 되었든 안드레이는 오랜만에 피우는 담배에 만족스러운 표정을 짓고 있었다.
"사장님께서 담배 냄새를 싫어하셔서 최근 금연 중이었습니다."
"아. 좋아하진 않지."
빅토르는 그의 말에 맞장구를 쳐 주었으나, 안드레이는 오히려 그것이 자신을 압박하는 것처럼 느껴졌다. 빅토르가 물었다.
"그래서. 내 전부인 근처에는 왜?"
"도련님을 감시 중이었는데, 사장님께서 절 스카우트하셔서요. 욕심나서 간 겁니다."
"스칼렛이 그 많은 사용인 중에 왕실경찰을 스카우트했다고?"
"예."
"내통한 게 아니라?"
빅토르의 말에 안드레이가 푸흐흐 웃더니 말했다.
"사실 맞습니다. 내통했죠. 저희는 한패입니다. 한 번 배신한 여자가 두 번이라고 못 하겠습니까? 도련님에 대해 팔아먹을 만한 정보가 있다면 전부 왕족에게 팔아먹으려고 내통한 겁니다. 사장님께서는 대단한 거짓말쟁이죠."
그가 그렇게 비꼬자 빅토르가 손짓했다. 뒤에서 그의 부하가 안드레이의 머리를 붙잡아 책상에 요란한 소리가 나게 박았다.
안드레이가 신음하고는 말을 이었다.
"왜요, 왜."
"태도가 마음에 들지 않아서."
"있는 그대로 말씀 드렸는데요? 아니면 왜요. 사장님이 그렇게 자연스럽게 거짓말할 정도로 영악하고, 마음을 감출 수 있을 정도로 이성적인 사람이 아니라는 생각이라도 하십니까?"

"……."
"좋으면 좋아서 어쩔 줄 모르는?"
빅토르의 명령인지 머리를 누르던 손이 떨어졌다.
안드레이가 중얼거렸다.
"하필 사장님이 사고뭉치라, 저까지 휘말려 들켰네요. 아쉽게……."
빅토르가 걸어오자 그 압박감에 안드레이가 말을 멈췄다. 빅토르는 담배를 바닥에 버리고 구둣발로 비벼 끈 뒤, 안드레이의 턱을 잡아 고개를 들어 올리며 말했다.
"그래서 첩자로서 얻으려던 게 뭔데."
"……글쎄요."
"안 죽인다고 하잖아."
그의 엄지가 안드레이의 아랫니를 눌렀다. 생니가 으득거리며 뽑히는 고통에 안드레이가 발버둥 쳤다. 곧 입에서 흥건한 피가 뚝뚝 흘러내렸다.
"뭐가 필요해?"
빅토르가 다른 이로 손가락을 옮기며 어린애 다루듯 묻자 안드레이가 가쁘게 숨을 쉬며 말했다.
"알고 계시지 않습니까?"
"만약의 경우에, 나를 죽일 생각이었나?"
"그럴 리가요."
"스칼렛은 거기에 협조했고?"
"사장님이 협조했냐고요?"
안드레이가 식은땀이 흐르는 얼굴로 호탕하게 웃었다. 그리고 말을 이었다.

"사장님께서 도련님을 죽이는 일에 협조하셨을 리가 있습니까? 그렇게 사랑에 빠진 사람이."

그렇게 말하다가, 그는 곧 뭐가 웃긴지 웃음을 터트렸다.

"그거 아십니까? 시계방에서 돈 관련된 일은 전부 제가 하죠. 심지어 사장님 재산 관리도 제가 하고 있습니다. 제가 마음만 먹으면 사장님은 알거지가 될걸요?"

"……."

"사장님은 그렇게 남을 믿는데, 남들은 사장님을 안 믿네요."

그리고 정신을 잃어 가며 중얼거렸다.

"……우리 사장님만 불쌍하죠."

"우리 사장님만 불쌍하죠."

늦은 밤, 집무실 창가에 선 빅토르는 안드레이의 말이 머릿속에 새겨져 곤란을 겪고 있었다.

이상하게도 그 한마디가 머릿속에서 나가지 않았다.

자신에게 얻어 낼 수 있는 것은 많지 않다. 나름대로 이름 있는 가문의 자제일 왕실경찰이 그렇게 신분까지 바꿔 가며 잠복했다는 것은, 안드레이의 말대로 만약의 경우 제 목숨을 끊을 생각이었을 것이다.

빅토르가 창밖에 쏟아지기 시작한 비를 바라보고 있을 때, 취조를 마치고 온 에번이 말했다.

"배후는 율리 이렌 왕세손 전하십니다."
"그렇게 당연한 거 말고. 스칼렛과는?"
"그건 질문해도 웃기만 합니다. 제정신은 아니더라고요."
그의 말에 빅토르가 말했다.
"내가 취조하지."
에번이 그대로 물러나려는데, 함께 온, 언제나 필요한 것보다 한마디씩 더 하고 마는 팔린이 말했다.
"아가씨도 취조하실 겁니까?"
그 질문에 빅토르가 고개를 돌려 팔린을 보았다.
그의 시선에 에번이 서둘러 미소 지으며 말했다.
"못 들은 걸로 해 주시죠. 제가 두들겨 패겠습니다."
에번이 말하고 팔린을 걷어찼다. 그 후에 문을 닫았다.
팔린이 발에 채인 허벅지를 손으로 슥슥 문지르자 에번이 말했다.
"아가씨 관련된 건 아예 입에 담지 마. 목숨 보존하고 싶으면."
"그래도 말씀드릴 건 드려야죠."
"넌 언젠가 그 입 때문에 망할 거다."
에번이 핀잔하며 빠르게 걸음을 옮겼다.

─────◆◆◆─────

왕실경찰은 개중 가문이 미약한 하이럼 피트, 그러니까 안드레이를 첩자로 밀어 넣었다. 정체를 들킨 후에는 자기들이 보낸 적 없다며 시치미를 떼고 있었다.
안드레이는 몇 번을 기절했다가 정신을 차렸다.

그는 지금껏 제가 첩자 노릇을 하면서 본 덤펠트가의 신사는 허상이라는 것을 이제야 알았다. 하기야, 그 악랄한 해적들조차 치를 떨게 만든 것이 빅토르 덤펠트가 아닌가. 정상적인 인간일 리 없다.
'우리 사장님만 가엽게 됐지.'
생각하니 또 웃음이 나왔다. 웃으면 빅토르 덤펠트가 더 열 받아할 걸 뻔히 아는데도 그치질 않았다.
그는 그날, 스칼렛이 왕실경찰 본청에서 취조 받던 때를 떠올렸다.

"스칼렛 부인에게서 아직 알아낸 것이 없습니다."
율리 이렌은 이렌 가문 특유의 커다란 체격과 다혈질의 성격을 그대로 물려받았다. 그는 주먹을 쥐어 테이블을 쾅 내리쳤다.
왕실경찰, 휴건 한터가 힘겹게 입을 열었다.
"저희도 취조 중이지만 그냥은 입을 안 열 것 같습니다, 전하."
율리 이렌이 휴건을 밀쳐 버리고 취조실 유리벽 안을 바라보았다.
율리가 빈정거렸다.
"아주 자기 남편을 위해 목숨이라도 바칠 계집이군. 그 자식은 정부 같은 것도 안 둬?"
"지금까지 찾아 본 바로는 없습니다."
"말이 안 되잖아. 아내가 저렇게 딱딱하면 말랑말랑한 정부를 따로 두는 게 귀족 남자들 심리 아닌가. 빅토르 덤펠트가 겨우 저런 여자 하나로 만족할 리가 없잖아."
스칼렛 크림슨은 지나칠 정도로 미인이었지만, 율리는 제가 그녀와 결혼했다면 꼭 정부를 뒀을 거라고 생각했다. 그렇다고는 해도 욕망을 일으키는 여자였다. 율리는 제 욕망을 감추지 않고 스칼렛을 훑어보았다.

거기에 무엇보다 마음에 드는 부분은 그녀가 빅토르의 전부인이라는 사실이었다. 아무리 두 사람이 정략결혼을 했다고는 해도, 연인을 뺏기는 것과 아내를 뺏기는 것은 다른 문제였다.

율리가 니나 한터를 빼앗았을 때, 빅토르는 그리 큰 반응을 보이지 않았다. 싱겁다고 생각했었다. 저기 앉아 있는 저 쌀쌀한 얼굴을 한 그의 아내를 빼앗아도 그런 덤덤한 얼굴일지 궁금하기는 했다.

그가 저를 욕망 섞인 눈으로 바라보는 걸 알았는지, 스칼렛이 율리 쪽으로 고개를 돌렸다. 그녀는 인사도 없이 그를 빤히 바라보고 있었고 휴건이 괜스레 변명했다.

"약에 취해서 그런 겁니다."

"고문이라도 해."

"안 그래도 그럴 생각입니다."

왕실의 명령을 따르는 왕실경찰이 고문을 할 수는 없는 일이었다. 그러나 그들은 해적섬에서 얻어 낸 많은 약재를 가지고 있었고, 그중에는 독극물도 있었다.

그 뒤로 며칠간 휴건은 독극물과 해독제를 번갈아 사용해 그녀의 입을 열려 했다. 그럼에도 스칼렛이 입을 열지 않으니, 결국 덤펠트가에서 일하던 안드레이까지 불려왔다.

첩자로서 이동에 많은 제약이 있는 안드레이가 귀찮아하며 말했다.

"이 정도 했는데 나오는 게 없으면, 그냥 빅토르 덤펠트에게 약점이 없는 것 아닙니까?"

그러자 그의 상사 휴건이 말했다.

"그래도 여기까지 왔는데 뭐 하나라도 털어야지."

안드레이는 왕실경찰 본청 지하 감옥 구석에서 떨고 있는 스칼렛을 멀찍이서 보고 있었다.

그의 상사 휴건이 대꾸했다.

"생각보다 지독해, 아주."

"이야, 그렇게 안 봤는데 말입니다."

"평소에는 어땠는데?"

"빅토르 덤펠트가 좋아서 헤헤거리고 다니죠, 뭐. 불쌍하게."

"머리가 나쁜 거 아냐? 그렇게 여태 혼자 좋아해 놓고 왜 배신을 못해."

"그러게 말입니다."

안드레이는 영 내키지 않아서 잠시 밖을 서성였다.

그러자 휴건이 말했다.

"이번에는 올라가야지, 2급."

왕실경찰에는 3개의 급이 있었다. 보통 막 들어온 신입들이 3급, 무능해도 5년 차 정도면 2급, 큰 공을 세우면 1급. 그리고 그 급수 안에서 나머지 계급이 결정되었다. 안드레이는 가문이 한미한 탓에 6년째 3급이었고, 유능한 재주를 가지고도 덤펠트 가문에 처박혀 있었다.

"이거 하나면 바로 2급으로 올려 주지."

휴건의 말에 안드레이가 내키지 않는 표정으로 대답했다.

"그렇다면 뭐…… 할 수 없죠."

안드레이가 곧 마음을 먹고 취조실로 들어갔다.
가까이서 보니 스칼렛의 상태는 생각보다 좋지 않았다. 극약을 억지로 먹이고, 해독제를 먹이는 것을 반복하는 바람에 말할 수 없을 정도로 정신이 피폐해진 스칼렛 덤펠트가 구석에 웅크려 떨고 있었다.
'젠장.'
안드레이가 속으로 휴건에게 욕설을 퍼부으며, 그녀에게 걸어가 말했다.
"부인, 고개 좀 들어 보세요."
그가 말했으나 알아듣지 못하는지 스칼렛은 떨기만 했다.
안드레이가 푹 한숨을 쉬고 앞에 털썩 앉았다.
"덤펠트 부인. 나 좀 봐요."
그가 부르는 소리에 스칼렛이 고개를 들었다. 그러고는 안드레이를 발견하고, 금방 생기를 얻었다.
"아, 안드레이?"
"예, 접니다."
안드레이가 그녀의 희망으로 빛나는 눈동자에 난처한 표정을 지었다.
"부군께서 보낸 줄 아셨군요?"
"그야……."
"아닌데요. 제가 말하자면 첩자라서요."
"……어?"
"부군의 목숨이 걸려 있다는 말씀을 드리러 왔습니다."
그의 말에 스칼렛의 얼굴이 다시 파랗게 질렸다. 안드레이는 그 얼굴을 걱정스럽다는 듯이 보며 말을 이었다.

"부인께서 계속 입을 다물고 계시면, 제가 부군을 살해해야 합니다. 물론 저도 나쁘진 않아요. 그럼 바로 1급 승진이겠죠. 하지만 도중에 제가 죽을 수도 있긴 하죠. 위험한 업무라."

"마, 말도 안 돼……."

"보십쇼. 저 정복도 입고 있습니다."

"…….."

"제발요, 부인. 그냥 뭐라도 말씀하세요. 아주 작은 약점이라도 좋습니다. 없으면 꾸며라도 내세요."

"빅토르가…… 나를 증오할 거야."

"미움받는 것보다 부군께서 죽는 게 낫다는 겁니까?"

그까짓 사랑이 뭐라고. 그 작자가 자길 미워하게 될까 봐 이렇게 너덜너덜해지도록 입을 열지 못하는 건지. 안드레이는 그 마음을 도무지 이해할 수가 없었다.

그가 일어서자 스칼렛의 손이 안드레이의 바짓단을 붙잡았다.

"빅토르가 마리나 공작 전하를 정신병원에 보냈어."

"함장님께서요?"

"그리고, 그 이후에 수도원에 계속 갇혀 계셔."

그녀의 떨리는 손과 목소리에 안드레이가 안도했다.

"잘 생각하셨어요."

━━━━◆◆◆━━━━

처음에 스칼렛을 따라 덤펠트가를 나오게 되었을 때는 그냥 별생각이 없었다. 왕실경찰은 스칼렛이 허튼짓하지 않게 감시하는 게 좋겠다며 잘됐다고 했다. 그녀의 기억이 돌아오면 바로 보고를 하라는 명령도 있었다.

그 뒤로 1년, 스칼렛은 별다른 이상 증세를 보이지 않아 안드레이는 시계 가게만 생각하며 살았다. 아마 그게 좀 지나쳤는지, 이제 자신이 진짜 시계 가게 직원인 건지 왕실경찰인 건지 헷갈리기 시작했다.

어느 날부터인가는 그냥 스칼렛 크림슨의 시계 가게가 번창하는 것이 그의 인생에서 가장 중요한 일이 되었다.

이제 와 생각해 보니 상황이 너무 어이가 없어 웃었다.

스칼렛은 안드레이의 얼굴을 본 후 그가 남편을 해할까 봐 입을 열었다. 빅토르가 자신을 증오하게 되리란 걸 알고 있었으면서도. 그녀는 그것을 두려워했으나, 빅토르가 다치는 것보다는 낫다고 생각했다.

그 이후 그때의 기억이 사라진 스칼렛이 어떻게 자신을 선택하게 되었는지 생각해 보면 답은 하나였다.

그녀는 무의식중에 자신을 빅토르 덤펠트에게서 떨어뜨려 놓아야 한다고 생각했을 것이다.

세상에 빅토르 덤펠트를 몰래 해칠 수 있는 사람이 있을까. 스칼렛은 제 남편을 사랑하는 것에 비해, 그의 실체에 대해서는 잘 모르고 있었다. 아니지, 실체에 대해 모르기 때문에 사랑할 수 있는 것일까.

안드레이는 자신이 입을 열면 상황이 어떻게 바뀔지에 대해서 생각해 보았다.

빅토르 덤펠트는 곧바로 스칼렛에게 달려갈 것이 분명한데, 스칼렛이 어떤 반응일지는 예상할 수가 없었다. 분명한 건 자신이 스칼렛이 겪은 고초에 대해 폭로하는 순간 제 가문은 사라질 것이란 사실이다.

저 빅토르 덤펠트조차 이런 상황에 빠지게 만드는 것이 왕실경찰이다. 제 가문처럼 미약한 곳은 버티는 것이 불가능했다. 그러나 반대로, 빅토르 덤펠트에게는 대항할 수 있나? 그것 역시 불가능했다. 그에게는 몰락으로 가는 선택권밖에 없는 것처럼 보였다.

머리를 굴리고 있을 때, 빅토르가 안으로 들어섰다.

안드레이는 지금까지 느끼던 것과는 격이 다른 위압감을 느꼈다. 그가 심호흡하는 것을 본 빅토르가 덤덤히 말했다.

"쉽게 끝내는 게 좋겠지."

"……이제 절 아예 죽이시게요?"

"반대야."

빅토르가 말을 이었다.

"사실대로 말하면 살려 주지. 왕실경찰로부터도 보호해 주고."

"아뇨. 사실을 들으시면 당장 절 죽이실 겁니다. 그래서도 합법이구요."

"혹시 내 목을 노린 적이 있다면, 그것도 없던 일로 해 주지."

"……예?"

가문이 없어질 것까지도 고려하던 안드레이가 얼빠진 표정을 지었다. 그리고 입을 열었다.

"그 정도로 알고 싶으신 겁니까?"

"그래."

"……제 가문도 건드리지 않으실 겁니까?"

"그것 역시 자네를 살려 주겠다는 말에 포함된 것이지 않나?"

이런 부분에서는 약간이나마 신사적인 데가 있었다.

안드레이는 그리 길게 고민하지 않았다. 최악의 선택지 두 개뿐이다가, 반짝거리는 정답이 불현듯 나타났는데 선택하지 않을 이유가 없었다.

그가 입을 열었다.

"사장님께서 취조 당시 기억이 없으신 건, 왕실경찰이 약을 먹였기 때문입니다."

"……."

"정확히는 과거의 기억이 생생하게 떠오르게 하는 약인데요. 부작용으로 기억의 일부분이 지워집니다. 사장님도 그러셨고요."

빅토르는 덤덤하다 못해 무심한 표정으로 그 이야기를 듣고 있었다.

물론, 빅토르 뎀펠트가 이 사실을 알고 나서 자기 잘못에 충격 받고 엎어져 울고불고 할 거라고는 생각하지 않았다. 그렇다고 저렇게까지 아무 반응이 없을 줄은.

안드레이가 말을 이었다.

"물론 고문도 했습니다. 전부 해적섬에서 가져온 약이었고, 사장님이 크림슨 백작님의 눈을 위해 거래를 한 것처럼 보이게 하기 위해 실제로 눈에 사용할 수 있는 약의 거래처도 연결해 줬고요."

"……."

"고집불통이셨어요. 내내 입을 꾹 다물고 있더니, 제가 나타나고 마음을 바꾸셨습니다. 제가 언제든 함장님을 죽일 수 있다고 했거든요. 그걸 믿으셨다는 게 놀랍습니다. 가능할 리가 있겠습니까?"

빅토르는 여전히 말이 없었다.

안드레이가 다시 입을 열었습니다.

"이게 전부입니다. 요약하니 별것 없네요."

그 말 이후로 한동안 침묵이 흐르다가, 한참이 지나서야 빅토르가 입을 열었다.

"비밀로 하지."

"……예?"

"비밀로 해. 전부."

"방금 못 들으셨습니까? 제가 함장님을 죽일 거라고 해서 저희 사장님이 실토한 거라는 걸요."

"들었지."

"잠깐만요. 누구에게 비밀로…… 사장님께요?"

안드레이는 경악했으나, 빅토르는 태연한 얼굴로 몸을 바로 하고, 테이블에 풀어 뒀던 시계를 다시 차며 말했다.

"왕실경찰 쪽은 내가 처리하지. 자네는 그쪽에 사표 내고 계속 스칼렛의 가게를 도와."

그 말에 안드레이가 도대체 이해가 안 된다는 듯이 물었다.

"그러니까, 도대체 왜요?"

"첫 번째로, 자네는 스칼렛이 트램을 수리하는 걸 알면서도 왕실경찰에 보고하지 않았어. 만약 보고를 했다면 왕실경찰은 예전에 스칼렛을 끌고 갔을 테고, 어떻게든 나와 엮으려 했겠지."

"……"

"그건 자네가 실제로 스칼렛에게 충성심을 가지고 있다는 뜻이겠지."

안드레이가 한숨을 쉬고 투덜거렸다.

"그 집 꼬마들 얼굴을 보셨어야 합니다. 그 아버지의 밥줄을 끊을 상황이 아니었다고요."

"충성심이 아니라면 자네를 살려 둘 이유가 없을 텐데?"

"충성심입니다. 아주 강한 충성심이죠."

안드레이가 곧바로 말을 바꿨다. 빅토르가 말했다.

"두 번째로 내가 붙인 경호들 이상으로 자네는 스칼렛의 안전에 도움이 되더군."

"애초에 무슨 경호를 그렇게 많이 붙이신 겁니까?"

"날 제일 싫어하는 게 누구라고 생각하나? 왕족 이상으로."

"……해적이죠."

"경호를 붙이지 않으면 스칼렛은 몇 시간 내로 조각이 날 거야."

안드레이는 빅토르 덤펠트에게 제 정체를 들켰을 때만큼이나 심장이 철렁 가라앉는 것을 느꼈다.

"게다가 자네는 아내가 가문을 일으키는 데 필요한 직원이지."

"그래서 저보고 사장님을 옆에서 보필하라는 겁니까?"

"스칼렛은 내가 경호를 붙인 걸 몰라야 하는 데다, 자네 정도의 실력 있는 경호를 찾기는 어려우니까."

"그리고 사장님은 앞으로도…… 이 일을 모르셔야 한다는 거구요?"

빅토르가 이렇게 말도 안 되는 소리를 하는 이유는 안드레이도 짐작이 갔다. 그는 진실을 알게 된 스칼렛이 자신을 증오할 것을 두려워하고 있었다.

아무리 그래도.

안드레이는 빅토르 덤펠트가 제가 생각하던 것보다 더 비열한 인간이며, 더 심한 집착을 스칼렛에게 가지고 있다고 생각했다.

안드레이가 이내 물었다.

"왕실경찰에게 복수하실 때, 저를 쓰실 거죠?"

"물론."

"그렇다면 그렇게 하겠습니다."

처음에는 정말로, 이게 아니었는데.

안드레이는 왕실경찰로 승승장구하려던 제 인생 계획이 전부 망가진 걸 알았지만, 그 사실이 나쁘게 느껴지지는 않았다.

잠시 후 빅토르가 떠나고, 그로부터 얼마 지나지 않아 안드레이가 있던 독방의 문이 열렸다. 그리고 에번 라이트가 그를 불러냈다.

"가, 아가씨에게."

"바로 갑니까?"

"바로 보내라신다. 네가 없으면 시계 가게 운영이 안 된다잖아."

에번이 짜증 내듯 말하고 안드레이의 목에 총구를 가져다 대며 말했다.

"네가 무슨 짓을 하는지는 계속 확인할 거야."

"압니다."

안드레이가 항복의 표시로 두 손을 올려 보이며 대답하자 에번이 그의 등을 밀쳤다.

----✦✦✦----

안드레이는 공관을 나서자마자 곧장 7번가로 향했다. 그가 시계 가게에 들어서자, 그동안 가게를 보던 스칼렛이 안드레이를 쳐다보았다.

안드레이가 문 앞에 멋쩍게 서 있다가 입을 열었다.

"사장님 감시하려고 붙은 건 맞는데요, 저 정말로 진심입니다. 가게를 크게 키우고 싶다는 마음은요."

"……."

"왕실경찰은 사표 내고 오겠습니다. 저 안 써 주시는 거, 이해는 합니다. 그런 박봉으로 저만큼 유용한 직원 찾기 어려우실 테지만요."

"써 주면, 오늘부터 바로 출근할 거야?"

그녀가 생각보다 태연하게 묻자 안드레이가 멈칫하더니 말했다.

"그래도 된다면요."

"돼."

안드레이는 자기가 물어보면서도 그녀가 이렇게 쉽게 받아 줄 거라고는 생각하지 못했다.

그가 이해가 안 된다는 듯이 말했다.

"제가 사장님께 무슨 짓을 했는지 알면 그런 말 못 하실 텐데요."

"기억 안 나. 기억나면, 그때 판단할게."

스칼렛이 기운 없이 웃더니, 이내 말을 이었다.

"그냥. 생각해 보니까 네 말대로 그런 박봉에 그만큼 일해 줄 리가 없지, 싶어. 내가 한심했지."

"속인 사람이 나쁜 거죠."

"한심한 거 맞아. 나는 너만큼은…… 자의로 있는 줄 알았어. 나도 한 명 정도는, 자의로 내 옆에 있고 싶은 사람을 만든 줄 알았어."

"……."

"아닌 거 알아. 그래도 계속 속은 상태로 있고 싶어. 그러니까……."

내내 힘이 없던 스칼렛이 조금 더 힘을 줘서 말했다.

"그래도 왕실경찰을 그만두겠다니 그건 기쁘네. 왕실경찰 대신 여길 고른 거지?"

"……예, 일단은."

"그럼 됐어."

스칼렛 크림슨은 머리가 나쁜 것 같다고, 그의 상사가 평했었다. 그녀를 가장 가까운 곳에서 지켜본 안드레이 생각에는 뭐 그렇게 보일 수도 있겠다는 생각이 들었다. 그녀는 영리했지만, 외로움 때문에 시야가 흐려져 있었으니까. 얼마나 많이 부서져야 알게 될까.

"스칼렛 아가씨."

민망함에 목을 긁적이고 난 안드레이가 그녀를 바라보며 말했다.

"세상 사람들은 이기적이에요."

"……"

"사랑해 주지 마요. 아까워요."

안드레이의 말에 스칼렛이 잠시 그를 노려보다가 곧 실없이 웃으며 말했다.

"그 정도면 돼."

"뭐가요."

"그냥…… 아깝다며. 적어도 내가 사랑하는 게 좋은 거니까, 아까운 거잖아."

"……"

"그게 나쁜 건 아니었던 거잖아. 그렇지?"

그러더니 곧 씩씩하게 웃으며 말했다.

"좋아. 그렇게 생각하니 마음이 놓이네."

"전부터 느꼈지만 사장님은 제정신이 아니에요."

"너한테 그런 말 듣고 싶지 않아. 게다가 안드레이가 지금까지 가게 자리 잡게 해 준 건 사실이잖아. 애초에 안드레이가 없으면 가게 닫아야 돼."

"아, 그거 인정하셨구나. 속으로만 생각하셔서 몰랐네요."

"……그보다 왕실경찰 얼마나 받아?"

"급여는 비슷합니다. 명예가 다르죠."

"그럼 출근해도 되겠네. 출근해. 안 하면 찾으러 갈 거야."

"무보수는 안 됩니다."

"감봉 1년?"

"그게 무보수랑 뭐가 달라요, 도대체."

"기한이 있잖아."

"은근히 악덕 업주십니다."

"이 정도면 됐지, 뭐."

"네, 맞습니다. 받아들이겠습니다. 1년."

그렇게 이야기하는 중에도 안드레이는 습관적으로 가게 일을 했다. 돌아온 직원을 바라보던 스칼렛이 말했다.

"그러고 보니까, 숙부가 해고한 장인들…… 안드레이가 찾아 준 거지?"

"네. 애초에 그것 때문에 첩자 노릇을 들켰고요."

"트램에 관한 것도 보고하지 않았고."

"해군 공관에서도 말했지만, 그 꼬맹이들 얼굴을 봤으면 어떻게 수리를 못 하게 막을 수 있겠습니까? 한참 커야 하는데."

그 말에 스칼렛이 곧 기운이 돌아온 얼굴로 웃었다.

"고마워."

"사장님."

"응?"
"쓸데없는 소리 그만하시고 일합시다."
"……그래, 멀쩡하게 돌아왔다 이거지. 어휴, 저걸 내가 붙잡았으니 뭐라 할 수도 없고."
안드레이는 씩 웃었지만 금방 또다시 일을 하라고 재촉했다.

왕실의 일원들이 응접실에 앉아 이야기를 나눈 끝에 나온 결론은 이제라도 빅토르를 왕가로 데려와야 한다는 것이었다.
"왕실경찰 하나를 회유했다니 큰일입니다. 다들 아시지 않습니까? 빅토르가 이제 가만히 있을 리가 없습니다."
"맞아요. 언제 왕가에 반발할지……."
그러자 소파에 반쯤 누워 있던 율리 이렌이 말했다.
"자기가 가만히 있지 않으면 어떡하게요? 어차피 그 자식이 칼을 뽑아 봤자 칼끝이 향하는 건 나야. 호들갑들 좀 떨지 말아요."
왕세손의 말에 잠깐 응접실이 조용해졌다. 그러다 다시 논쟁이 이어지고 있을 때. 심각한 심장질환 때문에 안락의자에 누워 내내 눈을 감고 있던 왕, 알버트 이렌이 잠깐 눈을 떴다.
노환이 온 그는 요즘 종종 고명딸 마리나에 대한 그리움을 표현하고 있었다.
잠시 생각하던 그가 말했다.
"마리나를 왕성으로 불렀으면 좋겠네."
그의 말에 모두의 시선이 왕에게로 향했다. 알버트가 말을 이었다.

"지금까지 빅토르 그 애가 왕가에게 인정받고 싶어한 건 그 애 어미인 마리나 때문이지 않나. 그렇다면 마리나를 만찬에 초대해야지."

그 말에 아담이 울컥해서 말했다.

"아버지, 그 애는 미치광이예요. 니나의 파티에서 행패 부린 거 들으셨잖아요."

그 말에 아담의 딸, 엘리나가 말했다.

"미치광이 하루 데려다가 마음 돌릴 수 있으면 돌리죠. 빅토르 경은 적으로 두면 안 되는 사람이에요. 지금까지 빅토르 경이 왕실에 우호적으로 행동해서 그 사실을 잊어버리신 것 아닌가요?"

그러자 그녀의 동생이자 얼마 전 혼인한 아킨 부인이 말했다.

"마리나 고모님이 와서 무슨 행동을 할 줄 알고 불러?"

"마리나 고모님이 문제야? 빅토르의 행동을 예측할 수 없는데?"

많은 이야기가 오갔으나, 결과적으로 마리나 덤펠트를 초대하며 보호자로 빅토르 덤펠트를 불러내 회유하는 것 이상으로 좋은 답안은 나오지 않았다.

거기서 답이 결정되자마자, 아담 이렌은 초대장을 적어 제 조카 빅토르 덤펠트에게 보냈다. 그리고 빅토르 덤펠트는 바로 서신을 적어 돌려보냈다.

[어머니께서 건강이 좋지 않으십니다. 추후에 뵙지요.]

거절이었다.

답신을 받아 든 아담 이렌이 난색을 표했다. 미치광이를 왕성에 초대해도 되는가, 되지 않는가에 대해서만 고민했지 빅토르가 거절할 거라는 생각은 아예 하지도 못했던 것이다.
 아담 이렌이 불쾌한 표정으로 제 아들, 율리 이렌을 노려보았다. 아담이 말했다.
 "빅토르의 기분이 쉽게 풀리지 않는구나. 네 견제가 지나쳤던 게지."
 "……죄송합니다."
 "네가 저지른 일을 어떻게 해결할 생각이니?"
 율리는 짜증을 애써 참으며 말했다.
 "어떻게든 해결하겠습니다."
 "확실하게 하거라."
 아담 이렌은 워낙 부족함 없이 자랐던 탓에 제멋대로일 때가 있었고, 제 아들에게도 노골적으로 화를 드러내곤 했다. 그것이 오만해 보이는 것을 넘어서면, 가끔 유아기적인 성향처럼 보이기도 했다. 그것은 이렌 가문 사람 대부분이 가진 성격적 특징이었다.

───◆───

 다음 날 안드레이는 곧바로 경찰증을 반납했다.
 생각보다 왕실경찰 본청은 한가했다. 빅토르가 스칼렛의 취조의 전말을 알게 되었다고 해서, 그들의 배후에 왕세손이 있다는 것이 달라지는 건 아니기 때문이었다.
 휴건은 안드레이가 반납한 경찰증을 보며 아쉬운 표정을 지었다.
 "이 방법밖에 없나, 하이럼?"
 "제가 왕실경찰을 그만둬야 빅토르 덤펠트가 절 살려 둔다는데 어떡합니까. 애초에 살아 돌아온 것도 기적이구요. 게다가 받아 주셔야 하잖아요, 어차피."

안드레이가 태연히 말을 이었다.

"제가 빅토르 경의 이중첩자 노릇을 할지 어떻게 압니까."

"그만두고 뭐 할 생각인데?"

휴건이 별수 없다는 듯이 경찰증을 받아 들고 비밀 유지 각서를 내밀었다.

안드레이가 거기 서명하며 말했다.

"시계 가게에서 계속 일할 겁니다. 경찰보다 시계 가게 직원으로 사는 게 더 익숙해요, 이제는."

그 말에 휴건이 재미있다는 듯이 웃었다.

"아이러니네. 취조하면서 약을 먹이지 않았다면 시계 가게도 없잖아?"

"그러게요."

안드레이는 유쾌하게 웃는 휴건이 그저 신기했다.

웃음이 나오는구나. 사람을 그렇게 망가뜨려 놓고.

그는 그 악마 같다는 해군 공관에서 비교적 인도적인 대우를 받았다. 물론 아주 좋은 건 아니지만, 왕실경찰이 기억을 못 할 거라는 이유로 스칼렛 크림슨을 몰아붙이던 것과는 비교가 되지 않았다.

안에 있을 때는 거기 고인 물이 얼마나 썩어 있는지 알지 못하다가, 밖에 나와서 들여다보니 악취가 올라왔다.

안드레이가 서명을 마치고 물었다.

"빅토르 덤펠트는 어떻게 하실 겁니까? 저를 붙여 놓은 걸 알게 된 후로 왕실경찰과 한바탕 전쟁이라도 치를 분위기던데요."

"그것도 아주 골치 아프게 됐어."

휴건이 말했다.
"빅토르 덤펠트는 약점이 없어."
"예, 그건 가까이에서 본 저도 잘 알죠."
휴건이 의자 뒤로 기대 골치 아파하며 말했다.
"내 여동생은 필요하면 자기가 나서겠다는데, 왕세손께서 반대하시더군. 그 천방지축이 남의 눈에는 예쁜 모양이야."
"빅토르 덤펠트의 유일한 약점이 절대 나설 수가 없군요."
안드레이의 말에 휴건이 고개를 끄덕였다.
빅토르 덤펠트는 니나가 율리 이렌을 만나고 있음을 알게 된 즉시 다른 여자와의 결혼을 선택했으므로, 그 결혼이 홧김이었을 것이라는 의견이 적지 않았다.
홧김에 시작된 결혼은 생각보다 길게 이어졌다. 휴건은 제 여동생이 그 결혼을 보며 가슴앓이하는 모습을 어처구니없이 보고 있었다.
"내 동생은 자기가 버려 놓고 말이지, 슬픈 연극의 여주인공이라도 된 줄 안다니까."
"하지만 상황적으로 이해가 가긴 합니다."
"그런가."
그렇게 사담을 좀 더 나누고 난 안드레이는 허리를 조금 숙여 인사했다.
"그럼 저는 이만 가 보도록 하죠. 앞으로는 여기 올 일이 없겠네요, 아쉽습니다."
"나야말로 아쉽네. 그동안 수고했어."
휴건이 직접 일어나 문을 열어 주었고, 안드레이는 다시 한번 인사한 후 그곳을 떠났다. 그리고 안드레이가 경찰청을 나간 후, 휴건이 부하에게 말했다.

"왕실경찰에서 나간 직후에 죽이면 우리가 죽인 것 빤하니까, 천천히 처리해."

"예, 알겠습니다."

"보통 단련한 놈이 아니야. 만만히 보면 안 돼."

"예."

부하가 떠나고 휴건은 밖을 내다보며 안드레이가 나가는 것을 주시했다.

안드레이 역시 왕실경찰들이 자신을 죽이려 들 것을 모를 리 없었다. 신중한 전략이 필요했다.

아이작은 요즘 들어 스칼렛이 기운이 없다는 이야기를 안드레이에게 전해 들었다. 그가 스칼렛의 작업실에 들어서 보니, 그녀가 생각보다 밝게 아이작을 반겼다.

"아, 왔어?"

그러나 스칼렛은 숙부에게 손찌검을 당하고도 아이작의 옆에 와서 배시시 웃던 아이였다. 웃고 있다는 사실만으로는 그녀의 기분을 전혀 알 수 없었다.

아이작이 가져온 짐 상자를 내려놓고 다정히 물었다.

"무슨 일 없었어?"

"전혀 없었어. 아, 그보다 크림슨 가문은? 숙부가 내가 거짓말한 걸 증명하겠다고 했다면서?"

"그렇다는데, 무슨 생각인지 모르겠네."

"걱정 마. 난 자신이 있어."

스칼렛의 말에 아이작이 미소를 지었다. 그러고는 가져온 상자를 꺼내 놓으며 말했다.

"재미없는 이야기일지도 모르겠는데. 지난번에 네 이야기를 듣고 생각해 보니까, 나는 후각이 엄청 예민해졌잖아. 그래서 조향사가 되어 볼까 하고."

아이작의 말에 스칼렛의 눈이 휘둥그레졌다.

"와, 정말?"

"응. 아, 작게 할 거야. 엄청……."

아이작이 얼른 덧붙여 말했다.

"크게 사업하거나 해서 가문을 말아먹지는 않을 거야."

그 말에 스칼렛은 웃음이 터졌다.

"나 아직 아무 말도 안 했는데?"

"그, 그런가……. 어떻게 생각해?"

"어떻게 생각하긴. 엄청 멋지다고 생각하지, 당연히."

"정말?"

"응. 너무너무 기특한 생각이야. 아직 아무것도 안 했는데 벌써 자랑스럽네."

아이작이 배시시 웃었다.

스칼렛이 말을 이었다.

"뭔가를 하겠다고 생각했다는 것 자체가 너무 기특해. 너무 큰 변화를 겪었잖아. 나는 혹시 오빠가 뒤늦게 반항기가 오는 것 아닌가 걱정까지 했다니까?"

스칼렛의 말을 들으며 웃던 아이작이 멈칫하더니 살짝 인상을 쓰며 말했다.

"또 내가 오빠인 거 잊어버렸지? 반항기라니 무슨 소리야?"

"바로 며칠 전에 사고 쳐서 내가 경찰서까지 가게 만든 게 누구였더라?"

"그, 그건 내가 맞긴 하지만……."

아이작이 당황하는 모습에 스칼렛이 유쾌하게 웃었다. 그녀가 웃어서 긴장이 좀 풀린 아이작은 곧 상자를 열어 자신이 가져온 향료들을 이것저것 보여 주고, 향수 하나를 두 손으로 꺼내 건넸다.

"처음 만든 걸 줘서 미안해. 그래도 향수를 공부하고 첫 번째로 만들려니 네 생각밖에 안 났어."

"우와……."

스칼렛이 향수를 받아 들었다. 뚜껑을 열어 향을 맡아 보니 은은한 나무 냄새가 났다.

"세상에, 너무 좋다. 나무 냄새랑…… 음…… 장미?"

"응, 맞아."

"이런 향이 나와 어울려?"

"내 기분에는 그래."

스칼렛은 향을 한 번 더 맡아 보았다. 언제까지고 사라지지 않기를 바라게 되는 향이었다. 그녀가 행복해하며 말했다.

"고마워. 잘 쓸게. 벌써 행복해."

스칼렛이 뛸 듯이 기뻐하니 아이작도 안도해 배시시 웃었다.

───✦✦✦───

덤펠트 가문에는 며칠째 끔찍하리만큼 어두운 기운이 감돌고 있었다.
"왕실에서 다시 초대장이 왔는데요."
블라이트가 걱정스러워하며 말을 이었다.
"이제 슬슬…… 얼굴을 비치셔도 괜찮지 않을까요?"
"글쎄."
빅토르는 그럴 마음이 전혀 없어 보였다.
블라이트는 안드레이 해밀턴의 취조 이후 빅토르가 보이는, 해이하다는 말로도 다 설명이 되지 않는 태도에 난처해하고 있었다. 잡아 죽일 해적도 없으니 그는 방향을 잃은 듯했다.
빅토르는 푹신한 시트를 둔 창틀에 걸터앉아 술을 들이켜고 있었다. 연일 술이 지나쳤지만 말릴 수 있는 사람이 없었다.
블라이트가 평소보다 많은 감정을 실어 말했다.
"이번 초대는 응하시는 게 좋습니다."
"굳이 뭐 하러."
"뭐 하러라뇨, 도련님께서 그렇게 바라시던 일인데……."
빅토르는 그대로 벽에 기대 귀찮은 듯 눈을 감았다. 그러자 블라이트가 급하게 다가왔다.
"주, 주무실 거면 창문이라도 닫고 계세요. 떨어지십니다!"
"떨어져서 죽을 높이 아니야."
"왜 그렇게 생각하시는지 모르겠네요. 5층이면 죽을 수도 있습니다. 3층 발코니에 떨어진다고 해도, 바닥이 다 대리석이에요."
"그런 걸로 죽었으면 난 여기 없지."
빅토르의 말에 문밖에 서 있던 에번이 동의하며 고개를 끄덕였다.
"그건 맞는 말이야, 블라이트."

하여튼 해군들이란…….

블라이트는 누구보다 명문가의 자제들인 이 해군 장교들이, 누구보다 야만적이기 짝이 없다는 생각을 자주 했다.

그때 다행히 빅토르가 입을 열었다.

"다음 달쯤 부르면 가겠다고 해."

빅토르의 말에 블라이트가 그나마 전할 소식이 있다는 사실에 만족하며, 이 소식을 전하러 급히 달려갔다. 그리고 얼마 지나지 않아 블라이트가 돌아왔다. 그러고는 바로 말하지 못하고 머뭇거리기에 빅토르가 물었다.

"왜."

"수도원…… 에 가셨답니다, 폐하께서."

그 말에 빅토르가 픽 웃었다.

블라이트가 말을 이었다.

"마리나 부인을 뵈러 가셨습니다."

그 말에 빅토르가 어처구니가 없어 픽 웃었다.

"놔둬."

"예?"

"알아서 하게 두라고."

그가 말하다가, 정원으로 들어오는 마차를 발견하고 미간을 좁혔다. 거기서 사람이 내리자 함께 밖을 본 블라이트가 염려스러운 얼굴로 말했다.

"또 혼동이 오셨나 봐요."

"마중해. 나도 곧 내려가지."

빅토르의 말에 블라이트와 에번이 고개를 숙이고 그곳을 나갔다.

수요일.

빅토르와 함께 포도밭 별장에 가기로 한 날이 돌아오자 스칼렛은 그를 기다렸다.

보통 그런 사고가 있었으면 약속이 깨지는 거라는 걸 모르는 건 아니었다. 하지만 에번 라이트에게 전해 듣기로 취조는 끝났고, 그녀가 왕실경찰과 상관이 없다는 건 안드레이의 입을 통해 드러났다. 그래서 포도밭을 빌미로 찾아왔다. 할 말이 많았다.

응접실에서 차를 마시다 보니 한참 후에야 빅토르가 나타났다.

스칼렛이 몸을 일으키며 말했다.

"포도밭에 가기로 했잖아. 잊었어?"

"약속이 깨진 줄 알았지."

빅토르가 말하며 집사인 윌킨스에게 손짓해 그의 찻잔을 가져오게 했다. 그의 태연한 모습에 스칼렛은 노기로 손끝이 떨렸다.

"나 경찰이랑 관계없어. 안드레이가 경찰인 것도 몰랐고. 이제 다 안다며."

"그랬지."

"그런데 왜 사과를 안 해?"

빅토르는 그런 스칼렛의 얼굴을 잠시 마주 보고 있었다. 그는 어딘가 복잡한 표정을 짓고 있었다.

그녀에게 무슨 말을 해야 할지 아직 결정하지 못했다.

당신이 옳았고, 내가 틀렸다.

배신한 건 당신이 아니라 나였으며 그동안 당신이 겪은 고초들은 내 인생에 휘말렸기 때문이고, 내 불신에 의해 더욱 가혹해진 것이었다는 말.

그 말을 스칼렛이 영원히 자신을 보지 않겠다는 마음이 들지 않도록 부드럽게 전할 방법이 떠오르지 않았다.

잠시 생각하던 그가 입을 열었다.

"그래, 당신이 왕실경찰과 관계 없다는 건 확인했으니. 사과하지."

"내가……."

"애초에, 날 사랑하긴 했어?"

빅토르가 그렇게 물었던 것을 떠올리니 속이 쓰렸다. 더 이상 거기에 대해 생각하고 싶지조차 않았다.

스칼렛이 말했다.

"됐어. 아무튼 사과 받았으니까 난 가도 돼."

"별장에 가려고 왔잖아. 온 김에 출발하지. 지금 가면 밤 기차를 타서 내일 아침에 도착할 수 있을 거야."

빅토르가 덤덤히 말하며 손을 내밀었다. 스칼렛은 그것을 무시하고 자리에서 일어났다. 그러다가 빅토르의 파란색 넥타이핀을 발견했다. 그녀가 잠시 바라보자, 빅토르가 그녀 쪽으로 몸을 숙이며 말했다.

"나에게 파란색 물건을 줘서 보내면 안심이 된다고 한 게 기억나서. 미안함의 표시야."

그가 제 말을 기억한다는 사실이 낯설어 스칼렛의 화가 주춤했다.

그 틈에 빅토르가 예의 신사적인 얼굴로 물었다.
"머리는 직접 했어?"
"……왜?"
"잘했네."
스칼렛이 여전히 인상을 쓴 상태로 제 머리칼을 만지작거렸다. 자신을 못 믿고 화를 낸 게 미안했던 모양이라고 생각했다. 안 하던 말을 하는 걸 보니.
그사이 빅토르는 하인에게 스칼렛의 가방을 받으라고 턱짓했다. 그러자 스칼렛이 탑햇들을 두 손으로 꼭 쥐며 뒤로 물러났다.
"괜찮아. 중요한 게 들어서."
"뭔데. 당신도 나한테 나눠 줄 재산이 있어?"
"……아니. 아무것도 없는데."
뭔가 줬어야 했나?
스칼렛이 그와중에 걱정하며 빅토르를 올려다보자 그가 픽 웃으며 말했다.
"그런 표정 하지 마. 농담이야."
"응……."
"그럼 숙녀분이 먼저."
그리고 빅토르가 손으로 문을 잡아주자 스칼렛이 가방을 들고 앞장서 걸음을 옮겼다.

───◆───

밤, 기차역에 도착하니 마지막 기차가 출발하기 30분 전이었다.

역무관이 종을 흔들었다.

"마지막 기차입니다. 마지막 기차입니다."

빅토르는 제 옆에 서서 두툼한 숄을 두 손으로 쥐고 있는 스칼렛을 보았다. 빅토르의 표정에서 불편함이 사라지지 않았다.

스칼렛이 그 시선에 하얀 손을 숨기며 말했다.

"장갑을 안 끼는 게 버릇이 됐어. 장갑을 끼고는 일하기 어려우니까."

"아."

빅토르가 별 감흥 없이 말하고 자신의 장갑을 벗어, 그것을 스칼렛에게 내밀었다.

스칼렛은 그의 왼손에 반지가 있는 것 같다는 생각을 했지만 자세히 보지 않았고, 어차피 어두워서 잘 보이지도 않았다. 그녀는 대수롭지 않게 여기며 두 손으로 장갑을 받아 손에 꼈다.

너무 커서 장갑이라고 해도 될지 의문인 형태가 되었으나, 빅토르의 온기로 안이 따듯했다.

스칼렛이 중얼거렸다.

"당신은 차가운데, 손은 따듯하네."

그 말에 빅토르가 시선을 옮겨 스칼렛을 보았다. 그가 맨손으로 있으니 하인들이 서둘러 짐가방을 열어 장갑 상자를 꺼냈다. 그리고 상자를 열어 내밀자 빅토르가 여분의 장갑을 손에 끼웠다.

두 사람의 이동에 사용인만 열 명을 대동했다. 스칼렛을 돌볼 하녀가 셋, 하인이 여섯에 언제나 빅토르를 바로 옆에서 보필하는 블라이트가 함께였다. 스칼렛은 늘 혼자 자유롭게 다녀 버릇하니 이런 대이동이 불편하게까지 느껴졌다.

불필요한 인원이었으나, 왕족들은 간편한 이동이라도 이것보다도 훨씬 많은 인원을 대동하고 다녔다. 왕의 직계는 말할 것도 없고, 계승 서열이 10위 밖이라도 사용인 열 명은 데리고 다니는 것이 보통이었다.

빅토르가 혀를 차고 중얼거렸다.

"열 명이서 여성용 장갑 하나를 안 챙겨오는군."

"나는 손님이잖아. 손님 장갑을 누가 챙겨? 화내지 마."

그렇게 이야기하는 사이 마지막 기차가 들어섰다.

빈 기차 안에서 역무원이 칸마다 이동하며 불을 켜자, 어두움 속에서 기차의 창문들이 반짝거렸다.

스칼렛이 그 모습에 혼잣말을 했다.

"밤 기차는 꼭 마법 같아."

그리고 잠시 후 승차해도 된다는 의미로 종이 울렸다.

"승차하십시오."

그렇게 안내하자 사람들이 하나씩 기차에 오르기 시작했다. 가스등을 든 하인이 손잡이를 돌려 문을 열고, 스칼렛이 먼저 기차에 올랐다.

기관차의 증기 덕에 객실이 제법 따듯했다. 기온이 영하로 떨어진 실외에 있다가 들어온 탓에 덥게까지 느껴질 정도였다.

스칼렛은 장갑을 먼저 벗고, 두르고 있던 숄도 풀었다. 하인이 숄을 받아 들고, 하녀들이 담요 하나를 꺼내 스칼렛에게 덮어 준 후 그곳을 떠났다. 두 사람이 마주 보고 앉은 기차 칸에 난방 시설까지 잘 갖추어져 있어 발치까지도 따끈따끈했다.

잠시 후 기차가 출발했고, 창밖에는 눈이 내리기 시작했다.

기차는 수도를 빠져나가기 전까지 속도를 늦추어 달렸다. 작은 골목과 가정집들에서 빛나는 불빛이 사라질 즈음, 스칼렛은 기차가 평야로 빠져나왔음을 알았다.
스칼렛은 얼었던 몸이 녹고, 언제나 잠들던 시간도 지나자 눈을 깜빡이며 졸기 시작했다. 빅토르가 문을 툭 두들기고 말했다.
"잠자리를 준비해."
"예, 도련님."
곧 문이 열리고 하녀들이 긴 의자를 정리해 잠자리를 만들기 시작했다. 스칼렛은 머뭇거리다가 빅토르에게 말했다.
"그럼 당신은 다른 칸으로 가."
"나도 잘 거야."
"당신이 이런 곳에서 어떻게 자?"
스칼렛이 묻자 빅토르의 표정이 드물게 찌푸려졌다.
"뱃사람은 그물만 걸어 놔도 잘 수 있어."
아, 그랬지.
스칼렛이 뒤늦게 고개를 끄덕였다.
빅토르 덤펠트는 지독히 도시적인 사람이라 그가 이십대의 절반은 배 위에서 보냈다는 사실을 잊곤 했다.
지난번에 공군 공관은 넓기라도 했지, 여기는 넘어지면 닿을 곳이었다. 이혼한 남자와 같은 기차 칸에서 잠들고 싶지는 않은 마음이 절반, 그래도 기차에서 자야 한다면 이보다 안전한 파트너가 있을까 하는 마음이 절반이었다. 그는 강하고, 신사인 데다 전남편이기까지 하니까.

스칼렛은 결국 졸음을 못 이겨 하녀들이 깔아 준 침구 위에 누워 이불을 덮고 잠을 청했다. 빅토르는 램프의 불을 껐고, 곧 복도에서 들어오는 빛만이 기차 칸에 희미하게 새어 들어왔다.

스칼렛은 그대로 잠을 청했지만, 중간에 빅토르가 뭘 하고 있는지 신경 쓰여 귀를 쫑긋 세우고 있었다. 그러다 빅토르가 눕는 소리가 들려 잠깐 눈을 떴다가, 놀라서 다시 감았다.

빅토르가 그녀 쪽으로 고개를 두고 누워 스칼렛을 보고 있었다.

"……다른 데 보고 자."

"이게 편해."

빅토르의 말에 스칼렛이 몸을 돌리려다 불퉁하게 말했다.

"나도 이게 편해. 내가 먼저 이렇게 누웠으니까 당신이 다른 데 보고 자."

그렇게 말해 놓고, 너무 어린애 같은 말이라고 생각하며 후회했다. 스칼렛은 이불을 머리 꼭대기까지 덮고 잠을 청했다. 그리고 어느 순간에 스르륵 잠이 들었다.

잠에서 깨 보니 꽤 시간이 지난 것 같았다. 스칼렛이 손목시계를 확인해 보니 벌써 여섯 시간이 지나 새벽 네 시. 그녀는 생각보다도 시간이 많이 지난 것에 당황해했다.

어디서나 잘 잔다던 빅토르는 잠들지 않았다. 그는 작은 초 하나에 의지해 책을 읽고 있었다. 스칼렛은 자신이 사랑하던 그의 완벽한 얼굴을 잠시 동안 바라보았다.

어느새 기차가 역에 도착했다.

빅토르는 몸을 일으켜 안에서 잠갔던 걸쇠를 풀었다. 그리고 스칼렛에게 손을 내밀자 그녀도 빅토르의 손을 잡고 일어섰다.

애매한 시간이지만 생각보다 막차에서 내리는 사람들이 꽤 있었다. 기차역 앞에는 기차 시간에 맞춰 마차들이 대기하고 있었다.

하녀 하나가 빠르게 걸어 나가서 휘파람으로 마차를 불렀다. 곧 마차가 잡히고, 빅토르와 스칼렛이 마차에 탔다. 블라이트는 마차 문을 닫아 준 후 마부 옆자리에 앉았다.

상당히 남쪽으로 내려왔음에도 새벽은 추웠다. 자다 깨니 더더욱 추운 데다가 비까지 왔다. 스칼렛이 몸을 떨자 빅토르가 제 코트를 벗어 그녀에게 덮어 주었다.

빅토르가 말했다.

"포도밭을 받으면 팔아서 코트부터 사지 그래."

"싫어. 쓸 곳을 생각해 놨어."

"뭐에 쓸 건데."

"살란티에 공과대학에 대여해 줄 거야."

그녀가 소중하게 끌어안고 있던 가방을 탁탁 두들겼다.

"여기 계획도 다 세워 놨어."

"그렇군."

빅토르는 수긍했고, 잠시 후 마차가 포도밭에 도착했다.

포도밭의 별장은 이미 주인을 맞이할 준비가 끝나 있었다. 단층의 나무 건물 안이 따듯했다.

빅토르가 손을 내밀어 스칼렛은 겉옷을 건네 주었고, 빅토르가 그것을 다시 사용인에게 건넸다. 스칼렛은 담요로 몸을 돌돌 말아 벽난로 앞에 깔린 러그 위에 앉았다. 잠깐 몸만 녹이려고 했는데 잠이 쏟아져 그대로 졸다 보니 몸이 번쩍 들렸다.

스칼렛이 놀라서 눈을 떴다.

"계속 자."

빅토르는 말하고 그녀를 침실로 데려가, 침대에 눕힌 후 이불을 덮어 주었다. 침실 역시 벽난로가 있어 그리 춥지 않았다. 게다가 최고급 침구에 몸이 녹는 기분이었다.

그녀는 다시 잠을 청했고, 빅토르는 거실로 나왔다. 그리고 술 선반에서 마티니 한 잔을 만들고 있는데, 침실에서 정신없이 스칼렛이 달려 나왔다.

그러더니 빅토르를 발견하고 안심하며 말했다.

"비, 빅토르. 여기……."

그녀의 혼란스러운 눈빛에 빅토르가 물었다.

"날 사랑해?"

"응? 당연하지. 갑자기 그건…… 왜?"

아내의 상태를 확인할 때 가장 알아보기 쉬운 질문은 이것이다. 빅토르가 술잔을 그대로 내려놓고 그녀에게 걸어가 안아 들며 말했다.

"다시 자."

빅토르는 그녀가 아주 피곤하거나, 긴장한 상태일 때 기억을 잃는다는 것을 어렴풋이 알았다. 그리고 긴장이 풀리면 다시 기억이 돌아오곤 했다.

지금은 아마도, 자신과 기차를 타고 여기까지 함께 오는 것 자체에 스트레스를 받은 모양이었다. 원흉이 자신이라고 생각하니 헛웃음이 나왔다.

그는 그녀를 안은 채로 소파에 가서 앉았다. 그리고 한 팔로 그녀의 어깨를 감싸고 머리칼에 입을 맞추며 말했다.

"놀랄 것 없어. 잠깐 여행을 온 것뿐이야."

"여행? 언제?"

"지금 막 도착했어."

점점 더 심해질지, 완화될지 알 수 없지만 당장은 그녀가 제 품에 있다는 것에 만족했다. 다행히 빅토르가 달래자 스칼렛은 빠르게 진정을 찾았다.

그녀가 빅토르의 품에 머리를 묻고 말했다.

"당신이 또 바다에 나간 줄 알았어."

"이제 안 나가."

"거짓말. 매번 마지막이라고 하잖아, 당신은."

스칼렛이 중얼거리며 눈을 감았다. 그러더니 입을 열었다.

"빅토르."

"응."

"사랑해."

"나도 사랑해."

그는 말하며 스칼렛을 다독였다.

평소 같지 않은 빅토르의 다정함에 스칼렛의 얼굴이 붉어지더니, 도무지 적응을 못하고 일어나 말했다.

"춥네. 따듯한 물이라도 가져올까?"

"거기 좋은 멋으로 있는 게 아니야."

"겨우 물 끓이는 건데, 뭐."

"당신이 하녀야? 시켜."

빅토르의 말에 스칼렛이 멈칫했다. 그러고는 꺼낸 물주전자를 두 손으로 꼭 쥐고 말했다.

"나는…… 당신과 단둘이 있고 싶어. 당신은 늘 주변에 일하는 사람들이 있는 게 당연하고, 그 사람들이 없는 것처럼 여기고 생활할 수 있겠지만 나는 그게 아니야. 누가 있으면 신경 쓰여. 당신이랑…… 단둘만 있는 것 같지가 않아."

"……."

"금방 할게."

빅토르는 더 이상 말이 없었고, 스칼렛은 주전자에 물을 붓고 끓이기 시작했다. 그러다 장작이 약해지는 듯하자, 곧 빅토르가 걸어와 옆에 있던 장작을 꺼내 벽난로에 넣었다. 그리고 슬슬 벽난로를 확인하러 왔던 하녀를 발견하고 물러나라고 손짓했다.

제 말을 들어주는 빅토르를, 스칼렛은 놀란 눈으로 보고 있었다. 결혼 생활 동안 빅토르와 말이 통하고 있다는 기분이 든 것은 처음이었다.

따듯한 물을 빅토르에게 한 컵, 자신도 한 컵씩 들고 나서, 살며시 들뜬 스칼렛이 입을 열었다.

"추워지면 어릴 때 스케이트를 타던 기억이 나."

그렇게 말하던 스칼렛이 금방 당황하며 말했다.

"미안. 또 쓸데없는 소리를 하네."

"계속해."

"너무 감상적인 이야기인데."

그녀의 말에 빅토르가 덤덤히 말했다.

"그래도 해 봐."

"음, 나 어릴 때 정말 스케이트 타는 걸 좋아했거든. 어릴 때 아버지가 집 앞에 물을 얼려서 스케이트장을 만들어 주고 그랬어."

"남매가 같이?"

"응. 아이작도 같이."

스칼렛이 고개를 끄덕였다. 그러더니 이상하다는 듯이 말했다.

"웬일로 이렇게 내 이야기를 들어 줘?"

"여행지에서는 감상적인 것이 좋지."

"그런가?"

스칼렛이 웃으며 말했다.

"여행 자주 가자, 우리."

"그래."

빅토르가 대답하고, 그녀에게 말했다.

"계속 이야기해 봐, 스케이트."

"아, 맞아. 내 스케이트는 항상 하얀색이었어. 은색 날이 있는. 그리고 '엔데리'라고 쓰여 있었어."

"엔데리?"

"몰라? 눈의 요정?"

스칼렛의 눈이 동그래졌다. 그리고 믿기지 않는다는 듯이 물었다.

"어떻게 몰라? 살란티에 아이들이 어릴 때 부모님이나 유모가 다 동화책을 읽어 주는데."

"그랬군."

빅토르는 전혀 모르는 이야기였고, 스칼렛은 믿기지 않는다는 듯이 그를 보다가 몸을 일으켰다. 그러더니 소파에 앉아서 자기 무릎을 탕탕 치며 말했다.

"여기 누워 봐."

"……."

빅토르의 표정이 약간 일그러졌다.

그녀가 제정신이 아니긴 하다고 생각하고 있었다. 그러나 곧 스칼렛의 섭섭한 표정을 발견하고 별수 없이 그녀가 원하는 대로 허벅지에 머리를 기대 누웠다.

스칼렛이 매우 불편해하는 빅토르의 머리칼을 쓰다듬으며 말했다.

"엔데리는 눈 속에서 집을 짓고 살아. 아주 작고 낯을 많이 가리는 요정이야. 눈이 오면 엔데리가 나타나거든? 그래서 눈으로 집을 지어 놓으면 그 속에서 지내게 될 때가 있대. 그러면 그 눈으로 만든 집은 한동안 녹지 않는다는 거야. 그래서 어떤 착한 아이가 눈으로 된 집을 만들었는데, 그 집이 일주일 동안 해가 쨍쨍해도 녹지 않았대. 그리고 일주일 뒤에 그 집이 녹았을 땐, 잘 지내고 간다고 사탕을 놔두었더래……. 그런데 이 이야기를 정말 몰라?"

"처음 들어."

"눈으로 된 집도 안 지어 봤어? 거기 부모님이 사탕 놓고 가시는 것도? 부모님이 사탕 넣어 놓으시다가 나랑 아이작에게 들켰던 적도……. 정말 모르는구나."

스칼렛이 놀란 표정을 지었다.

불편함을 못 견디고 상체를 일으킨 빅토르가 그녀를 보며 물었다.

"그래서 그 동화의 교훈은 뭐지?"

"교훈? 음. 착한 아이는 사탕을 받는다?"

"그건 교훈이 아니잖아."

"동화에 교훈이 꼭 있어야 되나…….."

"내 가정교사는 항상, 모든 이야기의 교훈을 질문하던데."

그의 말에 스칼렛이 멈칫했다.
빅토르가 말을 이었다.
"그 이야기를 나에게 하지 않은 건 아마 아무 교훈도 없기 때문이었겠지."
그의 말에 스칼렛이 눈을 깜빡이고 빅토르를 보더니 말했다.
"우리 수도에 돌아가면 눈으로 집을 만들까?"
"……."
"응?"
"그러자."
빅토르가 순순히 대답하자 스칼렛이 기쁜 표정을 지었다. 그러더니 하품을 하며 말했다.
"이제 자야겠다."
그녀가 빅토르의 손을 잡아 당겼다. 그리고 당연하다는 듯이 함께 침실로 들어섰다. 이불 속을 손으로 만져보고 추웠는지, 아까 자기가 누웠던 옆쪽에 누웠다. 그리고 얼른 오라고 빅토르에게 손짓했다.
그가 스칼렛의 곁에 누워 보니 그쪽에 스칼렛이 누워 있던 온기가 남아 있었다. 빅토르가 그것에 대해 말하려 했지만 이미, 스칼렛은 거의 머리를 대는 동시에 잠이 들어 버렸다.

아침에 눈을 떴을 때, 옆에서 빅토르를 발견한 스칼렛이 기겁을 해서 그를 흔들었다.
"빅토르. 일어나 봐."
그러자 빅토르가 천천히 눈을 뜨고, 그녀를 잠시 바라보다가 입을 열었다.

"날 사랑해?"

"뭐? 그게 무슨 소리야?"

"농담이야."

빅토르가 대답하고 몸을 일으켰다.

스칼렛이 일어난 그에게 물었다.

"왜 여기서 잤어?"

밤사이 일을 기억하지 못하는 모양이었다. 그녀에게 끌려와 잠들었던 빅토르 입장에서는 억울한 상황이었으나 그는 아무렇지 않게 거짓말을 했다.

"이 침실이 마음에 들어서."

"……."

"저런, 그렇게 노려봐도 사과할 생각은 없는데."

빅토르의 놀리는 듯한 말에 스칼렛은 인상을 쓰다가 체념하고 몸을 일으켰다.

빅토르는 일어나자마자 슬리퍼를 찾았고, 없으니 종으로 손을 가져갔다. 그사이 스칼렛은 총총히 걸어가 작은 나무장에서 슬리퍼를 꺼내 신고는 하나를 들고 빅토르에게 말했다.

"받아."

"……받아?"

무슨 소린가 빅토르가 제대로 생각하기도 전에 그에게로 슬리퍼가 날아왔다.

그녀가 던진 슬리퍼를 받아 든 빅토르가 기가 차 하는 사이 스칼렛은 창문으로 향했다. 그리고 커튼을 양쪽으로 당겨 끈으로 야무지게 묶고 끝을 당겨 모양을 잡았다.

"……."

빅토르는 이제야 슬리퍼를 신고 내려와 그 모습을 보고 있었다.

스칼렛이 긴 머리칼을 한 갈래로 질끈 묶고 창문을 두 손으로 열었다. 빅토르와 또 다시 한 침대에서 일어난 게 신경 쓰이는지 고운 미간에 주름이 잡혀 있더니, 창밖 풍경을 마주하고는 넋이 나간 표정을 지었다.

"세상에……."

햇살이 쏟아지는 드넓은 포도밭이 보였다. 새벽에 내린 눈이 엉겨 붙어 앙상한 포도 가지가 하얗게 보였다. 빅토르가 대수롭지 않게 말해서, 이렇게 거대한 포도밭인 줄은 모르고 있었다.

그녀가 포도밭을 보는 사이 빅토르는 침실로 아침 식사를 가져오게 했다. 하인들이 창문 앞에 두 사람의 아침 식사를 차렸다.

빅토르는 의자에 다리를 꼬고 앉아서, 좋은 음식들을 앞에 두고도 커피 한 잔만 옆에 두고 신문을 읽기 시작했다. 말없이 식사를 하던 스칼렛이 그 모습을 못 견디고 자기가 가져온 체리데니쉬를 반 잘라 그의 접시에 놓았다.

"먹어."

멀리서 보고 있던 사용인들이 난처한 표정을 지었다. 빅토르가 다른 사람의 접시에 있던 음식을 먹을 리 없었다. 예상대로 빅토르는 스칼렛이 준 데니쉬를 건드리지 않았고, 다시 신문으로 시선을 돌렸다.

침묵 속에서 식사를 하다가, 스칼렛의 웃음소리가 침묵을 깨뜨렸다.

"당신과 식사하면 이런 분위기였었지."

그 말에 빅토르가 그녀를 보았다. 스칼렛은 덧붙임 없이 식사를 이어 갔고, 잠시 후 빅토르가 말했다.

"전혀."

"응?"

"당신이 좀 더 많이 떠들었지."

"……."

빅토르가 커피를 한 모금 마시고 말했다.

"이혼을 하고 한동안은 적응이 되지 않더군. 너무 조용해서."

그는 무덤덤한 얼굴로 신문을 내려놓은 후 스칼렛을 보았다. 들어 줄 테니 뭐라도 이야기하라는 모양이었다.

스칼렛은 그 시선을 무시하려 했지만, 얼마 견디지 못하고 입을 열었다.

"식사하고 머리를 땋을 거니까 시간이 걸릴 거야. 한쪽으로 이렇게 땋으려고."

"정말 공감해 주기 어려운 주제를 고르는군."

"정답을 말해 줄게. '그래? 그거 좋은 생각이군.'"

"아."

"그리고 리본은 파란색으로 할 거야."

"그거 좋은 생각이군."

빅토르가 입꼬리를 늘리며 대답하자 스칼렛은 순간 웃음이 날 뻔했지만 입술을 물어 참았다.

그렇게 식사를 마치고 나서, 스칼렛은 미리 말한 것처럼 머리를 땋기 시작했다.

빅토르는 그 모습을 신기한 듯이 바라보고 있었고, 스칼렛은 파란 리본으로 머리칼을 묶었다. 커튼을 묶을 때처럼, 두 손을 야무지게 움직이는 모습이 빅토르에게는 보는 재미가 있었다.

스칼렛이 몸을 일으켜 모자를 쓰고 나서 두 사람은 별장을 나섰다. 길도 모르면서 일단 앞장서 걸어가던 스칼렛이 멈춰 섰다.

"와……."

바닥이 비쳐 보일 정도로 맑은 호수가 있었다. 그 호수를 끼고 있는 포도밭의 여름이 벌써부터 그려졌다.

"좋다……."

호기심이 많은 스칼렛은 이 낯선 풍경에 완전히 홀려 있었다.

그녀를 뒤따르던 빅토르가 입을 열었다.

"대학에 빌려줄 것 없이, 입학만이라면 내가 해결해 줄 수 있어."

그의 말에 스칼렛이 멈칫하고 빅토르를 보았다.

살란티에 최고의 시설과 교수진이 갖추어져 있는 살란티에 대학의 입학 방법은 세 가지였다. 귀족들의 입학 전형인 추천인 입학, 부르주아들의 입학 전형인 기부 입학, 그리고 실질적인 천재들을 위한 엘리트 입학이었다.

크림슨 가문은 귀족 가문이었으나 뛰어난 기술을 무기로 작위를 받아 낸 가문이었다. 살란티에 대학에 갈 수 있는 힘이 없는 것은 말할 것도 없고, 그나마도 가문의 가장 큰 자산이었던 스칼렛의 부모가 세상을 떠난 후 가문의 힘이 쇠퇴하였다.

그러나 빅토르라면 달랐다. 그를 설득하려는 듯이, 스칼렛은 또렷하게 말했다.

"좀 더 체계적으로 기술을 배우고 싶어서."

"그렇군."

"이해해?"

"전혀. 하려고 노력은 할게, 예의상."

그는 그렇게 대답하고, 다시 앞장서라는 듯 턱짓했다.

그들은 포도밭을 보고 나서 다시 별장으로 돌아왔다. 내일 오전 중에 다시 수도로 이동할 예정이었다.

막 목욕을 마치고 나온 스칼렛은 욕실 옆에서 초조한 얼굴로 서 있는 캔디스를 보았다.

그녀는 자신의 일에 자부심이 강한 상급하녀였다. 숙련되지 않은 하녀들과 달리, 긴 시간 모든 업무에 숙련된 베테랑을 고용하는 것은 어려운 일이다. 그러므로 그들에게는 직업인으로서 강한 프라이드가 있었다.

캔디스도 마찬가지였다. 그런데 이번 포도밭 일정 동안 함께하는 캔디스의 태도는 그녀가 알던 때와 사뭇 달랐다. 그 프라이드를 내려놓고 스칼렛에게 잘 보이려 애쓰는 것이 느껴졌다.

결혼 전까지 하녀 일을 하던 스칼렛에게 그녀의 태도는 아주 익숙했다. 하녀들이 고용주에게 쩔쩔매는 이유는 보통 한 가지, 여기서 나가도 갈 곳이 없을 때였다.

그런데 어디든 선택할 수 있어야 하는 캔디스가 쩔쩔매고 있다는 것은 고용 시장이 매우 불안하다는 것을 의미했다.

스칼렛은 고개를 돌려 나머지 사용인들을 보았다. 캔디스가 이 정도니 다른 이들은 말할 것도 없었다. 뭐 하나 트집 잡히지 않기 위해 눈조차 마주치지 않으려는 것이 보였다.

살란티에서 시계는 필수품이기보다 사치품이었고, 후대에 물려줄 재산이었다. 불안한 시기에 이런 물품은 오히려 호황이었다.

그러나 7번가에도 불황에 대한 불안감은 늘 안개처럼 감돌고 있었다. 특히 최근에 귀족들이 금을 사재기한다는 것은 더 이상 비밀조차 아니었다. 이제 시장에서는 금화를 찾아볼 수조차 없었고, 가끔 등장하는 금화는 말 그대로 부르는 게 값이었다.

스칼렛은 자신이 먹든지, 먹지 않든지 테이블에 차려 놓은 간식들을 발견하고 그 앞에 앉았다. 그러자 블라이트가 정중히 물었다.

"차를 드릴까요?"

"응. 잠이 잘 오는 걸로 부탁해."

스칼렛이 대답하자 블라이트가 고개를 숙였다. 곧이어 빅토르가 그녀의 앞에 앉았고, 차 두 잔이 놓였다.

스칼렛이 빅토르를 보며 물었.

"금화 좀 있어?"

"왜."

"아니, 요즘 귀족들은 다 금화를 안 푸는 분위기라."

"아, 안전자산이니까."

"그래서 있어?"

"해적들은 금화를 좋아하지."

"그러니까 엄청나게 많다는 뜻이구나."

"그런 편이지."

"귀족들은 전쟁이 나도 괜찮겠네."

"모든 귀족이 괜찮지는 않아."

빅토르는 담배가 필요한지 재킷주머니로 손을 넣었다가 다소 신경질적인 얼굴로 빼며 말했다.

"일찌감치 스파이짓을 하고 있는 귀족들이 괜찮지. 전쟁이 나면 베스티나군은 서안에 있는 덤펠트가를 어떻게든 폭격할 거야."

"당신은 스파이가 아니니까?"

"나는 스파이가 아니니까."

빅토르가 말하더니 스칼렛을 보며 픽 웃었다.

"왜. 나처럼 이기적인 자가 스파이가 아닌 게 이상해?"

"조금은."

"그리고 스파이가 자기 입으로 스파이라 말하지는 않지."

"……응. 그것도 그렇게 생각하고."

빅토르가 픽 웃으며 말했다.

"이주는 할 수도 있겠지."

"아."

스칼렛이 고개를 끄덕이고 말했다.

"크림슨 가문 사람들은 이주가 불가능하니, 죽어도 살란티에와 죽고, 살아도 살란티에와 살아야 해."

"알고 있어."

"베스티나에 점령되지 않았으면 좋겠어."

"그렇다면 가급적 그 고철 덩어리를 띄우는 게 좋겠군."

빅토르가 내려놓는 찻잔이 비어 있어 블라이트가 다시 차를 채워주었다.

빅토르가 말을 이었다.

"기부 입학은 그만둬. 쓸데없는 데 돈 쓸 것 없어. 전화 한 통이면 내가 신세지게 만들고 싶어 하는 귀족들 중 하나가 추천인이 되어줄 테니까."

"그렇게 해 줄 거야?"

"나에게도 필요한 일이니까."

"……고마워."

빅토르가 목이 타는지 다시 찻잔을 비우고 물었다.

"그럼 입학은 내가 처리할 테니, 이 별장과 포도밭 수익은 비행체를 만드는 일에 투자해."

그의 말에 스칼렛이 멈칫하더니 이내 물었다.

"애국심 같은 거야?"

그녀의 질문에 빅토르가 실소하며 말했다.

"해군은 열세 살부터 배에 올라. 나는 군인이 아닌 삶보다 군인으로 산 시간이 더 길었어. 살란티에의 모든 해군은 애국심과 해적에 대한 적대감을 교육받지. 그리고 나는 해전을 너무 많이 치렀어. 더 이상 전쟁을 하고 싶지 않아."

그의 말을 한동안 곱씹은 스칼렛이 대답했다.

"좋아."

"좋다고 말하기 전에 좀 더 생각해."

빅토르가 스칼렛의 눈을 마주 보며 말했다.

"당신이 비행기를 만들 능력이 있다는 게 알려진다면, 당신의 인생은 어디에서도 편하지 않을 거야. 베스티나에서도 수단 가리지 않고 끌고 가려 하겠지."

그의 말에 스칼렛이 한 번 더 생각에 잠겼다.

그녀는 빅토르의 비밀조차 숨기지 못하고 왕실경찰에게 전부 알리고 말았다. 과연 기술에 대한 건 비밀로 할 수 있을까.

스칼렛이 입을 열었다.

"그럼 그 전에 날 죽여 줘."

"……."

"부탁할게."

그녀는 말하며 악수를 청했다.

빅토르 덤펠트에 대한 제 마음이야 어떻든, 이것은 그녀에게 좋은 제안이었다. 이혼한 부부가 아니라 같은 땅에 살고 있는 사람으로서의 제안이라고 그녀는 생각했다.

숙녀가 먼저 악수를 청하면 바로 악수를 받아야 하는 것이 당연할 텐데 빅토르는 할 말이 있는지 그녀의 손을 보기만 했다. 그러다 스칼렛이 재촉하듯 손을 한 번 흔든 후에야 빅토르도 손을 내밀어 악수를 받았다.

〈처음이라 몰랐던 것들〉
2권에서 계속